ALTIN KİTAP 2-3

İnanan ve İnançsız Altın Yol

TAYFUN İKAN

Aralık Kitap / Roman

ALTIN KİTAP 2-3
İNANAN VE İNANÇSIZ / ALTIN YOL
Tayfun İkan

GENEL YAYIN YÖNETMENİ
Semih Şevli
Rıdvan Özalp

EDİTÖR
Suat Hayri Küçük

GRAFİK
Cem Özen

SAYFA TASARIM
Meral Gök

BİRİNCİ BASIM

Mayıs 2020

BASKI
Deniz Matbaa Mücellit Nazlı Koçak
Maltepe Mah. Hastane Yolu Sok.
No 1/6
Zeytinburnu / İstanbul
Sertifika No 40200

ISBN: 978-605-69959-5-8

Yayıncı Sertifika No: 43296

ARALIK KİTAP
Hacı Kadın Mah. Katip Çelebi Cad. İMÇ 3. Blok No:3507 Unkapanı Fatih-İstanbul
Telefon: 0212 514 60 91
aralikkitap@gmail.com
www.aralikkitap.com

Aralık Kitap, Yeditepe Ajans'ın tescilli markasıdır.

ALTIN KİTAP 2-3

İnanan ve İnançsız Altın Yol

TAYFUN İKAN

Aralık Kitap

Tayfun İkan (7 Eylül 1982), Kadıköy'de doğup büyümüştür. Okul hayatının hemen ardından, önce çeşitli sektörlerde ve kurumlarda çeşitli pozisyonlarda çalıştıktan sonra, 23 yaşında ticaret hayatına sanat vasıtasıyla atılmaya karar vermiştir.

2004 yılından bugüne değin birçok yerli ve yabancı sanatçı için konserler organize etmesinin yani sıra, kültür-sanat etkinliklerinde birçok yenilikçi proje hayata geçirip, kültürel yaşamımıza katkılar sunmuştur.

2014 yılında ALTIN KİTAP serisinin ilk taslağını yazdıktan sonra yazarlık kariyerinde ilerlemek isteyen İkan, hikâyesini profesyonel biçimde yazmak için yoğun bir okuma sürecine girmiş, yazma yetisini yaptığı okumalarla beslemiştir.

Serinin ilk kitabı olan *Haberci*'yle başlayan profesyonel yazarlık serüveni sürmektedir...

Yaşamın anlamını sorgulayan güzel ruhlara; sevgimle…

Eğer sevgi üretmiyorsa yüreğiniz, zengin bir insan değilsiniz.

–Karl Marx

BİRİNCİ KİTAP

İNANAN VE İNANÇSIZ

CESARET GÜLMEK İSTER

Yaşıyorsan kahkaha atarsın,
canlıysan cesur olursun,
korkak biriysen kaybolursun.

Savaşın Sesi

Yaşamın ne olduğunu anlamadığınız için ölümü yüceltiyorsunuz.

Caled'in sözleri öylesine tesirli olmuştu ki, insanların kolektif dil evreninde sadece bir cümle ışıldıyordu: "Yok edin inançsızları!" Sonra da devam ediyordu sözlerine insanlar: "Derilerini yüzün, parçalayın ve Ekni şehrini yerle bir edin. Bu istekler artık dünyanın kuytularında, evlerinin içinde haberleri izleyen hemen hemen bütün insanların dilinde ve iç seslerinde yankılanıyordu.

Caled odasına döndüğünde başkanlar onu ayakta ve coşkuyla karşıladılar. Ağız birliği etmişçesine, "Harika bir konuşmaydı, Başkanım!" sözleri havada uçuşmaya başladı.

Caled şişen egosunun yansıması olarak bir sözcükle balonunu havaya bıraktı: "Biliyorum ve teşekkür ederim!"

Devam eden övücü sözleri biraz daha dinledi Caled ve hemen ardından bir direktifte bulundu başkanların tümüne birden: "Kara birliklerimizi sürekli kontrol edin ve o sefilleri yok etmeleri için daha hızlı gitmelerini bildirin!"

Başta Enki olmak üzere başkanların hepsi, "Emredersiniz efendim!" dediler ve hemen kara birlikleriyle iletişim kurmaya yöneldiler. Ekni şehrinden uzaklaştırılan ve kum fırtınasından kurtulan komutan ve askerlerinin derhal Ras Birliği Ana Karargâh Üssü'ne ulaşmaları talimatını iletti, Slim. Komutan *hayır* diyemeden, "Merak etme, sizi tekrar göndereceğiz; şimdilik yaşadıklarınızı rapor etmeniz gerekiyor. Ekni'yi kuşatacağız; sizin vereceğiniz bilgilere ihtiyacımız var" dedi. Komutan, "Emredersiniz, Başkanım!" dedi.

Dünya üzerinde ise, Caled'in sözleri insanları tesir altına almaya devam ediyordu. Sokaklara çıkıp, "Aramızda inançsız olan varsa, onu şuracıkta yok ederim" diyordu Rika Birliği'nde yaşayan 50'li yaşlarda bir adam. Birliklerin genelinde bu tip tehditler havanın nüfus ettiği süratten daha yüksek bir süratle insanlara ulaşıyordu. Nefeslerini boğalar gibi burunlarından öfkeyle alıp veren ve Karji'ye bağlılık konusunda kendilerine "Radikal Farklılar" adı takan bir azınlık ise inançsız avına çıkmıştı. Sokaklarda öfkeli kalabalıklar, Orhun'a inanan ve Karji'ye saygısızlık eden birilerini bulma umudu taşıyordu. Ancak içlerinde Orhun'a inanma yolunda adım atmaya niyetli olanlar, bu duygularını bastırıp sinmişlerdi. Hemen her alanda enerji makineleri kol gezmeye başlamış ve kötü enerjili insan arayışına başlamıştı. Öfkeli insanlar ve robotlarla bir mücadeleye girişmekten kaçınıyordu Karji'ye karşı inancını yitirmiş olanlar.

Televizyon ve internet sitelerinde uzmanlar belirmiş, "Mükemmel düzenimizi sabote etmeye yeltenen bu teröristler ekonomimize zarar vermekte. Bu saçmalıklara inanan insanların cezalandırması taraftarıyım" diyordu isminin önünde profesör yazan birisi. Ona katılan bir diğeri (tarih uzmanı olan) ise, "Ben en başta demiştim: İnançsızları 'kötü enerjili' ve 'zararsız' diye ayırmayalım. Karji'ye ve sistemimize inanmayan varsa hepsini yok edelim" diye devam ediyordu.

"Dünya tek vücut halinden kopacak mıydı? Gerçekler bize anlatılanların dışında mıydı? Biz inandırıldık mı yoksa inandık mı?" diye soruyordu Aya Birliği'nden olan on sekiz yaşındaki Melsa.

Onun gibi sorgulayanlar, enerji tarama makinelerinden korktukları için odalarından çıkmadan, şüphe çekici hareketlerde bulunmadan ve "inançsız" damgası yiyebilecekleri bir eyleme girişmeden, sadece iç sesleriyle kendilerine sesleniyor ve gökyüzüne başlarını kaldırıp arayışlarını sürdürüyordu.

Sorgulamaya başlayan bazı insanların aksine, Ekni şehrinin yok edilişini canlı yayında izlemek isteyen birçok insan ise meydandaki ekranlara, cep telefonlarına ve televizyon ekranlarına dikmiş durumdaydı gözlerini.

İnsanlar gibi Caled de sabırsızdı; neredeyse beş dakikada bir, "Ne durumdalar?", "Neredeler?", "Askerlerimiz yaklaştılar mı?" gibi sorularla başkanlara âdeta nefes aldırmıyordu.

Nihayet Slim tam istediği cevabı verdi: "Sayın Başkan, birlikler komutanımız Bibal ile konuştum; kum fırtınasının dinmek üzere olduğunu ve hızlarını artıracaklarını ilettiler. Sanıyorum gün kararmadan Ekni şehrini yerle bir etmiş olacağız."

"Sonunda" diye gürledi Caled ve şöyle devam etti: "Sonunda istediğim cevaplardan birini aldım. Yaklaşmalarına dakikalar kala bütün saniyeleri ve ânları canlı yayınla halkımıza iletin ve Karji'mizin izniyle, yok olanların küllerinin havaya savruluşlarını izleyelim hep birlikte. Onlara ölüm sonrası neler olacağını sadece Karji'miz bilebilir. Düşmüş bir enerjinin yanında soluk alıp çaresizce boşlukta yüzeceklerini tahmin etmek zor değil." Ardından da kirli bir kahkahanın içinde sustu...

Savaş Ekni şehrine yaklaşıyordu. Şehirde yaşayanların toplamından on kat daha fazla insan ve robot asker ağır silahlarla donatılmış halde ilerlemeye başlamışlardı. Kum fırtınası dinmiş ve Ekni şehrini yok etmeye yemin etmiş insan ve çelikten yapılma robotlar öfkelerini kusup Karji'ye hizmet etmeye geliyorlardı.

Ekni şehrine gelen Orhun, Edel ve Matteo süratle Asya'nın evine gelmişlerdi. Gelir gelmez ikinci mesajın yayınlanmasının ve mesajın insanlar üzerindeki etkilerinin ne boyutta olabileceğini konuşur ve tartışır halde sohbetleri sürmekteyken, Volkov araya girerek, "Şunu izleyelim" dedi ve telefonunu masaya koydu. Caled'in öfkeyle söylediği, "Onları canlı yayında sizler izlerken yok edeceğiz" sözlerinin etkisi ise Altın Birlik'i dehşete düşürmüştü. Orhun, sakinliğini korumaya çalışıyor, Edel sinirden köpürüyor, Asya ise, "Bu nasıl bir öfke? 'Yok edin' sözcüğü ne kolay bir sözcük olmuş bu delilerin zihinlerinde" diyordu. Zadok ise, "Gelsinler bakalım; uçakları gibi kendileri de düşecekler. Gelsinler de görelim alçakları" dedi ve gözlerini Orhun'a dikti.

Bir kez daha Caled'in sözlerini dinleyen Altın Birlik üyeleri sakinliklerini yitirir bir haldeydiler. İkinci mesajın etkisini beklemekteyken, Caled'in öfke kusan sözleri karmakarışık etmişti ruhlarını. Bir süre sessizce durdular; çünkü Orhun susuyordu ve dakikalardır ağzından tek kelime söz çıkmamıştı. Altın Birlik ve Asya, Orhun sustuğu ve gözlerini yere doğru indirdiği için, öfkelerinden boşalan sözcükleri yutkunmaya koyulmuştu.

Dört dakikanın dolmasına on saniye kala, Orhun, "Ben odama çıkacağım; sakin kalın ve beni bekleyin" diyerek ayağa kalktı ve ağır adımlarla odasının yolunu adımladı.

Altın Birlik' tekiler homurdanıyordu. Abdullah, "Acaba kitaba mı dokunacak yoksa Meril'le mi konuşacak?" diye sordu Edel'e.

Edel, "Bilmiyorum; ancak sanırım hepimiz senin sorduğun soruları ve dillendirdiğin seçenekleri düşünmekteydik" dedi.

"Yüzü biraz gergindi sanki" dedi Matteo.

"Nasıl gergindi?" diye sordu Volkov.

"Bilmem... Habercimizi ilk kez yüzünde belirsiz bir gerginlik halinde gördüm."

"Habercimiz düşünceli olduğundan gergin gözüküyor. Ben yolculuğa onunla ilk başlayanım. Matteo, gözlemin doğru; ancak habercinin bu hali şu âna özgü değil" dedi Volkov.

Matteo başını sallayarak sustu. Diğerleri de bu suskunluk haline geri döndüler.

Esen rüzgârdı sadece nefes alışverişlerinin seslerine eşlik eden, "Bundan sonra neler olacak?" sorusunda buluşarak Orhun'u beklemekteydiler.

Bekleyişleri uzun sürmedi; gidişinden on dakika kadar sonra Orhun dikleştirdiği omuzları ve zemine sertçe basan ayaklarıyla yanlarına geldi.

Hepsinin gözlerine baktı ve hemen ardından, "Bizi yarı yolda bırakmaz yüce yaratıcı; bırakmadı hiçbir ân. Gitmek vaktidir dostlarım. Yürüyemeyecek durumda olanları ve bebekleri kamyonete yerleştirip sana ileteceğim koordinattaki yere doğru ilerleyin, Edel" dedi Orhun.

Hepsi birden şaşkınlık halindeydi; afallamışlardı. "Hemen mi?" diye sordu Edel, şaşkınlıkla bakmayı sürdürerek.

"Evet, hemen" dedi Orhun. "Yanına Abdullah'ı da al ve inananların önünde yürüyerek şehirden ayrılacağımızı ve bize söylenen güvenli bir yere gideceğimizi bildirin. Yanlarına yükte hafif olan yiyecek ve su alsınlar yalnızca" diye de ekledi.

Altın Birlik üyeleri ve Asya, "Nereye gidiyoruz?" diye homurdanıyordu. Orhun onları duymazlıktan gelmeyi sürdürüyordu.

Söyleneni sorgulamayı bırakmış olan Edel, sakin bir tonda, "Koordinatları alabilir miyim?" dedi. Orhun, bir kalem alıp masada bulunan kâğıtlardan birine aklındaki sayıları yazdı ve Edel'e uzattı kâğıt parçasını. Edel, fazla beklemeden telefonuna girdi koordinatı. "Üç saatlik yolun sonunu gösteriyor habercimiz" dedi, ekrandan gözlerini alarak.

Suskunlaşan ortamdaki Altın Birlik'i kendine getirmek istercesine gür bir sesle, telefonundaki koordinatın belirttiği bölgeyi göstererek, "Abdullah, burada pek bir şey gözükmüyor; ekranda birkaç dağ var ama adları yazılı değil. Burası tam olarak neresi?" diye sordu Edel.

"Mağaraları geniş olan birkaç dağ var söylediğin mesafede" diye cevapladı Abdullah, diğerlerinin meraklı bakışlarını üzerinde toplamış halde.

"Oranın adı Duman Dağı" diye araya girdi Orhun. "Sabırlı olursanız öğreneceksiniz ama gözlerinizdeki endişeyi görüyorum. Korkuyor musunuz yoksa?" diye sordu.

Önlerine eğdiler başlarını. Orhun, "Korkusuz olanlar aptaldır. Korkabilirsiniz ama vazgeçemezsiniz. Yoksa vazgeçen var mı aranızda?" diye sordu.

"Hayır, öyle bir şey aklımızın ucundan bile geçmez" dedi Zadok. Diğerleri de ona katılır biçimde, "Hayır, vazgeçmedik" dediler.

"O halde hızlıca toparlanıp Duman Dağı'na doğru gidiyoruz hep birlikte. Zamanımız az, acele etmeliyiz" dedi Orhun.

Volkov olmasa kimse soramayacaktı; Volkov öne atılarak sorulamayan soruyu sordu Orhun'a: "Habercimiz, düşmanın yaklaştığını mı öğrendiniz?"

"Evet Volkov, kum fırtınası dinmek üzere ve Yaratıcı bunun bir savaş olmadığının, Karji isyankârı ile bir güçler savaşı olmadığının, Karji'nin yaratıcısının da kendisi olduğunun anlaşılmasını istiyor. İnsanların zihinlerinde, Yaratıcı ve Karji'nin eşit güçler ve birbirleriyle savaşıyorlar düşüncesinin belirmesini istemiyor. Bizler var olan robotlardan değiliz ki, tuşumuza basıp etkisiz kılsın Yaratıcı bizi. İnsanlar verilen fırsatın farkına kesin olarak varmazlar ise olacakları ancak Yaratıcı bilir. Ben bana iletileni size iletiyorum: Bir yolculuk içerisindeyiz dostlarım ve bu yolculukta her yer bizim evimiz. Sınırları çizenler biziz ama dünyada hiçbir sınır yok aslında. Can güvenliğimizi koruyacak bir yerde olmamız daha önemli. Burada kalmaya devam edersek, aklın sınırlarını zorlayan olağanüstülükleri görecek ve duyacak insanlar, Yaratıcı ile Karji arasında güçler savaşı var zannedecekler. Bu doğru değil. Biz insan eli, insan aklı, insan yüreği, insan duygusu ve insan mantığı ile sevginin yolunu üstün kılmak istiyoruz."

Sözler yutkunuldu, sorular gömüldü ve nefesler hızlı hızlı alınmaya başlandı. Coşku hasıl oldu Altın Birlik 'in kalplerinde. Korku bir kez daha yenildi bu sözlerin bitiminde.

Orhun, gözlerini keskinleştirip Matteo'ya baktı. "Sana iletmem gerekenler var" dedikten sonra Matteo'yla birlikte Altın Birlik 'in ve Asya'nın yanından uzaklaştılar. Bir köşede sessiz bir şekilde konuşup, Matteo'nun kafasını salladığı ve "Anladım" dediği sözler söyledi Orhun.

Matteo ile konuşmasını tamamladıktan sonra da Abdullah'a, "Şehrin başka giriş kapısı var mı?" diye sordu.

Abdullah, "Bir giriş çıkış-kapısı var sadece" diye cevapladı.

"Pekâlâ" dedi Orhun, "hemen dediklerimi yerine getirmeye başlayın. Edel, kamyona bebekleri ve yürüyemeyecek olanları al. Belirtilen yere bizden önce var. Oraya varınca, bir yerde gizlenerek bizi bekle. Unutma; önemli bir gelişme olursa, akıldan akla yöntemiyle ilet bana."

Edel, "Tamamdır" dedi ve yanına Abdullah'ı da alarak şehirdeki insanları uyarmak için yola koyuldu.

Asya, Orhun'un gözlerinin içine bakıyordu; tek bir cümle edememişlerdi. Orhun ona neredeyse bakmıyordu bile. "Bu da doğaldır" diye düşünüyordu Asya; ancak yine de kadınlık yönü ağır basıyordu ve duygularına yenik düştüğü ânlar oluyordu. Asya, düşünceli bir ruh haliyle içeriye yönelip eşyalarını toparlamaya başladı. Altın Birlik 'in tamamı hazırlıklara başladı hızlıca.

Orhun ise odasındaki eşyaları almak üzere tekrar yukarıya çıkıyordu.

Abdullah'ın insanlara seslenişi ve insanların beklediklerinin aksine "Kurtulduk!" nidalarının yükselmesiyle, Edel'in Abdullah'a kapıdan çıkarken "Acaba insanlar nasıl karşılayacak bu durumu? Korkmasalar ve direnmeseler bari" diye belirttiği kaygısı yersiz çıkmıştı. Hemen herkes "Kurtuluyoruz!" diyerek, Edel'in öncülüğünde, "Bu günleri de görecek miydik? Kurtuluyoruz buradan" yakarışları eşliğinde, önce yürüyemeyecek durumdaki az sayıda yaşlıları ve sayıları otuzu geçmeyen bebekleri kamyonete bindirdiler. Edel, elindeki kâğıtta bulunan koordinatları telefonun yön bulma uygulamasına tekrar yükledi. Abdullah'ın "Tamamdır; yola koyulabilirsin" demesiyle onları sevinçle uğurlayan ve "Yakında kavuşacağız" diyen insan kalabalığının arasından, yerde dumanları tüten robot ve uçakların enkaz halinde olduğu Ekni şehri sınırlarından, kumu bir asfalt gibi kullanan büyük tekerlerin yardımıyla hızla yola koyuldu, Edel. Telefonunun takip edilmeyişini ve hâlâ ne onun ne de diğerlerinin telefonlarından herhangi birisinin dahi hacklenmemiş olmamasını da mucize verene bağladığı iç dünyasının sorgulayıcı sözleriyle, kumların zerrecikler halinde havaya karıştığı bomboş çöl yolunda, ayağı gazda ve gözü koordinatta ilerleyişini sürdürdü.

Edel, kısa bir zaman öncesine kadar mantığın hizmetkârı olan biriydi. Aklına ve mantığına uymayan ne varsa içinde yer almaktaydı ama asla çıkmaz sokaklarda adımlamadığı için Yaratıcı 'ya akıl yoluyla bağlanan biri olmuştu. Orhun'la ise kalbinden geçen bir köprü kurmuştu. "Akıldan akla, gönülden gönle" dedi Edel. Yanında oturan yaşlı adam, "Efendim" dediyse de ona aldırmadı ve gidilecek yöne doğru tekerleklerin yerin üstüne basıp geçmesine bıraktı kendini.

İnsanlar şehrin kapısında toplanmış, kendilerine söylenildiği gibi sadece yiyecek ve su almışlardı yanlarına. Aralarından bazıları, tahtadan oydukları ve bazı başka kıymetli eşyalarını bezlere sararak yanlarına almışlardı.

Sabırsız bekleyişlerini sonlandıran, Orhun'un hızlı adımlarıyla önlerine gelmesiyle, kapıdan birer birer çıkıyordu artık eskinin inançsızları, yeninin inananları. Yeniliğe, gerçekliğe ve özgürlüğe doğru adımlıyorlardı.

Tai-Shan, yürüyüşün başlangıcında Zadok'un kulağına eğilerek, bir soru sordu.

"Ne dedin" dedi Zadok.

"Dedim ki, acaba Matteo'ya ne söyledi habercimiz?"

"Bunu bildiğimi mi düşünüyorsun, yoksa tahmin yürütmememi mi istiyorsun?"

"Neyse boş ver, benimki sadece merak işte" dedi Tai-Shan, utanmış bir yüz ifadesiyle başını öne eğerek.

Canlı Kahkaha

Onlar yok edilemedi, onlar ruhlarını teslim etmedi ve onlar yenilmedi. Bir ses ve binlerce nefes olup direndiler. Şimdi yürüyorlar huzurun ışığında, özgürlüklerine...

Elit Birlik'in öncülük ettiği askerler, kum fırtınasının dinmeye başlaması ile, Ekni şehrini yok etmeye doğru hızlarını artırarak devam ediyordu ilerleyişlerine. Birliklerin komutanı Bibal, kendisine verilen bu fırsatı en iyi şekilde değerlendirip, Karji Üstün Hizmet Madalyası almayı umut ediyordu. Onu tanıyanların "Acımasız bir asker" dediği Bibal, 45 yaşında, vücudunda yağın zerresinin olmadığını düşündüren kaslı bedeniyle etrafa korku salmayı daima başarmış bir komutandı. Yeşil gözlerinden yayılan kararlılıkla, etrafındaki robot ve insan askerlere göz gezdiriyor, fırtınanın nihayet tamamen dinmesiyle de ayağa kalkıp aracın arka koltuğundan sert ve keskin bakışlar atıyordu. Onu gören askerlerse, gözlerinin içerisinde yer edinmek ve adlarını ezberletmek için yumruklarını havaya kaldırıp, "Zafer bizimdir!" komutanım diye nidalar atıyordu. Bibal, iki sebepten bu göreve seçilmişti. Birinci sebep, lakabının hakkını veren oldukça acımasız biri oluşuydu. İkinci sebep ise, korku denilen duygu durumunun onda hiçbir şekilde görünmemesiydi. Sevk ve idare konusundaki üstün yeteneği ise onu Ekni'yi yok etmek için tam da istenilen komutan yapıyordu.

Ekni'ye varmalarına iki saatten daha az bir süre kalmıştı. On bin kişilik robot ve insan ordusu arasında, robotlar sayıca daha fazlaydı; ancak insan askerlerin öfkeli yüzleri sayıdaki eşitsizliği kapatıyordu. Robotlara ise tek bir emir yüklenmişti: "Ekni 'de nefes alan her canlıyı yok edin!"

Elit Birlik 'in arması gri bir duman şeklindeydi ve "Karji daima yanınızdadır!" anlamına geliyordu.

Birliklerin seçkin askerleri ilerleyişlerini sürdürüyordu; artık önlerine çıkacak herhangi bir engelin onları durdurması söz konusu değildi. Ne kum fırtınası ne de düşen uçaklar umurlarındaydı. Kum fırtınası doğal bir durumdu, uçaklar ise nihayetinde binlerce parçadan oluşan bir makineydi. Bir parça arızalandı ise düşmeleri de normaldi. Bu durumdan sorumlu olan mühendisler ve görevliler ise çok vakit geçirilmeden ibret olsun diye cezalandırılacaktı.

Bunları düşünen askerlerin, Orhun'un mesajları hakkında en ufak bir olumlu görüşü yoktu. Onlar yok etmeye programlı ve döngüselliğin içerisinde bir sonraki hayatlarında üstün ırktan olmak için seçilecek Karji birlikleriydi.

Caled ile Bibal görüntülü bir konuşma gerçekleştiriyordu, ulaşmalarına bir saatten az bir süre kala. Bibal, "Sayın Başkan, az kaldı ve yaklaşmaya yakın yanımızdaki kameraları Ekni'ye çevireceğiz. Emrinizle önce yakın mesafede etkili roketlerimiz Ekni'yi yerle bir etmeye başlayacak; ardından tanklarımız ve topçu birliklerimiz ikinci aşamaya geçip hedef gözetmeksizin bombalamaya devam edecekler. Üçüncü aşamadaysa, balonları uçurup gökyüzünden bomba yağdırmayı sürdüreceğiz. Dördüncü aşamada ise, robotlar şehre girip canlı bırakmayacak şekilde şehrin altını üstüne getirecekler. En son olarak, insan askerleriniz şehre girip ölü bedenleri ve Karji'mize isyan etmiş teröristlere ne olduğunu gösterecekler tüm dünyaya.

Bibal 'in soluk almadan konuşması ve aşama aşama neler olacağını anlatması Caled'in yüzünde tebessüme yol açmış, viskisini keyifle yudumlamasını sağlamış ve koltuğunun arkasına yaslanıp, "Güzel plan, komutan" cümlesinin ağzından dökülmesine yol açmıştı.

Konuşmaları bittiğinde, yok edişe giden askerler, Ekni'ye yaklaştıklarını gösteren bir coşkuya kapıldılar. "Düşen uçakların dumanları yükseliyor" diyordu Bibal 'in sadık yardımcısı İmani.

Daha fazla öfkelenmişlerdi askerler ve zeminin çöl kumu olması onları yavaşlatmıyor olsaydı, saniyeleri arkalarında bırakıp Ekni 'de ne var ise yerle bir etmek için yanıp tutuşuyorlardı.

Ekni şehrine on dakikalık bir araç mesafesi kaldığında, Bibal kulağındaki kablosuz mikrofon vasıtasıyla askerlerine ve yardımcılarına direktifler vermeye başladı: "Birkaç dakika sonrasında tek bir hat halinde durun askerlerim. En öne füze rampalarını yerleştirip, Başkan Caled'in emri ve benim işaretimle şu terörist yatağını havaya savuşturun."

"Emredersiniz efendim" dedi ne yapacaklarını çok iyi bilen askerleri. Oldukça hızlı bir biçimde rampaların yerleştirildiği ve insan askerlerinin parmakları ucunda ateşlemeye hazır füzeler, Bibal 'in işaretini ve Caled'in emrini bekliyordu.

Bibal, Caled'e, "Her şey hazır efendim. Kameralar canlı yayına geçmek için ve füzeler yuvalarından çıkıp teröristlerin 'yuva' dediği çukurlarını yok etmek için emrinizi bekliyor" dedi.

Caled, "Etrafta onlardan bir iz görüyor musunuz? Kameralarınız içeriyi görebiliyor mu? Orada gördüklerinizi bana anlatın ya da gösterin" dedi.

Bibal, "Emriniz olur başkanım" diyerek kameraları Caled'in göreceği şekilde Ekni'ye yöneltti.

Parçalanmış uçakların sönmeye yüz tutmuş alevleri ve yükselen koyu gri dumanları dışında bir görüntü yoktu önlerinde. Caled görüntüler eşliğinde konuşmaya başladı:

"Saklanmış alçaklar. Gözlem kulelerinde de kimse yok... Nereye kaçabilirler ki?"

Bibal, "Hiçbir yere" diye araya girdi. "Hiçbir yere, başkanım" diye tekrarladı.

"Onlar hiçbir yere ait değillerdi zaten" dedi Caled. Sonra da Slim'e seslendi: "Hemen canlı yayın için geri sayıma başlayın ve Dünya üzerinde yer alan her ekranda bu anların canlı yayınla yayınlanmasını sağlayın."

Caled, Bibal'e, "Sen görevini en iyi hizmetle sonlandır asker; üstün hizmet madalyan seni bekliyor" dedi.

"Benim madalyam Karji'ye hizmet etmektir" diye mağrur bir ifadeyle cevap verdi Bibal.

Caled, "Çok güzel, çok güzel asker" dedi ve viskisinden bir yudum daha aldı.

Slim ise emri alır almaz basın odasına gitmişti. Caled'in önceden ona verdiği cümleleri basın müdürüne teslim etti. Müdüre iki kez tekrar ederek, "Bu durumu 'Son dakika!' diye girin tüm ekranlara. Ardından da dış sesle bu cümleleri okuyun ve ondan sıfıra kadar geriye sayılan bir görüntüyle gelen görüntüleri ânı ânına verin" dedi.

Basın müdürü, dünyanın bütün televizyon kanallarına bu direktifi iletti. İnternet ortamında yayın yapacak olan Kapol sitesinin video yayın programı da geçici süreyle yüklemelere kapatıldı ve ekrana sadece Ekni'nin yok edilişinin verileceği yazısı yazıldı.

Dünya üzerindeki ekranların tamamına yakını, birkaç dakika içerisinde karardı. "Size söz veren Karji'niz ve onun sözcüsü Caled teröristlere neler olacağını gösteriyor. Teknik birkaç aksaklıktan dolayı düşen uçaklarımızın ve öldürülen askerlerimizin intikamını alıyoruz. Az sonra! Karji sizin Tanrı'nızdır. Karji, düzeni bozan basit varlıkları affetmez.

Karji'mizin yoluna taş koymaya çalışan bu teröristlerin yok oluşları için 10-9-8-7-6-5-4-3-2-1-0."

Bibal, "Caled'den gelen emirle füzeleri yollayın" diye gürledi. Füzeler hedeflerini bulmak için ateşlendi. Hedefine kilitlenmiş 54 füze havada süzülerek Ekni'ye "yağmurun çocukları" gibi yağmaya başladı...

Özgürlüğe Koşanlar

Baskıyla, "Gerçek olan bu" diyerek bir illüzyon yaratabilirsiniz; fakat özgürlüğe susayanları görünmez kılamazsınız.

Edel, kamyonette bulunan, ederini hiçbir değerli taş ve dijital parayla ölçemeyeceği insanlarla ona verilen koordinattaki dağın yamacına geldiğinde hızla kamyonetten inip dağı incelemeye koyuldu. Birkaç dakika sonrasında insanları indirmeye ve bebekleri susturmaya çalışan yaşlı kadınların şaşkın bakışlarını savuşturmaya girişti. Hemen ardından Orhun'a ulaştıklarını akıldan akla, "Biz geldik, sizi bekliyoruz, habercimiz" diye bildirdi. Orhun sevinçle, "Bundan daha iyi bir haber olamazdı, Edel" diye bir cümleyle karşılık verdi Edel'e.

"Siz neredesiniz?" diye sordu aynı sevinçle, Edel."

Orhun, "Biz de tahmini olarak 45 dakika sonra orada oluruz" dedi.

"Ama siz yürüyerek gelmiyor musunuz?"

"Develer bize yardımcı olmak için geldiler" dedi Orhun.

Nasıl olur diye bir soru daha belirtecekti ama sustu Edel. "Habercimiz, bu da çok güzel bir haber" diyebildi sadece.

Tai-Shan, Volkov, Zadok, Asya ve onları takip eden inananlar Ekni şehrinden çıktıklarında, çölde yürümenin zorlukları ve karşılaşacakları tehlikeleri düşünmekteydi. Orhun ve Matteo ise oldukça rahattı. Bu rahatlıkları diğerlerinin de dikkatini çekmişti.

Yürüyüşlerinin başlamasının üzerinden otuz dakika dahi geçmeden onlara doğru sallana sallana yürüyen yüzden fazla deveyi görünce dilleri tutulacak gibi olmuştu. Orhun ve Matteo'nun rahatlıkları anlam kazanmıştı artık.

Matteo, Orhun'un ona ilettiği görevi yerine getirmişti. Hayvanlar ve bitkilerle iletişim kurabilmesinin faydalarını insanlara fazlasıyla sunuyordu. Etraflarında onlara yakın olabilecek sahipleri tarafından iple bağlanmış, su kanallarında su içmek için toplu halde götürülen develer Matteo'nun çağrısına karşılık verip kuşlarla yarışır hızda onlara doğru koşturmaya başlamıştı. Develerin sahiplerinin ellerinden ve ayaklarından hiçbir şey gelmemişti. Birlik askerlerinin Ekni'ye doğru yol almasından ötürü, çöl yollarında ilerlemek tehlikeli ve geçici süreliğine yasak olduğundan, develerin sahiplerinin ellerinden sadece kaçan develerine küfürler savuruşları ve "Karji'nin laneti üzerinize olsun!" beddualar hariç bir şey gelmemişti.

Develer önlerinde durup yere eğilip üzerlerine inananları almasıyla yolculuklarındaki sıcak zeminde yürümek ve hızlı olmak gibi en önemli iki sorun ortadan kalkmıştı.

Durumu anlamış olan Volkov, "Mucizeleri verene teşekkürler" diyerek binmişti devesine ve Matteo'ya bir göz işareti yapıp başını gülümseyerek sallamıştı.

Develerin gelişiyle insanların kalplerinde Orhun'a ve yaratıcıya karşı inanç, sevgi, umut ve minnet duyguları daha da artmaya başlamıştı

Orhun bu yolculuğun sonunda ve sonrasında neler olacağını tahmin etmeye çalışıyordu. Sonrasında neler olacaktı? Şu âna kadar olan her şey kitabın onlara söyledikleri gibi gelişiyordu.

En çok meraklandığı konu ise, Dünya'da mesajlarını dinleyip inanmayı seçenlerin sayısının kaç olduğuydu.

Gerginlik, stres, coşku, rahatlama, mutluluk, hüzün ve düşünceli ruh hallerinin dışa vuran insanlarla birlikte develerin isyankârlığının büyük yardımı sonucunda dağın yamacındaki Edel'in yanına gelebilmişlerdi nihayet.

Yolculukları sırasında hiç kimse nereye gittiklerini sormamıştı ve kimse ağzını açıp şimdi ne olacak diye konuşmayı uygun bulmamıştı. Belki biraz da olsa, bu tarz sözleri söylemeyi ve sorular sormayı düşünüyorlardı ama umurlarında değildi kimsenin. Istırabın bütün basamaklarında gezinmiş ve acının türlü yollarından geçmiş Ekni şehrinde yaşayan insanlar, özgürlüğe ve inançların serbest yaşandığı ideal yaşama doğru adımlamanın mutluluğunu yaşıyorlardı. Bu durum, yabancısı oldukları bir ruh hali olmasına rağmen çok çabuk adapte olmuşlardı. Orhun ise dağın yamacına geldiklerinde, "Şimdi yeni yaşamın anahtarlarını bulacağımız bir savaşın içerisinde olduğumuzu düşünmeyin sakın. Yaratıcımız bizimle ve şimdi gizlenmemiz gerekiyor; dağın içerisinde bulunan mağaraya gidiyoruz hep birlikte" dedi.

Edel, Orhun'a sarılıp "Hoş geldiniz" dedi mutluluk yayan gözbebekleriyle.

Gölgelik bir alanda bazılarının ağladığı, bazılarının da uyukladığı bebeklerin yanına gitti ve onlara sanki hepsinin babasıymış gibi şefkat dolu gözlerle baktı Orhun.

Sonra yanlarından ayrılıp dağı inceledi. "İçlerindeki en yüksek tepeye sahip olan bu dağ galiba" diye bir söz savurdu ortaya. Edel hemen söze atıldı: "Evet habercimiz, küçük bir dağ topluluğu ve hepsinden daha büyük olanı ise Duman Dağı."

Bir süre sustu Orhun; ona doğru gözlerini dikmiş bakan yüzlerce çift göze doğru bakındı.

Sağ elinin baş parmağını havaya kaldırdı ve şunları söyledi: "Şimdi gizleneceğiz ve korunacağız. Bizi bulmaları çok zor olacak, çünkü bizi yok ettiklerini düşünecekler ve bizim Ekni 'de olmadığımızı anladıklarında panikleyecekler. Kafaları karışacak, çölde aramalara başlayacaklar ama korkmayın sakın, dinen fırtına geri geliyor ve üç gün boyunca bir adım dahi atamayacaklar bulundukları yerden. Üçüncü günün sonunda ise Ras Birliği'nin kentlerinden en uygun olanını ele geçireceğiz, ardından da her yere barışı ve sevgiyi getireceğiz. Şimdi vakit kaybetmeden mağaraya doğru ilerleyin."

Onu dinleyen herkes Edel'in öncülüğünde yürümelerinin kolay olduğu bir yamacı tırmandılar. Yerden on beş metre kadar yüksekliğe ulaştıklarında ise, eğilmek zorunda kaldıkları bir girişten gizlenecekleri ve korunacakları mağaranın içine girdiler. Tatlı ve içilebilir küçük bir göl karşıladı onları. Mağaranın içerisi çok geniş ve hepsinin rahatlıkla sığacakları bir alana sahipti. "Bu bir mucize" diyorlardı kendi kendilerine. En son Orhun girdi mağaraya; önünde Asya vardı ve el ele tutuşuyorlardı.

Asya, Orhun'dan ayrılıp kadınlarla ilgilenmeye, onların rahat etmeleri için zemindeki taşları sağa sola savuşturmaya ve bebeklerini emzirmeye koyulan anneleri rahat edecekleri kapalı bir alana götürmeye başlamıştı.

Orhun, gurur dolu bakışlarını Asya'ya yöneltiyor ve sevginin bu muhteşem görüntüsü karşısında içi içine sığmıyordu.

Dalıp gittiği sevgi denizinden Volkov çekip aldı onu. "Habercimiz ne olacağını ve ne yapacağımızı anlatacak mısınız bizlere?" dedi.

Orhun biraz afallamıştı ve birkaç saniye durgunluk halinden kurtulamadı.

Volkov ve Altın Birlik üyeleri, cevap bekleyen bakışlarını ona doğru tutmayı sürdürüyordu.

Nihayet Orhun, "Evet, tabii, bir saniye, şöyle insanlardan uzak kalacağımız bir yere gidelim" dedi ve mağaranın çıkışına yöneldi. Onu sakin adımlarla Altın Birlik üyeleri takip etmeye başladı.

Hayal Kırıklığı

Hayaller, hayatın gizlenmiş ayrıntılarıdır.

Füzeler yerle bir etmeye başladı Ekni şehrini. Her biri yere indiğinde büyük bir ses dalgası yayılıyor, havada uçuşan toz yığınları bu sesi gri ve sarı renge büründürüyordu. Bibal başta olmak üzere askerler keyiflerinden yerlerinde duramıyordu. Canlı yayının başlaması ile Caled, başkanlar ve dünyanın çoğunluğu ekranların karşısında mutluluk doluydular. "Tarif edilmez bir güzellik" diyordu Caled yanlarındakilere. Meydanlarda toplanmış ve evlerinde pür dikkat olmuş, Karji'ye inanan milyarlarca insan ise Karji'ye dualar edip öfke kusuyordu Ekni halkına. "Evet, işte böyle geberin pislikler; ölün ve *döngüsellik* dışına itilin sizi terörist bozuntuları" sözleri sarmıştı her yanı.

"Şimdi ikinci aşamaya geçiyoruz" dedi Bibal. Tankların namluları ve havan toplarının istikameti Ekni'ye yöneltildi. Toplar ve bombalar yağmaya başladı yine Ekni şehrine ve yine binalar toza dönüşmeye devam etti. On dakikadan biraz fazla süren bombalamanın ardından Bibal, "Üçüncü aşama için balonları göndermeye başlayın" diye bir emir verdi askerlerine. Yüz metrekarelik bir alanda ne varsa yok etmeye programlanmış ve yeni nesil silahların en zararlılarından olduğu söylenen balon bombaları havada süzülmeye başladı. And Birliği'nde bir çocuk gördüğünde bu görüntüyü, annesine şöyle seslendi: "Bu balonlardan bende de var." Annesi, "Hayır, bu sendekiler gibi değil; bu bambaşka bir şey sevgili yavrum" dedi ve ekrana bakmaya devam etti.

Balonların 112 tanesi aynı anda havalandı ve çok geçmeden Ekni şehrinin en ücra köşelerine ulaşıp, taşıdıkları elma büyüklüğündeki bombaları bıraktı. Ekni şehri yıkılmış ve harap olmuştu artık. "İçerisinde hiçbir canlı kalmamıştır, ancak her ihtimali gözden geçirmeliyiz" dedi Bibal. Ardından da "Şimdi dördüncü aşama için robot askerler öne geçsin ve hazır olsunlar" talimatı verdi.

Balonlar görevlerini bir tane dahi zayiat vermeden yerine getirmiş ve Bibal komutasındaki askerlerin emri altına dönmüşlerdi.

"Karji halkı ve Sayın Başkanımız Caled yönetimindeki insanlar, şimdi robotlarımız şehre giriyor, içeride yaşama dair ne varsa, onlara dair bir iz dahi kaldıysa silmeye gidiyorlar" dedi Bibal. Onun bu sözlerinin ardından, 478 robot öne atıldı ve dört kola ayrılıp şehre doğru hızla adımlamaya başladılar.

Şehrin yıkılmış ve toz altında kalmış kapısından içeri girdiklerinde, Caled heyecandan yerinde duramıyordu. Bibal'i aradı. "En önemli görev şimdi başlıyor. Robotların görevinin ardından asıl beklenen görüntüleri vereceğiz. Parçalanmış ya da parçalanmamış önemli değil, her görüntüyü süzgeçten geçirmeden verin ve ibret olarak hatırlanması için en dehşetli görüntüleri seçin" dedi.

Bibal, "Merak etmeyin efendim; emirleriniz harfiyen uygulanıyor ve uygulanmaya devam edecek" dedi. Aldığı emirleri robot birlikleri komutanı olan neredeyse insanın bir kopyası olmuş 112 adlı robot lidere iletti. "Bu emir uygulanacak, komutanım" dedi 112. Emirleri ileten robot liderleri dinledikten sonra şehrin kapısından içeri giren öncü robotlar aynı anda kameralarını çalıştırdılar.

Heyecan en üst düzeydeydi tüm dünyada. Kimileri çocuklarına zorla izlettiriyordu. Kimilerinin çocukları ise hiçbir zorlamaya gerek kalmadan, "İşte gerçek savaş oyunu bu" diyerek ekrana büyülenmiş gibi bakmaktaydı. Robotlar, eskiden şehre benzeyen fakat şimdi toz duman olmuş sokaklarda gezinmeye başladılar. Etrafta yanan yerler vardı, dumanlar kaplamıştı ve alevler içerisindeydi Ekni şehri. Birkaç dakika geçmesine rağmen, insana benzer bir görüntü hâlâ gelmemişti. Toplu halde saklandıklarını düşünüyordu Bibal. Caled neşe doluydu, ancak şehrin yanan görüntüsü dışında bir görüntü hâlâ gözlerinin önüne serilmemişti. Yıkılmış ve parçalanmış evlerin ne içinde ne de dışında insana benzer bir şey yoktu. Bibal endişelenmeye başlamıştı. Meydanlardaki insanlar heyecanlarını korumaya devam ediyordu. Otuz dakikaya yakın bir zamanda, şehrin birçok yeri robotlar tarafından gezilmişti ve insana dair biz iz hâlâ bulunamamıştı

Caled, Bibal'i aradı, "Nihayetinde makine bunlar; beşinci aşamaya geçin derhal" dedi. Sesi sert ve hezeyana doğru meyleder haldeydi.

"Emredersiniz" diyerek bin kişilik bir asker gücüyle edindiği bir özgüvenle yürüyüşe öncülük etmeye başladı Bibal.

Ağır silahlarla donatılmış bir askeri aracın içerisindeydi Bibal. Arkasında aynı donanıma sahip dokuz araç daha vardı. Bir de ne olur ne olmaz diye bir tank onlara eşlik ediyordu. Bin kişilik askeri birlik Bibal 'in arkasından şehre girmeye başladı. Etrafta keskin nişancı olabileceğini düşünen Bibal, robot lidere, "Tepe görünen yerlere, pencere ya da kapı olan her yere silahlarınızı doğrultun ve hareket eden bir yaprak dahi olsa ateş edin. Ayrıca ışınlarınızla duvarların ardını tarayın" emrini vermişti. 112, "Bunu yapıyoruz komutanım; siz güvenli bir şekilde gelebilirsiniz artık, şehirde bir canlı belirtisi yok" dedi.

Bibal biraz sinirlendiyse de bozuntuya vermeden şehre girdi askerleriyle. Gözle görülen her taşın altı ve evlerden arta kalan yerler titizlikle aranmaya başladı. Etrafta parçalanmış elbiseler vardı ama et ya da kemik yoktu. Bibal, "Yanmış ve kavrulmuş olsalar dahi bir iz olması lazım" diye düşündü.

Kameralar eşliğinde bir saate yakın bir süre içinde şehrin hemen her yeri kolaçan edilmiş ama herhangi bir yaşam izi bulunamamıştı.

Caled, ayağa kalktı. "Lanet olsun, yoklar, kaçmışlar. Hepsini yok ettik diyerek, canlı yayına ara verin" dedi Slim'e bağırarak.

Slim, "Emredersiniz başkanım" diyerek basın odası müdürünü aradı ve Caled'in emrini yerine getirmeleri için sert bir tonda, "Hemen dedim size" diyerek telefonu kapattı.

İnsanlar heveslerinin tam zirvesindeyken, insan eti ve kemiği arayan gözlerinin önünde bir anda, "Hepsini yok ettik" yazısı belirdi. Birkaç saniye sonrasında normal yayın akışına geçmeye başladı tüm televizyon kanalları ve internet siteleri.

Caled, çıldırmış halde idi. Öyle ki duvara dahi bir yumruk atmıştı. Bu lanet olasıcalar çölde nereye kaçabilirler. Radarlarımızdan nasıl korunabilirler ve bunca insan bu çöl kumlarında nereye kaybolmuş olabilir diye gürledi.

Başkanlar sinmiş bir kedi yavrusu gibi donakalmışlardı. Caled duvarı yumruklamış ve neredeyse sinirden ağlayacak hale gelmişti.

Enki, Slim, Manitu, Yonnas, Bermin ve Mithra donakalmıştı. "Bunun olması imkânsız" diye bağırışına devam ediyordu Caled. "Bana Bibal'i bağlayın hemen" dedi. Slim titreyen elleriyle Bibal'i aradı. "Bibal ile görüntülü konuşma başlatıldı" dedi. Bibal şok olmuştu.

"Nerede bu kemikler, nerede bu et yığınları, nerede bu yanmış ve parçalanmış ceset parçaları?" diye sordu Caled.

Bibal, "Efendim, başkanım, inanın biz de durumu anlamaya ve söylediğiniz şeyleri bulmaya çalışıyoruz. Ancak kaçmışlar efendim; başka bir yolu olamaz, başka bir seçenek gerçekleşmiş olamaz" diyebildi titreyen sesle.

Konuşmanın devam ettiği sırada, görüntü gidip gelmeye ve cızırtılı bir ses dalgası kulakları tırmalamaya başladı.

"Neler oluyor orada?" dedi Caled. "Sesini duyamıyorum, görüntün gidiyor, Bibal. Neler oluyor orada?"

Bibal 'in ne dediği anlaşılmıyordu. Tam o sırada görüntü ve ses tamamen kayboldu. Askerlerin tamamıyla iletişim sıfırlandı ve herkes suskunluğa gömüldü. Caled hariç. Caled tekrar tekrar denetti aramayı, askerlere ulaşılması için her yolu uygulattı ama nafile bir çabaydı bu. Odada deliye dönmüş gibiydi, çıldıracaktı neredeyse. Öfke dolu geçen denemelerin sonucu hüsranla son buluyordu. Birinci saatin sonunda ise gelen raporları dinlediğinde Caled öfkeden köpürmeye başladı yeniden.

Son on yılın en sert kum fırtınası başlamıştı ve o bölgeye herhangi bir canlının ulaşması imkânsızdı. Ne kadar süreceği hakkında bir bilgisi yoktu kimsesin.

"Sizi beceriksizler! Karji'mize iniyoruz" dedi ve pelerinini istetti Caled.

İnanç Tohumları Filizleniyor

Dünya onu güzelleştireceğini ve koruyacağını düşünen insan için umutla döner. Gerçekliğe ulaşması için de onunla bütünleşir.

Orhun, insanlardan uzaklaştıklarında Matteo'ya doğru döndü, mağaranın girişini işaret parmağıyla göstererek, "Matteo, Abdullah'ın oğullarını ve Zudan'ı da yanına al; dönüşümlü olarak nöbet tutmaya başlayın" dedi. Matteo, "Anlaşıldı, habercimiz" diye yanıt verdi. Başını da sallayarak bu anlaşılmanın bedenen de vuku bulduğunu gösterdi.

"Dostlarım" diye söze yeniden başladı Orhun. "Az sonra ben, Edel ve Abdullah dünya evine gideceğiz. Bir sonraki aşamaya geçiyoruz ve insanlara doğruları anlayacakları dilde göstermeye başlıyoruz." Tai-Shan'a doğru kararlılıkla bakarak, "Halkımızla ilgilen ve endişelerini azaltacak gücü onlara Volkov' la birlikte sun" diye tembihledi. Tai-Shan başını *tamam* anlamında aşağı eğdi. Volkov sesini temizleyerek, "Tamamdır, haberci" dedi.

Sorgulama son bulduğu için, sadece kabullenme ve Orhun'un söylediklerine tam manasıyla teslim olma durumu Altın Birlik'te artık otomatik bir düşünce biçimi olmuştu. Olayların seyir yönü ve gelişme hızına bu sayede çabuk uyum sağlıyorlardı.

Orhun, Volkov'a, "Haberler ne diyor?" diye sordu.

Volkov, telefonundan haber sitelerine göz attıktan sonra, "Canlı yayında bizleri yok ettiklerini söylemiş ve göstermişler ama bunu destekleyen görüntü ve bilgiyi sunamıyorlar sanırım" dedi. Matteo gülerek, "Acaba neden?" diye sordu. Diğerleri de tebessüm etti bu söze. Volkov devam etti haberleri iletmeye: "Şehri yerle bir etmişler. Bakın…" diyerek ekranlarda sürekli dönen bombaların ve robotların harap ettiği şehrin toz duman haline bakınmalarını istedi. Abdullah, "Aşağılık yaratıklar" deyiverdi ve sağ yumruğunu sıktı. Tai-Shan, "Bizim yok edildiğimizi söylüyorlar ama herhangi bir ceset ya da insana benzer bir iz sunamıyorlar. Gösterilen görüntü, sadece bombaların binaları ve evlerimizi parçalayışları. Ahmaklar da buna inanıyor mu? Peh!" dedi.

"Dayatılana inanıyor insanlar" diyerek araya girdi Orhun.

Volkov heyecanla, "Bakın, kum fırtınasının çıktığı ve Ekni şehrinin etrafında ve çölün tamamına yakınında kum fırtınasının son on yılın en sert fırtınası olduğu yazılıyor" dedi.

"Hah işte" dedi Edel. "Bu da gerçekleşti. Eğer birileri *insanların görüntüleri nerede* diye sorarsa, *fırtına yüzünden gecikti* diyecekler ve unutturacaklar. *Birlik tarafından gösterilmesi uygun değildir* de dediler mi tamamdır. Uyuşmuş akıllar bunu hemen kabul edecek zaten."

"Haklısın Edel" dedi Orhun, meraklı gözlerini ona dikmiş olanları süzerek. "Fakat biz uyandıracağız birazdan o akılları" dedikten sonra, "Hadi gidiyoruz dostlarım" dedi.

"Unutmadan; Asya'ya benim birkaç saat içinde geleceğimi söyle lütfen! Meraklanmamasını tembih et, Volkov" dedi Orhun son olarak. Volkov, "İletirim, habercimiz" dedi. Hemen ardından da Orhun önde, Edel arkasında, Abdullah da en arkada olacak şekilde, kararmaya başlayan gökyüzüne aldırmayıp, ışıklarını sağa sola yayan yıldızların ışıklarını gölgede bırakan Borakların ihtişamlı görüntülerine doğru adımladılar ve gülümseyen suratlarıyla Boraklarına bindiler.

Zamanın âdeta durgunluk evresine girdiği bir halde, dünya evinin bulunduğu yere iniş yaptı Boraklar. Hızlı adımlarla hayvan seslerinin eşliğinde dünya evine girdiler.

Abdullah, içeri adımladıktan birkaç saniye sonra, "Burayı kim ne zaman temizledi? Ayrıca yeni yiyecekler de konulmuş sanki buraya" dedi. Şaşkındı ve bunun nasıl ve kimler tarafından yapılmış olduğunu merak ediyordu.

Orhun, Edel'in de aynı merakı taşıdığını gözlemledikten sonra, "Sanırım Meril 'in bize bir hediyesi bu" dedi. İştahla çilek benzeri meyveyi de ağzına attı. Onu Abdullah ve Edel takip etti. Orhun'un bu tip hareketleri yapması, onlara, "Evet, Orhun da bir insan" dedirtiyordu. Orhun ise bu tip davranışları onların yanında kasıtlı olarak yapıyordu.

Kameranın bulunduğu odaya geldiklerinde, Edel ve Abdullah yeni bir mesaj kaydedeceklerinden çok emin şekilde hazırlıklara giriştikleri sırada, Orhun, "Hayır dostlarım, hayır, hemen değil. Önce yapılması gereken bir işimiz var. İnsanlara yine mesaj vereceğiz ama bu sefer onlara şok edici gerçekleri de sunacağız. Bana ne yapmam gerektiğini *kitap* iletti. Yapmam istenen şeyle ilgili bilgi beynime ve ruhumun her zerresine yerleştirildiğinde, bu, âdeta dünyadan kısa bir süreliğine gitmiş gibi oldum. Yapacağımız şey, Ras Birliği'nin gizli dosyalarını insanlara sunmak olacak" dedi.

Abdullah, bu sözü sindirir sindirmez şöyle konuştu: "İyi ama bu nasıl olur, habercimiz? O dosyaları nereden ve nasıl alacağız? *İmkânsıza yakın bir durum* derdim insan aklımla ama yaratıcımız söz konusu olunca *imkânsız* sadece manasız, aciz bir kelime. İmkânsız sözcüğü, öğrenilmiş çaresizliğin yansıması olarak kabul görüyor bende. Bu yüzden, insan olan Abdullah olarak soruyorum: Bu bilgileri nasıl elde edeceğiz?"

Edel de şaşkınlık ve merak duyguları arasında gidip geliyordu.

Edel, "Habercimiz, güvenlik birimine mi sızacağız?" diye sordu dayanamayarak.

"Evet. Bu öyle kolay olacak ki şaşırmanıza fırsat kalmayacak."

Orhun, "Şimdi bana kameraya takılı kaydedici belleği getirir misin?" dedi Edel'e, "Kolay olacak" sözlerinin ardından.

Edel, belleği hemen Orhun'a uzattı. Orhun bilgisayara dokundu ve ekran açıldı.

Ras Birliği Güvenlik Müdürü'nün ismine Kapol sitesinden ulaştı. Sitelerden birinde bulunan güvenlik müdürlüğünün resmi e-posta hesabını kopyaladı. Ardından Ekni şehrindeki bombalanmış ve internet ortamında gezinen iki fotoğraf seçti. Fotoğrafın arka planına, tuşlarını bir piyanist gibi kullandığı bilgisayar klavyesi vasıtasıyla bir program yerleştirdi. Bir e-posta hesabı oluşturdu (eknigercekleri@kapol.com). Bu hesaptan kopyaladığı güvenlik müdürlüğünün resmi hesabına göndereceği e-postanın konu bölümüne, "Ekni 'de ölenlerin görüntüleri" yazdı. Sağ işaret parmağıyla "E-postayı Gönder" tuşuna bastı.

Abdullah ve Edel nefesini tutmuş izliyordu...

Orhun sakince beklemekteydi. Dört dakika sonunda, e-posta açılıp fotoğrafın tıklanmasıyla, açılan bilgisayarı ele geçirmesini sağlayan program işini yapmaya başladı. Siyah ekran da yüzlerce harf ve sayı yığını oluşmuştu artık, Orhun, hemen IP adresini aldı ve alan adını inceledi. Açık portlar ve rotuerlerın konumlarını tespit etti ve sistemlerinde çalışan bütün ayrıntıları tespit etti. Ağı taramaya başladı. Ardından resmî e-posta adresinin içinde gezinip aradığı güvenlik müdürünün e-posta adresini buldu. O e-posta adresinin şifresini alarak kendi bilgisayarında açtı. Güvenlik müdürüne, "Ekni 'de ölenlerin görüntüleri geldi müdürüm" başlığıyla aynı fotoğrafları yükledi ve gönderdi.

Ekrana büyülenmiş şekilde bakıyordu Abdullah ve Edel. Orhun ise trans halindeydi, ekrandan gözlerini ve klavyeden parmaklarını alamıyordu. Yaklaşık sekiz dakika yirmi saniye sonrasında, güvenlik müdürü e-postayı açıp fotoğrafı tıkladığında artık bilgisayarı Orhun'un kontrolüne geçmişti. Uygun bir sızma erişimi aracı yazarak, ağ üzerinden bilgisayarın içerisinde yer alan bilgileri arattı ama istediği asıl şeyle ilgili bilgiye ulaşamadı. Güvenlik müdürünün e-posta şifresine sahip olur olmaz da güvenlik bakanına aynı e-posta içeriğiyle bir e-posta gönderdi.

Bekleyiş sürüyordu.

Orhun'un trans hali bambaşka bir hal almış, terlemeye başlamıştı. Ağzı kurumuştu. Abdullah bunu fark etmese su aklına dahi gelmeyecekti Orhun'un. Abdullah'ın getirdiği bir bardak suyu bir yudumda içti, nutku tutulmuş olan Edel ise şoktaydı.

Yaklaşık 10 dakika gibi bir zamanın geçmesiyle bakanın gönderilen e-postayı açması ve fotoğrafı tıklaması gerçekleşti. Orhun, bakanın bilgisayarını ele geçirdi.

Bir arka kapı oluşturdu ve giriş şifresini elde eder etmez de ana bilgisayardaki gizli kodlu bütün belgeleri indirmeye başladı. Yaklaşık 29 dakika sürdü bu indirme işlemi ve işlem bittiğinde Orhun kayıt dosyaları ve bağlantılar kullanarak çökertme işleminin izlerini sildi.

Elde edilen bilgileri açmak için sabırsızlanıyordu ve bu sabırsızlığını uzatmadan gerçekliğe dönüştürüp dosyaları açmaya başladı.

Gördükleri manzaralar ve okudukları ise üçünü birden dehşete düşürdü.

Aldatılıyorsunuz!

Aldatan için yolun sonu kısa zamanda gözükür. Aldanan için ise yol daima açıktır.

Üzüntüyle bezenmiş şaşkınlık ve öfkeyle bütünleşmiş gerçeklerin acısını içlerinde bastırarak kameranın önüne geçen Orhun'u kayda almaya başladı Abdullah ve Edel.

Edel'in *başlayabilirsin* anlamına gelen parmak işaretiyle de konuşmaya başladı Orhun: "Dünya hayatı, bizim bildiğimiz sınırların ötesinde bir gerçekliğin bize ulaşmış küçük bir halkası sadece. Biz insanlar kendi içimizdeki kötülüğü bastırmanın yollarını aradık durduk. Sizlere unutturulan eski medeniyetlerin yani Sümerlerin, Mısırlıların, Yunanlıların, Romalıların, İbranilerin ve de Ras Birliği sınırlarında yaşamış çok eski medeniyetlerin neye inandıkları ve yaratıcıya karşı ne gibi yaklaşımları olduğunu alaycı dillerle aşağıladınız. Adına Karji dediğiniz ve salt kötülükle kaplı bir varlığa atfettiğiniz biçimde sorgulamadan inandırıldınız. Ancak Karji'ye tamamen inanana kadar, bilimin üstünlüğü ele geçirdiği yıllarda, birçok yeni akıma ve birçok yeni inanış biçimine yelken açan bir yelkenli oldunuz. Durmadı insanlık; geçmişi araştırıp gerçekliği ona sunduğunu iddia eden filozofların, alimlerin, peygamberlerin, bilim insanlarının ve de yöneticilerin izinden gitti. Dünya'da insan yaşamının izlerine rastlanan kadim çağlardan beridir asla tam bir bütünlük elde edilemedi. Beş bin yıl önce ne olduğunu kimse tam olarak bilemez; on bin yıl öncesiyle ilgili de ne bir bilimsel yöntem buna tam karşılık gelecek söylevde bulunabilir, ne de mistik yaklaşımlar buna net bir cevap verebilir. Tarih, ölü bilgiyi sunup onu isteğine göre şekillendiren insanların sözlerini size satma sanatıdır. Bir sanat olmanın ötesinde bir ticarettir aslında. Binlerce yıl önce de şimdi de gerçeklik konusunda bir yaklaşım ortaya koyan insanlara önce deli dendi, daha sonra asıldı; fakat zamanla o insanların fikirlerinin izinden giden milyonlar birikti... Şimdi ise tek bir gerçekliğe ulaştığını düşünen milyarlarca insan, kast sistemiyle bölünüp *döngüsellik* yalanıyla kandırılan, enerji ölçüm cihazlarıyla dayatılan ve korkutulan bir gerçekliğin içinden geçiyor. Eğer evrenin yapısını tam anlamıyla düşünürsek, bizim yerimiz kimine göre küçük bir nokta, kimine göre ise insan yaşamının bulunabildiği tek yerin bize tahsis edildiği ve etrafımızda şekillenen bir sonsuzluk olarak düşünenlerin ortaya döktüğü tezlere sarılır vaziyette buluruz kendimizi.

Aklın hüküm sürdüğü hiçbir çağda, yaratıcı düşüncesinden ve inanışından mahrum olmamış insanlık. Bilimin en ufak kırıntısı bile kötülenmemesi gerekirken, yaratıcı ile kavgaya tutuşan ve kendince tezler üreten üç beş sapkın yüzünden Dünya eksen çağından bile daha fazla ekseninin kaydığı bir dönemece girmiş durumdaydı. Size Karji dayatıldı, ekseninizin etrafında onun varlığı hüküm sahibi olarak kabul ettirildi. Sormaya yeltenenler öldürüldü. Mantıklarına ve gönüllerine yatmayan Karji inanışını reddedenler, Ekni şehrinde 'zararsız inançsız' damgası yiyerek ölüme terk edildi. Maymunları izler gibi izlemeye geliyordunuz Ekni 'deki insanları görmeye.

İnsanlık bu utancı daha fazla taşıyamazdı. İnsanlık bu utançtan kendi yöntemleriyle kurtulamazdı. Önce altına endeksli para sisteminden, sonra da fiziki paraya endeksli sistemden kurtulan, efendiler, kötülüğün temsilcisi olan ve aslında tamamen isyanın ve kötülüğün temsilcisi olanlar 'Karji' denilen şeytan ile iş birlikteliklerini kamuoyuna açıklamak zorunda kaldılar. Onlarca yıl önce ayaklanmalar başlamış, yönetimin ve zenginliğin küçük bir azınlıkta olması artık herkesin canına yetmişti. İsyanların kıvılcımları daha da artarak devam edecekti, ama Proxima Centauri 'ye giden Caled orada Karji ile karşılaştı ve size döngüselliği getirdi. Sizlere, sorgusuz sualsiz biat yolunu dayattılar. Bilim size enerji makineleri ve robotlarla bir korku bloğu oluşturdu. İnsanların öldürülmeleri ve gölgelerin sesli konuşmalarıyla da sizler Karji'yi İlah, Tanrı ve Yaratan olarak kabul etmeye başladınız.

Dünya hiç olmadığı kadar yoksullaşmış durumda. İçilebilir su kaynaklarına ulaşamayan milyonlarca çocuk yaşam mücadelesi veriyor. *Döngüsellik* içerisinde mutlak itaat ve Karji'ye tam boyun eğerseniz, bir sonraki hayatınızın daha iyi bir hayat olacağı vaadine kandınız. Karji'nin artık Dünya'da oluşunun bir güvence olduğu, Karji'nin sistemi düzelteceği ve hemen düzeltmemesinin gerekçesi olarak da istediği düzenin tam olarak kurulamamış olduğunu söylediler size. Karji, insanlığa açık bir müdahalede bulunmayışının gerekçesi olarak uydurulan, ona itaatte ve yasalarına tam teslimiyette bulunanları ölüm sonrasında mükâfatlandıracağı saçmalığını kabul ettiniz. Bunların hepsini doğru düzgün düşündüğünüzde ne kadar büyük bir yanılgı ve mantık dışılık içinde olduğunuzu anlarsınız.

Yaratıcı olan Rab, evreni yaratan, ölüm gününün tek sahibi, yaşam ânının tek sahibi olan yaratıcı yaratmaya devam ediyor. Tüm evrende güzelliklerini sürdürüyor ve yarattıklarını donattıktan sonra serbest bırakıyor. Yaratıcımızı mantık içinde ve mantığınızın dışında her yerde bulabilirsiniz.

Onun adı ne Baal ne Şiva ne de sayılarla belirtilen sınırlandırılmış kelimeler yumağının ve zoraki anlamdırılmaların içerisinde yer alan herhangi bir tanesi değil. Hayır dostlarım, hayır kardeşlerim, yaratıcı sevgidir. Adı sevginin karşılığıdır. Yaratıcı mutluluktur. Dostlarım, Yaratıcımız bütün bu kötülüğe rağmen bize son bir fırsat sundu. Bizler, size bu fırsatı bedenlerimizden ayrılıncaya kadar söylemeye devam edeceğiz. Size bir yaşam biçimi dayatmayacağız, kuralların içerisinde boğmayacağız, bölüp parçalamayacağız ve sizi zorla dönüştürmeye çalışmayacağız. Sadece sevginin varlığını ve sevginin kutsallığını anlatacağız.

Bir eşyanın ya da makinenin tamirini kutsal metinlerde aratmayacağız size. Yeme içme düzenini kadim sözler olarak sunmayacağız. 'Tanrı kötülüğü neden yok etmek istemiyor?' sorularını susturmayacağız. Sorgulayan ve cevaplar arayan olmanız için teşvik edeceğiz.

Bölünmüş ve birbirinden uzaklaşmış bir toplum oluşturmak değil niyetimiz. Size gerçekleri sunan ve eşit yaşam koşullarında bizlere sunulan güzellikleri paylaşan bir durumun içerisinde nefes alıp vermenizi kolaylaştırmak için, yaratıcının sevgi ve birlik olma yolunu göstereceğiz.

Size ne gibi yalanlar söylendiğinin kanıtları olarak bazı belgeler ve görüntüler sunuyoruz. Bu belgeleri, bilgileri ve görüntüleri okuyup izledikten sonra cesur olun ve sorgulayın. Dünyada sevginin hâkim olması için direnişe geçin ve *döngüsellik* saçmalığını ortadan kaldırmak için adımlar atın. Konuşmamım sonundaki belge ve bilgileri özümseyin ve sorgulayın.

Kulaktan duymaydı bildiklerim senin hakkında,
Şimdiyse gözlerimle gördüm seni.
Bu yüzden kendimi hor görüyor,
Toz ve kül içinde tövbe ediyorum.
Kötü yolda yürüyen,

Kendi tasarılarının ardınca giden,

Asi bir halka,

Bütün gün ellerimi uzatıp durdum.

'Ey iman edenler, size hayat verecek şeylere sizi çağırdığı zaman, Allah'a icabet edin. Ve bilin ki muhakkak Allah, kişi ile kalbi arasına girer ve siz gerçekten O'na götürülüp toplanacaksınız.'

İşte bu sözleri, kadim kitaplardaki bu sözleri sildiler. Bunlar size ve atalarınızın tamamına gönderilmiş yaratıcı buyruklarıdır. Kalbiniz size beyniniz de oluşan bütün blokajların kırılması için bir çekiç sunabilir. Kalbinize güvenin! Kalp en saf tarafıdır insanın, kirlenmemiş ve bozulmamıştır. Dışarıdan bir müdahaleyle manipüle edilemez, çünkü saf olan düşüncelerine bırakmaz kontrolü. Saflığın olduğu yerde ise sevgi vardır ve sevginin olduğu yer yaratıcının yuvasıdır."

Sustu Orhun. Zaman onun susmasıyla tekrar akar gibi oldu Abdullah ve Edel için. Kaydı tamamladılar. Bir çeşme dolusu su, bir nehir dolusu su, bir okyanus dolusu su içseler dahi bu tuhaf tadın ağızlarından gitmesini sağlayamazlardı.

Orhun, gururdan arındırılmış bir ruh haliyle ayağa kalktı ve Edel'e, "Şu seçtiğimiz görüntüleri ve belgeleri yerleştirir misin kaydın sonuna?" dedi.

Edel, başını sallayarak denileni yaptı ve sandalyeden kalktı işini bitirir bitirmez.

Orhun, sağ eliyle "GÖNDER" butonuna bastı ve mesaj gönderildi.

Saklı Olanın Belirmesi

Kolay yol, sorgulamaya kapalı olandır. Gerçek yolculuğa başlayabilme cesaretini gösterenler zehir içseler de ölümsüzdür.

Dünyada yaşayanlar bir kez daha Orhun'un gönderdiği mesajla ekranlarına müdahale edememişti. On bir dakika kırk iki saniye süren görüntülerin sonunda büyük bir şaşkınlık ve suskunluk haline bürünmüştüler. Mesajın içeresindeki konuşma büyük bir etki ve tepki doğmasına yol açmıştı dakikalar içerisinde. Hatta bazı fanatikler dayanamayıp bilgisayarları ve telefonlarını parçalamışlardı. Ancak mesajı sonuna kadar dinleyen ve izleyen çoğunluk ise Ras Birliği'nde gizlenen ve saklanan gerçeklerin doğru olabilme ihtimalleri üzerine derin düşüncelere gark olmuştu.

Orhun, videonun sonuna ikişer dakikalık videolar yerleştirmiş ve elli iki sayfadan oluşan gizli belgeleri yayınlamıştı. Bu videoların birinde, birlik bütçesinin önemli bölümünün üst kademede yer alan kişilere tahsis edilmesi yer alıyordu. Bu videoda birlik başkanlık özel meclisinde yer alan otuz dört kişinin konuşmaları, başkan ve yardımcısının bilgisi dahilinde gizli kayda alınıp güvenlik bakanına emanet edilmişti. Bu toplantıda, yeraltı kaynaklarının işlenmesi işinin hangi kurumlara verileceği ve kastın tepesinde yer alan ailelerin şirketlerine kolaylık sağlanması yer almaktaydı. Bir diğer videoda ise çok büyük bir sır açığa çıkıyordu. Merkezi Birlik tarafından gönderilen formüllerle, zihni bloke edip gerçeklik algısından uzaklaştırıp toplumun bilinç dışına verilecek mesajların içerikleri, anti depresan hapların içerisinde sinir sistemini öfkeden arındırılmış duruma sokan özel bileşenlerin nasıl kullanılacağı ve beynin inanma ile ilgili bölümüne nelerin hızla nüfus edeceği detaylıca anlatılmaktaydı.

Elli dört sayfalık belgelerde ise birliğin gerçek büyüme rakamlarının söylenenin çok altında olmasına rağmen nasıl yüksek gösterildiği, toplumun katman katman yoksullaşırken *döngüsellik* ile nasıl sessiz birer köleye dönüştürülmesi gerektiğinin başkanların imzası ile belirtilen raporları yer almaktaydı.

Karji mabetlerinde kullanılacak altının yüksek kaliteli olması gibi hususların yanında, mabetler için harcanan ödeneğin vergiler vasıtasıyla halktan sağlanacağı, bu yolla ekonomik düzenin istikrarlı olduğu algısının sürdürüleceği, vergiyle ilgili olumsuz görüş beyan edilecek her programın önlenmesi ve internet kanallarında ekonomi alanında birliğin emirlerini uygulayacak uzmanların yer alıp, vergi konusunun neredeyse hiç konuşulmaması gerektiği vurgulanmaktaydı.

Belgelerin en can alıcı sayfası ise şuydu: *Yok madde* teorisinin ve *kara kuyu* tezlerinin aslında kanıtlanmasının imkânsıza yakın olmasına rağmen, bunun Karji'nin gücünden taviz vermek olabileceği için, *yok madde* ve kara kuyu teorilerinin hararetle savunulması ve Karji'nin oluşturduğu evrendeki birer çukur olduğu fikrinin sabit olarak anlatılması tembih edilmekteydi. Zaman yolculuğunun ve buna paralel olarak *döngüsellik* kavramının temellerini oluşturan, bu iki teorinin aslında temelinin bozuk ve içeriğinin birçok anlamsızlıklar içermesi anlamına gelen bu belge, sorgulamaya başlayan bazı insanları beyninden vurulmuşa döndürmeye başlamıştı. Toplumun genelinde Dünya'nın yedi birliğinde ve birliklerin meydanlarında bu şok dalgası yayılmaya başladı. Meydanlarda beliren, terörist avına çıkmış çoğunluğun hallerinde gözle görülür biçimde durgunluk havası esmeye başlamıştı.

Caled ise aklını yitirmek üzereydi. Kendisinden beklenmedik bir hareketle Slim'in boğazını sıktı ve onu duvara dayadı. "Bana bak alçak herif, sen bana, 'Engelledik ve hackleyemezler artık' dedin ve bana kesin garanti verdin. 'Karji'mizden yardım almamıza gerek yok' dedin. Beni kandırdın, beni oyaladın sen, sen, sen bize ihanet mi ediyorsun... Alçak herif, konuşsana" dedi.

Slim, fırtınanın ortasında dalgalara yenik düşen bir gemi kaptanı gibiydi. Yönü kaybolmuştu, pusulası bozulmuştu ve direkleri olan gözleri ağlamaya başlamıştı. Enki girmese araya Caled bir adım daha ileriye gidip ona yumruk atacaktı. Enki, Caled'in sandalyesine oturmasını sağladı ve ona buzsuz sek bir viski sundu. Viskiyi bir dikişte bitiren Caled, "Karji'miz bize ne yapsa haklı, Karji'miz bizi ne yerine koysa yeridir. Bizler başarısız olduk ve bir avuç serserinin dalga konusu olduk" dedi.

Minthra, sessizleşen ve gerginleşen ortamı yumuşatmak için soluk almadan sürdürdü: "Hayır efendim, başarısız olmadık, bunu atlatabiliriz. Toplumumuzun inancı birkaç serserinin ağdalı sözleriyle bozulmaz. İlk kez karşılaştıkları bu olayları, basını daha fazla kontrolümüz altında tutarak unutmalarını sağlayabiliriz. Evet, iki defadır ellerimizden kurtuluyor bu alçaklar ama Dünya üzerinde bir yerde olduklarına göre ve Dünya da bizim kontrolümüzde olduğuna göre bir kez daha kurtulmaları imkânsız. Yakında bu pisliklerden kurtulacağız ve Dünya'mızı tekrar istediğimiz gibi yönetmeye devam edeceğiz. Bir daha böyle bir olay yaşanmaması için, bilim odalarına ciddi ödenekler çıkarıp bu tip durumları ortadan kaldırıcı yeni ilaçlar ve bilinç dışını kontrol eden yeni yöntemler geliştireceğiz."

Caled, Minthra'nın konudan konuya sıçrayan ve avutmakla kalmayıp ilerisi için oluşturulacak vizyonu da hızlıca anlattığı dakikaların içerisinde sinirini yatıştırmıştı. Viskisinin de bedenine tesir etmesiyle daha bir durgunlaşmıştı.

Slim, korkusundan bir köşede sinmiş ve gözyaşlarını silmeye çalışıyordu.

Diğer başkanlar Minthra'nın umut vaat edici konuşmalarını coşkuyla karşılamış, "Üstesinden geliriz başkan. Slim'in elinden gelen buydu, ona daha fazla yüklenmeyin lütfen" gibi sözlerle ortamı yumuşatma yoluna girişmişlerdi.

Caled, sessizlik içerisindeydi fakat bu sessizliği uzun sürmedi.

Minthra, "Slim'in yerine seni başkan yardımcısı yapıyorum; ancak şimdilik toplumdan bunu gizleyin" dedi. Slim'e doğru sertçe bakarak, "Hatalarını telafi ettirmek için seni bu alçakların peşine düşecek ekiplerin başına getiriyorum" dedi.

O anda Slim'in elinde çiçekler belirse hemen Caled'e sunardı. "Başkanım emrinizdeyim! Siz çok yaşayın! Karji'miz sizi en yüksek biçimiyle *döngüsellik* içinde yer edindirsin" dedi.

Ayağa kalkan Caled, "Şimdi Karji'mize inebiliriz. Umalım ki affedicilik yönü ağır bassın şu anlarda ve bize yardımcı olacak tüm bilgileri versin. Test etmeyi tercih ederse Karji'miz, biz de onun testini geçmek için kendi yöntemlerimizle elde edeceğiz her bilgiyi. Her şeye hazırlıklı olarak inelim aşağı" diyerek kapıdan çıktı. Onu takip etti başkanların hepsi ve Karji ile konuşacakları odaya doğru hep birlikte gittiler.

Dünya üzerinde ise sorgulamalar ve özellikle Ras Birliği sınırları içerisinde bir kıvılcım ile patlamaya hazır olan küçük gruplar halinde insanlar homurdanmalardan sıyrılıp sesli bir şekilde, "Sen de gördün mü?", "Sen de okudun mu?", "Sen de izledin mi?" diye birbirlerini uyarıyor ve yorum isteyen bir edayla öteki berikine, beriki diğerine bakıyor ve susuyordu.

Ras Birliği'nin önemli kentlerinden olan Diyar'da ise 12 kişi, Hassina'nın evinde toplanmış, duyulmayacak bir sessizlikte, "Bizler haberciye inandık. Onun gösterdiklerine ve anlattıklarına inandık. Ona nasıl ulaşacağız?" diyorlardı.

İnancın Adımları

Önce bir düşünce belirir zihinde, sonra o düşünce dışarı bırakılır. O düşünceye inanmayı seçenler ya düşüncenin esiri olur ya da o düşüncenin ötesine geçer.

Eldivenlerini ve pelerinlerini giyen, suratlarına maskelerini takıp Karji'nin yanına inen başkanların tamamı korku içerisindeydi. Mumlar yakıldı ve çember oluşturuldu. Aynaya doğru dönüp, "Karji'miz, hizmetinizdeyiz" yakarışları başladı. Caled'in sesi ise diğerlerine göre daha yüksek perdeden çıkıyordu. Onu hiç böyle görmemişlerdi. Aslında son birkaç saattir Caled tamamıyla kendini yitirmiş bir haldeydi. Öfkesi ve nefreti en yüksek sınırlara ulaşmıştı.

Karji aynada gözüktüğünde ise başkanlar, "Karji'miz, emrinizdeyiz! Karji'miz, sizin kulunuzuz" demeye başladılar oldukça yüksek bir sesle.

Karji, aynadan yansıyan görüntüsünün yarattığı korkuyu bir kat daha artıran ses tonuyla, "Başarısız oldunuz uşaklarım" dedi. Caled'e seslendi hemen ardından: "Yöneticim, ne söyleyeceğinizi ve soracak olduklarınızı biliyorum."

"Azdıranın hizmetkârı olanları yok etmeniz için size gerekenleri söyleyeceğim ve ben azdıranın evrenimde ve Dünya'da hüküm sürmesini engelleyeceğim.

Azdıran, kurmuş olduğum sistemde isyankâr olandı. İsyanı hâlâ sürüyor anlaşılan. Onu bana bırakın, ben onunla ilgileneceğim. Siz onun hizmetkârlarını yok edin."

Kısa bir sessizlik hâkim oldu. Mumların esen bir havayla neredeyse sönecek duruma geldikleri bir an yaşandı. "Gölgelerim size yardımcı olacaklar. Gölgelerim Duman Dağı'nda olan bu inançsızlar grubunu yok etmeniz için sizinle olacaklar. Duman Dağı'ndalar ve gidecekleri bir yerleri yok. Onları yok etmek için yola çıkın."

Gölgeler, insana benzer bir soluma ile, "Karji'mizzz, bizzz hazırızzz" diye gürlediler.

Başkanların nefeslerinin sesi dahi çıkmıyordu. Caled dahil hepsi, "Emriniz yerine getirilecek efendimiz" diyebildiler sadece.

Dört kez, "Karji'miz, emrinizdeyiz! Karji'miz, emrinizdeyiz!" diye tekrarladıktan sonra aynadan uzaklaşan Karji'nin gidişiyle gölgelerle baş başa kaldılar.

Caled, kapıda bekleyen iki askerini yanlarına çağırdı. Askerler içeri girdiklerinde gölgeler bir anda mumları söndüren bir hızla iki askerin bedenlerini ele geçirip onları kontrol etmeye başladılar.

"Bizzz tamamızzz, biz hazırızzz" dedi ikisi birden. Karanlık atmosferin kasveti bir yana, bu ürpertici seslerin korkusu, Caled haricindeki başkanların titremesine yol açtı. Kapının açılıp iki gölge ve başkanların başkanlık özel görüşme odasına gitmeleri ile Duman Dağı'na gidiş için ayrıntılar belirlenmeye başlandı.

Duman Dağı'na 7 uçak, 12 helikopter, 38 balon, 76 tank, 500 robot ve 1900 kişilik ileri derecede eğitimli asker gönderilmesi kararı alındı.

Gölgeler öncü uçağın içerisinde yer alacaklar ve Duman Dağı'na ilk inenler onlar olacaklardı. Bu kez hataya yer yoktu. Kum fırtınasının etkileri Duman Dağı'nın çevresinde pek hissedilmiyordu. Gece karanlığında mı yoksa sabahın ilk saatlerinde mi baskın ve yok etmenin yapılacağı ise tartışma konusu olmuştu. Slim, birliklerin başında yer alacağı için, konusunda uzman stratejistlerin üç tanesini odaya çağırdı, notlar alarak uzmanları dinlediler. Ardından Bibal ile konuşuldu ve yeni hedef konumunun Duman Dağı olduğu ve sabah saatlerinde öncü uçağın keşif yapacağı, hemen ardından hava birliklerinin askerleri indirmeye başlayacağı belirtildi. Tank, panzer ve füzelerin Duman Dağı'nın on kilometre önünde konumlanıp ateşe hazır olması ise Bibal'e emredildi. Arta kalan askerî gücün ise ne olur ne olmaz diye Ekni şehrinde beklemeleri söylendi.

Caled titiz davranıyordu ve planın üzerinden üç kez geçilmesini istedi. En ince ayrıntısına kadar tartışıldı iki kez daha saldırı stratejisi. "Tamam, bu kez gölgelerin de yardımı ve Karji'mizin yol göstericiliğinde onları yok edeceğiz. Kaçabilecekleri bir delik yok etraflarında. Onları gören olursa bize ihbar eder ve zaten Dünya insanları onları nerede olursa bildirir bize. Bu ahmaklar biraz da olsa zekâya sahip ise, zaten hiçbir yerin onları kabul etmeyeceğini ve mesajlarının birer masaldan ibaret olduğunu bilir" dedi.

Caled yanılıyordu.

Orhun, Abdullah ve Edel Duman Dağı'na ve mağarada gizlenen inançlıların yanına vardıklarında, onları heyecanla karşılayan insanların meraklı sorularını savuşturuyorlardı. Edel, telefon ekranından üçüncü mesajı izletiyordu.

Ras Birliği'nde olan olayların iç yüzünün insanlara gösterildiği görüntüleri ve belgeleri ise tekrar tekrar gösteriyordu.

O sırada Asya'ya sabırlı olmasını ve yakında her şeyin istedikleri gibi gelişeceğini söylüyordu Orhun. Asya ise kısılmış gözleriyle, "Buna ben ve buradaki herkes inanıyor, Orhun" dedi.

Orhun, Asya'dan aldığı güç ve enerjiyle daha da motive olmuş bir haldeydi. Ancak burada ne kadar kalacaklarını ve şimdi neler olacağını da içten içe çok merak ediyordu.

Merakını kulağında çınlayan ses giderdi. Abdullah'ı yanına çağırdı ses susunca. "Ben dağın tepesine gidiyorum" dedi. Abdullah az çok anlıyordu artık Orhun'un neden yalnız kalmak istediğini. Diğerlerinin de meraklı bakışları ile mağaradan çıktı ve onu bekleyen Borak'ına bindi Orhun. Borak'ın neşe içerisinde, onu soğuk rüzgârların estiği tepeye ulaştırması ile Orhun gecenin kararmaya başladığı anlarda yerinden bir adım dahi adım atmadan sessizce bekliyordu tepede. Bir anda oluşan bir ışık huzmesiyle Meril gözüktü. Işığın etkisinin geçmesi ile yavaşça gözlerini açabilen Orhun, "Dostum" diyerek birkaç hızlı adım attı Meril'e doğru. Ona sarılmak istedi ama bunu nasıl yapacağını bilemediğinden öylece kalıp, "Hoş geldin! Seni heyecanla bekliyordum" diyebildi sadece.

Meril şöyle konuştu: "Haberci, senin içinde bulunduğun yolculuk bir destana dönüşüyor bizlerin gözünde. Sen doğru yoldasın. Biz ise senin yardımcıların olarak mutluyuz. Gücün sahibi olan ve sevgi veren yaratıcı sizinle. Şimdi yapman gereken, Ras Birliği'nde bulunan Diyar kentine, yanına Abdullah, Volkov ve Matteo'yu alarak hemen gitmektir. Hassina'nın evini git ve orada toplanıp inanmayı seçenlerin yardımını al. Fazla geç olmadan, inananları korunaklı bir yere yerleştirmeye başlayın. Yolunda engeller çıkarsa, sana verilmiş asayı ve pelerini kullan; onlar sana yardımcı olacaktır. Hassina'nın evinin nerede olduğu ise kitabın bir sonraki sayfasında sana bildirilecek. Kendinizi koruyarak, burada bulunan inançlıları Diyar kentinde, Hassina'nın size söyleyeceği alana yerleştirin. Borakların sayısı çok olacak ve insanları oraya taşıyacaklar.

Sevginin yolu seninle ve onu seven herkesle..."

Sonra Orhun'un konuşmasına fırsat dahi vermeden, Meril, beyazlığa bürünen tepenin içerisinde gözlerden kayboldu. Ayaklarının ucunda bir metre uzunluğunda beyaz bir asayı gördü gözlerini açar açmaz. Asayı yerden aldı Orhun. Burnundan birkaç nefes çektikten sonra sırtından çantasını indirip kitabı çıkardı ve sonraki sayfaya dokunarak, "Sevginin sahibinin izniyle açılsın yeni sayfa" dedi.

Sayfa açıldı, kalem yazdı ve gitti.

Üç satırlık bir yazıydı. Hassina'nın nerede olduğunun koordinatları verilmişti.

Hemen Borak'ına atladı ve mağarada bulunan Altın Birlik'i kimsenin onları duyamayacağı bir yere götürüp yaşadıklarını anlattı. Volkov 'un telefonuna koordinat girildiğinde, gidilecek yolun yürüyüşle 4 saat 40 dakika süreceğini gördüler.

Orhun, soruların sorulmasına izin vermeden, "Abdullah, Volkov ve Matteo benimle geliyorsunuz. Bize söyleneni yapıp yardım alacağız. Onlardan halkımızı koruyacağımız bir alan isteyeceğiz. Düşman durmayacak ama biz de durmayacağız. Edel, sen halkımızı hazırla ve sabaha varmadan gökyüzü, buradan gideceğimizi ve Borakların bize yardımcı olacağın ilet" dedi. Edel, "Tamamdır, habercimiz" diyerek başını üç kez salladı.

Ardından mağaradan hızla çıktı Orhun. Abdullah, Volkov ve Matteo ile onları bekleyen Boraklarına hızla bindiler.

Diyar kentinin sınırlarına yaklaştıklarında Boraklar onları yeryüzüne indirdi ve gözlerden kayboldu.

Orhun, "Bizi görürlerse hemen tanırlar, pelerinin altına doğru gelin" dedikten sonra Volkov, Abdullah ve Matteo, Orhun'un yanına doğru sokuldular. Pelerinin onları gizlediği, kimsenin onları görmesine izin vermeyen hediyesinin tadına vara vara koordinatın bulunduğu eve yaklaşık 20 dakika içerisinde ulaştılar. Yürüyüşleri esnasında insanlar evlerine yavaş yavaş gitmekteydi. "Yok canım, gerçek olamaz, hile bunlar, hepsi montaj; bizi kandırmaya çalışıyorlar" diyordu ellili yaşlarında bir adam. Onu destekleyen yanındaki üç kişiden biri, "Evet, evet katılıyorum; bu alçaklar kaçmışlar ama nereye kaçacaklar? Çölde fırtına diner ve onları siler geçer birliklerimiz" diyordu. Ortam bekledikleri bir etkide değilmiş gibi duruyordu. Birçok insan ise sessizdi. "Bu sessizliği iyiliğe yoralım" dedi Orhun, akıldan akla. Üçü birden, "Evet habercimiz, iyiliğe yoralım" dediler.

Hassina'nın evine geldiklerini gösteren kırmızı işareti gördüklerinde, iki katlı bir evin önünde buldular kendilerini. Diğer binaların aksine, bitişiğinde bir bina yoktu. İki katlı bir şehir villasıydı bu bina ve Ras Birliği'nde zenginliğin göstergesi sayılıyordu.

Orhun nefesini tuttu, dış kapıdan kolaylıkla geçerek zile dokunacak duruma geldiler. Arkasına, sağına ve soluna bakarak pelerini boynuna astı Orhun. Artık görünür haldeydiler. Matteo çok tedirgin, Volkov her şeye hazırlıklı, Abdullah ise bilinmezliğin derinliğinde yüzüyordu. Orhun zile dokunduğunda ise merak, heyecan, korku, bilinmezlik girdabı hepsi iç içe bir senfoni oluşturmuştu onlar için. Bir kez daha bastı zile Orhun. Kapıda görünür bir kamera yoktu ya da onları gözleyen herhangi biri ya da bir makine. Bu açıdan biraz rahattılar. Kapıya yaklaşan ayak seslerini işittiklerinde, adrenalinleri kanın da ötesine geçmiş durumdaydı. Orhun, biraz da olsa diğerlerine göre sakin ve serinkanlıydı. Kapı açıldığında, kapıyı açan kişi gözlerini irileştirerek ve mimiklerinin şekilden şekle girdiği bir surat ifadesiyle onlara yaklaşık bir on saniye kadar baktı. Orhun'un gözlerine ise kilitlenmiş şekilde bakıyordu. Volkov yumruğunu hazırda tutuyor, Abdullah kaçış yoluna bakınıyor, Matteo pelerinleri olmasına şükrediyordu. Orhun, "Hassina burada mı?" diye sordu. Ona bakan adam, "Burada. Hemen içeri gelin. Eğer ölmek istiyorsanız orada durmaya devam edin" dedikten sonra bir hışımla Orhun'u kolundan çekiştirerek içeri adımlamasını sağladı. Ne olduğunu tam anlamayan Abdullah, Volkov ve Matteo eve girdiler. Hassina'nın kapıyı kapatışıyla, kanın damarlarından çok yüksek bir hızda akışının da etkisiyle, sağa sola bakınıyorlardı. Orhun'un kolunu bırakan adam, "Ben Hassina'yım ama siz beni nasıl buldunuz? Siz buraya kimseye görünmeden nasıl geldiniz? Neyse... Hemen yukarı çıkalım. Evdekiler habercinin geldiğini ve evimde olduğunu görünce şok olacaklar" dedi.

Dördü birden rahatladılar bir anda. Onlara denildiği gibi inanmayı seçen insanların evindeydiler ve şimdilik güvende olduklarını düşünüyorlardı. Merdivenlerden yukarı doğru adımlamaya başladılar.

Hassina onları geniş bir salona doğru adeta sürükledi. Salonun kapısı açıldığında ise koltuklarında oturan dört kadın ve yedi erkek Orhun'un mesajlarını dinliyordu. Önce Hassina ardından Orhun, Abdullah, Volkov ve Matteo içeri adımladıklarında mumyalanmış bir sanat eseri gibi oldukları yerde donakaldı 11 kişi. Hassina ise şaşkınlığını yeni yeni üzerinden atmaya başlamıştı. Hassina gülerek, "Mesajı iletenin kendisi burada, kapatabiliriz ekranı" dedi. Hepsi birden ayaktaydı artık. Kadınlardan biri, "Bu gördüklerimiz gerçek mi? Ben haberciyi mi görüyorum burada?" diye sordu. Orhun, kendisine bakan gözlere öylece bakındı bir süre. Sonra, "Evet, gerçek gördükleriniz; gerçekten burada ve yanınızdayız" dedi. Yutkunan ve sesini temizleyen Hassina, "Ama bu nasıl olur? Bizim size ve söylediklerinize inanmaya başladığımızı nasıl anladınız? Nasıl buldunuz bizi?" diye sordu. Aslında hepsi bu soruyu sormaya hazırlanıyordu ama ilk soran Hassina olmuştu. "Kalbimiz, inanmayı seçen herkesle birlikte atıyor ve rehberimiz sizi bulmamızı söyledi. Bize adresinizi verdi, 'Hemen onları bulun' dedi. Rehberimiz sevgidir ve sevginin ne demek olduğunu biliyorsunuz sanırım" dedi Orhun. Hassina, "Sorguya çekmeyelim isterseniz haberciyi ve konuklarımızı" dedikten sonra, "Buyurun, oturun lütfen! Habercimiz, siz buraya oturun" diyerek kendi oturduğu koltuğunu işaret etti. "Hayır, biz de yere oturalım; böylesi daha iyi" dedi Orhun. Ardından da önce Orhun daha sonra diğer 15 kişi yere oturup bir çember oluşturdular. Orhun, karşısındakilerin kimler olduğunu ve tam olarak neden burada olduklarını henüz anlayamamıştı. O da sorular sormak istiyordu karşısındakilerde ama karşısında ve yanında oturanların sormaya daha istekli hallerini anlayışla karşılayarak önceliği onlara verdi. Hassina, tüm konukseverliğiyle, "Ne içersiniz? Karnınız aç mı? Ne arzu ederseniz yerine getirelim hemen" dedi. Orhun, "Bize bir bardak su kâfidir" dedi. Hassina, Volkov, Matteo ve Abdullah'ın da "Birer bardak su bizim için de kâfidir" demesiyle bir çırpıda onlara sularını ikram etti. Sular içildikten sonra, ev sahibi olarak Hassina soru yağmuruna başlanmasının yolunu açan sorularına başladı: "Ekni şehrinin yok edildiği gösterildi canlı yayında; ancak daha sonra siz çıkıp üçüncü mesajı ilettiniz ve gerçekleri sundunuz, özellikle Ras Birliği'nde yaşayan bizlere. Bombalamadan nasıl kurtuldunuz? Ekni insanları şu an nerede? Hassina, içinde yorumların barındığı iki soru sormuştu. Gözler Orhun'daydı ve o da sakinlikle sorulara cevap vermeye başladı. Çölde yürüyüşlerini ve bir yerde gizlendiklerini anlattı.

Matteo, "Haberci hâlâ tam olarak güvenmiyor galiba" diye düşünüyordu. Duman Dağı'nda olduklarını söylememişti çünkü Orhun. Volkov da "Acaba hâlâ şüpheleri mi var, habercinin?" diye geçiriyordu. Abdullah ise ortamdaki insanları tanımaya ve onların mimiklerinden çıkarımlarda bulunmaya çalışıyordu. On iki kişiden gelen soruların cevaplandığı 20 dakikayı aşan bir cevaplar ve hayretler silsilesi sürdü. Nihayet soru sorma sırası Orhun'a geçtiğinde, "Siz neden inanmayı seçtiniz?" dedi. Sorusunu ortaya sormuştu ama yine de ilk cevaplayan Hassina oldu: "Biz zaten kendi aramızda, herkesten gizli saklı bir şekilde bu görünmeyen ama var olan kötülüğün, kastlara ayrılmanın, gittikçe kötüleşen ekonomik koşulların ve sözde savaş yok ama yetersiz besinden ölen insanların neden fazlalaştığı ile ilgili sorgulamaları yapmaktayken siz ortaya çıktınız. Bizlere bir ışık oldunuz. Bizim umudumuz ve insanlığın silkelenip kendine geleceğinin hayali canlandı gözlerimizde."

Bir diğer kadın ise, "Kendi adıma bilimle çelişen bir söyleminiz olsaydı ve bir din getiriyorum deseydiniz size asla inanmazdım; ancak sevgiden bahsettiniz, binlerce yıl önce insanlığın ortak mirası olan kutsal kitapların varlığının kanıtı olan cümleleri bizlere ilettiniz. İster bir insan eliyle ister yaratıcı tarafından yazılmış ya da yazdırılmış olsun, aklın yolunda sevgiyle bütünleşmiş bir birlik olma yoluna çağırdığınız için bizleri, heyecanla burada bulunan arkadaşlarıma söylediklerinizin alt metinlerini kendimce sunmaya gayret eden biri oldum. Görüyorum ki terörist de değilsiniz hiçbiriniz" diyerek bir kahkaha attı. Diğerleri de buna benzer cümleler, aklı önceleyen, sevgiyi bütünleştiren, gerçek bir yaratıcının kudretinin çok gösterişli ve bütünleştirici olacağını söyleyen ve de "Yaratıcının oyuncakları değiliz ki biz; özgür düşünmeyi niye vermiş?" dedikleri birçok yorum, söz ve görüşlerini aktardı.

Orhun ve Altın Birlik üyeleri sabır ve mutlulukla dinledi onları. Duydukları Orhun'da derinden bir saygı oluşturmuş ve orada bulunan 12 kişiye tam olarak güvenmesini sağlamıştı. Neredeyse bir saat geçmişti ve zamanın aleyhlerinde işlediğini biliyordu Orhun. Sıkılgan bir şekilde, "Dostlarım, çok önemli bir sorunumuz var" dedi. Herkes bir anda sustu. Orhun devam etti: "Bu sorunu bu gece sabaha varmadan çözmemiz gerekiyor. Düşman durmayacak ve devam edecek bizi yok etme arzusuna. Ekni şehri insanları ve inananlarımız şu an Duman Dağı'nda ve sayıları bir yerden bir yere yolculuk edildiğinde göze batacak derecede çok; ancak saklanmalarını engelleyecek derecede çok değil. Halkımızı buraya getirmemiz lazım." Suskunluk daha da derinleşti. Homurdanarak, "Duman Dağı mı?" diyordu Hassina. Orhun ve altın birlik ise onlardan gelecek yanıta âdeta kilitlenmiş vaziyetteydi. "Kaç kişiler?" diye sordu Hassina. Sonra da meraklı bakışlarla devam etti: "Çünkü biz tam olarak sayılarını bilemiyoruz, verilen rakamlar birbiriyle tutarsız."

Abdullah, dikleştirdiği omuzlarıyla, bir kez de öksürerek, "Bin yüz yirmi kişi, bunun çok küçük bir kısmı çocuk ve yaşlılar, geri kalanlar ise gençler, orta yaşlı kadınlar ve erkekler" dedi.

Hassina, "Peki, onları buraya getirmek dikkat çekecekse, nasıl olacak gelmeleri?" diye sordu. "O sorunu çözdük biz. Bize hizmet eden taşıyıcılarımız var. Yaratıcının izniyle bize verilen bir olağanüstülük var; yakında siz de göreceksiniz zaten onları" dedi Orhun. İyice meraklandılar ama sormadılar ne olduğunu bu olağanüstülüğün; sormayı çok istediler ama "Zaten göreceksiniz" dendiği için üzerinde o anlığına da olsa durmadılar. O halde, buraya getirmekte sorun yoksa, onları saklamak kalıyor geriye konuşmamız gereken. Ama bunun da biraz kolay olacağına inanıyorum" dedi Hassina. "Sanki her şey bir pazılın parçaları gibi" diye söylendi Hassina bu sözlerinin ardından. "Hangi her şey?" diye sordu Volkov. "Yani, şey... Benim işim giyim üretimi... Yani tekrar düşününce, buraya neden geldiğiniz de anlaşılıyor; yaratıcının hikmeti bu" diye yine söylendi kendi kendine. Bu serzeniş ve kendi kendine konuşmalar çileden çıkarıcı olsa da sabrediyordu Orhun. "Şey... Benim âtıl durumda olan, çok büyük bir fabrikam var, şehir merkezine biraz uzak kaldığı için. Ayrıca daha önemlisi, eskiye göre daha az üretim ve satış olduğu için oranın kapısına kilit vurdum. Elektrik var, su var, tuvaletleri ve geniş bir mutfağı mevcut, şehir dışında olduğu için, eğer siz göze batmadan getirebilirseniz inananları, orada onları saklayabiliriz" dedi Hassina.

Orhun, tıpkı Hassina gibi oldu bir anda. "Buraya neden geldiğimizi şimdi daha iyi anladım. Hem bize inananlar hem de bize yardım edecekler buradaymış" diye söylendi, duyulur duyulmaz bir sesle. "Bize oranın adresini yazar mısın?" dedi Orhun. Ardından da "Daha da önemlisi, dikkat çekmeden bizleri karşılamak için oraya gidebilir misiniz şu an?" diye sordu. Hepsi birden, "Asla dikkat çekmeyiz. O kısmı kolay. Peki ama siz nasıl döneceksiniz? Şu an her yerde robotlar ve insanlar sizleri arıyor" dedi aklın yolunu öncelediğini söyleyen Nissa. Orhun, bun sorunun cevabı da buraya nasıl gelebildiğimizde saklı. Buraya görünmeden gelebildik. Şimdi gidelim" dedi Orhun. Ayağa kalkar kalkmaz, "Bahsettiğiniz fabrikada yaklaşık üç saat içinde buluşuruz, ama biz gitmeden önce oranın çevresinden biraz bahseder misiniz?" dedi.

Hassina, âdeta bir ayindeymiş gibi ayakta dikilen insanların sabırsızlığını üzerinde hissederek, hızlıca anlatmaya başladı. "Aynı bizim gibi belli aralıklarla birçok fabrika vardı ama onlar da bozulan düzen ve işlerdeki azalma yüzünden terk ettiler oraları. Çoğu elektrik ve su borcunu ödeyemediği için iyice terk etti fabrikalarını. Ben ise umut taşıyan oldum daima ve *bir gün düzelir* düşüncesiyle ödemelerimi aksatmadım. Şehir, kameraların ve robot askerlerin artık ilgisini çeken bir yer değil. 'Terkedilmiş sanayi bölgesi' denir zaten buralarda orası için. Karanlık hâkimdir orada. Hiç sanmıyorum ama varsa da birkaç yerde bekçiler vardır, onlar da ya köpeklerin korkusundan ya da gecenin yalnızlaştırmasından içeriden dışarı çıkmazlar pek. Özetle, korkulacak bir bölge değil.

Adresi de..." diyerek gözleri kâğıt kalem aradı. Masa üzerinde bulunan büyük kâğıt parçasından küçük bir yaprak kopardı, adresi yazdı ve Orhun'a uzattı.

Kâğıt parçasını alan Orhun, "Bunları duymak çok iyi geldi bize" dedi. Gülümseyen surat ifadesiyle, "Şimdi gidiyoruz; 3 saat sonra buluşmak üzere" dedikten sonra, onu uğurlamaya gelecekleri durdurdu, pelerinini üzerinden çıkarıp sol kolunun arasına aldı ve çantasını tekrar sırtına astı. Onunla gelmeye çalışan kalabalığı şu cümlelerle durdurdu: "Hayır, hayır; dikkat çekebiliriz. Siz oturmaya devam edin ve biz gittikten otuz dakika sonra gidilecek yere gidin."

Salonun kapısının kapanmasıyla yerlerine oturdular. Hassina, büyük bir sessizlik ve sakinlik içerisinde dış kapıyı açıp etrafı kolaçan etti. "Kimse yok görünürde, artık çıkabilirsiniz" dedi. Orhun, Abdullah, Volkov ve Matteo kapının kapanmasıyla pelerininin altına sokuldular yine ve gözlerden kayboldular çok geçmeden.

Tanımlanamayan zamanla bir yarış gibiydi Duman Dağı'na gidişleri. Tanımını yaparken büyük bir hayal kırıklığı yaşadıkları insanların çoğunluğundan korunmak için Borak'a daha hızlı uçmasını ve kanatlarını daha yüksek hızda çırpmamasını söyledi Orhun. Boraklar bu isteği yerine getirmekte pek zorlanmadan Orhun, Volkov, Abdullah ve Matteo'yu Duman Dağı'na ulaştırdılar. Onlar mağaraya vardıklarında, Edel halkı yolculuk yapmaya hazır bir hale getirmişti. Herkes nereye gidileceğini merak ediyorsa da bu yolculuğun nasıl yapılacağı sorusu daha çok sordukları bir soru olmuştu. Orhun, kısa bir konuşma yaptı, herkesten daha yüksek bir kaya parçasının üzerine çıkarak: "Gitmemiz lazım dostlarım, gitmemiz lazım kardeşlerim; çünkü düşman durmuyor ama bizleri yaratan da bize güzelliklerini esirgemiyor. Hepimizin gizleneceği bir yere gidiyoruz ve kararlılıkla geldiğimiz bu noktadan artık bize yeni katılacak kardeşlerimizin de olduğunu görmek, sizleri daha fazla mutlu edeceğini biliyorum. Şimdi mağaradan çıkıp dağın eteğine doğru dikkatli adımlarla iniyoruz ve orada bizi bekleyen kuşlarımıza, yani Boraklarımıza biniyoruz. Hep birlikte güvende olacağımız bir yere gidiyoruz. Yanınıza hiçbir şey almanıza gerek yok. Yenecek ve içilecek olan ne varsa gideceğimiz yerde bizi bekliyor olacak" dedikten sonra, "Beni izleyin" diyerek Asya'nın elini tutup halkının önüne geçerek mağaradan çıktı Orhun, Asya ile birlikte. Ardından onları takip etmeye başladı herkes. Ağlayan birkaç bebeğin sesi genç anneleri biraz sinirli bir ruh haline büründürdüyse de Borakları görür görmez diğer herkes gibi bu genç anneler de bebeklerini susturmak için ninni mırıldanıyordu. Bin kişiden biraz fazla insanı, ikişer ve üçerli gruplar halinde Boraklara bindirdi Altın Birlik üyeleri. Borakların at yelesine benzeyen saçlarını tutan inananlar, Boraklara binerken biraz korku dolu ruh halindeydiler. Ama geçmişte yaşadıkları zalimliklerin ve Ekni'deyken duydukları korku hissinin yanına dahi yaklaşamayacağı için, Boraklara binme ve havada uçacak olmanın heyecanıyla bir an önce yerden yükselmek istiyorlardı. Anneler kucaklarındaki bebeklerine sıkıca sarılmış, bir elleriyle önlerinde oturan eşinin ya da arkadaşının veyahut akrabasının boynuna sarılmış durumdaydı.

Edel, Orhun'a kamyonetin ne olacağını sorduğunda, Orhun, "Bırakalım burada kalsın ve bizleri içerde zannedip biraz daha oyalansınlar. Yerinden oynatmadan öylece kalsın" dedi.

Orhun arkasına Asya'yı alıp Borak'ına bindi. Borak'ın kulağına eğildi, "Bizi fabrika bölgesinin yakınlarında kimsenin göremeyeceği ama fabrikalardan da uzak kalmayacak bir yere götür arkadaşlarınla" dedi. Borak, Orhun'un neresini kastettiğini anlamıştı. Bu mucizevi varlık daha önce dünya üzerinde görünmüş müydü ya da gizlenerek mi yaşamını sürdürmekteydi bir bilen yoktu. Altın Birlik bu düşünceyi birçok kez sormuş ama Orhun'dan da tam manasıyla tatmin edici bir yanıt alamamıştı. "Kadim varlıklardır sanırım" diyen Edel'e onay vermişlerdi yalnızca. Orhun'un kimseye söylemediği korkusu ise, Borak'ın "Tamam" diyen viyaklaması ile son bulmuştu. Borak'a binene kadar, "Adres var, yer belli ama Boraklar orayı biliyor muydu?" diye soruyordu kendi kendine. İçini kemiren bu soruya karşı Borak onu rahatlatmıştı. "Belki de Edel'in dediği gibi onlar hep vardı da biz onları göremiyorduk" diye geçirdi içinden Orhun. Asya özgürlüğün tadıyla harmanlanmış, sevgi duyduğu adamın, bedenini hissetmenin doruklarında geziniyor ve inananların güvende olacakları bir yere gidiyor olmalarından ötürü de büyük bir huzur duyuyordu.

Tai-Shan, eşinin ona sarılışından derin bir mutluluk duyuyor ve Borak'ının tüylerini okşuyordu. Matteo, Borak'ıyla konuşuyor, "Sen benim en iyi dostumsun; bunu biliyorsun değil mi?" diyordu. Volkov, etrafı kolaçan ediyor ve "Şimdi gerçekten ya savaş başlıyor ya da bütünleşme" diye geçiriyordu aklından. Abdullah, oğullarını arkasına almış hayranlıkla dolu gözlerle Orhun'u izliyordu. Zadok, en son binen inanan da bindikten sonra Borak'ına binmiş ve uçmaya hazır halde bekliyordu.

Orhun'un Borak'ı kanatlarını çırpmaya başlayıp birkaç metre koşar adım gidip havalanışıyla geride sadece kamyonet ve bırakılan yiyecekler dışında bir şeyin kalmadığı Duman Dağı'nı terk etmeye başladı Ekni şehri insanları ve Altın Birlik üyeleri.

İnançsızlar Nerede?

Üçüncü göz olağan dışılıkları görür.

Bibal komutasındaki hava ve kara gücünü oluşturan birlikler Duman Dağı'nın on kilometrekare yakınına ulaştıklarında güneş yüzünü göstermek için karanlığın gücünü kırmaya başlıyordu. Bibal, dağın eteğinde, patika yolun başlangıcında bulunan kamyoneti dürbünle daha yakından incelediğinde, "Demek bu alçaklar bu kamyonetle kaçmışlar, şimdi anlaşıldı" dedi yanındaki yardımcısı İmani 'ye. "Komutanım, sanırım şu gözüken mağara girişinde bu hainler" dedi. Bibal, "Neresi?" diye sordu. İmani hızla araçtaki ekrana görüntüyü aktardı. Bibal, "O zaman ne yapacağımızı biliyoruz" dedi. "Kumandan Slim'in kesin talimatı var, yok et ve göster. Şu balonları uçurun" diye bir emir verdi Bibal ve İmani'nin talimatıyla üzerlerinde bombalar taşıyan balonlar uçmaya başladı. Dağın eteklerini ve mağaradan içeri girerek her yeri bombalamaya başladılar. Havadaki uçaklar ve helikopterler ise keşif uçuşlarını sürdürüyordu. Dağın etrafında, ilerisinde ve gerisinde inançsızlardan izler arıyorlardı pilotlar. Ancak balonların bombalarını bırakmadan önce kameraları vasıtasıyla gönderdikleri görüntülerde yine insana dair bir iz, sadece yerlerde bulunan yiyecek ve içereceklerden ibaretti. Ve on, on beş adette oldukları yerde bırakılan battaniyelerdi. Bibal bu duruma karşı öfkesini yutarak Slim'e ne yapmaları gerektiğini sordu. Slim, az sonra bir uçağın iniş yapacağını ve içerisinden çıkacak iki askerin o mağaraya gireceklerini bildirdi. Bibal ile konuşması bittiğinde ise Slim gölgeleri taşıyan pilota, "Helikopteri indir ve yanındaki iki askerimizi birliklerimizin arasına ulaştır" talimatı verdi. Pilot talimatı hemen uyguladı ve yakın bir alana helikopteri indirdi. İçerisinden çıkan soluk benizli iki asker (gölge) Bibal 'in yanına koşar adım gelerek durum raporu istediler. Bibal, komutası dışında kalmasına rağmen ona emrivaki konuşan bu askerlere sert bir yanıt vermemek için kendini zor tutmasına rağmen, kumandan Slim'in "özel görevliler" dediği askerlere son durumu iletti. İçeride kimsenin olmadığından neredeyse emin olduklarını, balonları artık göndermeyeceklerini; çünkü patlayan bombaların sayısı artarsa dağın parçalanarak mağara girişinin tamamen kapanmasından çekindiklerini söyledi. Gölgeler tek kelime dahi etmeden, bir insanın beş adımda alacağı mesafeyi bir adımda alarak hızla mağara girişinden içeri girdiler.

Bekleyiş başlamıştı. Gölgeler ise içeride insan arayışını sürdürmekteydi. Gelen ya da iletilen herhangi bir inançsız görüntüsü hâlâ ortalarda yoktu. Gölgeler, işlerini bitirdiklerini belli eden, başları yere doğru bakan sinirli ve öfkeli adımlarıyla mağaradan çıktıklarında, Bibal durumu anlamıştı. Bir kez daha inananları ellerinden kaçırmışlardı ve yine bir fiyasko harekâtının lideri konumuna düşmüştü. Gölgeler tek kelime dahi söylemeden, helikoptere binip Slim'le konuştular. Pilot konuşulanları duyduğunda kısa süreli bir şok yaşadıysa da "Kalkıyoruz!" diyen askerin sesiyle irkilerek helikopteri yerinden kaldırdı ve birlikler merkezine doğru ilerlemeye başladı. Slim, Bibal'i arayarak, dağın her yerinin aranması, etrafının didik didik edilmesi, havada uçan yerde hareket eden ne varsa yok edilmesini bildirerek, ikinci bir emre kadar dağın orada beklemelerini emretti.

Bibal, "Emri eksiksiz yerine getireceğim efendim" dediyse de iç dünyasında artık komutanlığının elinden alınacağı, rütbesinin indirileceği, *döngüsellik* içinde düşük bir kademede olacağını aklından geçirmeye ve kahretmeye başladı o andan itibaren.

Başkanlar, en başta da Caled durum karşısında artık kontrollerini kaybedecek duruma gelmişlerdi. Caled'in sinirinin ne boyutta olacağı ve öfkesinin onlara ne yapacağını hesaplamaya çalışıyordu Slim ve diğerleri.

Ancak onların düşündüklerinin aksine, Caled oldukça sessiz ve sakin karşılamıştı durumu. "Kokusu çıkar, biraz sabır; bir daha Karji'ye gidemeyiz. Bir daha 'Biz başarısız olduk' diyerek karşısına çıkamayız. Onları bulacağız. Uçamayacaklarına göre ve görünmez olamayacaklarına göre, buralardalar. Çölün ya da Ras Birliği'nin herhangi bir yerinde gizleniyorlar. Kamyonetle Duman Dağı'na gitmişlerse, aynı bu yolla başka bir yere gitmişlerdir. Enselerindeyiz ve onlar da bunu biliyorlar. Yakında ele geçireceğiz onları. Siz aramaya devam edin." Birkaç saniye ara verip, kalınlaştırdığı sesiyle, "Oraya birinci nesil 5.1'leri gönderin" dedi Caled.

Slim, Enki ve diğer başkanların elleri ayaklarına karıştı bir anda. "Ama başkanım, henüz test aşamasındalar ve doğru düzgün bir saha eylemi içerisinde olmadılar. Ayrıca enerji tarama bölümleri şu an tam olarak istediğimiz ölçülerde değil" dediyseler de Caled'i ikna edemediler.

"İz sürücü olabilecek en etkili başka neyiniz var?" diye sordu Caled.

Herkes suskunluğa gömüldü.

"İşte ben de öyle düşünmüştüm. 5.1'ler harici bir şey yok elimizde ve gölgelerle başka bir başarısızlığa sürüklenmek, *döngüsellik* dışına itilmekten korkmuyorsanız, bildiğinizi uygulayın. Yok, hayır diyorsanız, 5.1'leri şimdi yola çıkarın" dedi Caled.

"Emriniz yerine getirilecektir sayın başkanım" diyen Slim, hemen hareket merkezi komutanlığına doğru koşar adım gitti.

Diğerlerine de Caled, "Siz de basında ve dijital ortamda gezinen her bilgiyi elde edin; gerekli bütün kontrolleri sağlayın halk üzerinde" dedi.

Başkanlar hemen odadan dışarı aynı Slim gibi koşar adım çıktılar ve Caled'i odasında yalnız bıraktılar. Caled düşünceliydi. Yansıtmamak için çok çaba sarf ettiği öfkesine sonunda yenik düşüp, önündeki viski bardağını alıp duvara fırlattı. Parçalanan cam kırıklarına doğru bakıp, "En sonunda bu cam parçalarıyla gırtlağınızı keseceğim; ben bulmasam bile önüme getirildiğinizde sizi bunlarla keseceğim" diyerek yerdeki cam parçalarını alıp çekmecesine bir hışımla attı.

"Neredeler bu hainler? Nerede olabilirler?" diye düşünüyor ve Ras Birliği'nin dev ekrana yansıttığı haritaya göz gezdiriyordu Caled. Dakikalar saate dönmek üzereyken bir düşünce belirdi kafasında. "Evet, evet, evet..." diye inledi odasında. "Başka ne olabilirdi ki? Ras Birliği'ndeki bir kentteler ve iş birlikçileri var. Çölde aranmadık yer kalmadı. Dağ ve Ekni şehrinden kaçtılar; nereye gideceklerdi ki başka, ahmak herif. Herhâlde Ras Birliği'ndeki bir kentteler."

Haritayı biraz daralttı, Duman Dağı'na mesafesi kısa olan kentleri işaretlemeye başladı. Dört kentin üzerine dikkat kesildi Caled. Kafasına saksı düşüp ya bayılacak ya da dirilecek gibi olan herhangi biri gibi yerinden sıçradı. Sekreterine, "Çabuk odama Başkan Enki'yi gönderin" dedi. Enki gelene kadar Caled ekranda büyüterek baktığı dört şehrin en ücra köşelerine dahi bakınıyor, notlar alıyor ve kendince analizler yapıyordu. Bilim insanı oluşunu unuttuğu günlerden sonra, bilimsel bir yaklaşım ortaya koyan bu tavrı "genç dahi" dedikleri o ilk gençlik yıllarına geri götürmüştü Caled'i. Araştırdıkça ve notlar aldıkça kendini dünyanın merkezinde hissediyordu. Kendi kendine söylenmeleri ise sürmekteydi. Demek bizi kandırabileceğinizi düşündünüz. Tabii ya... İçeriden yardım almasanız o bilgilere nereden ulaşacaktınız ki. Şu enerji tarama makinelerinin ayarını, halka söylemeden biraz daha artırmak ve yumuşak inançlı bölümün üzerinde ufak değişiklikler yapmak lazım. Alçaklar, elimdesiniz. Beni Karji'me karşı mahcup etmenize izin vermeyeceğim ve bu durumdan güçlenerek çıkacağım."

Söylenmesi sürmekteyken kapının tıklanması ve Enki'nin içeri adımlamasıyla Caled yüzünü Enki'ye dönerek, "Nerede olduklarını biliyorum" dedi.

Cesaret Bulaşıcıdır

Cesur olan kendini bilendir. Bilmekse korkuyu tanımakla başlar...

Bildikleri dünya olağandışılığın dahi ötesine geçiyordu inananlar gözünde artık. Bekledikleri habercileri sonunda onları bulmuştu. Habercileri onları iki seferdir yok edilmekten korumuş ve yeni bir yaşamın anahtarını sunmuştu. İnananlar için, bir dumana inanan milyarların içinde bulundukları durum asıl olağandışılıktı. Dünyanın bir yerinde gizlenmiş olan devasa kuşların üzerinde olmak değildi onlar için olağanüstülük. Asıl olağanüstülük habercinin insanları bütünleşmeye çağırması ve buna henüz dünyada yaşayan insanların olumlu cevap vermemiş olmaları idi. Borakların üzerinde inişe geçen inananların, zihinlerinde bu denli düşünceler belirmişti ve yaşadıkları hayatın içerisinde ilk kez korkmuyorlardı. Haberci onları nereye götürürse götürsün, ona uyacaklardı. Çünkü haberci onlara aklın ve sevginin yolu haricinde bir şey sunmuyordu. Şöyle tapınmanız lazım, böyle olması lazım demiyordu, sadece sevgiden, birleşmeden ve bütünleşmeden bahsediyordu.

Bu düşüncelerin hakimiyetinde, zifiri karanlık bir alana indirmişti inananları Boraklar. Onları bırakır bırakmazda hemen havalanarak gözün göremeyeceği yüksekliklere çıkmışlardı. Orhun, onlara verilen adresin çok yakınlarında olduğunu söyleyen Volkov'a, sen Edel ve Matteo gidin, etrafı denetleyin, eğer tehlikeli bir durum yoksa ve kardeşlerimiz bizi bekliyorsa gelin haber verin dedi. Volkov, yanına Edel ve Matteo'yu alarak beş dakika mesafedeki onlara adresi verilen yere doğru adımladı. Sessizlik, karanlıkla sıkı fıkı bir dost halinde idi ve etrafta esen ne bir rüzgâr ne bir nefes sesi ne de ışıktan bir belirti yoktu. Akıldan akla dahi konuşmadan, kapıya geldiklerinde, otuz insan yan yana geldiğinde bir ucu diğer ucunu tamamlayacak, sürgülü bir kapının açık olduğunu gördüler. İçeriye büyük bir sessizlikle adımladılar. Birkaç metre ilerilerinde, belli belirsiz bir ışık vardı ve adeta buraya gelin diyordu onlara. Onlarda ışığın sesine kulak verip oraya doğru adımladılar. Büyük bir cam kapının önünde idiler ve kapı kapalı idi. Birkaç saniye düşündükten sonra, Edel parmakları ile cama birkaç küçük darbe indirdi. Sessizce beklemeye koyuldu. Volkov, keşke Hassina'nın telefon numarasını isteseydik, bunu neden akıl edemedik ki dedi akıldan akla. Haklısın Volkov ama habercimiz istemeyince bizde bunu akıl etsek dahi sustuk o an. Neyse umalım da Hassina ve yanındakiler bizi kandırmamış olsun, çünkü bu sessizlik, bu kör edici ışıksızlık beni ürkütüyor ve şüpheye düşürüyor dedi Volkov. Edel bekleyin ve kötümser olmayın diyerek cama birkaç kez daha vurdu. On saniye kadar bir zaman sonra, birkaç ayak sesi duymaya başladılar. Üçü nefesini tutmuş ve kapının önünde onlara kimin geleceğini, gelenin gerçekten Hassina ya da yanındakilerden biri mi olacağını merak ediyordu. Çok geçmeden bu meraklarının yanıtını buldular. Hassina, elini ağzına götürerek, sessiz olun işareti yaparak onları içeri buyur etti. Kapıdan içeri girdiklerinde, Hassina dışarı doğru bakarak, haberci nerede ve inananlar nerede geliyorlar mı diye sordu. Volkov, evet yakınlardalar ama önce haberci bizim gelip etrafa bakmamızı öğütledi. İyi, iyi, bende yaklaşık on dakikadır etrafa bakınıyorum herhangi biri var mı diye etrafta, ancak ne mutlu ki tahmin ettiğim gibi kimse yok. Diğer fabrikaların bekçileri ya uyuyor ya da içeride kulübelerinde oyun oynamakla meşguller sanırım. Peki ne zaman gelecekler diye sordu Hassina Volkov'a, Volkov her şey tamam ve bir sorun yoksa haberci bizden haber bekliyor ben gidip onları getirmeye gideceğim dedi. Tamam ama bana bin kişiden biraz fazlayız demiştiniz, herkesi toplu bir şekilde getirmemeniz, küçük gruplara bölerek getirmeniz sanki daha iyi olur, çünkü her ne kadar etrafta kimse yok ise de bir ihtimal biri dışarı çıkarsa, başımıza gelecekleri tahmin edemiyorum dedi Hassina. Edel, evet haklısın bu söylediğinde dedi ve Volkov'a seninle gelmemizi istermisin diye sordu. Volkov, yo, yo siz içeriye göz atın ve inananlar geldiklerinde onları karşılayın, sanki böylesi daha iyi olacak dedi. Matteo da başını sallayarak haklısın dedi. Hassina diğer arkadaşların nerede diye sordu Volkov kapıdan çıkmadan hemen önce. Onlar geldiklerinden beri sessizlik içerisinde mum ışıklarının yardımını alarak, içecek suları ve yatacak yerleri hazırlıyorlar dedi. Volkov, sevgi yayan gözler ile Hassina 'ya teşekkür ederim dedi ve kapıdan çıkıp Orhun'un yanına doğru dikkatli adımlar ile yürüdü. Orhun'un yanına varır varmaz. Her şey normal gözüküyor habercimiz, bizi bekliyorlar etrafta görünen kimse yok. Işık ve ses yok, ancak Hassina'nın bir fikri var ne olur ne olmaz diye toplu halde gitmektense, küçük gruplar halinde gitmek daha iyi olacak diyor. Orhun, düşünür bir hale büründü. Mantıklı bu çok mantıklı, şöyle yapacağız o zaman, Abdullah'ın oğulları, Zudan, Tai-Shan, Zadok ve sen gidilecek yere bir kez gidip, oranın yolunu ezberleyerek gruplara öncülük edin. Sende daima başlarında dur, biraz yorucu olacak ama buna dayan kardeşim dedi. Volkov dayanmak mı, benim için şereftir bunu uygulamak habercimiz dedi ve oluşan otuz kişilik ilk gruba öncülük etmeye başladı. Orhun, Zadok, Zudan, Abdullah'ın oğulları, Tai-Shan, Tai-Shan'ın karısı ve inananların bebekleri kucağında olan anneleri bebeklerin ağızlarını kapatarak ve aralıklar ile nefes almaları için ellerini birkaç saniye açarak, adım seslerinin dahi zor duyulacağı bir sessizlikte, cam kapının önünde onları bekleyen Hassina ve Edel ile buluştular. Anneler ve bebekleri, büyük bir dikkat ve hız ile hemen içeri alındı. Hassina, Orhun'a sarıldı hemen ve hoş geldiniz habercimiz dedi. Orhun, hoş bulduk diyerek iki omzunu sıktı Hassina'nın. Edel ise mutluluk dolu gözler ile Volkov'a duymak istediği cümleleri bıraktı ağzından. İçeride her şey hazır ve dostlarımız bize harika bir ortam hazırlamışlar habercimiz dedi. Volkov 'un içi o an tamamen rahatladı. Yanına Orhun'un söylediği kişileri, Tai-Shan'ı ve Zadok'u alarak, geri kalan herkesi, gizlenecekleri yere getirmek için zamanın içinden yavaş ama emin adımlar ile ilerledi. Hassina'nın dediği gibi küçük gruplara bölünmüş halde inananların getirilmesi devam ediyordu. Orhun, Hassina'nın yol göstericiliğinde iki kat aşağı, inananlar için hazırlanmış alana doğru, merdivenlerden mum ışıklarının yardımı ile elini tuttuğu Asya ile inmeye başladı. Kimse konuşmuyordu, konuşmak istese dahi yutkunuyordu, korku yoktu ama ihtiyatlı olmak önemli idi ve bu otomatik bir hal almıştı. Kimse kontrol dışına çıkmak istemiyordu. Bebekler bile adeta bu kontrole ayak uydurmuş uyumakta idi. Birkaçı uyanır ve ağlamaklı bir hale bürünür olmuştu ama annelerin hemen memelerini dudaklarına vermesi ile, suskunluğa geçip sütlerini içmeye başlamışlardı. Nihayet alana geldiklerinde, Orhun Hassina'nın sessizlik içinde tariflerine kulak kabartmaya başladı. Burası işçilerin daha verimli çalışması için özel tasarlanmış bir fabrika habercimiz. Yeni model ampullerin ve lambaların insan çalışma verimini artıran ışık derecesi sayesinde ise, güneş ışığının zararlı ve bitkinleştiren ışınlarından korunması için, yerin iki kat altına yapılmış bir alan. Ne şanslıyız ki, pencereden bizi görecekler korkumuz yok. Ancak ışıkları açarsak, enerji santralinde burasının aktif olduğu ve iş gücünün başladığını düşünebilirler ve hemen ardından denetçiler gelmeye başlar O sebeple, ne kadar çok mum bulabildiysek getirdik buraya. Su konusunda depoları kontrol ettik ve buradaki insanlara bir Ay'a yakın yetecek içilebilir su olduğunu gördük. Tuvalet için kullanılacak su ise, bizi üç hafta kadar idare edebilir. Ancak şehir şebekesinin atık sistemine gitmemesi ve ekstra vergi vermemek için fabrika kurulurken kurdurduğum, küçük çaplı arıtma tesisinin biraz gürültüsü olabilir. Onu nasıl engellerim diye düşünüyorum sadece. Çünkü eğer arıtma için şebeke kanallarını kullanırsak, bu yine Diyar yetkililerinin dikkatini çekebilir.

Çok fazla şey düşünüyorsun dedi Hassina 'ya Orhun. Burada uzun süre kalmayacağız diye de ekledi.

Anladım, peki ne kadar kalacaksınız haberci diye sordu Hassina ellerini birbirine kenetleyerek.

Şu an buna cevap veremem ama bir ay gibi bir süre olacağını zannetmiyorum. Önceliğimiz şu günü ve önümüzdeki bir haftayı atlatabilmek. Bundan sonra, neler olacağını herkesin yerleşmesinin ardından düşünür ve tartışırız. Bize rehberlik eden yolların, bize neler söyleyeceğine kulak veririz dedi Orhun.

Hassina, haklısınız haberci, haklısınız ben biraz fazla heyecan yaptım dedi.

Asya, tebessüm eder gibi oldu ve Orhun'un elini sıkıca tutarak, ben annelerin ve bebeklerin yerleştirilmesine yardım etmeye gidiyorum dedi.

Orhun, Asya'nın görünür görünmez siluet halindeki yüzüne bakarak, başını hafifçe aşağı yukarı hareket ettirip, Asya'nın elini nazikçe bıraktı.

Isı konusunda endişe edecek bir şey olmadığını eklemeyi unuttum haberci dedi Hassina ve devam etti söylemek için tuttuğu sözleri Orhun'a. Yalıtımı iyi yapılmış bir yer burası, dışarıdan soğuk hava girmez, ama ne olur ne olmaz, fabrika aktif haldeyken mesaiye kalan işçilerin kıyafetlerini indirdim buraya, battaniye sayımız yeterli değil ama etrafta kalan kumaş toplarını açarak birer yatak haline getirmeye çalışıyor dostlarım. Yemek konusunda ise, bugünlük bir ölçüde insanlara bir şeyler sunabiliriz ama yarın gündüz gözü ile, etrafa fazla belli etmeden, dostlarım ile buraya yiyecekler taşırız haberci dedi.

Orhun, hemen her şeyi düşünmüşsün Hassina diyerek onun elini sıkıca tuttu, yerleşmeye başlayan anneleri ve etrafı, Hassina'nın öncülüğünde turlamaya devam etti.

Onlar içeride hazırlıkları sürdürmekteyken, Volkov ve Zudan ikinci grubu kapıda bekleyen Edel'e emanet edip, tekrar insanları getirmek için sessizliğin yoldaşlığında inananların yanına geri döndüler. Volkov, değişen Altın birlik üyelerinin yardımı ile, insanları fabrikaya getirmeyi sürdürdüğü yaklaşık iki saatlik zaman dilimi içinde, hiçbir güçlükle ve zorlukla karşılaşmadan ulaştırmasının da bir mucize olduğunu düşünüyordu. En sona kalan grup ile yanına Zadok, Zudan, Abdullah'ın oğulları ve Tai-Shan'ı alarak son sefere başladı Volkov. Tai-Shan oldukça sessiz bir tonda, öylesine mutluyum ki, bunu bilemezsin dedi.

Volkov neden diye sordu.

Tai-Shan, çünkü ölümün içinden geçiyoruz ve yaşamın anahtarlarını elimizde tutuyoruz artık dedi.

Volkov, bu cümlenin derin anlamını düşünerek, yaklaşmakta oldukları kapıya doğru adımlamayı sürdürdü ve Tai-Shan'ın omzuna dokundu.

Kapıya geldiklerinde ise onları bekleyen Edel'in eşliğinde iki kat aşağı indiklerinde, Volkov, Zadok, Tai-Shan, Zudan ve Abdullah'ın oğulları gördükleri manzara karşısında duygularını gizlemekte zorlanıyorlardı. Kumaşların üstünde oturmuş ve sessizlik içerisinde duran bebeklerin emzirildiği, kuru incir ve kayısının yenildiği, Orhun'un bir sandalyede Hassina ile konuşur halde olduğu manzara karşısında, mutluluk ve onun ile özdeşleştirilecek bütün duyguları bedenlerinde taşıyorlardı.

Umarım bu zorluk ve zulüm yakında bizim lehimize doğru son bulur diyebildi Volkov Edel'e sarılarak. Edel, bitecek dostum bitecek dedi Volkov 'un dokunsa ve bir cümle daha söylese ağlayacak haline karşı.

İnananların, şafağı korunaklı bir yerde görmesi için hayatın bütün yap bozu birleştirilmiş ve bir araya getirilmişti. Sonunda biraz nefes alabildiklerini hissediyordu Tai-Shan. Karısının bu güzel anın tadını çıkarması için insanlara yardım eder haline eşlik ediyordu. Orhun ise Hassina 'ya, tek başına kalabileceği bir odanın olup olmadığını soruyordu. Hassina, en üst katta benim bir odam var habercimiz, ancak orada mum ışığı dahi yakmasak iyi olabilir, çünkü pencerelerden görünme olasılığı var. Her ne kadar perde olsa dahi, ihtiyatlı olmak lazım dedi.

Orhun, Hassina'nın bu ince zekâsı ve detaylara hâkim yapısına hayranlıkla sözler savuruyordu iç dünyasından. Hassina'nın yanlarında olmasına şükran ve minnet duyuyordu. Birazdan beni o odaya götürür müsün diye sordu Orhun Hassina 'ya.

Hassina, evet haberci ne zaman isterseniz ne zaman uygun görürseniz sizi oraya çıkarabilirim dedi.

Tam o anda alçak uçuş yapan bir uçağın sesi inananların ve altın birliğin kulaklarının içinde yankılandı.

Dört Diyarın Uğultusu

Maddenin esiri olmuş küçük bir azınlığın üstünlük iştahının kefareti değiliz biz.

Caled'in heyecanlı tavrına karşı, Enki ne diyeceğini bilemez bir halde, ona ekrandaki haritada işaretli kentleri gösteren Caled'i dinlemeye başladı. Caled, "Buldum onları, o alçakları ve inanç düşmanlarını buldum. Onlar bu dört kentten birindeler ve ihtimalleri düşünüp, üzerinde sıkça durduğum iki kentten biri Muşael, bir diğeri Diyar. Diğer ikisine de bakacağız tabii ama bence 5.1'leri ve sivil güçlerimizi bu alanda aramalara yöneltmemiz gerekiyor" dedi.

Enki, soğukkanlılıkla, "Haklısınız başkanım, sizi dinledikten sonra, benim de kanaatim iki kentin daha önemle aranması yönünde. Ama diğer iki kentimizin de ihmal edilmemesini söylemek isterim. 5.1'lerle Başkan Slim ilgileniyordu. Son durumları hakkında, ondan hemen bilgi alıp yanınıza geliyorum o halde" dedi. Caled, "Hayır herkesi buraya çağır; bütün başkanların burada olmasını istiyorum tekrar. Onların da başka bir fikri oluşmuş ise dinlemek istiyorum" dedi. Enki, içinden Caled'in bu ılımlı haline bir anlam vermeye çalışıyor ama mantıkla izah edeceği bir cevap bulamıyordu. "Karji'nin bir hikmeti" diye düşündü ve diğer başkanların gelişini beklemek üzere sandalyesine oturdu. Birkaç dakika Caled'in harita üzerinden aldığı notları ve Caled'in homurdanmalarını dinledikten sonra, Enki, kapının açılıp diğer başkanların da gelmesiyle yayıldığı sandalyesinden doğrularak dik bir konuma aldı bedenini. Caled, aynı şekilde diğer başkanlara da Enki'ye yaptığı açıklamanın aynısını ne bir eksik ne bir fazla biçimde anlattı. Minthra, "Sayın başkanım, harikasınız!" dedi. Diğerleri de "Evet başkanım, çok kısa bir zamanda işimizi kolaylaştırdınız" diye ona süslü cümleler söylemeye başladılar. Caled, Slim'e, "5.1'ler ne durumda?" diye sordu. Slim, omuzları dik bir şekilde, "Başkanım, son kontrollerinin bitmesi birkaç saat sürecek" deyince, "Bana net bir zaman ver" diye gürledi Caled. "Belli ki Slim'e hâlâ kızgınlığı geçmemiş" diye düşündü Enki, Caled'in bu gürlemesiyle. Slim, "Efendim, başkanım, sanıyorum iki saat" dediğinde, "Sanıyor musun yoksa iki saat sonunda hazır olacaklar mı?" diye bir daha gürledi Caled. Slim, kısılan bir ses tonuyla, "İki saate hazırlar efendim" dedi. "Güzel! Şimdi oldu. İki saat sonunda, önce Muşael ve Diyar'da aramalara eş zamanlı olarak başlayın. Hemen ardından, sivil güçlerimizi de hareket geçirin. Bibal'e son bir şans daha veriyorum; ona da diğer iki kentteki, kent güçleriyle birlikte hareket edip aramalara katılmalarını ama sivil olmalarını tembih edin. Halkımızın endişeye kapılmasını istemeyiz. 5.1'ler, dikkat çekmeyecek derecede insana çok benzedikleri için, onlara polis kıyafetleri giydirin ve kent güvenliği armaları takın üzerlerine. Generallerinizin ekleyeceği ve stratejimize katkı sağlayacak fikirlerini dinleyin. Uygulamadan önce de son kez benim onayıma sunun" dedi Caled.

"Ve Slim hariç herkes, az önce belirttiğim gibi kendi birliklerini kontrol altında tutup, hayatın doğal akışının devam ettiği izlenimi verecek olan televizyon ve internet yayınları için, birlikte görevlendirdikleri takımlarındaki adamlarına ve kadınlarına ekstra uyarılarda bulunsun. Şimdilik birliklerinize gitmeniz gerekmiyor ama birkaç gün içinde sonuç alamazsak, hepiniz kendi birliklerinize gidip, onlara gidişatın kontrolümüz altında olduğunu ve inançsızları yok ettiğimizi birer slogan olarak ezberletmenizi sağlayacak halk buluşmaları yapmanızı istiyorum. Ama buna gerek kalacağını düşünmüyorum; çünkü bu pislikler bu dört kentten birinde gizleniyorlar. Onlara yardım eden kim varsa, onlarla aynı muameleyi görecekler. Tutuklama şartı gibi saçmalıklara girişmeden, tamamen ortadan kaldırılmalarını, etkisiz hale getirilmelerini ve görüntülerin herkesin izlemesi için kayda alınmasını istiyorum.

Caled'in çektiği bu nutuk, onu tekrar, yarı gaddar, oldukça sert ve keskin bir lider konumuna getirmiş, bilim insanı kimliğini ise tekrar askıya astırmıştı.

Başkanlar, tamamdır başkanım, sözünden başka bir söz söylemeden, verilen talimatları uygulamak üzere, görev yerlerine ve ilgili birimler ile görüşmeler yapmak üzere odadan çıktılar.

Slim'in, 5.1'lerin yapımından sorumlu baş mühendis Shup Neyk ile görüşmesi, yarı gergin bir havada başladı. Bay Shup, size bu kesin talimattır diyorum ve siz bunun gerçekleşmesi çok zor diyorsunuz. Ne zamandır emrimiz altındaki insanlar bize başkaldırdı. Sizden istediğim bazı küçük detayları görmezden gelerek, onları (5.1'leri) bir an önce ve bu bir an önce de iki saati kesinlikle aşmamalı. Uçağa binmeye hazır hale getirmeniz ve üzerlerine söylediğim gibi polis üniformaları giydirip, Ras Birliği kent armaları yapıştırılmış halde hazır olmaları dışında söylenecek bir şeyi duymak istemiyorum Bay Shup.

Shup, daha da gergin bir şekilde bakmaya başladı Slim'e... "Başkanım size saygısızlık ve iletilen emirlere itaatsizlik etmek istemem, ancak onlar hazır olsun dediğiniz belki de insanlığın görüp görebileceği en iyi donamıma ulaşacak yapay zekalar, ancak hazır değiller. Onlar çok ciddi araştırmaların ve birçok altının harcanması ile yapılan herkesten sır gibi saklanan çalışmanın ürünleri. Tam kontrolleri ise henüz gerçekleşmedi. İlk prototip, henüz beklediğimiz insan dışı ve insani özellikleri sergilemekte zorlanıyor. Ya çok sinirli oluyor ya da çok durgun. En nihayetinde bir makine, 'Onarın' demekle olmuyor ki. Çok üstün özellikleri var; Karji'mizin bizlere bahşettiği bilgiler ışığında, ulaşacağımız en nadide bilimsel gelişmenin en özel örnekleri. Elimizde yirmi sekiz tane var, hepsini kullanırsak eğer ve onları kaybedersek yerine yenilerini yapmamız için büyük miktarda altın ve gümüş gibi maddi kaynaklara ihtiyacımız olacak. Gizli projemizin zamanından önce açığa çıkma riskini ise hiç saymıyorum bile."

Slim, sağ işaret parmağını havaya kaldırarak, "Bana bak Shup, eğer dediğim gibi iki saat içinde Ras Birliği'nde, sana söylediğim iki kente gidecek durumda on dört bir kente, on dört bir kente gidecek şekilde 5.1'ler hazır olmaz ise, seni görevinden alıyorum ve yerine yardımcını atıyorum. Ve seni *döngüsellik* içerisine almaması için Karji'ye yalvarış merkezlerinde zorunlu hizmete yolluyorum. Dediklerimi duydun mu? İki saatin var ve hazır et hepsini" dedi.

Shup, söyleyeceklerinin ve söylemek istediklerinin hiçbir işe yaramayacağını, ne olursa olsun, 5.1'lerin yola çıkarılacağını kesin bir şekilde anlamıştı. Başını burnundan soluduğu nefesi eşliğinde, aşağı yukarı *tamam* der bir edayla salladı.

Slim, bu hareketinin ardından, "Aferin! Şimdi aynı dili konuşuyoruz" diyerek, eliyle *iki* işareti yaparak Shup' un yanından uzaklaştı.

Caled'in bahsettiği dört kent olan, Muşael, Diyar, Rasi ve Badu'da bulunan sivil güçlere, sessizlik içerisinde hareket edip, kentte olan bütün hareketlerin denetim altına alınması, tüm dinleme ve izleme cihazlarına ekstra personel takviyesi yapılması ve toplumun dikkati çekilmeden aramalara başlanması bilgisi iletildi. 5.1'leri taşıyacak uçakların hızla hazırlanıp, büyük bir gizlilik içerisinde hareket edilmesi tembihlendi. Bibal, Slim'den gelen aramanın sevinciyle, yardımcısı İmani' ye doğru gurur dolu bir kahkaha attı. "Bize bir fırsat daha verildi. Sivil giyineceğiz ve onları dört kentte arayacağız."

"Önceliğimiz, Muşael ve Diyar olacak. Sivil kıyafetler ve polis üniformaları birazdan bize ulaştırılacak" dedi. İmani, "Komutanım, 'Ümidinizi kaybetmeyin' demiştim; 'Karji'miz bizim yanımızda' demiştim; bakın, dediğim nasılda gerçekleşti."

"Çok doğru dedin" diyerek İmani'nin omzuna hafif bir yumruk indirdi, Bibal. Mutlu bir ses tonuyla, askerlerine gelen emri iletti. Sivil alanlarda nasıl davranacakları ve nelere dikkat edecekleri konusunda onlara öğretilen bilgileri kullanmalarını iki kez tekrar etti.

İki saatin sonlanmasına çok az bir süre kala, Shup istemeyerek ve gönülsüzce, 5.1'lerin üzerlerine armalarını da yerleştiren yardımcılarına göz gezdiriyordu. 5.1'lerin on tanesinin göz rengi mavi, on tanesinin yeşil, dört tanesinin ela, geriye kalan dört tanesinin ise kahverengiydi. Bilgisayarın, dünya nüfusu üzerinde detaylı bir tarama gerçekleştirerek ortaya koyduğu, ortalama insan suratı ve bedeniyle ilgili görseller, yazıcılar vasıtasıyla insan dokusuna birebir benzeyecek şekilde üretilmişti. Shup' un içini kemiren en önemli durum, 5.1'lerin henüz tam olarak kötü ya da iyi enerjileri ayırt edecek kapasitede olmayışlarıydı. Ama *döngüsellik* dışına itilmek ve görevinden alınmak gibi seçenekleri düşündüğünde, elinden 5.1'leri uçağa yerleştirmek dışında bir şey gelmiyordu. Karamsar bir şekilde etrafını gözlemlemesi sürmekteyken yardımcısının, "Bay Shup, bitirdik; şu an hazırlar. Yükleme bölümünde mi aktive edelim yoksa iniş esnasında mı aktive olsunlar" sorusunun ardından, Shup düşünceli bir şekilde bakıp, "Kapsama alanı Ras Birliği'nde sorun yaratmayacaksa, onlar Ras Birliği'ne indiklerinde aktive edelim" dedi. "Bay Shup, sizi temin ederim, bu konuda kesin konuşmam imkânsız; ancak uzaktan erişim konusunda yapılan testlerde pek bir zorluk çıkmadı. İlk kez böylesine uzak bir alanda onları aktive etmeyi deneyeceğiz. Kararı size bıraktık bu sebeple." Shup, homurdanır bir sesle, "Evet öyle yapın" dedi. "Efendim" dedi karşısındaki yardımcısı, "Ras Birliği'ne indiklerinde aktive edin."

"Tamamdır" diyen yardımcısı yanından uzaklaşarak 5.1'leri yük araçlarına bindirmeleri talimatını geçti etrafta dolaşanlara. Yükleme başladığı sırada Slim gözüktü az ileride. Shup, Slim'i görür görmez kendine çeki düzen verip, sersem bir şekilde düşünür halinden biraz normale döner gibi oldu. Kısa adımlarla yaklaşan Slim, "Gördün mü Bak Bay Shup, o kadar da zor değilmiş, her şey hazır ve 5.1'ler bekleniyor. Görüyorum ki onlar da uçağa doğru götürülüyorlar, hem de tam iki saat dolmak üzereyken. Zamanı doğru kullanmanızı hep takdir etmişimdir" deyince, Slim'in bu alaycı tavrına karşı Shup, çok şey söylemek ve dudaklarının arasında sıkışıp kalmış kelimeleri cümlelerle buluşturup bırakmak istiyordu ama yapamıyordu. İçindeki fırtınanın tam aksine, sakince, "Evet başkanım, haklısınız, yetiştirdik nihayet" dedi. "Bir küçük ayrıntı var yalnız, sayın başkanım" deyince, Slim meraklandı, "Nedir o ayrıntı?" diye sordu. "Ne olur ne olmaz diye onları Ras Birliği'nde bırakılacakları yerde aktive edeceğiz uçakta."

"Bunlardan ben anlamam, Bay Shup; ben çalışan makineler görmek istiyorum. Bu senin işin, öyle olması gerekiyorsa öyle olsun" dedi Slim. Ardından, "Senin işin" diyerek Shup'un omzuna dokunup, ölü bir balık gibi sönmüş elini sıkıp yanından uzaklaştı.

5.1'lerse, özenle uçağa yerleştirildiler ve yolculukları için son kontrolleri yapılan uçağın içinde aktive olmayı beklemeye koyuldular. Slim, Caled'e giderek, sevinçle, "Sayın Başkanım,

5.1'ler hazır. Bibal ve askerlerine sivil kıyafet götüren uçak havalandı, kısa zaman sonra yanlarında olur" dedi. Soluk dahi almamıştı bunları söylerken. Caled, Enki ile konuşuyor ve Ras Birliği'ndeki sivil güçlerin durumunu öğreniyordu. "Şu âna kadar, görüntülü kayıtlarda herhangi bir inançsıza rastlanmamış, efendim" diyordu Enki.

Caled, Slim'in söylediklerini geçiştirir şekilde, "Çok güzel! 5.1'ler kentlerde görev almaya başladıklarında bana görüntü iletilecek mi?" diye sordu. "Elbette efendim" dedi Slim ve Enki ile konuşmaya devam eden Caled'in ona söyleyeceği bir cümle daha olup olmadığını kestiremediğinden, öylece ayakta dikilmeye devam etti. Orhun ise gecenin hüküm sürdüğü bir anda, uçak sesiyle irkilen insanları sakinleştirmek için rutin bir birlik uçuşu olduğunu insanlara sessizce anlatmaya çalışıyordu. Korkan insanları sakinleştirmesi için Altın Birlik'le inananların korkmamaları gerektiğini söylüyordu. Uçak neyse ki bir kez alçak uçuş yapmış ve gitmişti. İnsanlar on dakikayı korku dolu bir şekilde geçirmişler ve başta Orhun'un, sonrasında Altın Birlik'in telkinleriyle sakinleşmişlerdi. Sakinliğin ardından karınları biraz da olsa doyan, sularını içen, tuvalet ihtiyaçlarını gideren birçok insan, mum ışıklarının gölgesinde uyumaya başladılar.

İnsanların uyumaya başlaması, endişe dolu ânın geride kalmasıyla rahatlayan Orhun ve Altın Birlik, biraz olsun uyumak için onlara Hassina ve arkadaşlarının gösterdikleri yerlerde uyumaya çalışıyorlardı. Orhun, güçbela Asya'nın yanına kıvrılmış ve uyuyabilmişti. Zudan ve Abdullah'ın oğulları nöbet tutuyor, geri kalan herkes ise gecenin yorgunluğunu, stresini ve korkusunu üzerlerinden atmak için uyumaya çalışıyordu. Volkov dahil, Tai-Shan dahil, Zadok dahil, Edel dahil, Asya dahil, Hassina'nın arkadaşları dahil, Hassina dahil ve Orhun dahil; bir süre sonra nöbetçiler hariç herkes uykuya bırakmıştı bedenlerini.

Birlikler Merkezi'nde Caled, başkanlar ve onlara bağlı kuvvetlerin hazırlıkları sürmekte ve çoğu inananın uykuya daldığı bir zaman devam ederken Orhun uyandı. Az ilerisinde oturmuş insanları gözlemleyen Hassina' ya doğru baktı. Asya'yı rahatsız etmemek için dikkatlice yerinden kalkıp Hassina'nın yanına doğru sakin adımlarla geldi. Ona eğilip, "Bahsettiğin odaya götürür müsün beni?" dedi. Hassina sanki bu ânı bekliyormuş gibi, gözlerini Orhun'un gözlerine doğrultarak ona heyecanla baktı. "Tabii ki haberci, hemen" diyerek yerinden kalktı ve merdivenlere doğru Orhun'a öncülük etmeye başladı.

Merdivenlerin başında Zudan ve Abdullah'ın oğulları ayakta uyur halde nöbet tutmaktaydı. Altın Birlik'in geri kalanı uyumuş, etrafta dağınık vaziyette uyuyan insanlar ise nihayet dinginleşmiş bir havanın içerisinde soluk alıyorlardı. Hassina, Zudan ve yanındakilere selam vererek merdivenlerden yukarı doğru çıkmaya başladı. Orhun, hemen arkasındaydı. Onu gören Zudan ve Abdullah'ın oğulları, "Sizinle gelelim mi?" dediğinde, Orhun, "Hayır, buralardayım, siz yerinizde kalın" dedi. Güneş ışıklarını yeryüzüne ulaştırmaya başlamıştı ve sabahın umut aşılayan görüntüsü pencereden görünür olmuştu. Birkaç köpek sesi duyuluyordu etrafta. Hassina, alçak bir ses tonuyla, "Başıboş köpekler uyanmışlar; merak etmeyin, buralarda çok başıboş dolaşan köpek vardır" dedi. Orhun bunu merak etmemesine rağmen, Hassina'nın ihtiyatlı haline itiraz etmek istemiyordu. Bilmediği bir bölgedeydi. Bu bölgeyi iyi bilen biri olan Hassina'nın, içinde bulundukları durumu ciddiye almasını doğal ve olumlu karşılıyordu.

Üç insanın sığmasının çok zor, iki insanın ise birbirine omuzları ile dokunacak derecede dar bir koridordan geçerek Hassina'nın odasına ulaştılar. Hassina, cebindeki anahtarı çıkararak kapının kilidini çevirdi ve kapıyı çok yavaş bir şekilde açtı. Mekanik perdeden az da olsa güneş ışığı içeri sızıyordu. Odasından en son çıktığı zaman, pencerenin mekanik perdesini tam kapatmamış olması, kendisine kızmasını sağlayacak olmasına rağmen şu anda tam tersini yapıyordu Hassina. "Odayı mum ışığıyla aydınlatmayı düşünüyordum ancak buna gerek kalmayacak gibi; pencereden çok az da olsa ışık giriyor. Bu sizce yeterli mi?"

Orhun, etrafa göz gezdirdi. Ceviz ağacından yapılmış ve odasının üçte birini kaplayan çalışma masası gözüne iliști. Başını sallayarak, "Yeterli Hassina, yeterli" dedi. Hassina kahverengi deri koltuklardan birine oturmayı teklif ettiğinde ise, Orhun sesinin yüksek çıkmasının farkında olmadan, "Hayır Hassina, beni yalnız bırakman gerekiyor" dedi. Hassina, Orhun'un kızgın olduğuna ihtimal vermediği ancak yine de sert bir karşılık olarak algıladığı tavrına karşı boynunu bükerek, hiçbir şey demeden odadan yavaşça çıktı. Çıkarken, "Kapı önünde beklememi ister misiniz?" diye sorduğunda, Orhun bu kez sakin bir tonlamayla, "Hayır, buna da gerek yok; sen aşağıya in ve dinlenmene bak, çok yoruldun" dedi. Hassina, "Haberci, ben ve arkadaşlarım birazdan buradan gitmeliyiz zaten, uyumam imkânsız" dedi. "Peki öyleyse, beni aşağıda beklemeni istiyorum. Ben geldiğimde neler yapılacağını iletirim" dedi Orhun. Hassina, oldukça dikkatli bir şekilde kapıyı hafifçe kapadı ve adımlarının neredeyse ses çıkarmayan yere basışları ile, uyuyan insan kalabalığının yanına doğru, içinde bin bir türlü merakı ve soruları tutarak indi.

Orhun, odada yalnız kaldığında, duvardaki ince suratlı ve fındık burunlu esmer tenli bir kadının portresine bakındı bir süre. Kahverengi deri koltuklara dokundu. Ceviz ağacından yapılma masanın etrafını turladı. Eğilip pencereden dışarı bakmayı denedi. Masa üstünde tozlanmış evraklara bakındı.

Sıkılgan ve sabırsızdı. Ruh hali karışık, bedeni yorgunluktan bitkinleşmiş ve gözleri kızarmıştı. Boynunu sağa sola hareket ettirerek, sırtındaki çantasını yere bıraktı. Kitabı çıkarıp masanın üzerine koydu. Geçirilen zamanı ve geçen zamanın içinde neler yaşadıklarını düşündü. Kitaba doğru bakıp gülümsedi.

Açılmış olan en son sayfayı açıp, öylece birkaç saniye sayfaya boş gözlerle baktı ve derin bir nefes çekerek, "Sevginin dili olan yaratıcının izniyle açılsın yeni sayfa" dedi.

Sayfa açıldı ve sayfada izler bırakan ama kendisi görünemeyen kalem yazmaya başladı. Bitkin gözleri ve yetersiz ışık altında okumayı denediyse de yazıldığı anda yazılanları, bunda başarılı olamadı. Nihayet, kalem damlalarının akışını sonlandırıp, yazının tamamlandığını gösteren sayfayı hareketsiz haline bırakıp gitmişti. Orhun kitabı eline aldı ve pencerenin altına doğru tutup sayfada yazılanları okumaya başladı.

"Dinle haberci: Ağaçları dinle haberci, akrepleri dinle haberci, rüzgârı dinle haberci, nedensiz yaratılmayan ne varsa hepsini dinle haberci. Seninle olanların kalplerini dinle haberci, benim sevgimin sınırsızlığını kabul edenleri dinle haberci. Dünyanın ve içinde yaratılanların birer oyuncak olmadıklarını ilet onlara. Ben iyiliği ve doğruluğu öğütlüyorum onlara. Kötülüğün kendilerini yok etmemeleri için bir fırsat sunuyorum. Her şey bendendir ama her şey benim oyuncağım değildir. Görünmezlerin savaşının ortasında değil yaratılanlar. Bir iddia ile doğruluk yoluna ulaşmaları için bir test içerisinde değil insanlık. Özgür yarattım her yarattığımı. Farklı özellikler verdiğim bazı yaratılmışların kibrini ve isyanını yenmeleri için onlara da bir fırsat verdim ama onlar akıl yolundan, kalplerinin ışığından saptılar. Dünya hayatında yaşamış olan ataların ve senden öncekiler şu âna kadarki bütün nesiller, kendi menfaatleri için beni kullandılar. Güç ve zenginlik peşinden gittiler. Evrenin göremediğiniz noktalarında yarattığım diğer canlıların da yaratıcısı olan ben, sevgimin hâkim olmasını ve yarattıklarımın sevgiyle yaşamasını istiyorum.

Hükmüm kesindir ve verilen son fırsatı geri çevirirse insanlık, onları terk edeceğim ve kendi başlarına bırakacağım. Görevlendirdiğim meleklerimin içerisinde kibrine yenik düşüp, benim onlara verdiğim özgür iradeyi kendi menfaatlerine kullanıp, benim gücümü yok sayanları bile affetmeye hazırım. Sevgimi anlat onlara, değiştirilmeyen kelimelerimi ulaştır onlara. Uyarmaya devam et ve isyanına devam eden İblis' in yolundan sevginin yoluna çağır insanlığı. Ellerinizdeki robotlar gibi yapabilecek kudreti elinde bulunduranım ben. Ama sizler benim enerjimin manevi bağlarısınız, sizlere kötülüğü kendiniz verirsiniz ancak. Ve söyle insanlara haberci, kötülüğü aşılamakta ısrarcı olanlara sonraki hayatlarında hak ettikleri cezayı vereceğim.

Size bir zarar veremezler, kalpleri ile inanan, sözlerin tesirine kalbini açan ve ruhunu sevgi yoluna döndürenlere kötülük yapmak isteyenler ulaşamazlar. Benim için, her ne sebeple olursa olsun yarattıklarım birbirlerine şiddet uyguluyor ve onu öldürüyorsa, bilsinler ki en büyük günahı işliyorlar. Ne benim için ne de benim yolum için kimsenin öldürülmemesi buyruğumdur ama kötülüklerinde ısrar edenlere, benim görünür bir yaratıcı olup ete kemiğe bürünmüş halde yanlarında olmamı isteyenlere ise, ölüm sonrasını işaret ettiğimi ilet. Dünyada verdiğim nimetlerin ve yıldızların ve gezegenlerin ve evrenlerin her yerinde benden bir iz bulabileceklerini söyle onlara. Size ölüm kusmak isteyenlerden korkma. Senin görevin savaş içerisinde olmak değil, haberci. Senin görevin birliği, iyiliği, barışı ve sevgiyi getirmek insanlığa ve dünya içindeki canlılara. Vekilim, yarattığım evrendeki herkesin yanındayım. Aklın ve kalbin ile İnanç Birliği'ni kurmak için adımlarını atmaya devam et, haberci."

Okuması bittiğinde, uykusuzluğu yenmiş ve yorgunlukla ilgili bedeninde gezinen ne varsa son bulmuştu. Litrelerce kahve içmiş ve ayılmış gibiydi. Kitabı kapatıp çantasına koymaya çalışırken odanın her yerini bir ışık kapladı ve gözlerini kapamak zorunda kaldı. Gelen Meril'di ve Meril'i görür görmez kitabı masaya bıraktı. Gülümsüyordu ikisi de. Birbirlerine hasret kalmış iki dost gibi bakıyorlardı. Meril, "Haberci, yaratıcımızın sevgisi üzerinde daima sonsuz olacak" dedi. Orhun, "Bu ne güzel bir söz böyle, can dostum" diye karşılık verdi. Meril şöyle devam etti: "Kötülüğe sapmış yolcular sizi bulamıyorlar ve İblis de gururu kırılmış halde sağa sola vesvese veriyor ama nafile. Biz gözcü değiliz; insanlar üzerinde her hareketlerini kontrol eden bekçiler değiliz. Sana, olmakta olana ne gibi müdahalelerde bulunacağını, yaratıcıdan aldığımız bilgiler ışığında söyleyebiliriz. Kitapta yaratıcı seninle konuşur, bir o bilir zamanın hareketlerini. Zaman da odur, hareket de odur çünkü. Kötülükte ısrar edenlerin sonunu yaratıcı dışında kimse bilemez. Ben sana ve inananlara yardımcı olmaya geldim. Burada güvendesiniz ancak burada çok kalamazsınız. Kan dökmeden Diyar kentini ele geçirin ve insanlara özgürlüğü sunun. Sana Hassina yardımcı olmaya devam edecektir. Kalbini inanmaya açmış olan, kentin silahlı güçlerinin komutanı Rabi'yi bul ve inananları insan gibi kalacakları bir yere yerleştirin. Kötülüğün hizmetkârları buraya gelecektir; ancak onlar size saldırmadıkça siz onlara saldırmayacaksınız. Onlar size kötülük etmedikçe siz onlara kötülük etmeyeceksiniz. Karşılık vermenizde sakınca yoktur kötülüklerinde ısrar edenlere. Size saldırırlarsa, Rabi ve Volkov 'un öncülüğünde şehri savunun. Enerjini iyiliğe açık tut, haberci. Asanı en gerektiği zamanda yere dokundur. Ama unutma; asan senin enerjinden beslenir. Sadece en gerekli zaman olduğuna inandığın çaresizlik zamanlarında asanı kullan ve ona kalbinden geçen sözleri söyle."

Orhun tüm bu konuşmayı tıpkı yazılanları okuduğundaki gibi, yerinden bir santim dahi kıpırdamadan dinledi. Meril'in konuşmasının bittiğini anladığında ise, "Yaratıcımız sadece kalplerimize değil, akıllarımıza da hitap ediyor, Meril. Bunu fark ettim artık; hem son sayfalarda yazılanlarda hem de senin şimdi söylediklerinde. Evet, kötülük yapanlar kötülüklerinde ısrarcılar; evet, bizi öldürmek istiyorlar ancak bunda başarılı olamıyorlar; ne bizden ne de onlardan bir ölen yok. Ölümün kutsallığını bile görmezden gelen düşmanlarımızın kötülüklerinde ısrarcı olacaklarını görüyorum ve hissediyorum. Sayfada yazılanları ileteceğim insanlara. Sanıyorum bu yine dünya evine gidişimle olacak. Rabi'yi bulacağım ve ondan yardım isteyeceğim. Kalbim öylesine huzurla dolu ki artık daha iyi anlıyorum, gücü veren gücünü kullanmakta başarısız olmuş insanlara yardımcı olmak için bizlere görevler veriyor. Bende olan bütün insanlarda var aslında; ne ben özelim ne de sen; hepimiz aynıyız, aynı gücü içimizde tutuyoruz ama bu enerjinin anlaşılmasını engelleyenlerin ya hizmetkârı oldular ya da kendi kabuğuna çekildi insanlık. Dünyada güzel günlerin geleceğini görüyorum. Dünyada yeni bir yolun olduğunu anlayacaklarını ve bu yolun sevgiye çıktığını göreceklerini daha iyi anlamaya başladım. Hassina, arkadaşları ve şimdi Rabi ve daha da katılacak birçok insan ile kötülüğü içimizden söküp atacağız. Senin dostluğuna paha biçilemez, senin görevinin erdemine erişilmez. İyi ki senin dostunum, iyi ki seninle dost olmuşuz."

Meril ilk kez duygu ibaresi gösteren bakışlarıyla Orhun'a birkaç saniye bakındı ve beyaz dudaklarını ısırır gibi kapadı. Mutlu bir gülümsemeyle bakmaya devam ediyordu Meril. Birkaç saniye sonra, Orhun'un sözlerini bitirmesiyle odayı kaplayan beyazlığın içerisinde gözlerden kayboldu bir anda Meril. Üzerindeki durgunluğu ve dinlediklerini özümsemesi bittiğinde Orhun da odadan sakin adımlarla çıktı. Sırtında çantası ve elinden hiç düşürmediği asası ile karınca sessizliğinde, cam kapının dışından gözükmemek için oldukça dikkatli bir biçimde iki kat aşağıya indi. Hassina, arkadaşlarını uyandırmış ve gidiş hazırlıkları yapmaktaydı. Volkov ise her zamanki gibi az ama öz uykusunu alabilmiş vaziyette doğrulmuş, oturarak etrafı izliyordu. Orhun'un geldiğini gördüğünde ise ayağa kalktı Volkov, etraftaki insanlara ayaklarının değmemesi için büyük bir çaba sarf ederek, Orhun'un yanına varması biraz zaman alsa da kimseye dokunmadan Orhun'a ulaştı. Hassina ve arkadaşları Orhun'un çevresini sarmıştı. Hassina yukarıda neler olduğunu öğrenmek için yanıp tutuşuyordu ama susuyor, Orhun'un anlatmasını bekliyordu. Orhun etraflarındakilere ve uyuyanlara göz ucuyla bakarak, Volkov'a, "Zadok, Abdullah, Edel, Tai-Shan ve Matteo'yu uyandırmalısın" dedi. Volkov, diğerlerinin "Neden?", "Ne oluyor?" gibi sorularına aldırış etmeden, Altın Birlik üyelerini uyandırmaya yöneldi. Hassina ve arkadaşları sorular sormaya devam ediyordu. Orhun, sağ elini havaya kaldırarak, "Susmalısınız; yukarıda konuşalım" dedi.

"Odada mı?" diye sordu Hassina.

"Evet, odada" dedi Orhun.

Hassina, "Tamam" dedi ve diğerleri de sustu.

Biraz Matteo uğraştırmıştı uyanırken Volkov'u ama nihayetinde çok geçmeden o da uyanmış ve diğerleriyle Orhun'un yanında soluğu almıştı. Orhun öne atıldı ve kimseye bir şey demeden merdivenlerden yukarı adımlamaya başladı. Diğerleri dikkat çekmeden Hassina'nın odasına giden Orhun'u izlediler. Odaya geldiklerinde Orhun kapıyı kapamasını istedi Hassina'dan. O da kapıyı kapadı hızla. Ardından Hassina' ya, "Rabi nerededir?" diye sordu. Afallayan Hassina, "Rabi? Hangi

Rabi? Kentin komutanı olan Rabi mi?" diye sordu. "Evet, o Rabi" dedi Orhun.

"Rabi'yi ne yapacaksınız?" diye sordu Hassina. Altın Birlik neden sorduğunu az çok anlamıştı ama Hassina ve diğerlerine kitabı ve yol göstericiliği anlatmanın çok uzun süreceğini akıldan akla birbirlerine iletmişlerdi. Orhun, onları duymazlıktan gelerek Hassina 'ya Rabi ile ilgili sorular sormaya devam ediyordu.

"Nerededir kendisi?"

"Bildiğim kadarıyla şehir merkezine yakın kumanda merkezinde."

"O sizi tanıyor mu peki?"

"Kim? Rabi mi? Hayır, sanmıyorum. Aramızda var mı onun tanıdığı birisi?" diye arkadaşlarına sordu Hassina. Arkadaşları *hayır* anlamında başlarını salladılar.

"Anlıyorum. Peki yakın çevrenizde onu tanıyan var mıdır?" diye sordu Orhun.

Hassina ve diğerleri düşünür bir hal içerisinde birkaç saniye geçirdiler ama hemen ardından ortak bir hayır kelimesi sunuldu Orhun'a. "Bunları yani Rabi hakkında bilgileri neden soruyorsunuz" diye sordu Hassina, merak dolu ruh haliyle. Orhun sakinliğini koruyor ve detay vermemeye özen gösteriyordu. "Çünkü o bize yardımcı olacak" dedi kararlılıkla.

"Kim? Rabi mi?" dedi şaşıranlar.

"Evet, Rabi."

"Ama nasıl olur, haberci" dedi ve devam etti Hassina, "kendisi kentin komutanı ve Karji'nin askeri. İmkânsız bu söylediğiniz."

"Peki senin ve etrafındakilerin inanması da mı imkânsızdı" dediğinde Orhun, sessizlik tekrar oluştu. Nissa dayanamayarak, "Nasıl yani, Rabi de inananlardan mı oldu?" diye sordu gözlerini büyüterek ve inançsızca.

"Evet o bizi, biz de onu bekliyoruz. Gidip buraya getirmeniz lazım onu" dedi Orhun sakinliğinden ve kararlılığından taviz vermeyerek.

Hassina, konuşmayı yeni öğrenen bir çocuk gibi heceleyerek, "Ama ha-ber-ci, bu, na-sıl o-lur, bura-ya gel-se bi-le, ya di-ğer-ler-i..." konuşmaya çalıştı.

Volkov, akıldan akla, "Evet, habercimiz, bundan emin misiniz? Rabi inanan ama birliğinin geri kalanı inanmayan saflarında ise bu zor olabilir. Bir de tabii onun da buraya yalnız gelme olasılığı kanımca çok düşük. Kameralar, robotlar, bir sürü gözetleme cihazı ve dinleme aygıtları onun peşinde dolaşıyordur. Dedikleri gibi şehrin komutanı Rabi ise onun yalnız kalma olasılığı çok düşük bir ihtimal" dedi.

Orhun, bu kez kulak kabartmıştı Altın Birlik'in sözlerine. Volkov 'un ve Hassina'nın söylediklerini akıl terazisinde tartarak bir süre düşündü... "O zaman şöyle yapıyoruz" diyerek bu sessizliği bozdu. "Hassina, senin arabana beni ve Edel'i gizleyebilir misin?" diye sordu.

Hassina, "Ancak bagajda ve iki büklüm halde olursanız olabilir" dedi. Orhun, Edel'in omzuna dokunarak, "Bunu yapmamız lazım" dedi. Edel, tereddüt dahi etmeden, "Habercimiz, siz ne derseniz bizler yanınızdayız; doğru yol bu ise tabii ki yapacağım denileni" diye karşılık verdi.

Daha sonra, Rabi'nin inanan olarak kendi saflarında yer aldığında kopacak kıyameti konuştular ama hâlâ Hassina'nın arkadaşları bu duruma inanamıyordu. Nissa ise, "Her şey olabilir dedim ama bu imkânsız gibi geliyor" diyordu etrafındakilere. Uyandığından beri taşıdığı kaygıdan, kendilerini ve inananları bu durumdan nasıl kurtaracağız diye düşünmesinden bahsediyordu ama şimdi, "Eğer Rabi bizim tarafımıza geçerse, gerçek kurtuluş başlıyor demek" diyerek tamamladı Nissa sözlerini. Orhun, Edel ve kendisinin gelene kadar her şeye dikkat edilmesini, inananlar ile ilgilenilmesini, kimseye gözükmeden ve tedbiri elden bırakmadan onların gelişinin beklenmesini ve acil bir şey olmadıkça onunla iletişime geçilmemesini tembihliyordu. Konuşmalar, sorular ve tembihlerin sonunda, "Gidelim mi?" diye sordu Hassina. Edel, "Önce bir yudum su, birkaç parça bir şey yeseydik olmaz mı? Siz de açsınızdır sanıyorum" dedi. Orhun, "Hayır, bir açlığım ya da susuzluğum yok; ancak senin varsa bekleyebiliriz" dedi. Edel, Volkov 'un yadırgayıcı bakışlarını üzerinde toplamış halde, "Hayır, hayır, gidelim" dedi. Ardından Hassina'nın kapının önüne kadar yanaştırdığı arabasının bagajına binmek üzere kapıya çıktı Orhun ve Edel. Orhun, Hassina'ya, "Bizi kameraların ve robotların olmadığı, çok dikkat çekmeyecek bir yerde, Şehir Komuta Merkezi'nin yakınlarında bırakın; daha sonra kimsenin dikkatini çekmeyecek şekilde rutin işlerinize devam edip akşam saatlerinde yine fabrikada olun" dedi. Hassina, etrafta bir gören olacak korkusuyla tek kelime dahi etmeden, Orhun'un Komuta Merkezi'ne gidişiyle ilgili kesinleşen çılgın fikrine karşı başını salladı. Arabaya bindiğinde, arabaya binmiş olan dört arkadaşına, "Komuta Merkezi'nde bir başlarına ve dünyanın aradığı yüzleriyle nasıl gidecekler? İnanamıyorum; hiçbir şekilde aklıma yatmıyor bu" diyordu. Arabada bulunan Nissa ise, "Bizim yanımıza nasıl geldiler ve nasıl gittiler?" diye sorduktan sonra da "İnananları nasıl getirdilerse öyle Rabi'ye ulaşacaklardır. Ben de açıklanamamış birçok sorumun cevabını almak istiyorum ama olaylar öyle hızla ilerliyor ki, olaylara karşı, nasıl hareket edileceğine dair bir konuşma gerçekleştiremiyoruz. Sadece haberciye inanmaya ve ona güvenmeye devam etmek istiyor kalbim" diyerek sustu. Diğerleri de, "İçimizdekileri dışarı vurdun Nissa; biz de inanmayı ve güvenmeyi seçiyoruz, soruları daha sonra sorarız. Meraklarımızın yanıtlarını eninde sonunda alırız" dediler. Daha sonra Hassina'nın öncülüğünde, diğer iki araçta bulunan altı arkadaşının arkalarında seyir haline geçmesi ile yola koyuldular. Hassina'nın arkasındaki iki arabada bulunan altı yeni inanan, önce işlerine, daha sonra da akşam vaktine doğru, inananlar topluluğunun yiyecek ve içecek ihtiyaçlarını etrafın şüphesini çekmeden almak üzere, orta derecede bir süratle sürdükleri arabaları ile kent merkezine doğru ilerlemeye devam ettiler. Yolculuk esnasında birkaç bozuk yolun üzerinden yavaş geçtiyse de Hassina, bagajda Orhun ve Edel birbirlerine çarpmaktan kurtulamadılar. Bu durum karşısında özür dileyecek oldu ama sesinin ulaşmasının zor olduğuna kanaat getirerek dudaklarını ısırıp aracı kullanmaya devam etti Hassina. Kent merkezine yakınlaştıkça, etrafta dolanan insanlar işlerine gitmek üzere yollara çıkmış, robotlar da rutin gözetleme işlemlerini sürdürmekteydi. Kırk dakikaya yakın bir süre içerisinde kent merkezine geldiler. Hassina iki farklı yerde durarak iki arkadaşını indirdi arabasından. Yanında Nissa kalmıştı sadece. Onunla sessizlik içerisinde, Komuta Merkezi'nin yakınlarına, on dakikalık bir yürüyüş mesafesinde çöp kovalarının olduğu bir boş alana arabasını yanaştırdı. Etrafa göz ucu ile bakındı bir süre Hassina. Az ileride kameraların olduğunu ve nöbet tutan robotların belirgin duruşlarını gördü. Ne yapacağını düşündü bir süre. Sonunda arabadan indi, etrafına bakınması hâlâ sürüyordu. Normal bir hal sergileyerek bagajının kapağını açtı. "Hemen inmeniz lazım; şu an etrafta kimse yok, kamera görünmüyor sağda solda ama açıları burayı görebilir.

Arkamda binanın duvarı kamera olsa bile engeller ama önümüzdeki kameralar konusunda emin değilim. Tek çare hızlıca çöp kovalarına doğru sıçramanız."

İki büklüm halde onu dinleyen Edel, dikkati elden bırakmadan bir çırpıda doğruldu ve çöp kovalarının arkasına sıçradı. Hassina, etrafı gözlemliyordu, bir hareket var mı diye bakındı birkaç saniye. "Şimdi sıra sizde, haberci" dedi ve Orhun da aynı Edel gibi bir sıçrayışta kovaların arkasına sıçradı. Hassina'ya eliyle *gidin* işareti yaptı. Hassina, istemeye istemeye de olsa denileni yaptı ve arabasını çalıştırıp oradan yavaşça uzaklaştı. Aynadan arkasında bıraktıklarının durumunu merak içerisinde izlemeye devam ediyordu. Çöp kovaları gözden kaybolana kadar da etrafı ve arkasındakileri gözlemlemesinden vazgeçmedi. Orhun ise hemen pelerinini sırtından indirdi ve onları herkesten gizlemelerini sağlayan pelerinine içten içe teşekkür sundu. Pelerinin başları üzerinde, onları şemsiye gibi etraftan koruması ile ayağa kalktılar ve üzerlerini silkelediler. Etrafı gözlemledikten sonra da gidecekleri yere doğru adımlamaya başladılar bir saniye dahi kaybetmeden. Komuta Merkezi'ne yaklaştıkça ses çıkaran kargalar, tel örgülerin ardında yürüyen robotlar ve üniformalı insanların karmaşası içerisinde giriş kapısını gösteren okları izlemeye başladılar. El izlerini ekrana okutarak giren insanların ardından, kimsenin farkına dahi varamayacağı bir rahatlıkla içeri girdiler. Görebildikleri her yer robot ve askerle doluydu. "Komuta Merkezi Yönetim Binası" yazan tabelanın rehberliğinde üç dakika kadar daha yürüdükten sonra, yönetim binasının önündeydiler nihayet. Edel, akıldan akla, "Haberci, ilk kez korkuyorum sanırım" dedi. Orhun, "Korkmak iyidir, bizi uyanık tutar. Bunun kötü bir şey olduğunu düşünme ama bak kim bizi görüyor, kim bizi duyuyor, dilediğimiz gibi geziyoruz etraflarında. Şu Rabi'yi bulalım, hemen" dedi. Edel sustu ve hızlı adımlarla binaya girdiler. "Yönetim Katı 5. Katta" yazan tabelaya gözleri ilişti. "Asansör olmaz, bu riskli" dedi Orhun. "Yürüyerek çıkacağız" dedi asansöre yönelen Edel'i tutarak. Edel *ama* demeye kalmadan, Orhun merdivenlere doğru yürümeye başlamıştı bile. Görünme korkusu yüzünden hızlandı ve Orhun'un yanında yürümeye başladı. Biraz dinlenerek de olsa, beş kat yukarı yavaş adımlarla çıktılar. En son atılan merdiven basamağının bitişiyle, birkaç hızlı soluk alıp verdiler.

Orhun, gözlerini kısarak, kapı önlerindeki dijital ekrandaki yazıları okumaya çalışıyordu. "Koridorun sonunda 'Komutan Odası' yazıyor, sanıyorum Rabi orada" dedi.

"Bence de habercimiz; ama odasında mıdır ki? Bu bildirildi mi size?" diye merakla bir soru sordu.

"Hayır, bildirilmedi ama bu saatte ve tatil olmayan bir gün içerisinde, odasında olması kuvvetle muhtemel."

"Ama ya değilse ne yapacağız? Odasında mı bekleyeceğiz?"

"Bilmiyorum Edel; gidelim ve görelim; odasında yoksa konuşuruz."

"Peki ya orada ise, bir anda ona mı gözükeceğiz."

"Muhakkak odasında bir tuvalet veya bir perde vardır; orada pelerini çıkarırız ve ardından ona gizlenerek geldiğimizi ve az önce kapı açıldığında o farkında olmadan girdiğimizi söyleriz."

"Bunu umarım, kabul eder" dedi Edel.

"Bu evham da nedir?" diye sordu Orhun.

"Hayır, evham değil de habercimiz, ilk kez karşımızdaki insanların merkezindeyiz ve bir anda adama sihir gibi bir durum şeklinde gözükmek sıra dışı olabilir diye düşüncemi bildirmek istedim. E tabii hâlâ biraz da korkuyorum, habercimiz."

"Bizi bırakmayana güven sen" dedikten sonra doğruldu ve "Hadi gidiyoruz" dedi Orhun. Hızlı adımlarla odaya doğru gittiler.

Odanın önüne geldiklerinde, kapının kapalı olması durumunda ne yapacaklarını düşünür vaziyetteydiler. Çok geçmeden, elinde tepsiyle bir kadın gözüktü. Üzerinde dumanı tüten kahve bardağından yayılan kahve kokusunu içlerine çektiler. Kadının kapıyı vurması ve içeridekinin "Gel" demesiyle kapı açıldı. İçeri kadın, kahve, Orhun ve Edel girdi.

Rabi ile Buluşma

Doğruluk, yalanla dolu yaşamların gölgesidir.

Kadının hemen arkasındaydılar ve oldukça geniş bir yere adımlıyorlardı. Masasında oturan Rabi gözüktü, ekranda bazı görüntülere bakıp notlar alıyordu. Masası Hassina'nın odasında gördüğü masanın iki katıydı. Masa altın sarısı renkteydi. Ancak geri kalan her şey; duvarlar, objeler ve akvaryum dahi beyaz renkteydi. Pencere kapalı, klima açık ve odanın içinde kapısı kapalı bir bölüm de vardı. Edel çok heyecanlıydı. Kadın tepsiyi Rabi'nin önüne bırakıp odadan çıktı. Orhun, "Bir müddet bekleyelim ve gözlemleyelim" dedi. Öyle de yaptılar. Birkaç dakika boyunca Rabi'nin önünde onu izliyor ve kapıdan başka birinin gelip gelmeyeceğini merak ederek bekliyorlardı. Orhun, bu bekleyişi sonlandıran adımlarıyla kapıya yöneldi. Kapı, Rabi'nin masasının sağ yanında yer alan duvar ve o duvarın bitişine denk gelen kapısında "WC" yazan başka bir kapının orada sonlanıyordu. Bu sayede kapıdan kimin geldiği pek görülmüyordu. Rabi'nin, beş metrekare kadar önünde ise bir küçük masa vardı. "Belli ki yardımcısının masası bu" diye düşündü Edel. Orhun, kapıyı kilitledi ve pelerini boynuna astı. Edel'in bacakları titriyordu. Rabi kulak kabarttı kapının kilitlenme sesine. Seman, "Sen misin?" diye seslendi. Orhun ve Edel bir adım daha yaklaştı. Rabi, "Kapıyı kim kilitledi?"

diye bir kez daha seslendi. Orhun, bir, ardından bir tane daha adım attı. Edel hemen iki adım arkasında kaldı. Ve Orhun ile Rabi artık göz göze gelmişlerdi, Orhun'un son attığı adımla. Pelerinli, sırtında çantası, elinde bir metre uzunluğunda tahtadan yapıldığını düşündüğü bir asa ile, genç görünümlü bir adam ve hemen arkasında mavi bir gömlek ve siyah bir pantolon giymiş orta yaşın biraz üzerinde bir adam ile göz göze geldi bir anda, Rabi. Ayağa kalktı, "Siz de kimsiniz?" diye sordu.

"Biz senin beklediğin kişileriz" dedi Orhun.

"Anlamadım?"

"İnanan olmayı seçen kalbinin sesini duyduk."

"Ne diyorsunuz siz? Anlamıyorum" dedi ve eline telsiz telefonunu aldı, Rabi.

"Kim aldı sizi içeri? Nereden geliyorsunuz? Bu garip kıyafetlerinizle buraya izinsiz ve habersiz nasıl girdiniz?"

"Habersiz girmedik; biz haberci ile senin çağrına icabet ederek geldik" dedi Edel.

"Bir saniye, bir saniye... Sen, sen, sen O'sun, sen Orhun'sun. Birliklerin yok etmek için seferber olduğu kişisin. Sen de onun yardımcılarından birisin, adın neydi?"

"Edel adım, Edel Echart."

"Doğru ya, sen şu tarih profesörüsün. İnanmakta zorluk çekiyorum. Buraya nasıl girdiniz? Ayrıca buradan çıkış olmadığını düşünmediniz mi? Hem benim, o bahsettiğiniz şey olduğumu, inanan olduğumu da nereden çıkardınız."

Edel, "Eyvah! Çok zor durumda kalmak üzereyiz. Kitaba dokunacak mı o da?" diye sordu, akıldan akla.

"Hayır Edel" dedi Orhun. "Sakin ol" diye de onu teskin etti.

"Niye susuyorsunuz?" diye onlara doğru bir adım attı Rabi.

Orhun'da bir adım ona doğru atarak, "Susmuyoruz. Senin inanan olduğunu biliyoruz" dedikten sonra masadan bir kâğıt kalem aldı hızla. "Odada ses ve görüntü alan bir aygıt var mı?" diye yazdı ve Rabi'ye doğru baktı.

Rabi, "Hayır, hayır, ben kentin komutanıyım; ne münasebet" diye yanıt vererek kâğıdı alıp yırttı ve çöp kutusuna doğru fırlattı.

Yerine oturdu Rabi. Edel ise bu hareketle çok rahatladı.

"Ben, ben anlamakta zorlanıyorum. Buraya nasıl girdiniz ve beni nasıl buldunuz? Tüm dünyanın aradığı bir suratı nasıl burada bir gören olmadı?"

Orhun, "Bunu açıklamamı mı istersin, yoksa neden burada olduğumuzu mu öğrenmek istersin?" diye sordu.

"Her ikisi de ama son söylediğini daha çok merak ediyorum" dedi Rabi.

"Senin inananlar arasında ve sevginin yolunda olmanı istiyoruz."

"Kimle istiyorsunuz? Kim için istiyorsunuz bunu?"

"Yaratıcının yolu için ve inananlar olarak bizlere katılman için istiyoruz."

"Ama bu nasıl olur; ben buna evet desem bile ânında yok olurum. Beni yok ederler ve sizi de birazdan yok edecekler. Tabii buraya bunca kalabalık arasından gelebildiğinize göre, ya planınız aynı yolla buradan kaçmak ya da ölüme meydan okumak" dedi Rabi.

Orhun derin bir nefes çekerek gözlerini kapadı ve asasını yere vurdu. O anda duvarlarda Rabi'nin yatak odasında, kendi kendine sessizlik içerisinde söylediği, "Haberci umarım başarılı olur ve umarım sevgi galip gelir" sözlerini gösterdi.

Orhun biraz sendeler gibi oldu, Edel onu doğrultarak, "İyi misiniz, haberci?" diye merakla sordu.

Orhun, "İyiyim" dedi ve ayakta dimdik durmaya devam etti.

Nutku tutulan Rabi, "Sihir, büyü, hiçbir şey değil bu. Sen bunu nasıl yaptın? Bu gizli ânları nasıl duvarlara yansıttın? Aklımı oynatmak üzereyim" dedi.

Orhun, "Eğer şimdi bizimle olduğunu söylersen, yakarışlarının gerçekliğini bizimle yaşaman için seni kucaklamaya hazırız. Ama hayır, karşımızda olacaksan, her şeyi göze aldığımızı bilmeni isterim. Buna ölmek de dahil" dedi.

Rabi, kuruyan dudaklarını tazelemek için bir yudum kahvesinden yudumladı. Başını ellerinin arasına alarak, "Bir dakika, bir dakika" diye homurdandı. "Yaşamak değil zaten bu" dedi.

"Anlamadım" dedi Edel.

"Biz yaşamıyorduk zaten, bir yalanın içerisinde olduğumuzu içten içe biliyordum. Eskisi kadar, ilk gençlik yıllarım kadar gaddar değilim diye beni bu küçük kente sürdüler. Enerji taramalarında kötü enerjili ya da zararsız enerjili inançsız çıkmamak için çok ciddi bir çaba sarf ettim. Sonra sen çıktın bir anda ortaya. Bütün arayışımı, benim gibi arayanların ve sorgulayanların kalbine dokundun. Sizinleyim, seninleyim haberci" dedi Rabi.

Edel bir *oh* çekti, Orhun, Rabi'nin gözlerine dokunup öpmek istedi.

"Ama burası çok riskli" dedi Rabi. "Burada devam edemeyiz konuşmaya. Bir dakika, bir dakika" diye tekrarladı Rabi. Düşünür haldeydi...

Orhun ve Edel suskundu.

"Evet, benim evime gitmeliyiz. Ama nasıl, ama nasıl..."

Kendi kendine konuşan Rabi'yi serbest bırakmıştı Orhun ve soru sormuyordu. Edel ise suskunluğunu koruyordu.

O sırada kapı çalındı. Üçü birden dehşetle kapıya baktı. Kapı bir kez daha çalındı.

Rabi, "Şurası, şu kapıdan içeri girin ve bekleyin" diyerek onların tuvalette gizlenmelerini sağladı ve kapının kilidini oldukça yavaş bir biçimde açtı. Masasına koşar adım gitti ve seslendi: "Girin."

İçeri, elinde telefondan biraz büyük bir ekranı olan küçük bilgisayarla bir asker adımladı. "Komutanım, bunları imzalamanız gerekiyor" dedi. "Dün konuştuğumuz birliklerden gelen emirlerin uygulanması için alt kadrolara gönderilecek emirler."

"Evet, biliyorum" dedi ve ekrana birkaç hareket çizerek imzasını attı Rabi.

Asker çıktı ve kapıyı kapatıp gitti. Rabi tekrar kapıyı kilitledi, Orhun ve Edel'i oradan çıkardı. "Buradan çıkıp evime gitmemiz lazım" dedi.

"Ama nasıl olacak?" dedi Edel. "Bizim arabamız yok."

Rabi, Orhun'a baktı, "Çok zor bir durumla baş başayız. Ama bir dakika" diyerek, kapının arkasında kalan dolabı açtı. Dört tane kıyafet vardı, onları çıkardı ve Edel'in ayaklarına baktı, "Senin için şu kâğıtları içerisine sıkıştırırsak olur" dedi. Kıyafetlerin omuzlarındaki yıldızları ve rütbe belirten simgeleri söktü, şapkaları çıkardı. "Hemen bunları giyin ve ben odadan çıkarken sağ ve sol yanımda kalarak, elinizde şu dosyalarla ve kesinlikle yere bakarak yürüyün. Robotlar yüzünüzü tarayamazlar; hemen ilk asansörle ineceğiz ve otoparka gideceğiz" dedi.

Denileni yaptı Orhun ve Edel. Sonunda şapkalarını taktıklarında, birer Diyar askeri olmuşlardı. Sırt çantasını ve asasını nereye koyacaktı Orhun. Rabi, buna da bir çözüm üretti hemen.

"Onları şu çantaya koyun ve üstüne şu dosyaları yerleştirin; asa gizlenir, çanta altta kalır, fermuar tam kapanmasa dahi kimse ne olduğunu anlamaz."

Birkaç dakikalık gerginlikle bezenmiş hazırlıklar tamamlandı. Odadan önce Rabi adım attı, sağında Orhun, solunda ise Edel belirdi hemen. Rabi'yi selamlayan birkaç askerin dikkatini çekmeden asansöre bindiler. Asansörün kapısı kapanmak üzereyken, Rabi'nin yardımcısı olan asker gözüktü. "Efendim, dışarı mı çıkıyorsunuz?" diye sordu, yanındakilere de göz gezdirerek. Rabi, "Evet" dedi.

"Şoförünüz ya da ben gelelim mi?"

"Hayır, hayır birazdan burada olurum. Biraz rahatsızlandım, yanımdaki konuklarımla biraz hava alıp geleceğim" dedi. Asansörün sinyali duyuldu, kapıyı tutuyordu asker, Edel ve Orhun yere bakınıyordu.

"İyi misiniz efendim? Doktor bir robot çağırmamı ister misiniz?"

Rabi, sert bir tonda, "Asker, sana ne dedim ben?" diye bağırdı.

"Affedersiniz efendim!" diyerek asansörün kapısından elini aldı asker.

Kapı kapandı ve altı kat aşağı indiler. Soğuk bir atmosfer içerisinde, Rabi'nin siyah aracına hızlıca bindiler. Otomatik pilota aldı Rabi arabayı ve arka koltuğa oturdu.

Aracın evine gidiş talimatı içeren yönergelerin olduğu ekrandaki tuşlarına dokundu. Aracın motoru çalışır çalışmaz bir *oh* daha çekti Edel.

Orhun hâlâ sakinliğini koruyordu. Rabi'den ise terler akıyordu.

Çıkış kapısından askerlerin selamlamaları ile ana yola çıktılar.

Rabi, sessiz olmaları için işaret yaptı. Edel, akıldan akla, "Arabada dinleme olabilir" dedi.

Orhun hâlâ suskundu.

On dakikalık stres dolu bir yolculuğun ardından araç Rabi'nin evinin bulunduğu ve üst düzey kişiler için yapılmış kırk iki villanın da içerisinde yer aldığı Diyar'ın Çeşmesi adlı siteye giriş yaptılar. Adını nereden aldığını ise sitede yol aldıkça gözlemledi Orhun ve Edel. Girişin az ilerisinde elli metrekarelik bir alanı kapsayan Diyar Çeşmesi adlı bir çeşme vardı. Üzerinde, "Su olmasaydı, Karji yaşamı bize sunmazdı" yazıyordu.

Villanın önünde duran ve garaj kapısının açılması ile içeri yavaş bir hızla giren araçtan önce Rabi indi. Garaj kapısı kapandığında ise Edel ve Orhun'a, "İnebilirsiniz" dedi.

"Hızla villanın içerisine girip, beni takip edin" diyen Rabi'ye ayak uydurdu Orhun ve Edel.

Giriş kata geldiklerinde, "Merdivenlerden bir kat çıkalım" diyen Rabi'yi dinlediler. Çıkar çıkmaz çalışma odasına giren Rabi, kameraları aktive etti. Dışarıdan bir gelen olursa diye duvarda asılı olan iki metrelik ekranı açtı.

Bu sefer Rabi *oh* çekti ve koltuğa oturdu. "Buyurun lütfen, siz de şu koltuklara oturun" dedi.

Orhun bir koltuğa, Edel hemen Orhun'un karşısındaki koltuğa oturdu.

Rabi, "Ne macera ama... Hayatımda bu kadar terlediğimi ve endişelendiğimi hatırlamıyorum; *olasılıksız* diye bir şey yokmuş, sadece *eylemsizlik* içerisinde olmamak varmış" dedi.

"Çok haklısın" dedi Edel. "Bizim neler yaşadığımızı bilsen, bu cümlenin şu ânı kapsamadığını daha iyi anlardın" diyerek Rabi'nin merakını körükleyen bir söz etti.

Rabi, "İşte bunları dinlemek istiyorum. Bunca stres, gerginlik ve heyecanı bunun için yaşadım ve birlikte buraya geldik sonunda" dedi.

"Ama önce bize bir su ve varsa bir sandviç getirebilir misin?" diye sordu Edel. Orhun'dan gelecek bir tepkiye kulak kesildi Edel ama Orhun, "Evet, bu iyi olur, bir su ve yiyecek bir şeyler iyi gelir" dedi.

"Hemen" diyerek bir kat aşağı indi Rabi. O sırada Edel, Orhun'a, "habercimiz, şimdi ne olacak? İnanın, sıra dışı kelimesi artık kifayetsiz bir kelime benim için" dedi.

"Sabır" dedi Orhun. "Sabır, Edel, sakin ol ve akışına bırak her şeyi."

"Peki" dedi ve odayı gözlemlemeye koyuldu Edel.

"*Düzen nedir* diye sorsalar, *Rabi'nin bu odası* derdim, haberci."

"Nihayetinde o bir asker ve katı kuralları olan hiyerarşik bir düzende işleyen bir mesleğin içerisinde. Bu çok doğal" dedi Orhun.

"Ama biraz takıntılı bir düzen gibime geliyor; baksanıza, dosyalar ve masa üzerindeki kalemliğin simetrisi bile ince bir şekilde ayarlanmış; koltukların birbirlerine dönük açıları da neredeyse santim kaymamış halde."

Rabi gözüktü kapıda; elinde bir tepsi, içerisinde su, portakal suları ve aceleyle hazırlanmış sandviçler vardı.

Sandviçleri ve portakal sularını sakince midelerine indiren Edel ve Orhun'a dalıp gitmiş durumda sabırsızlıkla, Orhun'dan gelecek sözleri bekliyordu Rabi. Arada bir duvardaki ekrana bakıyor, *gelen giden var mı* diye inceliyordu. Telefonundaki birkaç yazıya cevap veriyor, gelen aramaları ise yardımcısına yönlendiriyordu. Yardımcısının, "Komutanım, ne zaman geleceksiniz?" sorusuna karşılık, "Hızlıca, bir saate oradayım asker" diye yazdı. Yemeklerini bitiren Orhun ve Edel'e, "Başka bir şey ister misiniz? Doydunuz mu?" diye sordu Rabi.

Orhun, "Evet, bu yeterli, teşekkür ederiz" dedi. Ağzından çıkan sözler her ne kadar ciddi olsa da Orhun'un yüzü ve gözleri yumuşaklık yayıyordu.

Edel, "Enfes bir sandviçti, portakal ise taptazeydi, bu mevsimde hem de" dedi.

Orhun başını sallayarak sözü daha fazla uzatmadan, "Biliyorum Rabi, sormak islediğin çok şey var, öğrenmek istediğin çok şey var ve bunları sana hızlıca özet geçerek anlatacağım; ancak bilmelisin ki kalbin inanan olmayı seçtiyse bizlerin fazla zamanı yok" dedi.

Bunu biliyorum. Söyleyecekleriniz bittikten sonra bazı kötü haberlerim olacak" dedi.

Edel çok meraklandı; "Nedir ki onlar?" diye sordu.

Orhun, "Düşman harekete geçti, Edel. Rabi bu şehrin komutanı, bir iz buldular ise bizden, buraya bilgisi ulaşmıştır" dedi.

"Tam olarak burada olduğunuzun bilgisi ulaşmadı; dört şehirden birinde olduğunuzun ve bazı sivil güçlerin buraya doğru geldiğini aktardılar bize" dedi Rabi. "Ama şimdilik güvendesiniz, şu an gelen giden yok, biraz sonra detayları anlatacağım size ama önce sizi dinlemek istiyorum".

Orhun bir yudum su yudumladı ve suyun boğazından içeriye akması ile Rabi'nin yanına gelene kadar olan süreci anlatmaya başladı. Önce Altın Kitap'tan, ardından Meril ve yaratıcının ona ilettiği sözlerden bahsetti. Rabi'nin gözleri her sözle yerinden çıkacak gibi büyüyordu.

Ekni şehrindekilerin Duman Dağı'na gidişlerini anlattı ve son olarak Altın Kitap'ı çantasından çıkarıp masaya koydu. "Kitabı açmaya çalış Rabi" dedi Orhun. Kitaba büyülenmiş gibi bakınıyordu Rabi. "Bu her şeyi başlatan kitap, sevginin yolunu gösteren kitap" dedi Orhun. Rabi büyük bir istekle, "Peki açayım" dedi ama açamadı, ne kadar uğraşırsa uğraşsın açamadı kitabı. Orhun, Rabi'den aldı kitabı ve içinden bir şeyler söylermiş gibi bir tutumla kitaba dokundu ve kapağı çevirdi. Kitap açıldı. Sonraki sayfaları çevirdi; her sayfa çevrilişinde Rabi yerinde duramıyordu. Heyecandan ne diyeceğini de unutmuş, terlemesi de nihayet durmuştu. Heyecanı ise olduğu gibi durmak bir yana daha da çok artmıştı. Kalp atışları daha yüksek bir ritimde atıyor, beyninin içerisinde düşünceler bir yumak halinde onu bildiği dünyadan uzaklaştırıyordu.

Rabi bir yudum su aldı, kesmedi bir yudum daha aldı, o da kesmedi bardakta ne kadar su kalmışsa içti. Yutkundu. "Milyon tane soru birikmişti zihnimde ama birçoğuna yanıt verdi yaşadıklarınız, haberci. Soracaklarımın bir önemi kalmadı, yanıtları aldım. İnananım ben" dedi ve yerine oturdu. Burnundan bir nefes çekerek, "Peki inananlar şimdi nerede?" diye sordu.

Edel, biraz da olsa tereddüt ediyordu ama Orhun'a evhamlı bir hal içerisinde olduğunu belirtmekten de kaçınıyordu; susmaya devam ediyordu bu yüzden.

Orhun, "Şu an bir fabrikada binden fazla iki binden az insanla gizleniyorlar. Altın Birlik ve burada inanmayı seçen on iki kişi de bize yardım ediyor" dedi

"Bu çok kötü; yakında oralarda da aramalar olacak" dedi Rabi, yere bakan gözleriyle.

"Nasıl yani?" dedi Edel.

Rabi, "Bibal'in ordusundaki seçkinlerin dört kente, yani Muşael, Diyar, Rasi ve Badu kentlerinde sivil kıyafetlerle ve robotlarla arama yapmaya gelecekleri söylendi. Bizlere de yani bu dört kentteki askeri güçlere de onlara yardımcı olmamız kesin bir dille iletildi. Halkın bunları bilmemesi, hayatın doğal akışında devam ederken, sizleri bulmak için gizli bir avın başlaması emredildi" dedi.

Konuşmasını sesini temizleyerek bir soruyla tamamladı: "Bahsettiğiniz fabrika nerede?"

"Kapanmak zorunda olan eski sanayi bölgesinde" dedi Edel.

"Anladım. Bu akıllıca; oraya uçan veya yürüyen bir robot ya da başka bir şey göndermeyi bıraktık yaklaşık bir yıldır. Bu akıllıcaymış; ama oralara artık bakılacak ve Bibal denilen adam acımasız bir ruha sahip; robotları zaten biliyorsunuz, sizi buldukları yerde öldürürler ya da esir alırlar."

Aceleci bir tavırla, "Peki ne yapacağız?" diye sordu Orhun.

Rabi, gözlerini kapatıp düşünmeye daldı. Birçok şeyi aynı anda hesaplıyordu zihninde.

"Olmaz, olmaz, olamaz; orası riskli" diye birkaç kelime çıktı ağzından, kendisiyle konuşur halde.

"Tek bir şansımız var" dedi Rabi, gözlerini açarak. "İnananları ve sizleri gizlememizin tek bir yolu var ama çok uzun süremez bu. Oraya bakma olasılıklarını göze alamayız. Ancak ne yapacağımıza tam karar verene kadar biraz zaman kazanmış oluruz."

Orhun merakla, "O şansımız nedir?" diye sordu.

"Sığınak, yeraltı sığınağı" dedi Rabi, gözlerini Orhun'a düşünceli halini yansıtır şekilde dikerek.

"Anlamadım" dedi Edel.

Orhun da şaşırmıştı. "Neresi, ne sığınağı?" diye sordu merakı devam ederek.

"Dostlarım; biliyorsunuz, Karji 'den önceki dönemde devletler birbirlerine karşı sürekli tehditlerde bulunuyormuş. Bu devletler birçok saldırganlık belirtisi ortaya koyan silahlar üretiyordu. Diyar kentinin bağlı olduğu, eskide kalmış olan devlet ise yerin otuz metre kadar aşağısına, nükleer bir saldırı olur ve nükleer sızıntı oluşursa diye, yaklaşık beş yüz seçkin insan için bir sığınak yaptırmış. Ben Diyar'ın komutanı olduğumda, bu gizli bilgiyi ve sığınağın bulunduğu şehrin çıkışında, dağlara doğru açılan bölgenin az ilerisinde bulunan, şimdiki adı Vizyon Dağı'nın hemen altında bir sığınak olduğunu söyledi benden önceki komutan. Detaylarını da anlattı."

Orhun ve Edel, "Nedir o detaylar?" diye ortak bir soru sordular aynı anda.

Rabi bir ekrana bir telefonuna baktı. Öksürdü. "Hatırladığım kadarıyla, makineli tüfek mermilerine dayanıklı, patlamalara dayanıklı, otuz santim kalınlığında karbon çelikten yapılma bir giriş kapısı var.

Bir kez gittim oraya. Kendi gözlerimle gördüm yazılanların doğru olduğunu. Gizli çıkışları var, yaklaşık altmış metre kadar bu çıkışlardan ilerliyorsunuz ve çorak bir arazide gömülü bir yere çıkıyorsunuz.

Kısa dalga radyo sinyali ve vhf telsizlerle, kapsama alanında ya da dünyanın herhangi bir yerinde olan biri ile konuşulabiliyorsunuz. On iki kızılötesi görüşe sahip güvenlik kamerası var. Gece ve gündüz bu sayede yüz metre ötede sığınağa doğru gelen birini rahatça görebiliyorsunuz. İçeride çok sayıda, sayısını şimdi unuttum, makineli tüfekler, el bombaları ve kurşun geçirmez yelekler mevcut. Yemek çıkarmak için gereken tüm malzemeler içinde eskiden kalan yiyecekler atıldı ve yerlerine yenileri konuldu. Silahların gelişmiş olanların bir düzinesi de içeriye konuldu. Havalandırma sistemi için filtreleme elle yapılıyor. Duşlar ve tuvaletler ise sığınağın kendi fosseptik sistemine bağlı. Dört adet yüz kilovoltluk jeneratör, yetmiş bin galonluk yeraltı tankı ile donanmış durumda. Küçük bir ev kadar olan tıp merkezi ve ameliyat gereçleri de mevcut. Hatta evcil hayvanlar için bir alan ve çamaşırhane dahi vardı içeride. Yaklaşık bir yıl yetecek tüm yiyecekler mevcut, kurutuluşmuş ve dondurulmuş olanlar dahil. Bakliyat ve pirinç ise bolca vardı. Dediğim gibi yiyecekleri yenilediğimiz için bir on yıl o halde dursalar bozulmazlar. Bir de kurulan minik tarla var. Taze sebzelerin sağlıklı bir şekilde elde edilmesi için de bu tarlaların tepesinde olması gereken ideal sıcaklığa ve aydınlığa sahip özel ışıklar mevcut. Bu dağ zaten daha önceleri eski kireçtaşı madeniymiş. Daha sonra birlikten önceki devletin yeraltı depolama tesisi olarak kullanılmış. Daha sonra birlikler oluşunca Ras Birliği yetkilileri askeriyeye tahsis etmişler. Halktan daima gizlenen bir yer burası. Verilen dosyanın üst kısmında 'World Save 48' yazıyordu. Önceki kayıtlarda, devletin kendi iç yazışmalarından birinde şu cümle vardı: 'Sığınak sahibi olmak, hayat sigortasına sahip olmaktan daha iyi.'"

Sığınağı en ince ayrıntısına kadar anlatan Rabi adeta zaman ve mekândan kopmuş gibiydi. Orhun ve Edel ise sadece ve sadece coşku duyuyordu.

Edel havaya zıplamak ve tavana dokunmak, Orhun ise bu durumun onlara sunulan özel bir hediye olduğunun bilinciyle yaratıcıya teşekkür ediyordu. Bir müddet boş gözlerle Orhun'a baktı Rabi. Bir gözü duvardaki ekran ve telefonundaydı hâlâ. "Bir şey söylemeli" diyordu içten içe. Orhun birkaç kez derin nefes aldı, verdi. "O halde ne yapacağımızı biliyoruz" dedi. "Evet" diye onayladı Edel. Coşkusu içten içe sürüyordu.

Rabi, "Ama nasıl, oraya binden fazla insanı nasıl götüreceğiz?" diye endişeli bir soru sordu.

"Bunu düşünüyorum" dedi Orhun.

Edel'in aklında ise Boraklar belirdi hemen. "Şey, acaba haberci gidişimizi yine şeylerle mi yapsak?"

Rabi meraklandı, "Nelerle?" dedi.

Susuyordu Orhun ve Edel. "Bana hâlâ güvenmiyor musunuz?" dedi Rabi.

"Yo hayır, güven meselesi değil; oraya ulaşırken bir gören olur mu diye düşünüyorum?" dedi Orhun.

Rabi elini çenesine götürerek, "Fabrika bölgesinden yürüyerek gidilmesi hem çok zor hem de yürüyüşle olması zaten açık bir hedef konumuna getirir. Uçak inemez ve zaten uçağı nereden bulacağız. Aslında bir yöntem var ama..." dedi.

"Nedir o yöntem?" diye sordu Orhun, Rabi'nin sözünü keserek.

"Sizin şu bahsettiğiniz fabrikanın sahibi iki tane yük kamyonu kiralasın, her birine sanırım sıkışık düzende yüzer kişi sığar. Etraftan bir gören olursa, akşam saati birilerinin göreceğini gerçi hiç sanmıyorum. Kesinlikle bu gece olmalı, neydi adı fabrika sahibinin..."

"Hassina" dedi Edel

"Evet, Hassina. O, şu insansız kamyonlardan kiralasın; yalnız en az üç gün kiralamalı; iki tane olacağı için bu akşam teslim etmeleri kolay olur. Takip cihazı vardır onlarda ama onu devre dışı bırakmak zor değil. Eğer sizin şu Hassina'yı ararlarsa da ekran bozuldu denir ve zaman kazanılır. Sanırım yedi ya da sekiz sefer yapılırsa herkes güvenli bir şekilde sığınağa ulaşmış olur."

Yine Rabi'nin sözünü keserek, "Tek bir sorum var bu harika planında ama" dedi Orhun

"Nedir o sorunuz?"

"Eğer bizi bir gören olursa ya da alçak uçuşa geçmiş bir uçak bizi tespit ederse, bu sır olan yere doğru ilerlediğimizi anlarlarsa, o zaman ne olacak?"

"Bu kolay" dedi. "Sonuçta önce bana bildirirler ve ben de öyle bir durumda zaman kazanırım. Sözümden çıkmayacak birkaç askeri size gönderirim. En kötü olasılıkla o askerleri bir müddet esir alırsınız. Yanınızda silah var mı?"

"Şey, birkaç tane. Ekni şehrinden çıkarken aldığımız lazer silahları var" dedi Edel.

"Bu güzel! O zaman planımızda sadece tek endişe takip edilmek olacak. O yüzden çok dikkatli olacağız. Tahliye yapılana kadar, o yakınlara ben de asker gönderilmesini biraz ertelerim."

Sonra çekmecesini açtı Rabi. "Şu telefon takip edilemez; içinde ise benim birçok kişiden gizlediğim numaram var. Kayıtlı kişi ölen babam, bu hat üzerinden birbirimizle iletişim halinde olalım. 'Ben işlerimi bitirip eve doğru çıkıyorum' der, yine tek başıma dikkatli bir şekilde sığınağı açarım."

"Nasıl açılacak sığınak?" diye sordu Edel.

"Orada çok şanslıyız. Eski usul manuel bir kilit var, elle açacağız kapıyı. Dijitalleştirilmediği için çok şanslı sayılırız; eğer öyle bir durum olsaydı Merkezi Birlik'e bilgi gidebilirdi."

"İçeride kimse olmadığından eminsin ama değil mi?" diye sordu Edel.

"Evet, eminim; benden habersiz oraya birinin adım atması yasak."

"O halde gidiyoruz şimdi" dedi Orhun ayağa kalkarak.

"Sizi fabrikaya kadar götüremem; ancak bir on dakika yürüyüş mesafesinde boş bir alana bırakabilirim" dedi Rabi.

"Bu kâfidir" diye yanıt verdi Orhun. Ve hep birlikte ayağa kalkıp araca bindiler. Otomatik pilottan alıp kendisi kullanıyordu aracı, Rabi. Çünkü herhangi bir kaydın sayfasına işlenmesini istemiyordu. İhtiyatı ve tedbiri elden bırakmıyordu ne olursa olsun. Hava kuru bir soğuğa ve akşamın ayazına dönüşmeye doğru ilerliyordu. Gidecekleri fabrika bölgesinin yakınına vardıklarında arabadan indi Orhun ve Edel. Rabi arkasına dahi bakmadan aracı geri döndürüp birliğine doğru yola koyuldu. Orhun pelerini sırtından aldı ve gizlenerek yürümeye başladılar. Fabrika bölgesinin siluetini görebiliyorlardı. Birbirleriyle konuşmadan, yoldan geçen birkaç aracın seslerinin eşliğinde, yolun kenarından yürümeye devam ettiler. On beş dakikaya yakın bir yürüyüş sonunda ise fabrikanın kapısına doğru yakınlaşmışlardı artık.

Kapıya geldiklerinde etrafı çok detaylı bir şekilde incelediler. Kimse olmadığına kanaat getirdiklerinde, pelerini sırtından alıp astı tekrar Orhun. Cam kapıyı birkaç kez tıklattıktan sonra kapıda Zudan belirdi, onlara hızlıca kapıyı açtı. Zudan'ın gözleri gülümsüyordu. "Habercimiz, hoş geldiniz, meraklandık. İyi misiniz?" diye sordu. Orhun, Zudan'ın yanağını okşayarak, "Evet, iyiyim, çok iyiyim. Edel de öyle" dedi. Edel başını salladı, "Evet Zudan, iyiyiz. Sizler, inananlar ne durumdasınız?"

Yemeğini yedi herkes. İhtiyaçlarını giderdiler. Birkaç kişi duş aldı ama zor oldu kurulanmaları. "Yeni evimiz yapılıyor; o yüzden bu yolculuk" diye onları susturdular dedi gülümseyen yüzüyle Zudan.

"Aslında pek de haksız değiller" dedi Orhun.

Zudan'ın gözbebekleri büyüdü. Gelecek bir başka yanıtı bekledi ama Orhun ve Edel merdivenlere yönelip inananların yanına doğru adımladılar.

Bir İze Sığınmak

Gözlerin dışarıda saklı olanı arıyor ama bulduğun sadece dokundukların.

Bibal, onlara ulaştırılan sivil kıyafetleri iki yüz kişi olarak belirlenen seçkin insan askerleriyle giyindi. Elli robotun on beş tanesini Diyar kentine, on beş tanesini Muşael kentine ve onar tane de Badu ve Rasi kentlerine olacak şekilde belirledi.

Aracına bindi, geri kalan askerler, gelen uçakla birlik merkezine doğru tahliye edildi. Slim'e, "Biz hazırız efendim" diye bir aramada bulundu. Slim, "Güzel, size gönderdiğim plana sadık kalarak hareket edin. Kentlerden birinde saklanıyorlar, muhakkak izlerine ulaşacaksınız. Öncelikli olarak Orhun ve ona destek verenleri yok edin. Ekni'den kaçan inançsızları da yakalayıp sorgulayın ve tutuklayın. Karşı koyanları sakın affetmeyin, öldürün. İnfazları kayda alıp bana ulaştırın" dedi.

Bibal, "Emredersiniz efendim!" dedi.

O anlarda 5.1'leri götüren uçak, Ras Birliği askeri özel üssüne doğru inişe geçmiş bulunmaktaydı. Shup heyecanla inişin tamamlanmasını bekliyordu. Slim uçak pilotuyla temasa geçip, ne durumda olduklarını öğrendi. "İyi, güzel, iniş gerçekleşip içerdekiler tahliye edildiğinde siz orada bekleyin ve ben emredene kadarda yerinizden kıpırdamayın" dedi.

Pilot da diğer herkes gibi, "Emredersiniz!" dedi.

Rabi, Komuta Merkezi'ne geri dönmüş ve masasına hızla geçmişti. Yardımcısı karşısında oturuyordu. "İyi misiniz efendim?" diyen şoförü ve asistanı olan robotunun "Bir isteğiniz var mı?" sözlerini savuşturuyordu. Ekrana gömülmüş bir izlenim veriyordu ama gözü sadece masasında duran telefonundaydı. Birkaç evrakı inceliyor ve askeri üsse inişe geçmiş Merkezi Birlik uçağının bilgisini sunan askerine teşekkür ediyordu. "Bu uçakta ne var acaba? Yeni askerler mi? Bana bu konu hakkında tam bilgi verilmedi. 'Sivil birkaç asker gönderiyoruz' dediler. Acaba gitsem mi ki onları karşılamaya? Ama rütbelerini söylemediler. Şüphe çeker bu durum; benden daha düşük rütbeleri varsa alakasız olur. Yüksek rütbeli olsalardı zaten bilgisini verirlerdi. Of! Kim bu gelenler?"

Telefona bakıyor, düşüncelerinin içinde kayboluyor ve cevapların bulunabileceği kapıyı arıyordu zihni.

Orhun ve Edel inananların yanına indiklerinde herkes bir heyecana kapıldı. Birçok kişi ayağa kalkıp yanına gelmek üzere harekete geçti. Altın Birlik hemen etrafını kuşatmıştı. Meraklı ve istekli gözlerle ondan gelecek sözleri bekliyorlardı. Orhun, zamanın aleyhlerine işlediğini biliyordu. "Hassina'dan haber var mı?" diye sordu. "Hayır yok ama dediklerine göre birazdan burada olurlar" dedi Volkov.

"O halde onları bekleyelim" dedi Orhun. Asya'nın yanına doğru yürümeye başladı. Yürürken ona, "Habercimiz, hoş geldiniz! Sizi merak ettik. Burada çok rahatız" diyen birçok insanı yavaş yavaş aşarak Asya'ya ulaştı Orhun.

Asya, "Çok meraklandım, çok endişe ettim" dedi. "Her şey yolunda ve güzel haberlerim var" dedi Orhun. "Ama öncelikle yalnız kalacağımız bir yere gidelim. Burada yalnız kalacağımız yer bir tek üst katlar olabilir" dedi Asya. Orhun biraz düşündü. "Yok hayır, üst kata çıkmamıza gerek yok." Kulağına eğildi,

"Sığınak, bir sığınak bulduk ve bize kentin komutanı yardım ediyor; bu gece o sığınağa gidiyoruz hep birlikte" dedi.

Asya mutlu bir cümle duymamış gibiydi. Orhun, "Neden durgunlaştın?" diye sordu. "Sığınak nedir ki?" diye meraklı gözlerle sordu Asya.

"Yeraltında bir küçük şehir gibi düşün."

"Yeraltında mı? Çok ilginç" dedikten sonra Asya, ilk kez bıkkınlık ortaya koyan sözlerle, "Orhun, bu ne zaman bitecek, bu savruluş ne zaman bitecek?" dedi. İlk kez böylesine umutsuzluğa benzer bir cümle çıkıyordu Asya'nın ağzından. Orhun yanağını okşadı ve hemen ardından ellerini tuttu. "Yakında Asya'm, çok yakında. Sabırı dost edinmeyenler hızlarında boğulurlar. Sakin ve sabırlı ol lütfen! Bana güven" dedi.

"Sana tabii ki güveniyorum. Ama korkuyorum sana bir şey olursa diye. İnananların durumuna da içim parçalanıyor. Anla beni lütfen!"

Orhun yanağını öptü Asya'nın. "Sana söz veriyorum bana bir şey olmayacak ve inananların dünyasına uyanacağız çok yakında" dedi.

O sırada Hassina ve on bir arkadaşı, Zudan ve Abdullah'ın oğulları ellerinde birçok poşetle içeriye doğru adımlıyorlardı. Matteo yanına geldi Orhun'un. "Hassina'lar geldi, haberci" dedi.

Orhun, Asya'ya, "Beni burada bekle" diyerek Hassina'nın yanına gitti. Hassina, Orhun'u görür görmez, poşetleri almak üzere gelen insanlara poşetleri teslime etti. Hızla ona doğru yürümeye başladı. Orhun, Hassina ile karşı karşıya gelince ellerini kavuşturdular ve sıkıca tuttular sağ ellerini. Orhun, "Sizlerle paylaşmam gereken çok önemli bir şey var" dedi.

"Nedir o?" diye meraklandı Hassina.

Orhun, "Yukarıya çıkmamız lazım" dedikten sonra Matteo'ya dönerek, "Altın Birlik'i ve Asya'yı da alarak yukarı gelin" dedi.

Hassina, Orhun'un hızına yetişmek için, söyleyeceği birçok haberi yutkundu ve birinci kata çıktılar. Birkaç dakika içerisinde Altın Birlik de odaya gelmişti.

Orhun, lafı uzatmadan, ona merakla bakanlara, "Bir sığınak var. Rabi bize yardım edecek ve o da artık bir inanan oldu. Buraya çok uzak olmayan bir yer var, sadece seçkin kişilerin bildiği bir yeraltı sığınağı; beş yüz kişilik bir kapasitesi varmış ama çocukları saymazsak orada bulunmak çok zorlamayacak. Size bütün detayları anlatmak isterdim ancak fazla zamanımız yok. Hava kararmaya yüz tutmuş durumda. Hassina, iki insansız büyük kamyon kiralaman lazım. Neydi o şirketin adı, Edel?"

"Şey, habercimiz, Bize Güvenin Taşımacılık."

"Evet, bu firmanın bilgilerine ulaş ve iki kamyon kirala. Bunu bekletme, çok önemli. Takip cihazlarını nasıl devre dışı bırakacağımızı bize Rabi bildirecek mesajla."

Hassina takip edemiyordu, anlamsız bir şekilde ağzı açılmış vaziyetteydi. "Sığınak mı? Nerede bu sığınak? diye sordu en sonunda.

"Buraya bir saatten daha az bir mesafede; yedi ya da sekiz sefer yaparsak herkesi oraya ulaştırmış oluruz. Rabi kontrolü sağlayacak, buraya kimse gelmeyecek sabaha kadar" dedi Orhun.

"Ne desem bilemedim, habercimiz, sizi gördüğümde, içimden bir ses, buraya gelirken sizi göremeyeceğimi düşünen o ses mağlup olmuş ve ben de aşırı mutlu olmuştum. Ama şimdi ne diyeceğimi bilemiyorum."

Orhun, "Yaratıcımıza şükürler olsun!" diyerek araya girdi. "Açılan kapılar, mucizeler mucizesi" dedikten sonra da tekrar sordu: "Ne demişti Rabi o şirketin adına, Edel."

"Bize Güvenin Taşımacılık."

Hassina, şaşkın vaziyette, telefonundan hemen bilgilere ulaştı. "Bir saat sonra, istiyorsanız iki katı ücret ödenmesi gerekir ve en az üç günlük kiralama olursa, araçları alabilirsiniz" diyordu ekrandaki yazı. Hassina, hemen ödemeyi gerçekleştirip fabrikanın adresini girdi. "Geri sayım başladı haberci; elli dokuz dakika elli sekiz saniye sonra kamyonlar burada" dedi.

"Plan işlemeye başladı" dedi Edel. Orhun, "Şimdi bunu halkımıza açıklamamız ve hızlıca hazırlanmalarını istememiz gerek" dedi. Orhun, "Siz aşağı inin ve herkesi görebileceğim şekilde bir masayı en öne koyun; benim gelip onlara çok önemli bir şeyler söyleyeceğimi ve herkesin sakince beklemesini iletin" dedi.

Onlar da hemen aşağı inip Orhun'un söylediklerini gerçekleştirmeye koyuldular. Orhun odada yalnız başına sakince elindeki asasına bakıyor ve boynunu sağa sola çeviriyordu.

Üç dakika sonrasında aşağı indi. Ona heyecanlı gözlerle bakan insanların duyacağı ve onu görebileceği masaya çıktı. "Kardeşlerim" diye başladı sözlerine. "Sevgili dostlarım, kurtuluşumuz için bize hayatın bütün kolaylıkları sunuluyor, umutsuz olan gözlerinizi yere indirmeyin. Bir saat içinde buradan gidiyoruz. Bizi bütün dünyadan gizleyecek ve her türlü ihtiyacımızın karşılanacağı özel bir yere gidiyoruz. Eşyalarınızı alın yanınıza, çocuklarınıza sarılın ve birbirinize gülücükler gönderin. Kurtuluş çok yakındır. Biz zorlukların üstesinden birer birer geliyoruz. Gideceğimiz sığınakta çok az kalacağız ve sonra inananların dünyasında insan gibi, sevginin kutsallığının içerisinde birlikte yaşayacağız. Düşmanı yeneceğiz. Şimdi hazırlanın. İlk olarak kadınlar ve çocuklardan oluşan iki yüz elli kişi, bir saat içinde gitmek için hazır olsun. Gece bitmeden hepimiz yeni evimize varmış olacağız."

Masadan indi. "Sonunda oluyor; habercimiz çok yaşa! Yaratıcımız sana şükürler olsun!" sözleri ve tezahüratları yükseldi. Edel, "Susun, sesimiz duyulabilir, lütfen susun" demese coşkuları en üst seviyeye çıkmış olan insanlar, daha yüksek sesle mutluluklarını paylaşmayı sürdürecekti. Ancak hemen suskunluğa ve zorda olsa sakinliğe büründüler. Asya, koşarak Orhun'un yanına geldi. Ben, "Sen gidene kadar yanında olacağım" dedi. Orhun, "Hayır, tam aksine, senin kadınların öncüsü olman ve onlara güç vermen gerek. Volkov ve sen, giden ilk kişilerin sığınağa yerleşmelerine yardımcı olmalısınız. Altın Birlik'in geri kalanları ve ben en son çıkacağız buradan" dedi.

Hassina, Nissa ve arkadaşları, "Biz de sığınakta olmak istiyoruz; ne mallarımız ne mülklerimiz ne de başka bir şey umurumuzda değil. İçimizden dört kişi evli, iki kişi dul, geri kalanı bekar. Toplam yedi çocuk var. Evliler eşlerini çoktan ikna ettiler ve inanç yolunda olmalarını sağladılar, habercimiz. Ama bekarların aileleri birer Karji âşığı, onlara bir şey yapamayız. Biz de gelmek istiyoruz" dediler.

Orhun, "Hayır, size şehirde ihtiyacımız olacak. Lütfen yerlerinizde kalın ve dikkat çekmeyin. Sizler, bizim şehir içinde kolumuz kanadımızsınız. Sizi riske atamayız. Çok yakında İnanç Birliği'nin bir kenti olacak Diyar. Sabır gösterin dostlarım. Kalpleri birlikte atanların bedenleri yan yana durmasa dahi birliktedir. Siz bizim, biz sizin yanınızdayız. Kalplerimiz birlikte atıyor" dedi.

"Bu muhteşem bir konuşma" dedi Nissa, Orhun'un önünde eğilir gibi başını yere indirdi. Orhun, çenesinden tuttu, "Hayır Nissa, yapma böyle, sizler de yapmayın. Ben ve siz biriz. Birbirimizden bir farkımız yok. Ben sizin önünüzde eğilmeliyim asıl" dedi.

Her kelimede daha da yüceliyordu Orhun. Altın Birlik üyeleri ise o anlarda sabırsızdı.

Hassina, "Kaç dakika kaldı?" diye sordu Volkov, havayı dağıtmak için.

"Kırk dakika kalmış."

"Güzel, o zaman en son araba çıkana kadar burada bizimle kalır mısınız?" diye sordu Orhun.

Hassina ve arkadaşları, "Biz ne kadar isterseniz kalırız. İşlerimizin uzayacağını söyledik zaten yakınlarımıza. Biz buradayız; inananların güvenle çıkmaları için her türlü yardıma hazırız."

"Çok teşekkür ederim!" dedi Orhun. Edel'e dönerek, "Rabi'ye haber vermelisin; onun bizden önce oraya varmış olması gerekir" dedi.

"Verdim habercimiz, mesaj attım; o da beş dakika kadar önce yola çıktığını ve görünürde bir sorun olmadığını iletti. Otuz beş dakika sonra sığınağın orada olacağını söyledi. Bize oranın koordinatlarını oraya varınca göndereceğini de yazdı."

"Çok güzel! İki kamyon yola çıkmadan koordinatlar gelmiş oluyor. Peki takip sorunu için çözüm söyledi mi?"

"Evet habercimiz, ekrana elli üç numarasını yazıp ardından çarpı işaretine dokununca ekran bozuluyor. Manuel çalıştırma anahtarı sürücü koltuğunun altında oluyormuş."

"Peki kamyonları kim kullanacak?" diye sordu, sözlerini bitirir bitirmez. Volkov öne atıldı, "Birini ben kullanırım" dedi.

"Diğerini de ben kullanacağım demektir bu" dedi Edel.

"Endişelenme Edel, araç kullanmaktan daha kolay kamyon kullanmak. Bir şey yapmıyorsun zaten, direksiyonu tutman yeterli; hız sabitleyicide ayarladın mı tamamdır."

Edel, "Peki o halde, önde ben olacağım ki beni takip edebilesin, Volkov" dedi.

Volkov, "Yeri öğreneyim, sonraki sefer sen beni takip edersin acemi şoför" diye bir espri yaptı. O espriyi yapması iyi de oldu, gerginleşen ortamı biraz sakinleştirip tebessüm ettirdi Volkov.

İnananlar ise hızla hazırlanmaya başlamış, çok kısa bir zaman içerisinde gitmek için sabırsız bir şekilde bekleyişe geçmiş, *hadi gidiyoruz* sözünü duymak istiyorlardı.

Her şey yolunda gözüküyordu, fakat uçaktan inip aktive edilen 5.1'lerin birinden, "Diyar'da bir iz buldum" sözünden habersizdi inananlar.

Baskın, Tutuklama ve Ölüm

Hayır diyenlerin kalabalığında salt nefes alan biri olma. Bir evet ile yık tüm karanlığı.

Havalimanından çıkan ve Diyar'a doğru yol almaya başlayan ekipteki 5.1 robotlardan No: 1 kod adlı olanı, hafızama yüklenen kişilerden birinin görüntüsü, Diyar kentindeki Mebusa sokağında bir kameraya takılmış. "Yerinde inceleme yapmak üzere ben oraya doğru gidiyorum" diye bir rapor geçti. Shup heyecanlandı, Slim'e bunu söyleyip söylememeyi bir müddet düşündü ama sonunda vazgeçti. "Kesinleşsin, ondan sonra söylerim" dedi kendi kendine.

Caled, gelen bütün raporlara dikkat kesilmiş başkanları dinliyor ve Bibal'in kentlere doğru yol alan, çok kısa bir zaman sonra aramalara başlayacak olunmasının bilgisini dinliyordu Slim'den. Gölgeler, gelir gelmez askerlerin bedenlerini serbest bırakıp Karji'nin yanına gitmişlerdi. Gölgelerden kurtulan askerler ise bayılmış ve hemen revire kaldırılmıştı. Caled gölgelerin mi yoksa kendilerinin mi daha beceriksiz olduğunu geçirdi aklından. "Gölgelerin bir kabahati yok, bizim aptallığımız" dedi. Slim "Efendim" dediğinde, "Yok bir şey, bir şeyi hesaplıyorum da aklımdan" dedi. Sesli konuştuğunun farkına o anda vardı ve düşüncelerini susturarak önündeki raporları incelemeye devam etti Caled.

İlk kamyon nihayet geldiğinde önce Asya bindi, ardından kadınlar, çocuklar ve hemen ikinci kamyona da yaşlılar yerleştirildi. Çok büyük bir sessizlik içerisindeydiler. Bebeklerin ağzı kapatılmış, kamyona binene kadar çıt çıkmaması için üstün bir gayret gösteriyordu insanlar. Volkov bir koltukta, Edel diğer koltukta oldukça stresli geçen dakikaları sayıyorlardı. Rabi'nin dediği gibi yapıp, takip cihazını etkisi hale getirmişlerdi kamyonlara biner binmez. Rabi'nin koordinatları göndermesiyle Edel *biz hazırız* işareti yaptı. Hassina etrafını iyice denetledikten sonra, *şimdi gidebilirsiniz* işaretiyle Edel'e karşılık verdi. Açılmış olan kapıdan dikkat çekmemek için oldukça yavaş çıktılar. Ana yola çıkana kadarda aynadan sürekli arkasını kontrol etti Edel ve Volkov. Rabi, "Sizi bekliyorum. Görünürde bir şey yok. Kapıyı açtım ancak içeri girmedim, aracımı saklayacak bir ağaç bulabildim, siz gelene kadar dışarıda olacağım" diye mesaj attı Edel'e. Edel de ona, "Biz de yoldayız, az sonra yanında olacağız" diye yanıt verdi. Orhun ve geride kalan diğer herkes sakinlik içerisinde son hazırlıklarını yapmaktaydı. Edel, yol boyunca olabilecek her soruna karşı neler yapılacağını geçiriyordu aklından. Volkov ise oldukça sakin ve sadece önündeki yola bakıyordu. Tahmini varış süresinin tamamlanmasıyla çorak bir araziye giriş yaptılar. Etrafta hava kararmış, kamyonların farları haricinde herhangi bir ışık huzmesi yoktu. Sığınağın bulunduğu yere varmak üzere olduklarını gösteriyordu Edel'in telefonu. Rabi'nin bahsettiği ağacı da görmüştü. Oraya doğru yaklaştı ve "STOP" tuşuna bastı. Volkov hemen yanına geldi. Ona baktı, görülür görülmez bir biçimde göz kırptı. Rabi koşar adım yanlarına geldi. Edel, kamyondan indi. "Sizleri bir gören olmadı umarım" dedi Rabi. Edel, "Hayır, hiç sanmıyorum. Şans bizimle, biz sağ salim vardık ama bir an önce geride kalanları getirmemiz lazım" dedi. "Evet, evet doğru söylüyorsun. Şey… Edel, adım Edel'di. Şey, özür dilerim, unuttum bir an" dedi

Rabi. Edel, Volkov 'un yanına gelmesiyle, "Önemi yok, yakında ezberleriz nasıl olsa adlarımızı" dedi ve Volkov'u tanıştırdı Rabi'yle. Volkov ve Rabi sıkıca bir tokalaştıktan sonra, "Hazır mı her şey?" diye sordu Volkov. "Evet, hazır, kapıyı açtım, jeneratörleri çalıştırdım ama tesisin tamamını gezmedim. Anladım, şimdi hep birlikte gezeceğiz zaten" dedi Volkov heyecanla. Heyecanı devam eden Volkov, "Giriş ne tarafta?" diye sordu. Sağ elinin işaret parmağıyla, şurada dağın hemen sağ tarafında kaya parçası var ya, orası" dedi Rabi. "Kapı o mu?" dedi Volkov.

"Yo hayır, o sadece aldatmaca için bir kamuflaj, kamuflajı kaldırınca kapıya ulaşıyorsunuz, oradan da iki asansörle iniliyor."

"Anladım. Vay be! Daha neler göreceğiz dostum" dedi Volkov, Edel'in omzuna dokunarak. Edel, "Hadi çabuk olalım" demese, Volkov ve Rabi konuşmayı sürdüreceklerdi bir müddet daha. Kamyonun arka kapıları açıldı ve önce Asya'nın olduğu kamyondan insanlar birer ikişer indiler. Edel, "Artık gerek yok, ağızlarını tutmayın bebeklerinizin" dediğinde herkes bebeklerin ağızlarını ve çocukların çenelerini serbest bıraktı. İnmekte zorlanan yaşlılara Rabi, Edel ve Volkov yardım ettiler. Edel, Asya ile Rabi'yi tanıştırdı. Asya için, "Habercimizin eşi olur kendisi" dedi. Rabi'nin bir an elleri titredi, heyecandan ne yapacağını bilemedi. Elini uzattı Asya'da ona, sevgi dolu gözlerle baktı. "Yaptıklarınız için çok teşekkür ederim!" dedi. Rabi nutku tutulmuş gibiydi hâlâ. "Asıl ben teşekkür ederim!" diyebildi sadece. Daha sonra Rabi'nin yanında ilerleyen Asya'yı izleyerek, sığınağa doğru tek sıra halinde insanlar yürümeye başladı. Edel ve Volkov kamyonlara binip ikinci sefer için yola koyuldular. Sakinliğin ve tedbirin bir an bile bırakılmadığı bir şekilde fabrikaya vardıklarında, Hassina ve diğer Altın Birlik üyeleri onları sevinçle karşıladılar. Ama sessizliği onlar da bozmuyorlardı. Merdivenlerin başında Zudan'ın *çıkın* talimatını bekleyen kalabalık insanlara, mum ışığının gölgesinde bir el işareti yaptı Zudan, *çıkın* işaretiydi bu. Orhun kapıya kadar geldi hızlıca. Binen insanlara yardımda bulunmak istiyordu ama onu Abdullah durdurdu. "Ben yardımda bulunurum, siz bekleyin, habercimiz" dedi. Orhun, Abdullah'a, "Sen de bu seferle birlikte gitmelisin dostum" dedi. "Neden, habercimiz?" diye sordu. Orhun, "Abdullah, inananları Rabi'ye emanet ettik ama bizden kimse yok; sen onlara öncülük et ve herkesin güvenli bir şekilde yerleştirildiğinden emin ol" dedi.

"Ama habercimiz, benim gönlüm sizi burada bırakmaya el vermez."

"Lütfen Abdullah, sana orada daha çok ihtiyaç var şu an."

Abdullah daha fazla uzatmadı ve kamyona binen insanların arasına karıştı. Matteo, "Sanıyorum iki sefer daha yapılsa herkes ulaştırılmış olacak, habercimiz; baksanıza, insanlar oldukça sıkışık olsa da kamyonda hâlâ yeni birileri gelsin diye yer açıyorlar" dedi. Orhun, "Kaç kişilik bir yer kaldı şu an?" diye sordu. "İki kamyona sanırım yirmi beşer kişi daha sığabilir, habercimiz" dedi. "O halde hemen elli kişiyi daha yerleştirelim" dedi Orhun. Matteo, hızla aşağı inerek kısa bir zaman sonra arkasında elli kişiyle kamyona doğru yavaş adımlarla ilerledi. Onu takip edenler sabırsız ve hızlı adımlar atmak istiyordu ama Matteo'ya uymak zorundaydılar. Onlar da dikkatli adımlarla kamyonlara bindiler. Edel "Hazırız" dediğinde Hassina etrafı detaylıca kontrol etti ve ondan gelen çıkış işaretiyle kamyonlar sığınağa doğru sürüldü.

Rabi sabırsızlıkla yerleştirdiği inananların garip bakışları altında, "Siz burada bekleyin, diğer gelenleri karşılamak üzere dışarı çıkıyorum ben" dedi. Kadınlar Asya'ya baktı, yaşlılar etraflarını incelemekle meşguldü. Bazıları, "Burası resmen bir şehir" diyordu.

"Baksanıza, televizyon var" diye hayretle etrafa bakınıp konuşuyorlardı. "Şu koridorlarda neler var acaba?" diye soranlar da vardı. Asya, "Yakında her yeri inceleyeceğiz ama önce herkesin buraya ulaşmasını bekleyelim. Bakın herkese yetecek kadar sandalye var, lütfen çocuklarınızı yormayın daha fazla. Sizler de geçin, çok yoruldunuz" dedi yaşlılara dönerek. İçten içe ise aklı ve kalbi Orhun'daydı Asya'nın. Onun gelmesinin ne kadar süreceğini hesaplamaya çalışıyordu: "Gelir, sağ salim yanıma varır o ve diğerleri" diyerek kendini avuttu. İnsanlarla ilgilenmeye devam etti tekrar Asya.

Rabi'nin bekleyişi daha da bir sabırsızlık içerisinde sürüyordu. "Anlatırken çok kolay geldi ama şimdi eylemin içerisindeyken bırak saati, saniyeleri sayıyorum" diye söylendi. Tam o anda kamyonların gelişiyle canlandı ve Edel'le Volkov'un yanına koşar adım gitti. Edel, "Her şey yolunda mı Rabi?" diye sordu. "Yolunda, her şey yolunda. İnsanlar yerleşiyorlar birer birer."

O sırada telefonuna bir mesaj geldi. Bilal'di bu, "Az sonra Diyar'da olacağız" diyordu. Mesajı Edel'e gösterdi, "Bu bahsettiğim Bibal, gelmişler. Benim artık buralarda olmamam lazım" dedi Rabi, tedirgin bir halde. Edel, "Sakin ol dostum. Sen şimdi hemen git, hiç dikkat çekme, biz geri kalan her şeyi hallederiz. Zaten iki sefer daha yaptık mı herkesi buraya ulaştırmış olacağız" dedi. Kendi kamyonetinde bulunan Abdullah'ı indirdi ve Rabi'yle tanıştırdı. "Abdullah'a asansörün nasıl çalışılacağını ve giriş kapısının nasıl açılacağını bildirmen yeterli olur. Ama anahtarları da bırakman lazım" dedi Edel hızlı konuşarak. Rabi bir süre düşündü, "Olur, tamam. Hadi acele edelim o halde. Beni takip edin lütfen" dedi Abdullah'a. Koşar adım giriş kapısının nasıl açılacağını, asansörün nasıl çalıştırılacağını bir çırpıda gösterip anahtarları verdi. Abdullah zeki bir adamdı ve hemen kavradı hızlıca ona gösterilen her detayı.

Rabi, "Tamam mı, anlamadığın bir şey var mı?" diye sordu.

Abdullah, "Her şeyi anladım, lütfen gidin! Riske atmayalım; yokluğunuzun şüphe çekmesini istemeyiz" dedi.

"Aynen öyle dostum, aynen öyle" diye ikinci kez tekrarladı Rabi ve Edel'in yanına koştu. "Bay Edel, acil bir şey olmadıkça mesajlaşmayalım, ben bulduğum ilk fırsatta size detayları bildiririm" dedi ve hemen ardından Edel'den gelecek yanıtı dahi beklemeden aracına bindi Rabi.

Volkov, inen insanlara öncülük ederek Abdullah'ın yanına ulaştırdı. Fabrikadan çıkışlarındaki yavaşlığın aksine, bu kez de hızlı adımlarla, "Lütfen ilerleyin" diyordu Volkov insanlara.

Birçok kişi etraflarına bakınıp nerede olduklarını anlamaya çalışıyordu. Özellikle genç erkekler, "Vay canına! Bir başka dağdayız ama hangi dağ bu?" diyordu. "Burası tam dağ değil" diyordu bir diğeri. "O ne demek?" diye sordu öteki. "Boş ver, anlatırım sana" dedi ve ilerleyen insanlar ile Abdullah'ın yanına ulaştı bu iki meraklı genç de. Edel, Volkov'un "Hadi gidelim" demesiyle kamyona bindi ve ana yola doğru daha hızlı yol almaya başladılar.

No: 1 ise sokakta bir tarama yapıyor, duvarlarda ya da kapılarda ona iletilen insanlara ait bir iz ve eşleştirilecek bir DNA örneği arıyordu. Saç kılı, şüpheli bir el izi, ne olursa. Ama görüntüler bir karmaşa içerisindeydi. Shup, merakla, "Neler görüyorsun?" diye sordu. No: 1 cevap vermedi. Shup tekrar sordu: "Sana neler görüyorsun diye sordum, bana cevap ver."

"Yöneticim, bir iz buldum; az ilerideki kapıda bir saç kılı görüyorum."

"Sana gönderdiklerimizden mi o?"

"Bilmiyorum yöneticim, yakınına gidip onu alıp analiz etmem gerekiyor."

"Peki git o halde ama kimsenin dikkatini çekme ve görüntüyü bana da gönder; şu an görsel temasımız karanlık dolayısıyla oldukça azaldı."

No: 1 yine ses vermedi. Shup çıldırmak üzereydi: "Kahretsin! Arızalanması bari."

"Yanındayım. Saç kılını kapının önünden aldım, analiz etmeye başlıyorum."

"Kapının önünde mi? Hangi kapının önündesin?"

"İki katlı bir evin kapısının önündeyim."

"İyi de seni gören olabilir orada; çabuk çık oradan."

"Sanmıyorum yöneticim; içeride kimse yok, ışıklar kapalı ve ısı haritasını çıkardım binanın. İki fare dışında bir şey yok."

"Olsun, sen yine de çık oradan; kılı analize başlayalım hemen."

"Size gönderiyorum yöneticim" dedi ve kılı tarayarak Shup'un ekranına gönderdi. Shup, hemen eşleştirme programını aktive etti ve "Yedi dakika içinde sonuç yüklenecek" yazısını görünce bir küfür savuracak oldu ama kendini tuttu neyse ki.

"No: 1, duyuyor musun beni? Sen şimdi o kapıdan çık; sokakta normal bir insan gibi yürü, ben sana birazdan sonucu bildireceğim."

No: 1'den ses yine gelmiyordu.

"Lanet olsun! Duymuyor musun beni, No: 1?"

"Duyuyorum efendim, yürümeye başladım" dedi No: 1.

O anlarda Rabi ise olanca sürati ile evinin yolunu tutmuş, acil bir çağrıya karşı hazırlıklı olmak için beklemeye geçmişti. Bibal, "Şehrin içinde faaliyetler başladı. Sen nöbetçi askerlerini acil bir müdahaleye karşı hazır tut" diye yazdı Rabi'ye. Rabi, "Hazırlar" diye yanıt verdi.

Edel'in, "Üçüncü sefer de tamam" mesajını aldı birkaç saniye sonra.

"İhlal etti bu kuralı ama olsun, içim rahatladı. Demek ki son sefere gidecekler birazdan" diye söylendi, Rabi. Öyle de olmak üzereydi. Son kalan insanları ve Altın Birlik'i sığınağa götürmek üzere, Edel ve Volkov fabrika kapılarından oldukça yorgun halde giriş yaptılar. Son kalan insanlar yerleştirildi. Zadok, Tai-Shan ve karısı, Abdullah'ın oğulları ve Matteo bindiler. Orhun, Edel'in bulunduğu kamyona doğru Zudan ile ağır adımlarla gidiyordu. Hassina'ya, "Siz de birazdan gidin; fazla dikkat çekmeyin" telkininde bulundu. Hassina, "Yarın gelir tüm izleri sileriz buradan, habercimiz. Biz Edel vasıtasıyla sizinle iletişimde olacağız. Ama bir daha sizi ne zaman göreceğiz?" diye sordu. Orhun, "Biz yakında kenti inananların kenti yapacağız sabırla, siz normal yaşantınıza devam edin. Şu âna kadar yaptıklarınız için çok teşekkür ederim her birinize" dedi. Tam o sırada, "Yöneticim, buldum onları, Orhun denilenin ses dalgaları bana yüklediklerinizle eşleşiyor, yüzünü tam göremiyorum" dedi No: 9.

"Ne dedin sen?"

"Yöneticim, buldum onları."

"Neredeler?"

"Fabrika, bir fabrika, önünde iki kamyon var."

"Görüntüyü bana hemen ulaştır."

"Öldürme emri yüklendi bana, biliyorsunuz."

"Ne dedin sen? Bekle bir dakika, bekle; aramam gereken biri var, bekle, olduğun yerde kal. No: 9, duyuyor musun beni? Olduğun yerde kal. Bana görüntüleri gönder ve bölgenin haritasını ulaştır. No: 9, No: 9, duyuyor musun beni? Lanet olsun! Cevap ver."

Orhun, Volkov'un kamyonunun kapısına doğru arkasında Zudan ile kamyona binmek üzereydi. Adımını attığı anda bir kırmızı ışık göründü Zudan'ın göğsünde. Zudan başını eğdi. Orhun başını kaldırıp Zudan'a baktı. Bir ses duydu. Zudan'ın göğsünü yarıp geçen bir ses. Zudan, "Vuruldum, bizi buldular, kaçın" diyebildi, kanlar damlamaya başladı. Orhun, Zudan'ı tutacak oldu, bir ses daha işitti, dizleri üzerine düşmüş Zudan'ın sağ kaşı üstüne bir delik açıldı. Orhun'a bir kez daha, "Kaçın, habercimiz" dedi. Son bir güçle kapıyı kapadı ve arkasını en son kalan kuvvetiyle kilitledi Zudan. Zudan'ın yere indirildiğini akıldan akla iletti Orhun. Zudan'ın kapılarının kilitlediğini söyledi. Volkov, "Nerede, neredeler?" diye arabadan atladı. Kapının hemen altında Hassina'ya seslendi: "No: 9, duyuyor musun beni? No: 9, beni duyuyor musun?"

"Yöneticim, birini öldürdüm."

"Ne diyorsun sen? Sana durmanı emrediyorum."

"Öldürülmeliler."

Hassina neler olduğunu anlamaya çalışıyordu. Diğer dört arkadaşı, buna Nissa da dahil, on dakika kadar önce gitmişlerdi. Hassina kapıdan baktığında, Volkov'un saklanarak ona seslendiğini duydu: "Kaç, saklan, buldular bizi."

"Kim buldu?"

Bir kırmızı ışık Hassina'nın kalbinin üzerinde belirdi ve bir saniye sonra Hassina "Ah!" diye bir sesle yere yığıldı. Volkov kırmızı ışığın nereden geldiğini görmüştü. Hassina'ya yapacak bir şey yoktu. Edel kamyondan inmiş, gizleniyordu. Volkov yere yattı, karanlığın içinden gelecek en ufak bir gölgeyi bekliyordu. Orhun, akıldan akla yanıt bekliyordu ama Edel sadece "Hassina vuruldu" diyebildi. Volkov sessizdi. "Sanırım bir kişi, başka kimse yok, olsaydılar çapraz ateş açarlardı. Nerede olduğunu gördüm" dedi. Tam o anda No: 9'un kafasını gördü, bozulmuş bir aracın arkasında gizleniyordu. Hedefi aldı Volkov ve ona verilmiş olan en büyük yeteneklerden biriyle tek atışta yere serdi No: 9'u. Yere yığılan bir ses işittiler hemen, ardından. Oldukları yerde birkaç dakika beklediler. "Ben oraya gidiyorum" dedi Volkov. Edel, "Emin misin bundan?" dedi. "Eğer bana bir şey olursa, kanının son damlasına kadar savaş, Edel" dedi Volkov ve sürünerek kapıya doğru gitti. Etrafta başka kimsenin olmadığından emin olduğunu düşündüğünden, eğilerek hızlıca aracın oraya gitti. Mavi bir sıvı akıtan insan görünümlü robotu buldu. İyice yaklaştı ay ışığının yardımıyla, yerdeki damlalara dokundu. "Mavi bu, kan kokusu da değil. Su gibi sanki" dedi ve robotumsu şeyin üzerindeki silahı aldı ve oradan uzaklaştı. Edel'e, "Çabuk buradan gidelim, çok garip bir şey oradaki. İnsan gibi ama insan değil. Çabuk gidelim buradan" dedi Volkov. Orhun, "Zudan ve Hassina'yı alın oradan" demese unutacaklardı. Ama Edel ve Volkov, Zudan ve Hassina'nın yanına gittiklerinde ikisinin de öldüklerini anladılar. Orhun'u kamyondan indirme riskini göze almadılar.

Onun bu yöndeki sözlerini, "Olmaz, güvenliğiniz her şeyden önemli, habercimiz" diyerek savuşturdular. Edel, "Onları burada bırakmaktan başka çaremiz yok" dedi. Volkov, içi parçalara ayrılmış şekilde kamyona bindi ve çalıştırdı. "Edel'de gidiyoruz habercimiz, onlar için artık çok geç" dedi.

Orhun deliye dönmüş gibiydi ama yanında bulunan insanların da endişeye kapılmasını istemiyordu. "Zudan öldü, bizler için öldü" diyebildi sadece. Diğer kamyondakiler ne olup bittiğinden habersizdi. Ama Orhun'un kamyonunda bulunanlar dehşete düşmüştü. Orhun'un telkinleri ve Edel'in kamyonu hareket ettirip gazı köklemesiyle mırıltılarla susmuşlardı.

Edel ve Volkov hız limiti ne ise göstergedeki onu görmek istercesine gaza basıyorlardı.

Shup çıldırmıştı. Slim, "Görüntü geldi mi? Bulmuşlar mı? Hangi fabrika? Neresiymiş? Geldi mi harita?" sorularıyla onu sıkıştırıyordu.

"Efendim, temasımız koptu, sanırım bir arıza oluştu. Ama hemen ilgileniyorum" dedi Shup, belli belirsiz bir tonlamayla.

"Sende bunların en son nerede olduklarını belirten bir bilgi yok mu? Takip cihazları yok mu üzerlerinde" diye sordu Slim.

Shup, o an şoktan çıktı. "Evet var efendim. Bir saniye" dedi ve No: 9'un en son bulunduğu yerin bütün bilgilerini ekranına yansıttı. Hemen ardından Slim'e gönderdi. Sonuçlanan DNA örneği ise tek bir kişiyi işaret ediyordu: Edel Echart.

"Edel'i bulduk, en son görüldüğü yer şu adres, başkanım" dedi Slim'e, bir kez daha arayarak.

"No: 1, orada bekle, sana takviye bir kuvvet gönderiyorum" dedi Shup, kulaklarındaki aygıta avazı çıktığı kadar bağırarak. Slim'den gelen emri hemen No: 1'e iletti. Slim, bütün bilgileri vermek üzere soluğu Caled'in odasında aldı. "Sayın başkanım, bulduk onları, Diyar'dalar" diyerek kapıdan hızla içeri girdi. Kapıyı vurmamış, sekreterin "Bekleyin" demesine aldırış dahi etmemişti.

Caled, gözlerini Slim'e dikti. "Hemen Bibal'i bağlayın bana" dedi.

İstikrar Köleliktir

Sistemi oluşturanlar tek bir şeyi savunur: İstikrar!
"Köle olun" demenin bir başka söylenişidir bu.

Kamyonların hız limitlerini sonuna kadar kullanarak, önceki seferden yirmi beş dakika kadar daha erken sığınağın olduğu alana giriş yaptılar. "STOP" tuşuna bastığında Edel'in gözlerinden birer damla çenesine doğru süzülmekteydi. Volkov, daha sakin ve ağır başlı bir halde arka kapıyı açtı ve inen insanlara yardım etmeye başladı. Edel'in bulunduğu kamyonda, bir hareket yoktu. Volkov biraz endişelendi o an. İnsanları bırakıp Edel'in yanına gitti.

"Dostum, kendine gel" dedi Volkov, Edel'in ağlıyor haldeki görüntüsüne karşı başka bir şey diyemedi.

"Kendimdeyim, sadece üzgünüm; ikisi de çok değerli insanlardı."

"Tekrar ediyorum, kendine gel, dostum. Üzüntümüzü içimize atmalıyız; bizi bulmalarını istemeyiz değil mi? Hadi in oradan, haberciyi ve onun yanındakileri aşağı alalım."

Edel hayli üzgün bir halde indi. Kapıyı açtıklarında Orhun'un ilk kez yıkılmış haliyle karşılaştılar. Tek kelime dahi etmeden Orhun indi ve inenlere yardımcı olmaya başladı. İnsanların tamamı indiğinde, sığınağa doğru giden insanlar arasından Edel ve Volkov'u yanına çağırdı Orhun. Sessizliğini nihayet bozmuştu o anda: "Kamyonları göndermeliyiz ama bunu konum bilgilerini açarak yapamayız. Otomatik pilot halindeyken konumu açmamız gerekir, ama o zaman da yerimizi belli ederiz. En sağlıklı yol, sizin araçları buradan uzağa götürmeniz ama geri dönmeniz çok zor olacak. Ya yürüyerek geleceksiniz ya da Rabi'nin sizi alıp buraya getirmesini isteyeceğiz. Hangisi doğru olan, inanın ben de şu an bilmiyorum ama bir an önce kamyonları buradan götürmemiz lazım. Boraklar dahi izlenebilir. Onları kullanamayız. Şu âna kadar hava sahalarında bu hareketliliği kuş olarak görseler bile artık onların bilgisi haricinde olan her şeyden şüphelenirler."

Orhun, bütün üzüntüsünü içine atmış, onu kapı açılır açılmaz gördükleri görüntüsünden biraz olsun uzaklaşmıştı.

Edel, "Yürümek de pek güvenli olmaz, en iyisi Rabi'den yardım istemek, umalım da o şimdi cevap verebilsin" diyerek telefonundan Rabi'ye bir mesaj yazdı. "İki kişi öldü, Hassina ve Zudan. Biz kurtulduk, yerimizi öğrendiler. Biz kaçabildik ve sığınağa gelebildik en sonunda. Ama kamyonları derhal götürmemiz ve uygun bir yerde bırakıp oradan kaçmamız gerekecek. Otuz dakika kadar sürüp, sonra kamyonları otomatik pilotla geldikleri yere göndereceğiz. Bizi sığınağa gelip götürmen lazım."

Beklediler bir müddet. Edel iki kez yazdığı mesajı okudu. Çok geçmeden, Rabi kısa bir mesaj yazdı: "Tamam, buralar karışmak üzere, bilgiler havada uçuşuyor, beni derhal askeriyeye çağırdılar. Çabuk olun, bana indiğiniz yerin koordinatını gönderin; ben bir bahane bulur, bir saatliğine ortadan kaybolabilirim."

Edel, "Hadi ne duruyoruz Volkov, yazılanları sen de okudun, gidelim, çabuk" dedi.

Edel ve Volkov kamyonlara atladılar. Bu kez oldukça dikkatli ve yavaş bir şekilde sürmeye başladılar. Orhun Abdullah'ın yanına doğru hızlı adımlarla ilerledi. Bekleyen insan kalabalığının arasından sıyrıldı.

Orhun yanına gelir gelmez, "Bu duyduklarım gerçek mi habercimiz?" diye sordu. Orhun anlamıştı ve hiç uzatmadan sözü, "Evet doğru Abdullah, matemimizi içimize atmak zorundayız. Şimdi herkesi hızla sığınağa yerleştirelim. Neyse ki izi takip eden yok ve izlerimize ulaşamazlar, aşağıda konuşuruz" dedi. Abdullah'ın ağzından, "Zudan, ah Zudan" diye bir cümle çıktı ve gözlerini yere doğru döndürdü.

Gelen asansöre binen insanların arasına karışan Orhun'u uğurladı ve az sayıda kalmış insanların inmesi için beklemeye koyuldu Abdullah. Edel, akıldan akla, Abdullah'a kapıda beklemesini ve onlar gelene kadar gizlenerek sığınağın giriş kapısının orada olmasını iletti. Abdullah, "Haberci bana bir şey demedi, eğer sen şimdi bana bunu söylemeseydin ben bu dalgınlıkla aşağı inip kapıyı kitlerdim" dedi.

Edel, "İşte bize verilen mucizelere bir kez daha teşekkür edelim dostum" dedi ve dolu gözlerle önüne bakmaya devam etti.

Bibal ile konuşması sırasında Caled yerinde duramıyordu. "Duydun mu beni asker? Onların yeri bulunmuş, az sonra Diyar kentinde görüldükleri yerin bilgileri sana gönderilecek. Oradaki lokal güçlerin bilgisi dahilinde o alanda uçan, koşan, yürüyen ne varsa tutuklayın. Direnenleri öldürün ve görüntülerini bana iletin."

Bibal coşku doluydu hâlâ. Sabırsızlıkla, "Bekliyoruz efendim! Buradaki komutanla iletişime geçiyorum hemen; bize yardımcı olması için asker takviyesi istiyorum. Beni bu detaylarla meşgul etme, komuta Slim'de, ben sana son emri verdim, avucunuzun içine bıraktık onları, hepsini bulun ve yok edin" dedi.

"Emredersiniz!" dedi Bibal. Slim, Shup'u aradı, "Son durum nedir?" diye sordu. Shup gergin bir ses tonuyla, "Başkan Slim, Edel'in görüldüğü adresi sizin telefonunuza gönderdim. Fabrikadaki No: 9'a henüz ulaşamadım. Ama diğer 5.1'leri No: 9'un görüldüğü yere göndermek için sizden izin istiyorum" dedi. Slim, Caled'in gözlerinin içine baktı, tüm konuşmaları dinleyen Caled, "Göndersin hemen" diye bir emir verdi Slim'e. Slim, "Hemen gönder hepsini. Diğer kentlerde bulunan 5.1'leri de Diyar'a doğru gitmeleri için bulundukları yerleri Ras Birliği Genel Komutanı'na göndermem için bana şu an hepsinin oldukları yerleri bildir" dedi. "Anlaşıldı" dedi telefonu kapadı Shup. Kendi kendine söyleniyordu: "Dedim işte, ben dedim, arızalı bunlar. O No: 9'a ne oldu acaba? Emrimizi neden dinlemedi? Bana ne, beni ilgilendiren bir şey yok; ben bana söyleneni yapıyorum ve 5.1'ler buldu en nihayetinde onları."

"Efendim" diye söze atıldı yardımcısı. "Yok bir şey, bütün 5.1'lerin bulundukları konumu derhal bana gönderin."

"Tamamdır Bay Shup" dedi ve yanından uzaklaştı yardımcısı.

O anlarda Bibal verilen talimatı uygulamak için, onlara tahsis edilen sivil araçlarla hazır bir şekilde adresin gönderilmesini bekliyordu. Rabi'yi arayarak, "Bize asker takviyesi lazım olabilir; birazdan bana gelen adresi sana da göndericem, seninle orada buluşalım, en seçkin robot ve insan askerlerinden oluşan bir bölük hazırla" dedi. Rabi, "Sizden haber bekliyorum, dediklerinizi hazırlanmış bilin" diyebildi sadece. İçinden ise bir sürü küfür gönderiyordu Bibal'e.

Hız kesmeden yoluna devam ediyordu Edel. Endişeli, meraklı ve ter içerisindeydi. Edel, Volkov'u dinliyor, yavaşlıyor ama çok geçmeden tekrar hızlanıyordu. Edel, mesajı göndermeden önce herkesin aklına yeni yeni gelmeye başlayacak konuyu ilk keşfedendi. Hassina ile bağlantılı olacak herkes sorguya çekilebilirdi ve arkadaşlarına ulaşmaları lazımdı ama nasıl olacaktı bu? "Onları uyarmalıyız ama nasıl? Onlara ulaşmalıyız ama nasıl?" diye söyleniyordu. Telefonu eline alıp aracı yavaşlattı. O yavaşlayıp durdurana kadar kamyonu, Volkov hemen arkasında ona sürekli "Sakin ol, hızlı gidiyorsun" diyordu. "Tamam dostum, burada duralım" dedi Edel ve hızını yavaşlatıp kamyonu boşluk bir alanda park etti. Hemen Rabi'ye konum bilgisini gönderdi. Otomatik pilotu tekrar nasıl aktive edeceklerini bilemediklerinden bir mesaj daha attı. Gelen mesajda sadece şu yazıyordu: "54 ve artı tuşuna basın, o şirketin merkezininin bulunduğu adresi tuşlayın, daha sonra bırakın gitsinler."

Edel ve Volkov denileni yaptılar. Kamyonlar üzerlerindeki kameraların tekrar aktif olmasıyla sabit bir hızla yol almaya başladılar. Gecenin sessizliğini bozan geçen birkaç araç ve soğuğa dönmeye başlayan havanın estirdiği rüzgârdı sadece. Etraftan gizlenmek için yarım insan boyutundaki bir ağacın arkasında saklanmaya çalışıyorlardı. Üşüyordu ikisi de ama buna aldırmıyorlardı. Üzgündüler; Edel avazı çıktığı kadar bağırmak istiyor, Volkov onun tam tersi sakin güçtü. Eğer o da duygusal bir boşluğa düşerse kontrolün ellerinden kayacağını biliyordu. Rabi öylesine bir süratle geçti ki, Edel'i aramak zorunda kaldı: "Göremedim sizi, neredesiniz? Koordinatın olduğu yerdeyim." İlk kez arıyordu telefondan ve bütün riskleri göze alıyordu artık Rabi. Edel, "Şu sağda kırmızı farı gözüken sen misin? Hani yavaşlayıp durdu duracak olan araba."

"Evet, o benim. Biraz geri gelmen lazım. Saklanıyorduk kimse görmesin diye."

Rabi, geri geri hızla geldi, onları arabaya bindirdi ve yüksek bir hızla sığınağın yolunu tuttu.

"Bizi buldular" dedi Edel.

"Biliyorum. Şu an beni de fabrikaların olduğu yere götürmek için aradılar ama tam olarak neresi olduğunu bilmiyorlar. 'Birazdan' dedi bana aşağılık Bibal. Kaç kişilerdi, kimler buldu sizi?" diye sordu Rabi. "Benim askerlerimden ya da robotlarımdan olmadığı kesin. Bu Bibal'in askerlerinden de değil; çünkü adresi beklemezlerdi. Volkov, bir ben gördüm onu."

"Kimi?" diye sordu Rabi.

"Onu, bizi bulanı."

"Peki kimdi o?"

"Bilmiyorum ama insan değildi."

"Ah, robot o halde."

"Hayır, robot da değildi."

"Nasıl? Hem insan hem robot değildi diyorsun; anlamadım. Neydi? Bir kişi miydi?"

"Evet, bir kişi ya da bir tane şeydi."

"Neydi?" diye sordu Rabi.

Volkov bağırarak, "Bilmiyorum dedim ya" dedi. Rabi'de bağırdı: "Anlamıyorum hiçbir şey. Peki sizi takip eden oldu mu?" diye sordu. Yumuşamıştı artık sesi. Edel, "Hayır, sanmıyorum, biz sığınağa vardık çok hızlı bir şekilde" dedi.

"'İki kişi öldü' dedin. Kimlerdi?"

"Zudan ve Hassina."

"Hassina mı? Şu fabrikanın sahibi olan dostumuz mu?"

"Evet, ta kendisi."

"Bu çok kötü oldu işte, bu çok kötü oldu."

"Öldü be adam, daha kötü ne olsun ki?" dedi Volkov.

"Dostum, acımız ortak ama şu an hepimiz risk altına girdik. Hassina'nın bütün arkadaşlarını sorguya çekip, onlar da sizden bahsederlerse ve en kötüsü benden bahsederlerse mahvoluruz hepimiz."

"Şimdilik sığınak kimsenin aklına gelmez ama ya onların hamlelerini bekleyip razı olacağız her şeye; ya da bir strateji kuracağız ama ben yanınızda olamam ki. Of! Bu çok kötü oldu, çok, hem de çok" diye tekrar tekrar söylendi Rabi.

Edel, haberciye, "Gideceğiz ve o bize ne yapılacağını söyler, tabii ona da kitap söyler ne olacağını. Sana mesajla bildiririm her şeyi. Lütfen biraz daha hızlan" dedi Edel. Rabi suskunluğa geçebildi nihayet, Edel ve Volkov'un yüzleri sarı renge dönüşmüştü, öylece garip bir sessizlikle camdan dışarı bakıp düşünüyorlardı. Rabi'nin hızını daha da arttırmasıyla, sığınağın bulunduğu alana giriş yaptılar. "Sizi burada bırakıp hemen komutanlığa gitmem lazım. Bu telefon sessizde olacak ama yine de ne olur ne olmaz sakın arama yapma Edel. Sadece yazışalım. Ben durumu size anlatırım, siz sığınakta olun ve bana kurulan stratejiyi söyleyin lütfen" dedi. Ardından onları bırakıp hızla Komuta Merkezi'ne sürdü aracını Rabi. Edel ve Volkov bitkin bir halde sığınağın kapısında onları bekleyen Abdullah'a, "Biziz" diye seslendiler. Abdullah, örtünün altından çıkıp, "Sonunda geldiniz dostlarım, duyduklarım beni çok derinden yaraladı, siz gelene kadar neler çektim bilemezsiniz. Her şeye hazırlıklı bir halde bekliyordum" dedi.

"Şimdilik güvendeyiz" diyebildi Volkov. "Ama şimdilik. Bir an önce habercinin yanına gidip plan yapmamız lazım" dedi.

Herkes sustu.

"Durmayalım burada" dedi Abdullah. Örtüyü indirdi, dev kapıyı kapadı ve kilitledikten sonra da onları bekleyen asansöre binip yerin metrelerce aşağısına doğru inişe geçtiler.

Birlikler merkezindeyse, No: 9'un bulunduğu konum bilgisini Shup, Slim'e iletmekle meşguldü. Slim, konum bilgisini alır almaz, Ras Birliği komutanına ve Bibal'e ulaştırdı. Bibal hemen Rabi'ye konum bilgisini gönderip, "Buraya hızla gelin, dediklerimle birlikte ve hızlı olun, kimseye de bir şey belli etmeyin" dedi.

Rabi yoldayken yardımcısına talimatı geçti: "Benimle o fabrikanın orada buluşun. On iki tane robot ve otuz dört elit birlik askeri yola çıksın seninle." Ras Birliği komutanı aradı Rabi'yi: "Her ne olursa olsun, olaylar bitene kadar halka belli etmeyin ve gizlilik içerisinde olun, bana her şeyi an be an bildir asker" dedi. "Emredersiniz komutan!" dedi Rabi. Komutan anlamamıştı ama Rabi ilk kez "Komutanım" yerine "Komutan" demişti. Artık ona inananlar dışında herkes birer yabancı, birer düşman gibi geliyordu. "Çok yakın zamanda bizi yakalayacaklar ama bir plan yapmalıyız" diyerek telefonuna bakıyor, Edel'den *planımız şu* mesajını bekliyordu. Saniyeler ise günler gibi uzundu sanki o anlarda.

Orhun'u aramaya başladı hemen Abdullah, Volkov ve Edel. Kötü haber ise çabuk yayılmıştı. "İki kişi ölmüş, Hassina ve Zudan'mış ölenler. Bizi bulamazlar burada, korkmayalım; hem haberci yanımızda, sakin olalım" diyordu yaşlıca bir adam. Edel, Matteo'yu görür görmez, "Habercimiz nerede?" diye sordu. "Şurada, şu odada kapısı kapalı kimse yok. Asya'yı dahi yanına almadı. Peki bizi de mi istemez" diye umutlandı Edel. "Bence bekleyelim. Bana, 'Siz insanlarla ilgilenin ve sığınağı keşfedip bekleyin' dedi umudu kıran Matteo, Edel'e ve diğerlerine. "Peki o halde, biz de öyle yapalım" dedi Volkov. Edel ve Abdullah istemeye istemeye de olsa, denileni yapmaya koyuldular.

"Ben şu kamera bölümüne gidiyorum" dedi Volkov.

Ben yatılacak yerleri kontrol edeyim, insanların yerleşmesine yardım edeyim" dedi Edel.

Onların geldiğini görenlerden Zadok, "Ben de duş ve banyo alanlarını kontrol etmeye gidiyorum o zaman" dedi.

Tai-Shan, "Ben de seninle geliyorum" dedi.

Zadok, "Tamam o halde" diye yanıtladı Tai-Shan'ı.

Matteo, "Ben burada habercimizi bekleyeceğim" dedi.

Abdullah ise, "Ben de Asya Hanım'ın yanına gidip insanların kendi aralarında konuşmalarının önüne geçip gerekli açıklamaları yapayım o zaman" dedi.

"Evet, kesinlikle sen bunu yapmalısın" dedi Edel.

Matteo hariç herkes belirledikleri görev yerlerine doğru gittiler.

Orhun, odada yalnız başına kalmış, derin bir düşünce nöbetindeydi. Nötr bir havası vardı. Ne tam kızgın ne tam üzgün ne tam stresli ne tam korkak ne tam cesur ne tam sabırlı ne de tam sabırsız. Durgundu ve düşünüyordu sadece. "Keşke Meril yanımda olsa" diyordu bir yanı. Kitabı çıkarıp son sayfaya dokundu ama sonraki sayfa açılmadı. "Sadece mesajı iletmem kaldı, onu yapınca sanırım açılır" dedi kendi kendine. Doğruldu, koltuktan kalktı. Odada bir uçtan bir uca adımlamaya başladı. Ara sıra kendiyle konuşur gibi oluyor, "O olmaz, hayır, belki" gibi tek tük kelimeler belirgin şekilde duyuluyordu. Matteo, haberciyi kimsenin rahatsız etmemesi için Abdullah'ın oğullarını da yanına almış, nöbet tutuyordu. Ona ikram edilen bardaktaki domates çorbasını büyük bir iştahla, ağzından dumanlar çıka çıka içiyordu.

Bibal, fabrika bölgesine yaklaşan beş aracın en öndekindeydi ve elinde lazer silahıyla sabırsızlıkla ilerliyordu. "Sanırım geldik" diyerek durdurdu asker arabayı. Burası mı? Emin misin asker?" dedi Bibal.

"Evet efemindim."

Rabi'yi aradı, "Biz geldik, siz neredesiniz?" diye sordu Bibal.

"Biz de beş dakika içinde yanınızdayız komutan" dedi Rabi.

"Tamam. Sizi bekliyoruz. Biz mevzileniyoruz, etrafı analiz etmesi için iki tane robotu fabrikaya doğru gönderiyoruz" dedi.

Telefonu kapatır kapatmaz, "Duydun mu beni asker? İki robot derhal araştırmaya başlasın çevreyi" dedi Bibal.

Asker, "Emredersiniz!" dedikten sonra telsizle üçüncü Sıradaki araçtakilere talimatı iletti. Art arda dizilmiş ve motorları kapatılmış üçüncü sıradaki araçtan iki robot asker indi. Gece görüşü için gözlerini yeşile çevirdiler. Etrafı tarayarak ilerleyen robotlar Hassina'nın ölü bedenini ekrana yansıttılar.

"İşte bu" diye haykırdı Bibal, görüntüyü görür görmez. No: 9'u görünce, "Bu da kim? Onlardan mı?" diye düşündü Bibal. "Yakınlaş ona" diye emir verdi robota. Robot yaklaştığında, Bibal, "Bu onlardan değil; baksanıza mavi bir sıvı yayılmış etrafa. Bizim robotlardan bu ama çok ilginç, neredeyse bir insan gibi. Neyse, devam edin ileriye doğru" dedi. Robotlar fabrikanın kapısında yerde yatan Hassina'yı geçip Zudan'ın cansız bedeninin olduğu yere doğru adımladılar. "Etti iki, baksana nasıl da yerde yatıyor" dedi Bibal. Yardımcısı kahkaha atarken Slim seslendi: "Bu görüntülerdekilerde bir tek hain Zudan tanıdık, diğerinin hemen yüz tanıma taramasını yapın." Bibal, "Emredersiniz!" diyerek, "Robotlardan biri hemen kapıda yatanın yüzünü tarasın" emrini verdi. Diğer robot Zudan'ı da geçerek cam kapıdan içeri girdi. "Birkaç mum ışığı var, dikkatli ol birileri olabilir etrafta" dedi Bibal. "Isı haritası tarandı komutanım, burada insan ya da başka bir şey yok" dedi robot. "Pekâlâ, içeri gir, aşağıya, yukarıya her yere bak" dedi. Diğer robot Hassina'nın yüzünü tarayıp Bibal'in ekranına gönderdi. Bibal de Slim'in ekranına. Slim, "Derhal bunu araştırın" diyerek, Ras Birliği komutanına gönderdi. İçerideki robot ağır adımlarla ilerliyordu, merdivenin başına geldiğinde yerde birkaç incir ve kayısı kurusu gördü, üzerlerine basıp basamaklardan elinde lazer silahıyla yere doğru bakar halde aşağı doğru yürümesini devam ettirdi. "Etrafta kimse yok, sönmemiş bir sürü mum var komutanım orada" dedi Bibal'in yardımcısı. Robot biraz daha ilerledikçe, etrafta yatak haline getirilmiş kumaş toplarını radarına aldı. Slim, "Demek burada kalmış alçaklar" dedi. "Hazır olun, başkanımız Caled'i bağlıyorum" diyerek ekrana Caled'i aldı. Caled, birkaç saniye Slim'i dinledi. "Demek burada saklanmışlar, her yeri didik didik arayın hemen, canlı birini bulursanız yok edin" dedi. Bibal, "Emredersiniz başkanım!" diye karşılık verdi. Dışarıdaki diğer robot da içerideki robota katıldı. İnananların bıraktıkları yiyecek artıkları ve birkaç parça elbiselerini analiz etmeye başladı. Bibal, "Askerlerim, sessiz bir şekilde hep birlikte fabrikayı kuşatın. Emrimle içeri girin" dedi. O sırada Rabi'nin askerleri ve Rabi, Bibal'in yanına yanaşmaktaydı.

Araçtan inen Rabi, askerlerine, "İnin ve hazır olun" talimatı verdi ve Bibal'in yanına gitti. Bibal de aracından inmişti. "Birkaç dakika geciktiniz ama olsun komutan, o aşağılıkların izlerini bulduk ve onlara yardım etmiş birilerinin de bilgilerine ulaşmak üzereyiz. Askerleriniz hazır mı?" diye sordu Bibal. "Hazır komutan, herkes emrinizle harekete geçmeye hazır" dedi Rabi. "Ama içeride kimse yok sanırım. Şurada iki ölü var, o pisliklerin ölüleri. Bir de sanırım bizden bir robot var. Slim araya girdi, Caled ekrandan gitmişti artık. "O burayı bulan yeni nesil robotlardan asker, onu derhal oradan alın ve Merkezi Birlik'e götürmek üzere Diyar Havalimanı'nda bekleyen uçağa koyun."

"Emredersiniz!" dedi Bibal. Askerlerine derhal yerde yatan robotun kaldırılması ve araca alınması emrini verdi. Rabi'ye dönerek, "Hadi içeri girelim biz, bakalım neler bulacağız" dedi. Rabi askerlerine sağ eliyle *beni izleyin* işareti yaptı. Dört tarafı askerlerle sarılan fabrikadan kuş uçsa o an vurulurdu. Her yer asker kaynıyordu ve fenerlerin ışıkları vasıtasıyla uzun zaman sonra böylesine aydınlık bir atmosfere bürünmüştü fabrikalar bölgesi.

İçeri giren Bibal, Rabi ve askerler robotların bulduklarından daha fazla bir şey bulamadılar. Yirmi dakikaya yakın Slim sessiz şekilde onları izliyordu. Bibal, "Burada kimse yok, kapıda öldürülenin bilgisine ulaşırsak o zaman şu an nerede olduklarını bulabiliriz, buradan nasıl kaçtıklarını da bulmamız lazım. Yürüyerek kaçmış olabilirler mi?" diye sordu Rabi'ye. Rabi, "Bilmiyorum ama buraya yürüyerek gelmiş olsalardı muhakkak görür, duyar ve bilirdik" dedi. Slim de seslendi: "Bence de yürüyerek gelmediler, yardım aldılar ama ne ile, nasıl? Siz bütün fabrikaları arayın yine de ve etrafta izler var mı diye bakın."

O sırada robotlardan biri, "Etrafta büyük lastik izleri var" dedi dışarı çıkan Bibal'e. "Bunu daha önce neden söylemedin, aptal makine?" dedi Bibal. "Komutanım, tam analiz ettikten sonra iletmek istedim" dedi robot. Slim, "Ne oluyor orada?" dedi. "Ne lastik izlerinden bahsediyor o?"

Robottan derhal mor ötesi ışığı aktive etmesini istedi Bibal. Mor ötesi ışık aktive edilir edilmez, "Baksanıza, bir sürü lastik izi var; bunlar kamyon lastiği sanırım" dedi Bibal'in yardımcısı. "Şimdi anlaşıldı; bir kamyonları var. Hayır, iki tane var. Baksanıza şurada da izler var" diyerek biraz ilerideki gördüğü izleri işaret etti Bibal. Rabi çaresizce Bibal'e yardım etmeyi sürdürüyordu. İstemeye istemeye de olsa, "Evet, bunlar kamyon izleri" dedi. Slim, "Ben Başkan Caled'le görüşeceğim. Siz bütün bulduğunuz izleri bana iletin. Belli ki çatışmaya girmişler bizim robotla. İki kişi ölmüş ve sonra kaçmışlar. Ya kamyonlar büyüktü ya da birkaç sefer yaptılar. Başka sığınacak yer buldular" dedi.

Rabi o anda beyninden vurulmuşa döndü. "Sığınak mı? Eyvah buldu!" diye geçirdi içinden. Slim ise neyse ki sığınak kelimesini öylesine söylemiş ve üstünde durmadan devam etmişti sözlerine: "Şu kapıdaki sanırım Diyar'dan birisi, o yardımcı olanlardan biri olmalı. Az sonra bilgileri gelir. O ve onunla bağlantılı olan kim varsa size bilgileri iletir iletmez araştırın." Rabi, fabrikada bir tabela ya da Hassina'ya dair bir kelime olmamasının onlara zaman kazandırmış olmasından ötürü bir avuntuya tutunmuştu. "Bu zaman geçerken umarım planlarınızı yapıyorsunuz" diyordu içten içe. Kastettiğiyse Orhun ve onun yapacağı plandı.

Orhun, nihayet odasının kapısını açıp Altın Birlik'i odasına çağırmasını istedi Matteo'dan. Elindeki bardağı yere doğru bıraktı ve doğruca Altın Birlik'i toparlamaya gitti Matteo. Orhun tekrar kapısını kapadı. Matteo yabancısı olduğu sığınakta güç olsa da bütün Altın Birlik üyelerini buldu. Onlara Orhun'un çağırdığını iletti. Heyecanlanmıştı hepsi ve koşar adım Orhun'un odasının önünde buluştular. Matteo kapıyı tıklattı, Orhun kapıyı açarak, "Gelin" dedi. "Buraya kimse girmesin" dedi Orhun, Abdullah'ın oğullarına. Onlar da başlarını sallayıp, "Tamam" dediler.

Ayaktaydı herkes. "Eğer sıkışık olarak oturursanız herkesin oturması daha iyi olur" dedi Orhun. "Ya da yere mi otursak?" dedi Edel. "Olur" dedi Orhun.

Hemen herkes etrafta zeminin sertliğini engelleyecek yumuşak birkaç yastık ve bez parçasını yere sermeye başladı. Orhun da yere oturdu ama onun altında hiçbir şey yoktu. Âdeta bir çember kurmuşlardı.

Orhun, "Dostlarım, birçok sorunuz var" diyerek meraklı durgun ve üzgün yüzlerine baktı Altın Birlik'in. "Benim de var sizler gibi. Ama Zudan ve Hassina'nın uğrunda öldüğü özgürlüğümüz için, inananların özgürlüğü, yaratıcının sevgi yolu için sabırlı olmalı ve metanetimizi koruyup acımızı içimize atmalıyız. Çok zor biliyorum ama herkesin güvenliği için kontrolü elden bırakmamalıyız. Zudan ve Hassina şu an onlara sunulan güzel bir yerdeler, eminim buna ben, siz de emin olun. Şimdi derhâl bir dakika dahi kaybetmeden bir strateji kurmamız lazım."

Edel'e o sırada bir mesaj geldi: "Hassina'yı öğrenmek üzereler. Arkadaşları sorgulanırsa sığınak öğrenilir; çabuk bir şeyler yapın."

Edel, elleri titreyerek mesajı Orhun'a okudu. Sesi de elleri gibi titriyordu. Volkov sarstı onu, "Edel, dostum, sakin ol, korkma, sakin ol! Ne olacaksa olsun; biz bu yola sevgi için çıktık" dedi. Edel sessizdi diğer herkes gibi ve herkes Orhun'un dudaklarından çıkacak sözcükleri bekliyordu. Gözlerini kapadı Orhun. Bir dakikayı birkaç saniye geçtikten sonra gözlerini açtı. Orhun, "Dostlarım, planımız şu" dedi ve planını en ince ayrıntısına kadar çok hızlı bir şekilde anlatmaya başladı. Sustuğunda neredeyse beş dakika geçmişti. "Bu ya son şansımız ya da yok oluşumuz olacak dostlarım. Yaratıcı bizimle. Görünmezlerin savaşı değil bu, yaratıcının eliyiz biz. İçimizde, *yaratıcı hemen onları yok etsin* diye düşünen varsa, o zaman bizlerin robottan ne farkı kalır? O zaman bu dünyanın bir oyun sahasından ne farkı kalır? Biz insanlar, dünyanın şafağının iyiliğe doğması için varız."

"Bu planı Rabi'ye ilet hemen" dedi Edel. Edel, ellerinin titremesini durdurarak planı hızlıca yazdı. Rabi'den cevap birkaç dakika içinde geldi: "Bu ya hepimizin ölümü ya da..." Gerisi yoktu mesajın. Bir sonraki mesajda, "Kırk dakika içinde orada oluruz. Zor da olsa inandırdım onları, siz yola koyulun" yazdı. Edel, "Tamamdır, Rabi inandırmış onları, kırk dakikaya orada olurlarmış" dedi. Orhun ayağa kalktı. Uyuşmuş ayakları ile birkaç adımı zor attı. Diğerleri de ayaktaydı. Kan beyinlerine daha hızlı gitmeye başlamıştı ve cesaretleri tekrar yerine gelmişti.

"O halde hemen gidiyoruz ama Abdullah sen burada halkımızla kalıyorsun; çünkü bizlere bir şey olursa, sen son âna kadar savun insanlarımızı."

Abdullah, "Ama habercimiz, ben dayanamam, olmaz, bunu kabul edemem" dedi. Orhun, "Bizler bu insanların umuduyuz, inancın umuduyuz, son âna kadar bu umudu korumalıyız. Sen burada kalmalısın dostum" dedi. Volkov gözleriyle *uzatma* der gibi bir işaret yaptı Abdullah'a. Zadok, "Habercimizin bir bildiği var, plan doğru işlerse aydınlığa uyanacağız, sabırlı ol dostum" dedi. Abdullah istemeyerek de olsa "Peki" diyebildi sadece.

Odadan çıktılar, halkın meraklı bakışları altında tek sıra halinde asansöre doğru gittiler. Asya durdurdu Orhun'u. "Geleceğiz, meraklanma. Sana her şeyi anlatmak isterdim ama zamanımız yok, Abdullah'la konuş lütfen!" dedi. Asya ağlamaklı halde, "Çabuk gelin, olur mu?" dedi. Orhun mağrur bir şekilde asansöre doğru yürüyüşünü sürdürdü. Tai-Shan karısına bakınıyordu ama etrafta yoktu. "Ona haber verirsin dostum" dedi Abdullah'a, sıranın en arkasında olmasının avantajıyla. Abdullah ellerini saçlarına doğru götürdü, saçlarını yolacak gibiydi. "Tamam dostum, asansörü bekletmeyelim" dedi. Tai-Shan, Matteo'nun da hadi demesiyle asansöre bindi. Yukarı çıktılar. Abdullah dışarı çıkanların ardından kapıyı kapatmadan önce son bir cümle söyledi: "Habercimiz ve dostlarım, sevgi sizinle olsun!" Ardından kapı kapandı ve kilit sesi duyuldu. Boraklar bekliyordu hemen önlerinde. Matteo hepsine, bütün Boraklara, bizi dondurmayacak, radarlardan kaçınacak ve hepimizin kolaylıkla nefes almamızı sağlayacak şekilde uçun dostlarım dedi. Matteo, kendi Borak'ına dokundu, onunla konuştu. Borak diğer Boraklara kendi dilinde seslenerek, iletilen sözleri duyurdu. Hepsi sadece kuş sesine benzer ses çıkarıyordu ama kendi dillerinde "Anlaşıldı" diyorlardı. Herkes Boraklarına bindi ve dev kanatlar havaya doğru çırpıldı.

Rabi ise terini gizlemeye çalışıyordu. "Nasıl olacak, ne diyeceğim, nasıl diyeceğim?" diye düşünüyordu. "Düşünürsen çıldırırsın; bırak kendini" diyerek kendini teskin etti ve Bibal'e seslendi: "Komutan, bir istihbarat aldım şimdi." Bibal meraklandı, "Ne istihbaratıymış o?" dedi. "Robotlarımdan biri bir görüntü gönderdi bana. Görüntüler pek belirgin olmasa da kamyonların sayısı da pek net değil" diyerek devam etti. "Kamyonların Duman Dağı'na doğru gitmiş olacaklarını iletti bana."

"Ne dedin? Doğru mu bu?" dedi Bibal, kükrer bir sesle.

"Evet komutan, doğru" dedi Rabi.

"Görüntülere bakayım o halde" dediğinde Bibal, Rabi afalladı. "Komutan, silik gibi görüntüler. Şehir çıkış kapılarının az ilerisinde görülmüşler. Robotlarımızdan biri onları takip ediyormuş" diyerek savuşturdu Bibal'in merakını. Ama Bibal daha da meraklanmıştı. "Hangi robotlarından birisi?" diye sordu. "Devriye motorlu robotlardan biri" dedi Rabi, bıkkın bir sesle. "Hmm, pekâlâ, bekleyin o zaman" dedi Bibal. Hemen Slim'i aradı. "Başkanım, bu alçaklar sanırım tekrar Duman Dağı'na gitmişler. Onları bir robot takip etmiş. Emredersiniz başkanım, bir saniye."

"Robotla iletişim devam ediyor mu, Rabi?" diye sordu Bibal.

"Hayır, az önce kesildi."

"Emin misin peki Duman Dağı'na gittiklerinden?"

"Robotumdan gelen son bilgi buydu."

"Başkanım eminiz, Duman Dağı'na gitmişler" dedi Bibal.

"O halde ne duruyorsunuz? Birliğini al ve hemen Duman Dağı'na doğru yola çıkın" dedi Slim. Bibal, "Emredersiniz!" dedi. "Toparlanın gidiyoruz; alçaklar Duman Dağı'na kaçmışlar yine" diye gürledi Bibal. Köpekler havladı o gürlemeyle. Rabi'ye döndü, "Sen burada birliğinden beş altı tane robot ve yirmi askerinle kal, biz gidiyoruz" dedi. Rabi, "Ama komutan, ben de gelmeliyim; buraları en iyi bilen adamım ben, bana ihtiyacınız olur" diyebildi. Soğuk soğuk terliyordu ama belli olmuyordu karanlıktan ötürü, bir yandan eliyle belli etmeden alnındaki teri siliyordu. Bibal, "Pekâlâ, öyleyse komutayı ver birine burada, sende bizimle geliyorsun" dedi. Rabi rahat bir nefes aldı. Slim tekrar aradı, "Ras Birliği başkanı ile konuştum, Diyar kentinin çıkış ve girişlerini kontrol altında tutmak için ek takviye birlikleri yolda. Siz hızla ilerleyin ve o hainleri yok edin. Başkanımız Caled, siz oraya varır varmaz görüntüler eşliğinde hepsinin öldürülmesini izlemek istiyor" dedi. Gece ilerliyordu. Gökyüzünde yıldızlar bulutlarla saklambaç oynuyordu. Boraklar ise kanatlarını Duman Dağı'nın eteklerine doğru çırpıyordu.

Duman Dağı gözüktüğünde, Boraklar âdeta birer kartal gibi üzerlerindeki yüklerini de düşürmeyecek bir hızda alçaldılar. Dağın eteklerine indirdi Altın Birlik'i Boraklar. "Uçun, gökyüzünde dolaşın, bizi bekleyin" dedi Orhun onlara.

Yıkılmış, harap olmuş olan mağaraya hızla yürüdüler. Hepsi birden, önemli bir bölümü havaya karışmış Duman Dağı'na bakıyorlardı. Volkov, "Mahvetmişler burayı. Nerede saklanacağız ki?" dedi. Zadok, "Daha önce kaldığımız mağaranın girişinden geçebiliriz. Baksanıza, etrafı bombalamışlar sadece. Dağın iç tarafları sağlam kalmış sanırım" dedi. "İçeride birileri var mıdır?" diye sordu Edel. Volkov, "Sanmam, olsa bile zaten o birileri ile karşılaşmak için gelmedik mi buraya?"

dedi. Matteo, "Doğru söyledin" diyerek Volkov'a destek verdi. Orhun, "Oradan girebiliriz içeri" dedi ve öne atıldı. Parçalanmış kaya parçalarına basarak, yarım insan boyundaki kayanın mağaranın önüne düştüğü girişten kayanın üzerinden atlayarak mağaraya girdiler. Orhun, sağlamlığına hayran olunası mağaranın ortasına geldiğinde durdu. Elinde asası, boynunda asılı pelerini ve sırtında çantasıyla gözlerini yukarıya dikti.

Orhun, "Bekleyeceğiz dostlarım, buraya girene kadar hepsini bekleyeceğiz. Şimdi herkes gizlenecek bir köşe bulsun kendine" dedi. Birer kaya parçasının arkasına gizlendiler hemen. Orhun da gelenleri görebileceği bir mesafede gizlenmiş beklemeye koyuldu. Rabi, Bibal, beraberindeki insan ve robot askerlerden oluşmuş güçlerle Duman Dağı'na doğru gidişlerini son hızla sürdürüyordu. Shup, No: 1'e, "Yanına diğerleri gelmek üzere; sen oralarda oyalan ve o eve giren çıkan olursa bana bildir" diye talimat geçti. Ras Birliği başkentinden çıkan beş bin kişilik ek takviye birlik ise hava ve kara yolu ile Diyar kentine doğru yola çıkmıştı. Zaman Rabi için ya çok hızlı geçiyor ya da durmuş gibiydi. Altın Birlik içinse ya zaman dünyada onlar için duracaktı ya da devam edecekti. Orhun, "Sadece gerektikçe konuşun, söylenecek her kelime akıldan akla iletilsin. Ben bir şey demeden de kimse harekete geçmesin" dedi Altın Birlik'e.

Bekleyiş sürüyordu. Beklemenin sonu ölümdü. Yaşamlarının yeni bir kapısına giriş miydi bilmiyordu Matteo. Gençliğinin verdiği enerjiyle, Volkov 'un onlara Ekni'deyken söylediği birkaç savaş taktiği haricinde bir şey de bilmiyordu. Ellerinde iki tane lazer silahı vardı, Matteo'nun elinde çok istemesine rağmen silah yoktu. Tai-Shan da tıpkı Matteo gibi düşüncelerini susturamıyordu. İlk kez gerçek bir savaş olacak ve hiçbir şeyimiz yok elimizde. "Ya içeri girmeyip her yeri bombalarlarsa yine" diye düşünüyordu. Az ilerisinde Zadok'a bakındı bir süre Tai-Shan. Zadok, gözlerini bir aslan gibi dikmiş, girişe doğru kenetlenmişti. Volkov ve Edel ellerinde silahlarla bekliyorlardı. Araç seslerinin duyulmasıyla, Altın Birlik'teki herkes derin bir nefes aldı ve gözlerini mağaranın girişine dikti. Edel ve Volkov silahlarını girişe doğru doğrulttu. Orhun, "Ben bir şey söyleyene kadar siz sadece olduğunuz yerde kalın" dedi. Rabi, araçtan inen Bibal'e, "Sanırım içeride gizlenmişler. Bir robot hemen tarasın etrafı" dedi. Birkaç saniye sonra robottan ses geldi: "Mağara girişinde ısı yoğunluğu var; sayılarını göremiyorum ama içerideler komutanım" dedi. "İşte şimdi hiçbirini ayırt etmeden yok etmek için elimize fırsat geçti" dedikten sonra, kısık sesle, "Dağın dört bir yanını kuşatın" emrini verdi Bibal. Rabi, askerlerinin silahlarını açık konuma getirmesini söyledi. Bibal, Slim'i aradı, "Sayın başkanım, dağın içindeler" dedi. Slim, Caled'i ekledi konuşmaya. "Bana görüntüleri iletmenizi bekliyorum" dedi. "Sayın başkanım, emriniz olur" diyerek robotların gözlerini ekrana verdi. "Biz artık susuyoruz, silahlarımız konuşacak. Siz keyfini çıkarın sayın başkanım" dedi Bibal. "Devam edin" dedi Caled. Birkaç dakika sonra, etrafın kuşatıldığı bilgisi verildi. "Balonları mı göndersek önce?" dedi İmani. Rabi'nin kalbi yerinden çıkacak gibi oldu o anda. Bibal, "Hayır, bu sefer değil. Bu kez değil. Önce robotlar girsin, robotların arkasına yüz asker dizilsin ve beni takip etsinler" dedi. Bibal gece görüş gözlüğünü taktı, Rabi de ona uydu. Lazer silahları ateşleme moduna alındı. Önde on iki robot, arkasında yüz asker, mağara girişine doğru, tam donanımlı halde yavaş ve sessizliği koruyan adımlarıyla ilerlemeye başladılar. Bir robot ayağını fazlaca sert bastığı için bir ses duyuldu, herkes o sese doğru namlusunu doğrulttu, robot sessizce olduğu yerde duruyordu. "Aptal makine, hepiniz sessiz olun" dedi Bibal. İki eliyle *ileri* işareti yaptı tekrar Bibal. Öndeki robotlar mağara girişindeki kaya parçasının üzerinden kontrollü bir şekilde atladılar ve sağa sola yaslandılar. Gelen askerlerin de tamamlanması ile robotlar yerlerinde duruyordu. Bibal, robotlardan birine yaklaştı. "Neredeler?" diye sordu. "Göremiyorum şu an" dedi robot. "Ne demek göremiyorum?" diye kızacak, bağıracak oldu ama kendisini zor tuttu Bibal. "Onca insandan birini bile mi göremiyorsun?" diyerek yumruğunu sıktı. Önündekilere duyulur duyulmaz bir sesle, "Robotlar, ilerleyin" dedi. Birkaç dakikalık boyunların eğilerek adımların atıldığı sessiz ilerleyişleriyle mağaranın ortasına geldiler. Her yer karanlıktı. Gece görüş gözlükleri o anda işlevsizleşti. Bibal, "Ne oluyor burada? Kahretsin! Tam da sırasıydı bozulacak" diye homurdandı. Robotların görüntüleri ise kesilmişti. Gözleri kapanmış ve oldukları yerde yığılmışlardı. Yüz asker, sağda solda birbirlerini göremiyor ve duyamıyorlardı. Bütün ağları çökmüştü.

Slim ve Caled görüntülerin gitmesiyle deliye dönmüştü. Ne Rabi'ye ne de Bibal'e ulaşamıyorlardı. Orhun o anda bulunduğu yerde bayılacak gibi olmuştu. Asasını tekrar yere vurdu ve saniyeler içerisinde büyük bir elektrik dalgası yaydı. Rabi hariç herkes birer birer düştü yere. Altın Birlik bu şimşek çakışına benzer ışık yüzünden oldukça korkmuşlardı ama, "Olduğunuz yerde kalın" diyen Orhun'a uyup yerlerinde bekliyorlardı. Orhun, yerde yatan askerlerin telsizini aldı, sağ elinin baş parmağıyla dokundu. "Bütün askerler içeri gelsin, çok fazlalar" dedi. Telsizi duyan diğer askerler ne yapacaklarını bilmez halde birer ikişer robotları da yanlarına alarak içeri girmeye başladılar. Karanlığın hüküm sürdüğü mağaraya giren bütün askerler yerdekilere takılıp düşer gibi oluyor, "Ne oluyor komutanım, neredesiniz?" diye birbirlerine bağırıyorlardı. Ne lazer silahları ne de telsizleri çalışmıyordu. Bir şimşek daha çaktı, robotlar ve insan askerler yere düştüler. Orhun'da yerdeydi. Edel ve beraberindekiler ceplerindeki mum ışıklarını yaktılar hemen. Etraf robot ve insan seliydi. Rabi de yerde yarı baygın yatıyordu.

Orhun ise birkaç askerin üzerine yığılmış kalmış, zar zor nefes alıyordu. Edel ve Volkov hemen yanına koşup, koltuk altından tutup kaldırdılar onu. Rabi'yi gören Matteo ve Tai-Shan da onu kaldırdı. Zadok, etraftaki askerleri saymakla meşguldü. Robotların gözleri yerinden çıkmış ve gümüş renkli sıvılarını akıtıyorlardı. "Bir yudum su" dedi Orhun. Etrafta su yoktu. Neyse ki bir askerin yanında bir matara buldu çok geçmeden, Zadok. Yudum yudum ağzına damlattılar suyu Orhun'un. Hemen ardından Rabi'nin de su istemesini duyup ona da su verdiler. Dehşet içindeydi Altın Birlik. Rabi, "İnanılmaz bu olanlar, inanılmaz" diye sayıklıyordu. Orhun, bir müddet daha yarı baygın halde kaldı. Güç bela kendine geldiğinde, "Onları öldürdüm" diyebildi sadece. Gözlerinden yaşlar damlıyordu. Edel, Volkov ve Altın Birlik'in geri kalanı, tıpkı Ekni şehrindeki gibi baygın olacaklarını, robotların sadece işlevsiz olacağını düşünmüşlerdi planı ilk duyduklarında. Ama Orhun'un, "Onları öldürdüm" demesiyle, ilk kez gerçek bir savaşın içerisinde olduklarını anlamışlardı. Etraflarında kansız ölümler vardı. Ani bir şekilde yığılmıştı hepsi. Orhun planı anlatırken, "Ben tıpkı Ekni'de yaptığım gibi bir şok dalgası yayıp, onları etkisiz hale getiririm. Ama kesinlikle hemen hepsinin mağara içinde olması lazım" dediğinde, Altın Birlik'in herhangi bir üyesi, akıllarından ölü bedenleri geçirmemişlerdi. Üzgün haline daha fazla dayanamadı Orhun'un, Edel. "Ama habercimiz, onlar bizi öldürecekti, zaten ilk denemeleri ve ikinci denemeleri topyekûn hepimizi öldürmekti. Yaratandan ölün emri gelirse ölürüz ama bize yaşamı yüceltin diyor yaratıcımız. Biz sadece kendimizi savunduk dedi. Daha iyi misiniz?" diye sordu Matteo, Edel'i dinleyen Orhun'a üzgün gözlerle bakarak. "Bir an, şey, bir an ben de nefessiz kaldım, ölüyorum diye düşündüm. Öylesine, öylesine bir şey ki size nasıl anlatayım. Biraz daha iyiyim. Rabi nasıl, o nasıl?" dedi Orhun ayağa güçbela kalkarak. "Ben iyiyim haberci, sadece şok geçirdim sanırım, su iyi geldi" diye cevaplayınca Rabi, Orhun iyice rahatladı. "Dostlarım, şimdi çok daha hızlı olmalıyız. Planımızın ikinci aşamasına geçiyoruz, ama bir küçük değişiklikle: İnananlar, biz tamamen kontrolü ele alana kadar sığınakta kalmaya devam etsin. Edel ve Matteo, biz gidelim. Sizler de ne yapacağınızı biliyorsunuz. Volkov, ben, Tai-Shan, Zadok ve Rabi hemen yola koyuluyoruz."

Mağaradan çıktılar. Orhun, Matteo ve Edel Boraklara bindi. Volkov, Zadok, Tai-Shan ve Rabi araca binip etraftaki yığından hızla uzaklaştılar. Caled ve Slim deliye dönmüş haldeydi dakikalardır. Herhangi bir şekilde Bibal ve askerleriyle, Rabi ve robotlarla iletişim kuramıyorlardı. Ne bir ses ne bir görüntü, hiçbir şey iletilmiyordu. "Derhal hava birliklerini gönderin. Umalım ki çatışma esnasında telsiz telefon ve her ne haltsa yanındaki cihazlar onları kapatmış olsunlar" dedi Caled. Slim, "İki uçak dolusu asker ve dört helikopter yola çıktı sayın başkanım" dedi. Ardından bir köşeye geçip Shup'u aradı: "Nedir durum? 5.1'ler başka bir şey buldular mı?"

"Hayır sayın başkan, şu an sokağın başında No: 1. Diğerleri de yanına varmak üzereler. Evi gözetim altında tutuyoruz. Ama Diyar birliklerinden destek gelirse eve girmek daha faydalı olur."

"Evet, doğru; ben birazdan başkanı arayacağım. 'Diyar birliklerinin komutanı şu an başka bir görevde. Yerine bakan nöbetçiye başkan ulaşsın ve bahsettiğin sokağa bir birlik göndersinler' diye bir talimat geçeceğim. Sen başka herhangi bir gelişme olursa beni haberdar et."

"Olur, sayın başkanım" dedi Shup ve telefonlar kapandı. Volkov ve ekibi olanca hızlarıyla yoldaydılar. Orhun ve ekibi ise gökyüzünde süzülüyordu. Borak'ın alçalışa geçmesiyle dünya evi sınırlarına indiler. Dünya evine vardıklarında,

Orhun masa üzerinde duran sütü bir dikişte bitirdi. Diğerleri de su ve meyveleri içip yediler. Biraz nefes alır gibi olmuşlardı. "Uzun bir maratonun henüz başındayız" diyordu Edel o sırada. Orhun, odanın kapısını açtı, sandalyeye oturdu. Edel ve Matteo hemen kamerayı ayarladı. Orhun'dan gelecek işareti beklemeye koyuldular. Orhun *hazırım* işareti yapınca, kameradaki kırmızı ışık yandı. Orhun, konuşmaya başladı: "Bizi durduramıyorlar, bizi engelleyemiyorlar; bizler sevginin yolundanız çünkü. Biz eşit haklar istiyoruz bu dünyada. Ne kast ne de *döngüsellik* yalanları ile etrafımızın kuşatılmasını istemiyoruz. Ne Karji ne de onun köleleri bize engel olamıyorlar. Bizi Ekni'de yok etmek istediler ama *sevgisi yüce olan* bize yol gösterdi. Bizi tekrar yok etmek istediler ve tekrar kurtulduk. Ve en son olarak bizden iki kişiyi, suçsuz masum ve inanmayı seçen Hassina ve Zudan'ı öldürdüler. Binden fazla insanı, içinde bebeklerin de olduğu insanlarımızı öldürmek ve yok etmek istiyorlar. Neden? Biz inanan olduğumuz için mi? Ya da onların dediği gibi Karji'ye inanmadığımız için mi? Geçen onlarca yıldır dünyada düzen adına ne var? Baskı var, yoksulluk var, zulüm var. Gösterilmiyor diye, siz dünyada susuzluğun bittiğini ve yiyeceklerin eşit dağıtıldığını mı düşünüyorsunuz? 'Bir sonraki yaşamda Karji bizi kral yapacak' diyen sıradan bir askerin yaptığı sadece köle olmak, bunu görmüyor musunuz? Karji dediğiniz iblisin ruhu var diye inek ve maymunlara tapınıyorsunuz. Karji bu dünyada bizle birlikteyse, neden üç yüz milyon insan suya ulaşmakta zorluk çekiyor? Silinen sadece ülke sınırları olmadı? Silinen insanlığın merhameti ve erdemi de oldu; bunu görmüyor musunuz? Enerji tarama makinelerinde enerjiniz zararlı çıkmasın diye korkudan ne yapacağınızı bilmez haldesiniz; ama o makineleri yapan insan, Karji değil ki. Siz her şeyi Karji'ye atfediyorsunuz ama o da bu dünyada sizlerin akıllarını saptırmak ve kıyamette yanında kalabalıklar olması için uğraşıyor; bunu bilmiyor musunuz? Yok edilen Enok'un, İsa'nın, Musa'nın ve Muhammed'in getirdiği kutsal sözleri silmekle yaratıcıyı sildiğinizi mi zannediyorsunuz? 'Bu dünyada yasayıp bir ot gibi nefes alıp, ölüp, başka da bir şey olmayacak' diyen tanrı tanımazların yolundan Karji'nin yoluna olanca hızınızla geçtiniz. Evrenin sınırları konusunda bile mutabık değilsiniz. Evrenin ne olduğunu anlamak yerine yaratıcıyı ortadan kaldıracak deliller aradınız yıllarca. Karji'yi bulduğunuzda, bilim bile onun emrine girdi çok kısa zamanda. Hani bilim sorgulayandı, hani bilim egosuzdu? Ne oldu ne değişti de bilim insanları zamanımızın peygamberleri oldular? Gizli madde bulundu mu? Karanlık enerjinin içerisinde zaman yolculuğu yapacaktık; ne oldu? Bizim yaratıcımız her şeyin yaratıcısıdır. Yolundan sapmış sevginin ne olduğumu bilmeyenler, ölümden sonraki yaşamın ne olduğunu ve nerede olduğunu açıklayan yaratıcıyı inkâr etmekle aklınızın kalbinizi yenmesine neden izin verdiniz? Milyarlarca köleden oluşan bir topluluk mu insanlık? Siz sanıyor musunuz ki sevginin sahibi, insan sabrı gibi bir sabra sahiptir? O ne bir insan gibidir ne de bir insan ötesindedir. İkisi gibidir; her şey odur, her şey ondandır. 'Kötülük neden var?' diyen oldu. Karji gelince bu sorular bile sorulmadı.

Dinler bizi kontrol etmek için birçok kötü insanın elinde bir oyuna büründüyse bunda yaratıcının suçu nedir? Biz oyuncak mıyız onun gözünde? Özgürlükten bahsedebilir miyiz; o halde ölümü yenebilir miyiz? Ama Karji gelince bu sorular da unutuldu, siz, 'Gördüğümüze inanırız' dediniz, sonunda bir duman gördünüz sadece. Et ve kemikler gidince insan neye dönüşüyor hiç düşündünüz mü? Enerjimiz bir duman şeklindedir, Karji de bu dumanların kötü olanıdır. Dünyalar yaratan yaratıcı, mantık sınırlarının dışında değerlendirilir. Felsefeleriniz sizin olsun; ölümü yenin öyle gelin karşımıza.

Biz gerçek inanan topluluğu oluşturup, yaratıcının istediği birlik ve bolluk içinde yaşamın anahtarını size sunuyoruz. Ne dünyadaki kaynaklar söylenen yalanlar gibi kısıtlı, ne de dünyadaki nüfus söylendiği gibi çok fazla. Çocuk yapmamak için evlenmiyorsunuz, evliliği boşanmanın bir başka adına evrilttiniz. Karji'niz bunu destekledi. Bu dünyada ve evrende olan her şey için yaratıcıyı suçlayanlar dahi oldu. Eğer yaratıcı sorsaydı size, 'Bir robot gibi yaratılmak ister miydin?' diye, ne derdiniz? Etrafınızdaki robotlara bakın; bunu kabul eder miydiniz?

İçimizde egolarımız ve bizi ele geçiren arzularımız var. Hep daha fazlası, daha fazlasını istiyorsunuz. Karji mabetlerinde iyi bir insan olmayı dileyen neredeyse yok gibidir, buna eminim. Ama onun yerine fabrika sahibi olmak isteyen yoksullar, ya da zenginliği tatmış sonraki hayatında başkan olmak isteyenler çoğunluktadır. Bizler, gerçek inananlar, sevginin yoluna inananlar, sadece iyiliği istiyoruz. 'Burada kötülük ve burada iyilik seçenekleri var' denirse, biz iyiliği seçen tarafta duruyoruz. Sonraki sonsuz hayatın içerisinde sizlerle iyilik içinde yaşamak istiyoruz. Bu dünyada tekrar tekrar doğmuş biri daha görünürse, biz bütün yaptıklarımızı bırakacağız. Biz, sizlerin karşısında olmayı bırakıp mabetlere geleceğiz ama gösteremezsiniz. Ölüp dirilen kimse bilinemez, nerede olduğu bilinemez. Ölüp geldiğini söylerse, bir daha *döngüsellik* içinde olamaz diye saçma sapan bir yasaya ve söyleve kapıldınız. Felsefeciler, bilim insanları, neden sustunuz, neden konuşmadınız? Akıllı olanlar neden sustunuz? Sonraki yaşamı ben ya da arkadaşlarım görmedi. Bilmiyoruz sonraki yaşamı ama anlatılanları anlamaya çalışıyoruz. Bize şu sözler iletiliyor; bütün insanlık bu sözleri anlamaya çalışın, bizim gibi: 'Allah'ı hakkıyla bilemediler, kıyamet gününde bütün yeryüzü O'nun tasarrufunda, gökler de elinde dürülü vaziyettedir.'

'Öyle bir günden sakının ki; (o gün) hiçbir nefis bir başkasının yerine geçmez, hiç kimseden şefaat kabul edilmez, hiç kimseden fidye alınmaz ve onlara yardım da edilmez.'

'Rabbimiz; bize dünyada da ahirette de iyilik ver ve bizi ateşin azabından koru.'

Her şeyin başlangıcının dünya dışında olduğunu kabul ediyor ama dünya içerisine geçince her şeyin burada sonlanacağını kabul ediyorsunuz. Bir ateş var dostlarım; o ateşe isyan edenleri ve kötülükte ısrar edenleri atacak yaratıcımız, süresini ancak kendisi bilir. Ben sadece bir uyarıcıyım. Karji'nin tesirinden sizleri kurtarmak için son fırsatı ileten kişiyim. Dostlarım da bu yolda yanımdalar. Tanrılar arasında bir savaşın seyircisi değil insanlık. Hayır dostlarım, yaratıcımız hepimizin yaratıcısı ve bir savaş halinde değil yarattıklarıyla. Sevgimizin enerjisi yüksek olursa onun enerjisi bizimle oluyor. Sevgimiz ve iyiliğimizin enerjisi alçalırsa o bizi ve kötülükle meşgul olanları bırakıyor, kontrol edip birer kuklaya dönüştürmüyor. Sizden, sorgulamadan inanmanızı istemiyorum. Ama isyan yolunda ısrar etmenizi de istemiyorum. Sizi zorlayamamam ama size gelecek azap ve sorgu gününden haber verebilirim. İyilik içinde olun. Karji'den kurtulun kardeşlerim, dostlarım Karji'den kurtulun. Biz Diyar kentindeyiz; madem Karji'niz güçlü, gelin ve bizi yok edin onunla. Biz kimseyi zorlamıyoruz, kimseye 'bu doğru' demiyoruz, sadece bir sevgi yolu gösteriyoruz.

O yolda yürümek de yürümemek de sizlerin elinde. Bizler başarısız olmaktan korkmuyoruz. Başarılı olduğumuzda kibirlenip, 'biz yaptık' demeyeceğiz. Sadece sorgu gününden önce, yaratıcının karşısına iyiliklerin hâkim olduğu yaratılmışlar olarak, cennetimize kavuşmayı arzuluyoruz. Eşit olmak, birlik olmak, kaynakların herkese dağıtılması ve kimsenin aç uyumaması için robotlardan farksız zihinlerinizi yenileyin. Çıkın dışarı, sevginin yolunda birer inanan olacağınızı haykırın. Gerçekleri sadece görmeyi öteleyebilirsiniz ama gerçekten asla kaçamazsınız."

İşaretiyle durdurdu kamerayı Orhun. Edel ve Matteo, artık ne diyeceklerini ve ne yapacaklarını bilmiyorlardı. Edel, "Şu âna kadarki en açıklayıcı, en sert, en güzel mesaj buydu" diye geçiriyordu içinden. Matteo ise donakalmış gibiydi. Edel, onu dürtüp, "Matteo, kamerayı kapat" demese yerinde öylece kalacaktı. Orhun, ayağa kalkıp bilgisayarı açtı. Kayıt cihazından görüntüyü yükledi ve "GÖNDER" tuşuna bastı.

"Şimdi, şehrin kurtuluşunu müjdelemek için gidiyoruz, dostlarım" dedi.

Sorgula

Sorgulamak, düşünenlerin tevazusudur.

Caled ve yanındaki başkanlar odasında ne yapacaklarını bilmez halde oldukları yerde donakalmışlardı. Caled'in yüzünün beyaz rengi, yanaklarından yayılan bir pembelikle kırmızı rengi hâkim kılmaya başlamıştı. Slim, Enki ve diğerleri ne diyeceklerini bilemez durumdaydılar. Nefeslerini tutmuş, Caled'in ağzından çıkacakları bekliyorlardı. Slim ter içinde boş gördüğü ilk koltuğa oturdu. Sayıklıyor gibi, "Olamaz" benzeri kelimeler çıkıyordu ağzından. Caled yumruklarını sıkıyordu. "Beni yalnız bırakın, odamdan hemen çıkın, ben söyleyene kadar da yanıma gelmeyin. Duman Dağı'na giden uçakları durdurun. Ben bir şey söyleyene dek öylece bekleyin kapı önünde. Gidin çabuk" diye olanca sesiyle bağırdı. Başkanlar, koşar adım odadan çıktılar. Caled yalnız kaldığında, "Tüm bunlar nasıl olabilir? Karji'miz bizi test mi ediyor? Neden yardımımıza gelmiyor? Biz neden başarısız oluyoruz? Karji'miz bizi terk mi etti? Yanına gitsem, gelir mi? Ona danışsam mı? Ne yapacağım? Karji'miz bana yardım et. Karji'miz bizden merhametini esirgeme. Bu kötülüğe karşı ben ne yapabilirim?" diye söyleniyordu.

Caled'in odasında kendi kendine söylediği sözler sürmekteyken, Orhun, Edel ve Matteo Boraklara binmiş, planın son aşaması için Komuta Merkezi'ne doğru süratle ilerlemekteydi. Komuta Merkezi'ne yaklaşan Borakların alçalışlarıyla, etraftaki askerlerin şaşkın ve korku dolu bakışları altında inişe geçtiler.

Onlar inişlerini sabahın ilk ışıklarıyla gerçekleştirmekteyken, dünya üzerinde uyanan, uyumamış ve uyumaya yeni giden milyarlarca insan şok geçirmiş, sanrılar görüyor gibi bir haldeydi. Duyan duymayana anlatıyor, görüntüleri kaydedenler, "Silinmeden izle bunu" diyordu. Normal bir gün gibi bir hava vardı dünyanın her yerinde ama insanların havası anormaldi. Kimse ne diyeceğini bilemiyor, en öfkeliler bile ne yapacağını şaşırmıştı. Saniyeler içerisinde, özellikle gençler, "Orhun haklı", "O haklı", "O bize hiçbir kötü şey söylemiyor, ayrıca kurtuluyorlar", "Bizim gücümüzün dışında bir güç var, onun bahsettiği bir güç", "Ben ona inanıyorum" vb. şeyler yazanlar korkularını yenip interneti ele geçirmek üzereydi. Karji'ye inananlar seslerini çıkaramıyordu. Neyle savunacaklardı kendilerini? Karji neden yok etmiyordu onları? Koskoca dünyanın bütün gücü, bir avuç insan karşısında çaresiz kalmıştı. Meydan okumuştu Orhun: "Diyar'dayız, gelin bütün güçlerinizle."

Birçok birlikte insanlar etraflarındaki robotlara aldırmadan, yüksek sesle, "Bize yalan söylediler, bizi kandırdılar, bizi köleleştirdiler; ölen ve dirilen biri var mı etrafımızda? Dünyada ölüp sonra dirilip yaşayan birisi *döngüsellik* içinde olduğunu iddia edebilir mi? İnandığımız, 'Bunu konuşursan *döngüsellik* dışında olursun' yasası, ne saçma bir yasaymış" vb. sözler yankılanıyordu. Dünyada sorgulama başlamıştı nihayet, uzun yıllar sonra ilk kez. Karji mabetlerindeki insan sayısı bir anda yarı yarıya düştü. İnsanlar, birlikler merkezinden ve kendi birliklerinin medya organlarından yapılacak açıklamaları bekliyordu. İşe gidenler, iş yerlerinde bulunanlar ve evlerine dönenlerin aklında sorular çoktu ama en çok sorulan soru, "Bize ne cevap verecek başkanlar?" olmuştu. En acı verici soruları ise, "Karji neden onları yok etmiyor?" sorusuydu. Bu sorunun cevabı bütün herkesin aklını kilitlemişti. Ruhsuz birer et yığını gibiydi insanların çoğu. Bekliyorlardı...

Orhun, Matteo ve Edel Boraklardan indikten sonra, askerlerin bakışlarını üzerlerinde toplayarak Komuta Merkezi'ne giriş yaptılar. Birkaç adım ilerlerinde Rabi, Volkov, Zadok ve Tai-Shan onları bekliyordu. Orhun, "Ne durumdayız?" diye sordu. Âdeta bir komutandı ve stratejisinin son aşamasında bütün her şeyi iki kez gözden geçiriyordu.

Hız hata yaptırır, biliyordu ama hızlı olmazsa yapılacak bir hatanın dahi olmayacağını biliyordu. Rabi büyük bir keyifle, "Robotlar artık enerji taraması yapamazlar; yükleme başarılı oldu. Eğer bizlere tehdit oluşturan bir durum olursa, bizleri savunmak için hazırlar" dedi.

Bir robot geldi, "Habercimiz, hoş geldiniz! Etrafta bir tehdit yok" dedi. Zadok güldü, "Kırk yıl düşünsem olmayacak şeyler oluyor ve bu en olağandışılarından biri" dedi. Nihayet onca stresin içerisinde, Orhun dahil herkeste bir tebessüm oluştu. "Peki kent yöneticileri ne durumda?" diye sordu Orhun. "Kentin başkanı direndi ama bir şey yapamadı; tutukladık onu. Yöneticilerden üçü, 'İnanan olmayı seçiyoruz' dedi. Ama ne olur ne olmaz kent yönetiminde bulunan bütün iletişim araçlarını yok ettik. Burada askerlerim ben ne dersem onu yapar, aslında birkaç fanatik dışında bir sorun çıkaracak birisi yok. O fanatikleri de maalesef istemeye istemeye tutukladık. Şehirde kontrollü bir sıkıyönetim ilan ettiğimizi duyurmaya başladık."

"Peki insanların tepkisi ne durumda?" diye sordu Orhun.

"Korkuyorlar, doğal olarak korkuyorlar, caddeler bomboş" dedi Volkov.

"Burada her şey kontrolümüz altında mı peki?" diye sordu Orhun.

"Evet" dedi Rabi.

"Hassina'nın arkadaşlarına ulaşabildiniz mi?"

"Üç robot görevlendirdim: Biri dört tanesine ulaşmış, onlar buraya doğru geliyor, diğerlerine de ulaşırlar kısa zamanda."

"Peki düşman ne durumda?"

"Bana bir sürü tehdit mesajları geldi. Ben de hattı ve telefonu kırdım attım. Komuta Merkezi'nin iletişim ağlarının ve robotlara müdahale edilecek sistemlerin şifrelerini değiştirdik. Şifreleri kırabilirler ama biz saklı gizli değiliz dimi artık" diye gözlerini iki kez kapatıp açarak sordu Rabi.

"Hayır, değiliz" dedi Orhun.

"Öyleyse şimdi ne yapıyoruz?" diye sordu Rabi.

"İnsanlara, sokaklara bir süre çıkmamalarını söyleyin. Hava saldırısı olursa kimsenin ölmesini istemeyiz. Onlara bu tehlikeden bahsedin. Artık kent yönetiminin tamamen bizde olduğunu, robotların enerji taraması yapmayacaklarını, sağlık sorunları yaşayanlar olursa hemen evlerinden alınacağını söyleyin herkese. Yiyecek ve içecek ihtiyaçlarının karşılanması için robotların evlerine ihtiyaçlarını götüreceğini ve buna karşılık hiçbir ücret alınmayacağını da söyleyin. Sokağa çok kısa zamanda çıkıp, yakında hayatın normal akışı içerisinde olacaklarını da iletin. İnanan olmayı seçenlerin, bir üstünlük içerisine girmeden sadece yaratıcıya inandığını ve birlik olup ferah içerisinde yaşamak için inanan olduklarını unutmamaları gerektiğini de söyleyin."

"Keşke yazsaydık" dedi Volkov.

Yine herkes güldü.

"Ben hafızama güvenirim; aklımda tuttum haberci" dedi gülüşü devam eden Rabi.

Rabi'nin askerlerinden üçü yanındaydı ve Orhun'a hayranlıkla bakıyorlardı.

"Yani eğer inanan olmazsa bir kimse, onlara ceza olmayacak mı?" diye sordu bir asker dayanamayarak.

Rabi, "Asker, sen ne diyorsun?" diye bağırdı, sağ ayağını yere sertçe vurarak.

Orhun, "Sakin ol Rabi" dedi ve askerin yanına yaklaştı.

"Delikanlı, bu dünyada kimse inançlarından ötürü yargılanmasın diye çıktık bu yola. Biz sadece iblisin yolunda olanların karşısındayız, hayatını normal yaşayan sıradan insanların uyuşturulmuş zihinlerini cezayla uyandıramayız. Sabırla anlatarak ve sevgiyi göstererek olacak her şey. Sen dahil bize silah doğrultursanız karşılık veririz ama fikirlerinizi söylemek isterseniz de sizi dinleyen oluruz."

Asker, Orhun'un baba gibi tatlı sert tavrına ve söylediklerine kapılmıştı. Rabi'nin bakışlarını bile umursamıyordu. "Siz bize umut oluyorsunuz" diyebildi asker. "Siz de bize" dedi Orhun. "Ve şimdi şu yola çıkmış orduyu nasıl durduracağımız üzerinde konuşalım" dedi ardından.

Rabi, "Yukarıya, benim odama çıkalım o halde" dedi ve hep birlikte asansöre bindiler.

Onlar asansörde yukarı çıkmaktayken, inişe geçmiş cesaretleriyle başkanlar kapının önünde dakikalardır Caled'i beklemekteydi. Caled, nihayet sekreterine talimat verdi: "İçeri al onları."

Başkanlar önlerini iliklediler.

Caled, elleri cebinde karşıladı onları, başını sağa sola oynattı. "Artık aynı şeyleri yaşamaktan ve duymaktan sıkıldım. İnsanların dünyada ne dediğini görüyorum, duyuyorum ve okuyorum: Karji'ye gidemeyiz. Karji'miz bize bıraktı kontrolü.

Tamamen başarısız olursak bizi mahvedeceğini biliyoruz. Ama korkumuz sevgimizin arkasında olmalı. Ona sevgimizi göstermeliyiz. Uçaklar gitmesin bir süre ve Ras Birliği'nden çıkan ordu bir süre beklesin. Geri dönsünler. Diyar'da kontrolü tamamen ele geçirmişler başkanım" dedi Slim. "Sanıyorum Rabi de onlara katılmış, robotların kontrolü de onların elinde artık. Şifreleri kırmaya çalışıyoruz gerçi ama şu an Diyar'da kontrol bizde değil."

"Ya, öyle mi?" dedi Caled, imalı bakışlarını bütün başkanlara yönelterek.

"Maalesef doğru, sayın başkan. Asker böyledir zaten, güç kimdeyse onun yanında olur; yakında hepsini yargılayacağız zaten. Diyar küçük bir kent. Şimdi bütün generalleri toplayın ve bir saat içerisinde bana kapsamlı bir kuşatma planı getirin" dedi Enki.

"Size söyleyeceğim önemli bir planı hayata geçirmek için de şu 5.1'lerden Muşael ve Badu da olanlardan birer tane belirleyin ve onlara söyleyeceğim emri yükleyin. Ha, unutmadan, o seçilenleri Muşael ve Badu'daki komuta merkezlerine yöneltin ve komutanlara kesin talimat verin: Söylenecek emir için 5.1'leri koruma altına alsınlar. Sanırım Diyar da bulunanlara ulaşabiliyoruz değil mi, Slim?" diye sordu, sakinlikle konuşmaya devam eden Caled.

Slim, "Evet sayın başkanım, onların göze batmamaları için bir yere gizlenmelerini söyledim Bay Shup'a. O da 'Az önce gizlendiler' diye bilgi geçti bana."

"Peki o halde; gidin kuşatma planınızı getirin. Ayrıca basın ve medya da bu olayı bir süre görmezden gelsin, normal devam etsin her şey. Enerji taramasında bulunan devriyede bulunan robotların ve polislerin sayısını iki katına çıkarın. Söylememe gerek yok herhalde, bu hainin son mesajını da her yerden silin. İnternet ortamında şu sözü de yayın ama bizden çıkmasın. 'Duman Dağı'nda binden fazla askeri öldürdüler.'"

"Ama efendim" diyebildi Enki ve Manitu. Ve fakat Caled'in sert bakışları altında sustular.

On dakika kadar bir zaman içerisinde başkanlar acil toplantı gündemiyle Merkezi Birlik'te ve yedi birlikte bulunan generallerle görüntülü ve sesli konuşmalar yapmaya başladılar. Kuşatma planı üzerinde çalışmaya koyuldular çok geçmeden.

Orhun, Rabi'yi dikkatle dinliyordu. Rabi, "Hava sahamızda bir hareketlilik gözükmüyor, sınırlarımızın dışından da buraya gelen birileri yok; ya vazgeçtiler ya da başka bir plan yapıyorlar" dedi bütün kameralara baktığını belirterek. Volkov, "Bu demektir ki daha detaylı düşünmemiz gerekiyor" dedi. "Şu an kaç askerimiz var?" diye sordu Rabi'ye.

"İnsan mı robot mu?" diye cevapladı Rabi.

"Her ikisi de" dedi Volkov, omuzlarını oynatarak.

"Robot 58 taneydi ama 12'si işlevsiz kaldı. Fabrikalar bölgesinde bulunanları buraya çağırdım, gelmek üzereler. İşe yarar 46 robotumuz var. İnsan askerlerimiz 1200 kişi civarı ama hepsi yanımızda savaşır mı bilmiyorum. Komuta Merkezi'nde robotların onların aleyhine döndüğünün farkındalar. Kaçıp saklanmak isteyen olur mu, bilmiyorum. Emre itaatsizlik yapan olur mu, onu da bilmiyorum. İnsan askerler konusunda kafam karmakarışık" dedi saçlarını geriye doğru elleriyle tarayarak Rabi.

"Eğer bir şey yapacak olsalardı çoktan yaparlardı. Sen de bilirsin ki bir asker emre itaatsizliği en büyük kötülük sayar. Onlar senin emrinden çıkmazlar ve onlara da özgürlük vereceğimizi biliyorlar. Bilmeyen olursa, biz de gerekeni yaparız" dedi Volkov. Orhun, inananların yanına gidip, "Genç ve olgun erkeklerimizi yanımıza almamız lazım. Rabi'nin dediklerinde bir haklılık payı var; yanımızda güveneceğimiz askerler ve insanlar olması daha iyi olur" dedi.

Volkov, "Edel ve Matteo, sizler gidin ve Abdullah'a bunu iletin. Rabi, oraya gidecek araçlar ayarlaman lazım" dedi.

"Robotlar yerine Volkov ve Edel, siz kullanın araçları."

"Peki kaç kişi getirelim, haberci?" diye sordu Volkov.

"Yüz, belki iki yüz kadar kişi olsa şimdilik yeterli olur. Yaşlılardan gelmek isteyen olursa, ayakta durabilecek olanları da yanınıza alın. Kadınlara yakında gerçek bir eve kavuşacaklarını söyleyin. Şehrin kontrolünü ele aldığımızı da söyleyin ki herkes rahatlasın ve korkarak gelmesinler buraya."

"Derhal gidiyoruz o zaman" dedi Edel.

Rabi onlarla indi. Arkasına, toplamda iki yüz kadar insanın sığabileceği kamyonları onlara teslim etti.

Tai-Shan, Zadok ve Orhun, Rabi'nin odasında baş başa kaldılar. Zadok, "Şimdi artık açık bir savaşa hazırlanıyoruz sanırım, habercimiz. İnternette dolaşan bir sürü insan, taraftarımız olmuş durumda ama hâlâ belirgin bir şekilde insanlar çoğunlukla Karji'nin yanındalar" dedi.

"Zaman bizim lehimize işliyor Zadok. Zaman bizimle, yaratıcı bizimle ve biz amacımıza ulaşırken sabır en büyük dostumuz olacak. Bunu daha önce de demiştim sizlere" dedi Orhun, gözlerini üçüne birden çevirerek.

Tai-Shan, "Birkaç hafta öncesine kadar bir kişi yoktu yanımızda, şimdi binler on binlere dönüşmek üzere. Yakında tüm dünyaya sevgiyi yayacağız, barışı getirip yoksulluğu bitireceğiz. Dünyanın son şansını iyilik için kullanacağız. Kendi hırslarının kurbanı olmuşlara erdemi hatırlatacağız. İnsanca yaşamının erdemini sunacağız bütün dünyaya. Bugün bir kişi bile sesini çıkarabiliyorsa bizim için, yolumuz doğru istikamettedir" dedi.

Zadok, "Haklısın" diyebildi sadece.

"Ne güzel sözler söyledin, ne güzel konuştun; umarım her şey senin söylediğin gibi olur. Artık içimde bir korku taşımıyorum ve inanan olmanın ne demek olduğunu her geçen saniye daha iyi anlıyorum" dedi Matteo, mahcup bir şekilde.

"Neymiş?" diye sordu Zadok

"İnanan olmak mı dostum?"

"Evet."

"Kendinden başka insanların da iyi yaşamasına yardımcı olmak."

"İşte bu amacımızın özeti" dedi Orhun, ayağa kalkarak. Tam o anda Rabi içeri girdi; soluğunu yavaşlatıp, "Gittiler, birkaç saate burada olurlar. Şehirde sıkıyönetim olduğunu duyurmaya başladık. Ama televizyon, internet ve radyolardaki yayınları kontrol altına almayı da düşünüyorum" dedi. Orhun, şiddetle, "Hayır, bu olmaz; biz diktatör değiliz; kimseye dayatma olmayacak" dedik. "Zaten kontrolümüzde şehir, insanlar zaten korkuyor, bizi kafalarında diktatör diye mi kodlasınlar istiyorsun Rabi" dedi.

"Hiç böyle düşünmemiştim; şey, eski alışkanlıklar işte habercimiz, kusuruma bakmayın" dedi Rabi utana sıkıla.

Devam etti Orhun, nutuk çeker gibi başını yukarı kaldırarak: "Sadece şunu anlamanı istiyorum Rabi: Biz insanları kontrol etmeye gelmedik, biz insanları kontrol edilen prangalarından kurtarmaya geldik. İsteyen her şeyi özgürce ifade etsin. Şehir çıkışlarını çıkmak isteyenlere açık tutun, girişlerse bir süre daha kapalı olsun. Biz serbest bırakıyoruz insanları. *Ya bizimlesiniz ya da karşımızda* diye bir felsefemiz yok."

"Anlaşıldı" diyebildi Rabi. "Ben hemen bu dediklerinizi iletmeleri ve duyurmaları için askerlerime talimatlar geçmek üzere çıkıyorum. Gözleri yere baka baka odadan çıkmak üzereyken Rabi, Orhun durdurdu onu, "Bir saniye" dedi. Tam kapının orada durdu Rabi, Orhun ona yaklaştı iyice. "Rabi, dostum, ben sana emir vermiyorum, senin kalbinde küçük kırıntıları kalmış iblisin hakimiyetini kırıyorum sadece. Sevgiyle bakmaya çalış ve karşıt düşünceleri sevgiyle dönüştürürken zorluk kullanmamanı istiyorum senden sadece."

Sarıldı Orhun'a Rabi, çok mutlu oldu o anda. "Habercimiz, teşekkür ederim, bu sözleriniz beni çok mutlu ediyor" derken gözleri doluydu.

Caled'in odasına giriş izni isteyen başkanlar, o izni alır almaz kapıda belirdiler. "Masaya oturalım ve bana planı anlatın" dedi Caled. Başkanların yedisi birden oturdular masaya. Caled de oturduğunda Slim planı anlatmaya başladı.

Gece, Özgürlük, Bomba

İnsanı korku yönetir sanırsın;
hakikatte cesaret sevgiyle kucaklaşır ve seni özgür bırakır.

Slim, komutanın kendine verilmesinin neticesi olarak, hazırladıkları planı sunmak için hazırdı ama ona bir soran olsa, "Sen bunu anlatmak ister misin? Komutanın hâlâ sende olmasını ister misin?" diye bir soran olsa, tereddüt etmeden hemen "Hayır" cevabını verirdi. İşlerin sarpa sarması, üst üste gelen çaresizlik anları ve beceriksizliklerle dolu günler neticesinde tükenmiş hissediyordu, korkuyordu, her an görevden alınabilirdi, daha da kötüsü *döngüsellik* dışında kalması sağlanabilirdi. Bu en son isteyeceği şeydi. O sebeple, plan yapılırken her ayrıntının üç kez üzerinden geçti, tıpkı uçağın kalkış izni için son kontrolleri yapan görevliler gibi. Slim, "Ama bu kez düşmek yok artık, düşmeyeceğim, bu son şansım biliyorum ve bunu en iyi şekilde yerine getireceğim" sözleriyle adımlamıştı odadan masaya doğru. Caled, "Evet, seni dinliyorum, Slim" dediği anda Slim planı anlatmaya başladı: "Sebebini henüz bilmediğimiz ama uçaklardan yani Ekni'de düşen uçaklarımızın kara kutularından gelen bilgilerin ışığında mekanik bir arıza olduğunu tespit ettiğimiz ama hâlâ tam emin olmadığımız bir durum tespiti sonrasında, öncelikli olarak helikopterlerden oluşan hava kuvveti saldırılara takviye olarak planlandı, sayın başkan. Hem uçaklarla bombalamak, şehirde yaşayan halkımızı da öldürebileceği için, hava bombalamasını sizin de onayınız olursa planlarımız arasına almadık ama helikopterler ve balonlarla nokta atışı tespitlerde bulunup bombalayacağız. Bu nokta atışı tespitleri ise içeride Diyar'da bulunan, gizlenen ve henüz kimlikleri açığa çıkmamış 5.1'lerin verecekleri bilgilerin ışığında yapacağız. Kara birlikleri için, yedi birliğimizden biner adet elit askerler seçildi ve toplam yedi bin kişilik bir kara gücü yola çıkmak için hazırlanıyor. Saldırı gücü için öncü birlik olarak kullanılmak üzere iki yüz kırk adet robot askerse tam teçhizatlı bir şekilde tuşlarına basılmayı bekliyorlar. Bütün birliklerden üç saat içinde uçaklar kalkacaklar. Hava indirme yaparak, önce üç bin asker şehrin giriş çıkış yollarını kapatacak. Daha sonra dört bin kişilik saldırı birliği indirilecek. Diyar'a en yakın kent olan Badu kentine robotlar indirilip, kara yoluyla Diyar'ın sınırlarına ulaşacaklar. 5.1'lerden gelen bilgiler ile önce balonlar, ardından helikopterlerdeki keskin nişancılar, şehir üzerinde tespit edilen noktalara saldıracaklar. Sivil kaybın minimumda tutulması için tespit edilen noktalara daha çok balonlarla saldırmayı önceliğimizde tutuyoruz. O alçakları şehirde kıskaca alıp, tutuklayabildiklerimizi tutuklayacağız. Karşılık verirlerse tutuklanma olmayacak, sayın başkanım. Diyar kentindeki insanlara da saldırı olacağını, evlerinden dışarı çıkmamalarını ve bu alçakların bulundukları yeri bize bildirmelerini isteyeceğiz. Az sonra bütün haber kanalları ve internet sitelerinde bu bilgi dolaşıma sokulacak. Zaten Ekni'dekilerle birlikte, bin kişiden fazla oldukları için bulunmaları zor olmayacak. Biz, operasyonun bitiş süresini yirmi dört saat olarak ön gördük. Yirmi dört saat sonunda tutuklanmalarını ve ölümlerini izletmiş olacağız size ve bütün insanlarımıza."

Slim, alnından düşen birkaç damla teri eliyle sildi. Caled, hiç araya girmeden, Slim'i kesmeden sakince planı dinlemişti.

Sessizlik tekrar hakimdi masada. Caled'in onay vermesiyle herkes ayağa kalkıp görev yerlerine gitmeyi bekliyordu. Çünkü hazırladıkları planın ufak tefek pürüzlerini dahi en ince ayrıntısına kadar düşünmüşlerdi. Konusunda en uzman askerî strateji uzmanından da yardım alınmıştı ama o gerekli görülmeyen ayrıntıları Slim sunma gereği duymamıştı. "Kısa ve öz bir sunum yapmak idealdir" demişti toplantı bitiminde etrafındakilere. "Başkanımız, uzun cümleleri ve uzatılmış içerikleri sevmez" diye de bitirip, "Hadi gidiyoruz" demişti. Caled, sessizliğini merak uyandırıcı şu cümleyle bozdu: "Benim buna bir ek planım daha var."

Herkes, "Nedir o?" diyecek oldu ama sustular ve Slim'in sormasını beklediler. Slim, onların bu tavrını anlayarak, "Nedir o, sayın başkanım?" diye sorduğunda herkes derin bir oh çekti.

Caled, "Hayır, kuşatma ve saldırı planıyla ilgili değil söyleyeceğim plan. Ben tamamen sarsıcı ve onların zihinlerde oluşturdukları imajlarını yerle bir edecek bir plan tasarladım. Bir daha böyle kötü enerjili insanlar olmasın diye planım üzerinde tüm etik ve ahlaki sorgulamaları yaptım. Kanaat getirdiğim husus şu oldu: Dünyanın yürüyen sistemi için kaybedilenler ve yitirilenlerin, resmin büyüğüne katkısı daha yüksek olur. Daha da meraklanmıştı masadaki başkanlar.

Caled, onların gözlerindeki artan merakı okuyordu. Yedi dakika boyunca planını anlattı Caled. Konuşmanın süresini Slim'in telefonuna baktığında görmüştü Enki. Dehşete düşmüşlerdi ama mantıklı yanı çok fazlaydı planın. Caled'e, "Sizin dediğiniz gibi bunu yaptığımız anda, hem halkımıza gerçekten terörist olduklarını göstermiş olacağız hem de onlara inandığını söyleyenlerin hepsini tekrar döndüreceğiz. Bir daha dünyada bu tip teröristler bulunmaması için sistemimize, Karji'mize daha sıkı sarılıp, *döngüsellik* içinde en üst basamakta olmak için tam itaat ve bağlılık oluşturulmuş olacak" dedi Enki. Başkanlar,

Enki'nin sözleriyle bütün sorgulamalarından kurtulmuştu. "Duygularımızın mantığımızın önüne geçmesi, bize zarardan başka bir şey vermez. Planınınız uygulanacaktır" dedi Enki. Ardından Slim, onunla birlikte Minthra ve diğerleri, "Anlaşılmıştır, sayın başkanımız" dediler.

"Önce benim planımı hayata geçirin, hemen ardından 'Kuşatma ve saldırı başladı' diye haber geçin. Şimdilik o söylediğiniz az sonra duyurulacak haberleri, ilk plan gerçekleştikten sonra uygulayın. İnsanlar şu anda bizim sessizce plan yaptığımızı düşünmeye devam etsinler. Bırakalım içimizde, dünyada bulunan hainlerin sayısını da bize göstersin zaman. Kontrollü bir serbestlik oluşturun bütün internet âleminde. İnsanlar, bırakalım birkaç saat daha konuşsunlar, kimseyi sorguya çekmeyin ve tutuklamayın. Sadece planladığımız ilk şey gerçekleştirildikten sonra, kopacak fırtınayı izleyin" dedi Caled. Ayağa kalktı, herkes onunla birlikte ayağa kalktı. Slim, "Ben yalnız gideyim Bay Shup'un yanına, siz gelmeseniz daha iyi olur. Sizler birliklerin son adımlarını kontrol edin" dedi.

Yalnız kalan Caled, odasında bir puro yakmış, penceresinden dışarıya bakıyor, gözlerini bulutlara dikerek, şu cümleyi söylüyordu: "Karji'miz, sabaha varmadan gün, sana hizmetimizin ne denli yüce olduğunu göreceksin."

Diyar'da ise hastanelerdeki görevli robotlar ve insanlara yardım etmeyi her türlü inanışın üstünde tutan insan doktorlar harici, dışarıda bulunduğu gözlemlenen herhangi bir insan yoktu. Sokakları ve caddeleri gezen askerî araçlardan yankılanan "Sokağa çıkmayın" sözlerinin dehşetli yankılanışlarıyla korku içinde beklemekteydi insanlar evlerinde.

Orhun, Edel'in, "Çıktık, geliyoruz, üç yüz doksan yedi kişi kadar inanan erkek gücümüzle" akıldan akla gelen sözlerini dinledi. Volkov, "Oraya gelir gelmez Rabi onlara silah kullanmayı hızlıca öğretirse iyi olur" dedi. Orhun gözlerini kapatmış, Edel'e "Tamam" diyordu ama tamam sözcüğünün bitiminde, sanki olacakları görmek ve gelecekten bilgi almak isteyen bir öngörü içerisine girmek istiyordu. Öngörü ise, Rika birliğinde bir bilim insanının ortaya attığı bir düşünce biçimiydi. "Yeterince yoğunlaşır ve gözlerinizi kapatırsanız, size gelecekten bilgi almanızı sağlayacak küçük görüntüler sunulabilir, tabii Karji'miz de buna izin verirse" diyerek savını noktalamıştı. Orhun, Karji'den değil, yaratıcıdan bu bilginin ona görüntü şeklinde verilmesini istiyordu. Kitaba dokunmak için sabırsızlanıyordu. Sonraki sayfayı açması gerekiyordu artık ama olayların hızına o kadar kaptırmıştı ki kendini, sayfaya dokunması gerektiğini unutmuştu bir süreliğine.

Gözlerini açtığında, "Benim yalnız kalacak bir yere ihtiyacım var" dedi Rabi'ye bakarak. Rabi, "İsterseniz biz çıkalım, sizi başka bir odaya almak yerine bizim çıkmamız daha doğru olur sanki" dedi. Zadok da onu onaylar bir biçimde, "Evet, biz çıkalım" dedi. "Kapı önünde mi bekleyelim, ne kadar süre yalnız kalmak istiyorsunuz, habercimiz?" diye sordu Tai-Shan. "Çok uzun değil, evet, kapı önünde bekleseniz daha iyi olur" dedi Orhun. Hepsi birden odadan çıktılar. Orhun, yalnız kalır kalmaz ayağa kalktı, çantasından altın kitabı çıkardı ve son açılan sayfaya dokundu. "Sevginin sahibi olan yaratıcının izniyle açılsın sonraki sayfa" dedi. Etrafta altın renkli bir ışık huzmesi belirdikten sonra, sayfa bağlarından kurtuldu. Orhun sayfayı çevirdi. Kalem mürekkebini sayfaya akıtıp harfler, kelimeler ve cümleler oluşturmaya başladı.

Tai-Shan, Zadok ve Rabi merakla beklemekteydi kapı önünde.

Slim ise o sıralarda, Shup'un yanına ulaşmıştı. Bay Shup, "Odanızda baş başa konuşmamız lazım" dedi. "Ben de tam size gelmek üzere çıkacaktım, siz geldiniz, sayın Başkan Slim" dedi

Shup. "Söyleyeceklerini tut içinde, dediğim gibi; hadi odana gidelim" dedi Slim. Shup, "Peki" diyerek birkaç dakikalık yürüme mesafesindeki masasında dağılmış evrakların bol olduğu odasına girdi. Slim, içeriye girer girmez kapıyı kapadı. "Şimdi söyleyeceklerimi dikkatli dinleyin Bay Shup, keza sizi biraz da olsa tanıyorsam, bana hemen etik duruştan ve bir sürü duygudan söz edip, bilimin yolu bu değil diyeceksiniz. En baştan söyleyeyim, sizden nutuk dinlemeye gelmedim. Konuşmamım sonunda, başkanınız olduğumu, sayın Başkan Caled'in liderimiz, Karji'mizin de Tanrı olduğunu unutmayın. Bütün söyleyeceklerimin bu silsile yolundan izinler alınarak size iletildiğini söylememe ve hatırlatmama gerek olmadan, sadece söylenen planı uygulayın. Beni, sizi görevinizden almak zorunda bırakmayın."

Shup, Slim'in söyledikleri karşısında, oturduğu sandalyesine iyice gömülmüş, boynu omuzlarının arasına geçmiş haldeydi. Slim, başını sallayan Shup'a "Güzel" diyerek planı anlatmaya başladı. Arada bir etrafa bakınıyor, bir dinleyen duyan olmasın diye de oda kapalı olmasına rağmen kısık sesli konuşmaya çalışıyordu. Shup, duyduğu her kelimede irkiliyor, korkuyor ve çığlıklar atarak hayır dememek için kendini zor tutuyordu. Slim, "Planımız bu ve bunu hemen uygulamaya koymanız lazım. Hemen derken kastım şimdi oluyor, Bay Shup" dedi. Shup haykırarak, "Bu çılgın planın parçası olmak istemiyorum" demek istiyordu ama Slim onu açık bir şekilde tehdit etmiş ve o olmasa bile planın uygulanacağını anlamıştı. Bu yüzden ya evet diyecekti ve her şey normal seyrinde devam edecekti ya da hayır diyecekti. Ancak hayır dedikten sonra muhtemel her acıya ve yok oluşuna katlanmak zorunda olacaktı. "Sayın başkan, plan uygulanacak" diyebildi sadece Shup. Ayağa kalktı Slim, "Şimdi bunu hiç kimseye belli etmeden, kendi bilgisayarınızdan yapın ve 5.1'lere bu talimatı geçin. İki kentte bulunan komuta merkezlerindeki komutanlar, bizden gelen talimatla onlara gerekli olan her şeyi yükleyecekler" dedi. Shup başını yine salladı, dudaklarını da dişleri arasına almış vaziyette birkaç saniye donuk şekilde baktı. Slim odadan çıktı. Shup bilgisayarının karşısına oturdu. "İnanamıyorum, şu anda yapmaya çalıştığım şeye inanamıyorum" diyerek 5.1'lerin dört tanesine istenilen planın ayrıntılarını yüklemeye başladı. Slim, Muşael ve Badu kentindeki Komuta Merkezi komutanlarını arayarak onlara, çok önemli dört özel görevli askerin geleceğini ve söylediği düzeneğin üzerlerine kimseye gösterilmeden yerleştirilmesini emretti. Komutanlar, tüm komutanın Slim'de olduğunun kendilerine iletilmiş ve şu anda birliklerin genel komutanının Slim olmasının bilgisini almış olduklarından, kendi birliklerinin generallerini aramayı akıllarının ucuna getirmediler.

5.1'ler, Muşael ve Badu'daki birliklere büyük bir gizlilik içerisinde ulaştırıldı. Komutanlar, "Merkezi Birlik'ten gelecek birlik danışmanları gelir gelmez karşılayın ve kimsenin onları görmesine izin vermeden yanıma getirin" diyerek kapıdaki nöbetçilerine kesin talimat verdiler. Badu ve Muşael'deki komuta merkezlerine ulaşan ikişer 5.1 robotu, komutanların odalarında, onlara yüklenen talimatın uygulanmasını bekliyorlardı. Komutanlar zaman kaybetmeden, silah ve mühimmat odalarına giderek 5.1'lere gereken teçhizatı yüklediler. Otuz dakika içinde de yine büyük bir gizlilik içerisinde 5.1'lerden ikisi Muşael ve diğer ikisi Badu kentlerinde gezinmeye başladı. Shup'un, "Hedefler bunlar" dediği yerlere doğru adımlamaya başladılar. Dikkat çekmeden o hedeflere girmek için kentlerde bulunan özgür gece barlarını arayıp buldular. Shup lanetler yağdırıyordu, etrafı parçalamak ve yok etmek istiyordu. "Bununla yaşayamam ben, ne yaptım böyle" diyordu. Dikkat çekmemek için de oldukça sessiz haykırışlarda bulunuyordu. "Yo yo, buna dayanamam" diyerek ekrana bir süre baktı, gözü hafıza kartına ilişti. Bir süre düşündü. Bir müddet daha masasında oyalandı. Daha sonra, "Ben bir insanım" dedi kendi kendine. Birkaç dakika sonra da odasından dışarı çıktı. Arkasına ve etrafına bakınıyor, az önce kafasında beliren düşüncenin artılarını ve eksilerini düşünüyordu. "Ben bir bilim insanıyım, beni ne hale dönüştürdüler" diyordu içten içe. Dış kapıya geldiğinde bir sigara istedi güvenlik memurundan, aldı ve yaktı. Derin derin içine çekti dumanı. Birisi kendisini takip ediyor korkusuyla her yöne bakındı. Durdu ve sustu. İçini de susturdu nihayet. Asansöre yöneldi, cebindeki anahtarı çevirdi. Otoparka geldiğinde aracına bindi. Aynayı kontrol edip tekrar etrafına bakındı. Aracını çalıştırdı ve birlikler merkezinin binasından yavaş bir hızda çıktı. Caddeye geldiğinde telefonuna bakıyor, arabaya biner binmez açtığı küçük ekranından canlı haberleri dinliyor ve izliyordu. "Olacak olan, artık bizi insanlıktan çıkarıyor. Ben bir insanım" diye bir haykırışta bulundu, iyice uzaklaştığına kanaat getirir getirmez. Direksiyona avuç içleriyle vurdu. 5.1'ler ise özgür gece barlarının içine normal bir insan gibi girmiş, etrafta salınarak dans eden onca insanın arasına karışmıştı. Çoğunluğu yirmili yaşlarında olan gençler, yüksek sesli müzik eşliğinde dans ediyor ve birbirlerine bakarak göz kırpıyordu. İçkilerini yudumluyor ve coşuyorlardı. Muşael'deki özgür gece barında olan iki tane 5.1'lerse barın tam ortasında durdular. Ayakta öylece duruyor, onlara çarpan ve dans eden yüze yakın insanı seyrediyorlardı. Badu'da bulunan iki 5.1'den biri barın içki servisi alanında durarak insanları gözlemliyor, diğeri de içeride bulunan insan sayısını hesaplamaya çalışıyordu. Altmış dört sayısı gözlerinde beliriyordu ama "Altmış beş" diye ekliyordu hemen saymaya devam ederek. Aynı anda Muşael ve Badu'da bulunan iki özgür gece barında bulunan dört 5.1 ceketlerinin içindeki düzeneğin mavi tuşuna bastı.

Onların tuşa basmasıyla etrafta öylesine bir patlama oluştu ki, barın yakınında bulunan araçlar dahi paramparça oldu. İçeride kopmuş bacaklar, eller ve yerlere saçılmış insan başlarıyla iki bar âdeta kan gölüne dönmüştü. Öylesine şiddetli olmuştu ki patlama, sesi iki sokak öteden dahi duyulmuş, insanlar "Ne oluyor?" diyerek uzun zamandır duymadıkları bu sesin kaynağını araştırmaya koyulmuşlardı. Barların etrafındaysa insanlar bağrışıyor, "Patlama oldu, patlama oldu, kaçın" diye birbirlerini barın etrafından toza bulanmış halde uzaklaştırıyordu. Dört dakika içerisinde, gerçek adları gizlenmiş birçok internet âlemi gölgesi, sitelerde patlamanın görüntülerini paylaşmaya başlamıştı. Bara yaklaşan insanlar acil çağrı merkezini arıyor, bir yandan da görüntüleri çekip yüklüyorlardı. On dakikanın sonunda, "Son Dakika Haberi" diye başlıklar atarak bütün dünyadaki televizyon kanalları ve internet siteleri, "Ras Birliği kentlerinden Muşael ve Badu'daki özgür gece barlarında patlama oldu. Detaylar birazdan" diyerek haberleri vermeye başlamıştı. Bütün başkanlar, Caled'in odasında haberleri takip ediyor, patlama bölgesini inceliyorlardı.

İki barın bulunduğu sokak, hemen güvenlik güçlerince kapatıldı. Giriş çıkışlar ikinci bir emre kadar yasaklandı. Ambulanslar, polisler ve robotlar her yerdeydi. Sokak onlarla dolmuştu. Caled, "Sayı belli oldu mu?" diye sordu. "Şimdilik belli değil ama kameralardan içeri giren insanların sayısını inceleyen ekibimiz, iki barda toplam yüz yetmiş kişiden fazla insan olduğunu belirttiler" dedi Slim. "Beklediğimden de çok; o halde hemen şimdi ne yapacağını biliyorsun Slim" dedi Caled. Evet sayın başkanım, müsaadenizle ben çıkıyorum" diyerek odadan çıktı Slim. Basın bildiri odasına girdi ve konuşmayı yaptı. Yaklaşık on dakika içerisinde, onun konuşması bütün dünyada gösteriliyor ve dinletiliyordu. Slim, sert bir bakış sergilemek için mimiklerini birkaç kez kontrol ederek şöyle konuştu:

"Karji'nin insanları, evrenin yaratıcısının kulları, size bu haberi ilk ağızdan söylemek istedik. Muşael ve Badu kentleri Orhun ve arkadaşlarının saldırısına uğradı. İki bara intihar saldırısı düzenlendiğini üzülerek öğrenmiş bulunmaktayız. Şu âna kadar barlarda bulunan yüz yetmişe yakın insanımızın olduğunu öğrendik, ne yazık ki çoğunun öldüğünü sizlere belirtmek istiyorum. Ölenlerin ve yaralıların tam sayısı belirlendiği an sizlere söyleyeceğiz. Karji'miz bu saldırıyı düzenleyenlere en ağır cezayı verecektir. Kontrol ondadır, onun haberi olmadan bir şey olmaz bu dünyada. Ama şunu unutmayın: Karji'miz evrenin yaratıcısıdır. O bu dünyada yaşam şansı verdiklerini kötülük yaptıklarında, öldükten sonra cezalandırıyor biliyorsunuz. Biz huzur içerisinde yaşarken bu teröristler çıktılar ortaya. Yalanlarıyla zihinlerinizi karıştırıp kaçtılar. Diyar'da sıkıştırdık onları ama onların tarafında olan birkaç terörist, böylesine hain bir saldırıyı düzenledi. Bulgularımız ve bize ulaşan bilgiler ışığında söylemeliyim ki, hiç şüphesiz bu Orhun ve yanındakilerin, ona inanan kötü enerjili teröristlerin işi. Biz şimdi Diyar'a gideceğiz, onları Ekni 'den kaçan kaç kişi varsa onlarla beraber yok edeceğiz. Karji'miz var olsun ve döngüselliği kutlu olsun!" Onun bu sözlerini dinleyen, duyan dünyadaki bütün insanlar, Orhun'a inanmayı seçen, sessizliğini bozmaya karar verip sağda solda konuşmaya başlayan, "Ben de bir inananım" diyen insanlar dahi büyük bir öfkeye kapıldılar. İnsanlar her yerde, "Bulundukları her alanda bu terörist saldırıyı yapanları artık tamamen yok etmemiz lazım" diye öfke ile bağrışmaya başladılar. "Hepimizi kandırmaya çalıştılar onlar ama birer katillermiş" diyen kabalıklar, "Sokaklarda teröristleri yok edin, bir daha kaçmalarına izin vermeyin" diyenler sokaklarda öfke nöbeti geçiriyordu. "Beni de Diyar'a götürün" diyen gönüllülerse, gördükleri robotlar ve insan polislere yalvarır haldeydiler.

Dünyanın yedi birliğinde yankılanan öfkenin şiddetini Caled ve yanındakiler büyük bir keyifle izliyorlardı.

Orhun, kitapta yazılan sözleri sindirmiş ve odasında onunla sessizlik içerisindeki Zadok, Tai-Shan, Matteo ve Rabi ile, Edel ve Volkov'un gelmesini beklemekteydi. O anda Rabi, her yerde yankılanan saldırı ve bombalamanın görüntüleri telefonuna düştüğünde dehşete kapıldı. Ayağa fırladı, "Bu olamaz. Bu nasıl olur?" diyordu titreyen sesiyle. Orhun ne olamaz, ne diyorsun? Sakin ol Rabi" dedi. Rabi, "Bakın haberci, görüntülere bakın, neler oluyor görün. Muşael ve Badu'da iki özgür gece barı bombalanmış ve yüzden fazla insan ölmüş. Suçu bize atıyorlar. Bizler intihar saldırısı düzenletmişiz o kentlerde" dedi. Orhun şoka girmiş gibiydi. Zadok, Matteo, Tai-Shan da şok olmuş biçimde ayağa fırladılar. "Nasıl olur, ne diyorsun sen?" diyorlardı. Orhun'un eline tutuşturduğu telefondan Rabi tekrar izliyordu görüntüleri. Orhun ve yanındakiler de görüntüleri izledikçe dehşete düşmüşlerdi. Hemen ardından Slim'in konuşmasını da duyar duymaz, donup kaldı hepsi birden. Orhun, "Alçaklar!" diye bağırdı. Telefonu neredeyse elinden fırlatacaktı. Elleri ayakları titriyordu. Edel, "Kapıdayız" diye akıldan akla geldiklerini söylemişti ama Orhun onu duymuyordu beynindeki sesleri susturamıyordu.

Zar zor odadan çıkan Rabi'yle Tai-Shan, Edel, Volkov ve inanan asker adaylarını karşılamaya gittiler. Rabi, robotlara gelenleri yemekhaneye götürmeleri talimatını verdi. Edel, "Haberci yukarıda mı?" diye sordu. Rabi suskundu. Tai-Shan, "Evet yukarıda, hızla yanına gitmeliyiz. Ama bu insanlar ne olacak" dedi Edel. Baksana Rabi onları yemekhaneye yöneltti bile, "Hadi hemen çıkalım yanına" dedi Tai-Shan. Edel, "Bu aceleci tavrınız da nedir böyle" diye sordu ama onu duymuyordu ikisi de. Volkov da bir şeyler söyledi ama onu da duymadılar. Asansöre hızla bindiler. Edel ve Volkov'a, "Az sonra anlayacaksınız bu aceleciliğimizi" dedi Tai-Shan. Asansörden iner inmez koşar adım Orhun'un yanına vardılar. Hızla olanların anlatılması ile Edel ve Volkov sinir krizi geçirir gibiydi. "Bu olamaz. Bunu nasıl yaparlar? Bunların alçaklığının bir sınırı yok mu?" diye bağırdı Edel. Odadakiler, olan biten her şeyi anlamaya çalışıyor, hâkim olmaya başlayan öfke dalgasına karşı ne yapacaklarını düşünüyorlardı. Rabi ürkek bir sesle, "Diyar'daki insanlar yakında sokağa dökülürler; kontrolümüzden çıkacak her şey, kaçmamız lazım" dedi. Altın Birlik de neredeyse bu fikirde karar kılmak üzereydi. Yaklaşık iki saat boyunca olacak olan her şeye hazır şekilde düşüncelerle dolu ve cevapları arayan sorular yumağının içerisinde kaybolmuş vaziyetteydiler. Telsizden bir ses işitti Rabi. Rabi, Altın Birlik'in yanından biraz uzaklaştı. Kim o? Beni görmek isteyen kim?" diye sordu Rabi. Nöbetçi, "Merkezi birlikten geldiğini söylüyor, size yardımcı olacak çok önemli bir şey getirmiş komutanım" dedi. "Ne yardımı? Kimmiş, adı nedir, söyleyin bana adını" dedi Rabi kısık sesle konuşmasını devam ettirerek. Robotun, gelen kişinin adını ve görevini söylemesiyle, Rabi, "Onun yanına iki robot verin ve odama getirin derhâl" dedi.

Volkov, merakla, "Ne oldu? Kimdi konuştuğun?" diye sordu.

"Kapıdaki nöbetçi robot, biri gelmiş diye beni aradı."

"Kim gelmiş?" dedi merakla Edel

"Adı neydi unuttum. Bir bilim insanıymış, Merkezi Birlik'ten hem de."

Sıkkın ve bunalmış haldeydi Rabi. İki saat, iki yıl gibi gelmişti ona. Etrafındakiler ve o diken üzerindeydi. Birkaç dakika sonrasında kapıya vuran robota, "Girin" dedi Rabi.

Sağında ve solundaki robotlara aldırış etmeden, içeri girer girmez, siyah çerçeveli yüzünün üçte birini kaplayan gözlüğünü çıkarıp, sarı saçlarını sağ eliyle karıştırarak, yeşil gözlerini kısarak, çizgileri oluşmaya başlamış alnını kırıştırarak ve kısa boyundan nefret edercesine topuklarıyla biraz daha yükselttiği bedeniyle bir adım ileri attı gelen bilim insanı.

"Size gerçekleri getirdim" dedi ve hepsinin gözlerini teker teker incelemeye başladı.

"Sen kimsin?" diye sordu Orhun, gözlerini irileştirmiş halde ona bakarak.

"Ben Shup" dedi.

İKİNCİ KİTAP
AYDIN YOL

Yolculuklarının ışıkla dolu olmasını isteyenlere; sevgimle…

Değişim Başlıyor

Toplumlar yeni olana direnir. Eskiden kopuş kolay değildir. Bütün zincirleri kıracak olanı bekler ve o beklenen zuhur ettiğinde tarih sahnesinde, zihinlerdeki blokajları yok eder.

Shup'a şüpheci gözlerle bakıyorlardı. Shup robotların onu yakalayıp kollarından tutmasıyla, "Ben sizin yanınızda olmaya geldim, size bu bombalamanın nasıl yapıldığını anlatmaya ve göstermeye geldim" dedi.

Orhun, "Ne dedin sen?" diye sordu.

"Dedim ki, özgür gece barlarının bombalanmasını düzenleyenleri ve nasıl bombalandığını göstermeye geldim" dedi Shup.

Rabi, robotlara seslenerek, "Bırakın kollarını" dedi ve Shup'a doğru bir adım attı. "Sen ne dediğinin farkında mısın?" diye sordu Shup'a ve hemen ardından cevap beklemeden, "Şöyle geç, otur soluklan" diyerek koltuğu işaret etti. Shup, "Bana bir bardak su verin lütfen" dedi koltuğa oturur oturmaz. Robotlara, "Çıkın dışarı" dedi Rabi ve Shup'a bir bardak su uzattı. Robotlar dışarı çıktılar. Altın birlik Shup'tan bir an önce yanıtların gelmesini bekliyordu. Ona sabırsızlıkla bakıyor, konuşmasını istiyorlardı. "Şu geçen üç saate yakın zamanı nasıl geçirdiğimi bir bilseniz" diye başladı söze Shup. "Uçakla Badu'ya indim, oradan bir araba kiralayıp buraya kadar sürdüm. Şehir girişindeki robotların sayısı pek de yeterli değil. 'Neyse, sonu ne olacaksa olsun" diyerek hızla sürdüm arabayı. Buraya gelene kadar şehrin âdeta ölüm sessizliğine bürünmüş olduğunu da gördüm. Her şeyden önce denetimi biraz sıkı tutmanız lazım" dedi Shup. "Haklısın; biz de bu sorunla ilgili çözüm için asker takviyesi yapmak üzereydik zaten ama bu bombalamadan sonra ne yapacağımıza hâlâ karar verememiştik. Asıl konumuz bu değil ama bize şu bombalamadan bahset, zaman aleyhimize işliyor" dedi Rabi. Shup, sesini temizleyerek, "Anlatacaklarım göstereceklerimin yanında küçük bir parça ama önce anlatayım sonra göstereyim size" dedi. Hızlıca, Slim'in ona ilettiği emri, barların bombalanma planını ve 5.1 robotları anlattı Shup. Zadok, araya girerek, "Biz zaten bunu biliyorduk ama kanıtlamamız olanaksız diye düşünüyorduk" dedi. Edel, "Bu 5.1'ler bizim gibiler demek, yani yapay zekânın bir sonraki evresi olacaklar demek mi istiyorsun?" diye sordu. Orhun, araya girerek, "Dostlarım, lütfen Shup'u dinleyelim" dedi ve herkesi susturdu. Shup, "Sorularınızı cevaplamayı istediğim için buradayım. Ama bana bir bilgisayar verirseniz size gösteririm bütün kanıtları" dedi. Rabi, hemen masasında duran bilgisayarı alıp Shup'a uzattı. "Bu bilgisayarda göstereceklerimi bir kez gösterebilirim ve sonrasında parçalayıp atman lazım bilgisayarı. İçinde önemli dosyaların varsa onu da hemen almanı öneririm" dedi Shup. Rabi, "Bütün bilgileri ve dosyaları yedekledim, parçalayabiliriz, sorun yok" dedi. Shup, meraklı bakışlara aldırmadan, birlikler merkezinin yüksek önemdeki kişiler için kurulmuş sitesine kullanıcı adını ve şifresini girdi. "Neyse ki henüz anlamamışlar" dedi. Diğerleri bu söze anlam veremedi. Devam etti Shup, birkaç yeri tıkladı, "Tamam artık dosyalara erişemezler ve 5.1'leri kontrol edemezler" dedi belirgin bir kahkaha atarak. Yavaş hareketlerle cebindeki hafıza kartını çıkardı. Anahtarlığına iliştirilmiş hafıza kartını hızlı bir hamleyle söktü çıkardı. Bilgisayarın sağ tarafındaki boşluğa taktı, birkaç saniye bekledi, sonra birkaç tuşa bastı. "Sesi nereden açılıyordu" diye homurdandı ses açma tuşunu ararken. "Tamam, buldum" dedikten sonra, ekranı onu izleyen meraklı kalabalığa çevirdi. Slim, Shup'un odasında sessizce konuşuyordu.

"Kameraların varlığını ya unutmuş ya da benden asla böyle bir şey çıkacağını düşünmemiş. Neyse" dedi Shup, bardaktaki kalan suyu yudumlayarak.

"Bay Shup, şu 5.1'lerin dördünü özel bir göreve yollayacağız, ikisi Muşael ve diğer ikisi Badu kentinde özgür gece barlarında üzerine yerleştireceğimiz bombaları patlatacaklar. Az önce de dediğim gibi, tek kelime itiraz istemiyorum, plan oldukça basit ve detaylara gerek yok. Barları sen seçebilirsin, bu bilgiyi 5.1'lere yükle ve onların hemen o barlarda bombaları patlatmasını sağla, ben gerekli düzeneğin onlara yüklenmesi için yetkili birimlerle iletişime geçtim. Onları herkesten gizleyerek karşılayacak Badu ve Muşael'deki komutanlar."

Shup görüntüleri izleyenlere seslenerek, "Bu görüntülerin şu anda bende olduğunu bilen yok, hepimizi denetlemek için odalarımıza koydukları kameraların şifresini, sarhoş bir ânında güvenlik müdüründen almıştım ve görüntülere nasıl ulaşacağımın yollarını da zaman içerisinde öğrenmiştim. Düşününce, her şey ne kadar da bugüne göre hareket etmiş" dedi.

Orhun'u bekliyordu herkes; o konuşana kadar konuşmuyordu kimse. Orhun, burnunu kaşır gibi bir hareket yaptı, arkasını döndü ve pencereden dışarı baktı. "Bu 5.1'ler burada var mı?" diye sordu. "Evet, burada sanıyorum on tanesi var, birini yok ettik" dedi Volkov, sinirle. "O zaman dokuz tane kaldı demektir" dedi Shup.

"Onları artık kontrol edebiliyorsun değil mi?" diye sordu Orhun.

"Evet, edebiliyorum."

"Birini buraya getirebilir misin? Ya da yerini söylesen biz gidip alsak."

"Bir saniye, hemen bakıyorum" dedi ve telefonundan 5.1'leri izleyen uygulamaya baktı. "Biri buraya on dakika kadar uzakta gözüküyor; No: 7."

"No ne?" diye sordu Matteo, merakla.

"Şey, onların adları yok, numaralar vermiştik şimdilik."

"Anladım" dedi Orhun. "O halde Rabi'ye No: 7'nin nerede olduğunu gösterir misin? Rabi sen de bizzat kendin gidip onu alıp gelir misin?"

"Tek başıma mı?"

"Evet, tek başına."

"Peki habercimiz."

Shup, konum bilgisini masanın üzerinde ona uzatılan küçük kâğıt parçasının üzerine yazıp Rabi'ye verdi. Orhun, "Shup, gelecek olan şu robot, Edel, Matteo ve ben dünya evine gitmeliyiz hızlıca" dedi. Shup, "Dünya evi mi? Neresi orası ve neden gitmemiz gerekiyor?" diye sordu. Bunu bütün dünyaya göstermemiz gerekiyor" dedi Orhun. Shup o an anladı. "Şu bütün sistemleri ele geçirip konuşmalarınızı yüklediğiniz yer, oranın adı mı dünya evi?" "Evet" dedi Orhun. "5.1'i neden istiyorsunuz peki?" diye sordu Shup. Sakin bir tonda, "Onu dünyaya göstermemiz ve nasıl bir tehlikeyle karşı karşıya olduklarını iyice anlamalarını sağlamamız lazım" diye cevapladı Orhun.

"Doğru söylüyorsunuz Bay Orhun ama 5.1 tam bir insan gibi gözükse de arada sırada robotlaşıyor, kontrolden çıkarsa ne yapacağız" diyerek endişesini dile getirdi Shup. "Orasını sen bana bırak" dedi Orhun, duvara dayalı asasını alıp yere dokundurarak.

Shup, "Ben sizinle olmak için geldim. Daha iyi bir dünya oluşturacağınızı söylediğiniz için buraya geldim ve size yardım etmek istiyorum. Doğru olan neyse onu yapalım; size uyarım ben" dedi. Sadece biraz Edel şüpheleniyordu ondan, "Acaba ajan mı?" diye geçiriyordu içinden. "Ama o zaman Slim'in görüntüsünü getirmez ve 5.1'lerden bahsetmezdi" diyerek kendini biraz da olsun avutuyordu. Shup, her şeyi doğru anlatmıştı ama bu kadar çabuk ona inanmalarını beklemiyordu; biraz şaşkın, azıcık da olsa tedirgindi. O sırada Rabi izin isteyerek, odadan hızla çıkıp 5.1'i aramaya başladı. Dışarı çıktığında, sokaklarda gezinen insanlar göze çarpmaya başlamıştı ama hâlâ sayıları onun korktuğu kadar fazla değildi. Robotlar bağırarak, "Sokağa çıkış yasak, yasayı çiğnemeyin, tutuklanırsınız" diyordu. Bu bağırışlar çoğunluğu korkuttuğu için, sokaklar henüz Rabi'nin çekincelerindeki gibi öfkeli insan kalabalığına teslim edilmemişti. Birkaç dakika sonrasında bir binanın yanında mumya gibi duran mavi takım elbiseli ve ten rengi gözlük takmış âdeta bir cansız manken gördü. Konum, aradığı robotun orada olduğunu gösteriyordu. Arabadan indi, duvara dayanmış hareketsiz durana doğru adımladı. Bir kedi tıslayarak sıçradı. Rabi sessizce yanaşmasını sürdürüyordu. "Bu o sanırım" dedi.

"Hey, beni duyuyor musun?"

"Evet."

"Sen No: 7 misin?"

"Evet."

"Seni götürmeye geldim."

"Adın nedir? Beni kime götüreceksin?"

"Adım Rabi, Shup'a götüreceğim seni."

"Yöneticim, evet ben de seni bekliyordum, gidelim" dedi No: 7.

Rabi, şaşkınlıkla arabaya binen No: 7'yi izliyordu. Ona dokunmak istiyor, "Benden bir farkı yok, robot muamelesi yapıp dokunsam mı?" diye düşünüyordu. Vazgeçti, aracını hızla komuta Merkezi'ne doğru sürmeye başladı. "Neden orada sessizce duruyordun?" diye sordu Rabi.

"Yöneticim, sen geleceğin için olduğum yerde durmam gerektiğini iletti bana."

"Ya, öyle mi? Sen de nerede olursa olsun öylece duracak mıydın?"

"Evet" dedi ve sustu No: 7. Rabi de sustu. Aklına gülünç ve korkunç şeyler geliyordu. "Nerede olursam dururdum" diyor, "Bir çöplükte ya da tuvalette olsaydın; ne bileyim, başka bir sürü yer" diye homurdanıyordu.

"O zaman senin bulacağın alana doğru çıkmamı söylerdi yöneticim ve ben de onu dinlerdim" dedi No: 7.

"Anlamadım?"

Tekrar etti No: 7: "O zaman senin bulacağın alana doğru çıkmamı söylerdi yöneticim. Ve ben de onu dinlerdim."

"Hayır onu anladım ama sen beni nasıl duydun?"

"Düşük dalgalı frekansları dahi duyuyoruz biz."

"Şimdi anladım" dedi Rabi ve gaz pedalına daha da sert bastı.

Orhun, Rabi gelene kadar Shup 'un ona sorduğu her soruya içtenlikle yanıt verdi. Şüphe duymuyordu Shup 'tan, gözlerinde inancın parıltısını görüyordu. Shup ise özellikle Edel'in sorduğu 5.1'lerin genel yapısı, Merkezi Birlik'in işleyişi hakkında bilgiler veriyordu. Dışarıda nemli bir hava vardı, üç saatten biraz fazla zaman geçmişti. Telefonlardan dünya üzerinde onlar hakkında düzenlenen yürüyüşleri ve bir an önce yok olmaları gerektiğinin yankılandığı sözleri dinliyor ve hakaretleri izliyorlardı. "Nasıl oldu da bir uçak ya da başka bir şey göndermediler, neden hâlâ birliklerini buraya yollamadılar; anlayamadım doğrusu" diyordu Volkov. "Belli ki Diyar'da aydınlık bir gün olmasını istiyorlar. Gün aydınlanınca daha net gösterebilsinler diye bizleri yok edişlerini, sabahı bekliyorlardır" dedi Edel. "Mantığın sesisin sen" dedi Tai-Shan. Shup, "Ben de saldırı planı hakkında pek bilgi sahibi değilim ama sanıyorum ki Edel'in dediği gibi, onlar gündüz saatlerinde saldırmayı daha uygun görürler" dedi. Matteo, "Saldırsınlar bakalım, saldırsınlar; gelecekleri varsa görecekleri de var. Ben kanımın son damlasına kadar savaşmaya hazırım" dedi. Orhun, "Buna gerek kalmaması için Shup'un insanlara sunacağı belgeler çok önemli" dedi. O sırada Rabi arkasında 5.1'le hızla odaya daldı. 5.1, "Yöneticim, geldim" dedi Shup'a doğru adım atarak. Diğerleri ona dış uzaydan gelen bir yaratık gibi bakıyordu. Volkov da tıpkı Rabi gibi ona dokunma isteğini bastırmaya çalışıyordu. Orhun, "Dediğin gibi bize o kadar çok benziyor ki, normal bir insan diyebiliriz ona rahatlıkla" dedi. "Ben insanım" zaten dedi 5.1. Matteo bir kahkaha attı. Zadok, "Aptal makine" dedi. Shup etrafındaki sözlere ve davranışlara aldırmadan, 5.1'e, "Seninle şimdi bir yere gideceğiz ve yanımda sessizce duracaksın. Ben sana soru sorduğumda yanıt vereceksin, ama sana, 'Sen nesin?' diye sorduğumda, tıpkı az önceki gibi 'Ben insanım' diyeceksin. Daha sonra senden bileğini kesmeni isteyeceğim" dedi. "Yöneticim, siz ne söylerseniz ben yerine getirim" dedi 5.1. Orhun, "Zaman geçirmeden çıkalım" dedi. Shup, "Yanımızda bir bıçak olsa fena olmaz" dedi. Rabi, "Anladım. Az önceki söylediğin şey için değil mi? Al, cebimde daima şu Ceya Birliği'nden gelen çakıyı taşırım. Dikkat et, oldukça keskindir" dedi ve çakıyı Shup'a uzattı. Shup çakıyı alıp cebine koydu. Orhun, "Hadi gidiyoruz" dedi ve kapının kolunu çevirdi. Edel, Matteo, Shup ve No: 7 onu takip etmeye başladı. Asansöre bindiklerinde Shup, "Neyle gideceğiz bu dünya evine? Çok uzak mı orası?" diye sorduğunda, Orhun, "Az sonra bizlere sunulan güzelliklerden birkaçını göreceksin, sabırlı ol dostum" dedi. Shup, cevabın gizemine kapılmış olmasına rağmen sorularına ara verdi. Dışarı çıktıklarında, onları bekleyen Borakları gördüğünde Shup, "Bunlar da nedir?" dedi; ağzı bir karış açılmış, gözleri yuvalarından çıkacak gibi olmuştu. Matteo, "Onlar bizim en sadık dostlarımız. Adları Borak. Tıpkı bir ata biner gibi biniyorsun. Senin şu robot da sana sarılsın, dengede kalmak zor değil, Boraklar sarsmadan süzülüyorlar havada" dedi. "Peki ya üşürsem, nefes alamazsak yukarıda, ne kadar yükseğe çıkıyorlar ki?" diye sordu Shup. "Onlar bizlere uygun olacak şekilde uçuyorlar. Radarlara da yakalanmıyorlar" diye de ekledi:

"Çok ilginç! Bunlar, yani, neydi adları?"

"Boraklar" dedi Matteo.

"Evet, Boraklar. Neredeydiler daha önce?"

"Bunu bilmiyoruz. Sadece bize yardıma geldiler" dedi Orhun. Bu cevabının ardından, kendi Borak'ına bindi.

Matteo, ürkmesi devam eden Shup'u güçbela adımlatarak, "Yelesinin orada bir sarı ip var, ona tutun, senin şu robot arkana binip belini kavrasın" dedi. "Ya düşersek?" diye sordu Shup, titreyen sesiyle. "Binden fazla insan ve bebek taşıdı onlar; korkma, hadi bin" dedi Matteo. Tane tane kelimelerle Borak'ı tarif etmeye başladı: Uçan bir kaplan gibi onlar, kaslarına dokunduğunda hissedeceksin. Çok güçlüler ve dediğim gibi yalpalamazlar. Adeta hedefine giden bir ok gibi düz bir çizgide giderler." Shup, ürkek adımlarla boynunu eğen Borak'a bindi, arkasına da No: 7 geldi. "Belini sıkıca kavra" diyen Matteo'yu dinleyen No: 7, Shup'a sarıldı. Matteo ve Edel'in de Boraklarına binmesiyle havalandılar. Shup, bir çığlık atacak oldu, gözlerini kapadı. "Bir kuşun üzerinde uçuyoruz" diye bağırdı No: 7'ye. No: 7, "Bu çok güzel, yöneticim" diye bağırdı. Bulutlara komşu olacak şekilde yakın, nefes alabilecek derecede uzak bir şekilde uçmaya başladılar. Zamanın farkı bir anda ortadan kalkmış gibiydi. Bir bulut kümesinin içerisinden geçtiklerinde, Shup gözlerini kapattı. Üşür gibi oldular o anda. Bir anda bulutlardan kurtulduklarında, güneşin ışıklarının gökyüzünü delip yer yüzüne gönderdiği bir ânın içerisinde buldular kendilerini. Boraklar alçalışa geçti. Yeşil otların yeni yeni ortaya çıktığı bir zemine onları indirdi. Shup, iner inmez, "Burası neresi böyle? Bu lavanta kokusu değil mi? Şu kuşların seslerine bak; papatyaları görüyorum sanki az ilerde" dedi. "Hadi dostum, gidelim" dedi Matteo, ilerleyen Orhun ve Edel'i işaret ederek. Matteo, Shup ve No: 7'nin yanına gelerek, "Öndekilere yetişmek için adımlarımızı hızlandıralım" dedi. Shup, etrafa hayran gözlerle baktı. "Burası çok garip, çok mistik, çok güzel bir yer. Burada bir ömür kalabilirim sanırım" dedi. "Burada mı saklandınız?" diye sordu Matteo'ya. "Hayır" dedi Matteo. "Burası bizim için başka bir hediyenin sunulduğu yer. Birazdan göreceksin zaten" dedi. Sık ağaçların arasından, maymunların ve papağanların meraklı bakışlarını üzerlerinde toplayarak ilerlediler. Dünya evine sapan yola girdiklerinde, Shup, "Şurası mı? Şu ahşap yer mi dünya evi?" diye sordu gözlerini kısarak. "Evet dostum, orası" dedi Matteo. Orhun ve Edel onların beş altı adım önündeydiler. İkisi tek kelime dahi söylemeden dünya evine koşar adım girdiler. Shup, arkalarından basamaklardan çıkarken, etraftaki gül ve narların narin yapısına gözlerini çevirdi. "Tek kelimeyle muhteşem bir yer burası" dedi. Evin içerisine girdiklerinde, masasında daha önce dünya üzerinde görülmemiş, adlarını bilmediği ama hafızasında yer edinmiş bazı meyvelere benzeyen şeyler dikkatini çekti Shup'un. Onlara dokundu, "Gerçekler" dedi. "İstersen birinin tadına bak" dedi

Edel, çileğe benzer meyveyi ona uzatarak. Kırmızılığın her yerini kapladığı, tadının ise çilekten daha tatlı, hurmadan daha yoğun olduğu meyveyi ağzına attı Shup. "Bu çok garip bir meyve. Adı ne bunun?" diye sordu. Matteo, "Biz de bilmiyoruz dostum. Şu beyaz şey süt mü?" diye meraklandı Shup. Bir bardağa doldurup içmeye çalıştı, "Çay gibi tadı var bunun ama rengi beyaz, ferahlık veriyor" dedi. Üçü de gülüyordu. No: 7 ise evi inceliyor, yöneticisinin âdeta küçük bir çocuk gibi etrafta ne var ne yok tatmasını ve araştırmasını izliyordu. Edel ve Orhun, süt ve çay karışımı sıvıyı içtikten sonra, kamera ve bilgisayarın bulunduğu odayı açtılar. Matteo ve Shup masadan gözlerini ve ellerini alarak onlara katıldılar. "Kamera ve bilgisayarı siz mi getirdiniz buraya?" diye sordu Shup, etrafa aynı meraklı gözlerle bakarak. "Buradaydı her ikisi de" dedi Edel. "Elektrik peki, herhangi bir yerde kablo ya da bağlantı direği görmedim sanırım. Belki de evin arkasında kaldı" diye kendi sorusunu cevaplamaya çalıştı Shup. Edel, "Hayır, etrafta elektriğin gelmesini sağlayacak dünya üzerinde bir kelime bulup, ya da bir metot sunup, sana söyleyeceğimiz bir şey yok" dedi. İyice meraklanan Shup, "O zaman pille çalışıyorlar" dedi. "Bunları boş ver" dedi Edel. "Sen bilim insanısın, anlıyorum; her şeye mantık dahilinde bir cevap bulma arayışının olması normal ama bloke etme zihnini bu tip şeylerle. Sakin kal ve bizi izle. Artık sen de bir inanansın ve bizimlesin. Cevapları istediğin an verilmesini istiyorsan, sabırlı olmayı da öğrenmelisin. Buraya nelerle ulaştığımızı ve nasıl bir yere geldiğimizi gördün. Şimdi içerisindesin bu gizemli yerin. Sadece sakin kal, sorularına verilecek cevapları saniyesinde almayı isteme bizden. Senden bilim insanı kimliğini bırakmanı istemiyorum ama zaman aleyhimize işliyor. İzle, gör ve anlama yolunda algılarını her şeye açık tut" dedi Edel, uzun cümlelerini sonlandırarak. Shup, mahcup bir halde, "Haklısın dostum; dediğin gibi olsun, sabırla bekleyeceğim" dedi. Matteo, o sırada içeriden iki tane sandalye getirip oturan Orhun'un sağ yanına dizdi. Orhun, sandalyede, Edel'in kamerayı aktive etmesini bekledi. Edel, başını sallayarak *hazırım* işaretini gönderdi. Orhun da başını salladıktan sonra kamera çalıştı.

"Dostlarım ve düşmanlıklarında ısrar eden, yolundan sapmış, kötülüğün esiri olan dünya insanları, yalanlarla dolu zihinlerinizi aydınlatmak için size çok önemli bilgiler sunacağız. Ve kanıtlarımızı gösterir göstermez siz de bizim gibi çok şaşıracak, ardından da kızgınlıkla dolu olacaksınız.

Ras Birliği'nde yapılan yolsuzlukları, sizlerin emeğini sömürmelerini ve Karji'nin güçsüz bir varlık olduğunu gösterdiğimiz anlarda dahi şüpheyle bakanlar ve 'Montaj bu' diyenler oldu aranızda. Anlıyorum bunu, bir inanca tutunup onunla yüzlerce yıl yaşamış ve o inancı bir anda bırakmış birçok örnekle dolu insanlık tarihi. Prangalardan ve tutunduğunuz inancın gölgesinden kurtulmak o kadar kolay değil. Var olanı kabul edip, değişikliğin korkutucu olacağını da düşünebilenler vardır aranızda; ama dönüşümü sevgi yolu olarak göstermiş bizlerin sunduğu değerlerin temeli birlik ve bütün olmak yönünde bir anlayıştır. Bizler bir uyarıcıyız, ben bir haberciyim, doğa üstü bir varlık değilim. Dünyada sizinle yaşayan bir insanım. Gözünü inancın kör ettiği bir sapkın da değilim. Yakında bütün dünyayı aydınlığa uyandıracağız; bu aydınlığın olması için karanlıklardan geçilmesi gerekiyor, karanlıktan ise korkumuz yok bizim. Işığın gelmesi için karanlıkla bir savaş halinde de değiliz. Dostlarım, size iki tane özgür gece barını bizim bombaladığımızı, bizim tarafımızda olup sizlere saldırı düzenleyip suçsuz ve sadece eğlenen insanları öldürdüğümüzü söylüyorlar. Siz de sorgulamadan, kanıt istemeden buna inanıyorsunuz. Size şimdi Merkezi Birlik'te çok önemli bir görevi olan bilim insanını tanıtacağım. Bombalamanın kimler tarafından yapıldığı ve nasıl planlandığını anlatacak o size."

Orhun'un susmasıyla, Matteo'nun *yanına geç* işaretiyle, Shup, Orhun'un yanına oturdu. Ne diyeceğini bilemez şekilde kameraya doğru baktı. Yüzünün beyazlığı kırmızılığa dönüşmüştü. Bir kez öksürdü, sesini temizler gibi bir mırıltı duyuldu. "Adım Shup Neyk, Merkezi Birlik'te yeni nesil üstün zekâlı ve 5.1 robotların yapımından sorumlu birimin başındaki kişiyim. Ceya Birliği vatandaşıyım, Karji'ye inandırılmış bir bilim insanıyım. İki yıl önce oluşturulan ve sizlerden gizlenen bir araştırma ekibine dahil edildim. Bize, insana birebir benzeyen ama insandan daha üstün özelliklere sahip bir robot yapmamızı söylediler. Zihin ve bilinç transferiyle, seçilmiş kişilerin bu robotların içerisinde yaşaması için onları tasarlamaya koyulduk. Öylesine büyük bir maddi kaynak aktarımı yapıldı ki, neredeyse bir birlikteki beş kentin aylık tüketim masrafını biz bir haftada kullanıyorduk. 5.1'ler henüz tamamlanmamış bir prototip halindeyken onları Muşael, Diyar, Badu ve Rasi'de kullanmamızı istedi başkanlar. Ben karşı çıksam bile kabul etmediler ve onların iz sürücülükteki üstün maharetlerini kullanmaya başladık. İnananlardan iki kişiyi öldürdü bir tanesi. Daha sonrasını biliyorsunuz zaten. İnananlar her seferinde kurtuldular, onları yok etmek isteyenlerden. En sonunda, artık insanlıktan çıktığımızın kanıtı olan bir seçenekle yanıma geldi Başkan Yardımcısı Slim. Bana Karji, Caled ve diğer başkanların emri doğrultusunda bir görev verdi. Şok oldum ama ben yapmasan bile bunu yapacaklarını anladığım için, insanlık yanımın ağır basmasıyla kanıtları ve delilleri toplayarak oradan kaçtım. Bana söyledikleri plan ne miydi? Dört tane 5.1'i Badu ve Muşael'deki özgür gece barlarına gönderip üzerlerindeki bombaları patlatmak.

Size kanıtları bu mesajın sonunda sunuyorum. İzleyin ve kendiniz karar verin. 5.1'i merak ediyorsanız..."

"No: 7, yanıma gel" dedi Shup. No: 7 yanına geldi. "Otur" dedi Shup, o da oturdu. Sen nesin?" diye sordu. "Ben insanım" dedi No: 7. Shup, cebinden çakıyı çıkardı. "Bileğini açar mısın?" dedi. No: 7, sağ elini saran gömleği sıyırdı dirseğine kadar. "Şu çakı ile kanını akıtır mısın?" deyince, No: 7, derin bir çizik attı. Mavi bir sıvı akmaya başladı bileğinden. "Sen nesin?" diye tekrar sordu Shup. "Ben inşanım" dedi No: 7.

"Sana ne dersem yapar mısın?"

"Evet, yöneticim."

"Nerede doğdun?"

"Merkezi Birlik'te bir oda da."

"Annen, baban kim?"

"Bilmiyorum."

"Şimdi gidebilirsin" dedi Shup. No: 7 kalktı ve yanından uzaklaştı.

"Bu robotların yapım aşamasını ve hangi maddelerden yapıldığını içeren çok gizli dosyaları da size sunacağım" dedi ve sustu Shup. Yana dönerek Orhun'a baktı. Orhun gözlerini hafifçe kısarak, "Dostlarım, sizi kandıranlardan, sizi yoksullaştırıp köleleştiren sistemin kurucularından artık hesap sormanızın ve inanan olmanızın vakti geldi. Devrim değişimi başlatır, değişim kansız olmalı. Kimseye saldırmayın, kimseyi öldürmeyin; çünkü biz sevginin hizmetkârıyız. Yakında bütün dünya aydınlanacak. Sistemi al aşağı edeceğiz ve sizi saran zincirlerinizi kıracağız. Ama sizden yardım istiyoruz; bu sahtekârları hapsetmemiz için sizin yardımınıza ihtiyacımız var."

Sustu Orhun, başını salladı aşağı doğru. Edel kamerayı kapattı. Hafıza kartını çıkarıp Orhun'a uzattı. Orhun bilgisayarın karşısına geçti, görüntüleri yükledi. Shup'tan hafıza kartını alıp, ondaki belge ve görüntüleri de yükledi. Bütün görüntü ve belgeleri tek bir videoya sıkıştırdı. Ekranda beliren "GÖNDER" tuşuna bastı. "Şimdi mesaj iletildi mi?" diye sordu Shup. "Tıpkı daha öncekiler gibi bütün dünyadaki televizyon kanalları, internet siteleri ve telefonlara gönderildi değil mi?" diye cevap aramaya devam etti. "Evet" dedi Edel. Ekran karşısından kalkan ve yorgunluğu gözlerinden okunan Orhun'a, "Habercimiz, biraz dinlenin, çok yoruldunuz" dedi. Orhun, "Siz de öyle. Şimdi içeride biraz oturalım" diyerek odadan çıktı. Shup, merakla neler olacağını aklının süzgecinden geçiriyordu. Mavi sıvı akıttığı bileğini onarmakla meşgul olan No: 7'de Shup'un âdeta gölgesi gibi yanında dikiliyordu. Mesaj tüm dünyaya ulaşmaya başlamıştı. Caled, Slim ve diğer başkanlar saldırı planı üzerinde son hazırlıkları yapıyordu ki gelen mesaj onları yerle bir etti.

İsyan Mayalanıyor

Devrim kibrin kelepçesidir.

Bombalanmanın ardından geçen ilk saatteki kızgınlık, öfke ve nefret duyguları çok yükseklere çıkmıştı. Dünya üzerinde yaşayan insanlar mutluluk ve gülümse kavramlarını o anlarda unutmuş, öfkenin kucağında solumaktaydılar. Kimse karşısındakini dinlemiyor, birliklerde herkes tek bir şeyi haykırıyordu: "İnançsızlara ölüm!"

İkinci saatin sonuna gelindiğinde, insanlar polis ve güvenlik merkezlerine gidip, "Beni Diyar'a götürün; savaşmak ve onları öldürmek istiyorum" demeye başlamıştı. Çılgın bir kalabalık, Rika Birliği'nde, "Karji'miz çok yaşa!" yürüyüşü yapıyor, düzenin ve sistemin kutsallığını haykırıyorlardı.

Üçüncü saatin sonuna gelindiğinde, Caled ve beraberindekiler, son aşaması üzerinde yoğunlaşmış saldırı planını uygulamaya geçirmek üzere harekete geçmişlerdi. Winston Caled, bir ara, "Acaba ben de mi gitsem şu gösteriye? Onların yok edilişlerini canlı olarak mı görsem acaba?" bile demişti. Onu Enki durdurdu. "Başkanım, buna gerek yok, burada olmanız güvenliğiniz açısından daha iyi" dedi. Caled ona birkaç saniye boş gözlerle baktı, "Tamam" dedi. Tam o anlarda Orhun, Shup ve No: 7'nin mesajı dünyanın gözlerine ve ellerine düşmekteydi. Ekranlarında Orhun'u görünce kapatmak için çırpınanlar, telefonlarını yere fırlatanlar, televizyonları yumruklayan ve bilgisayarlarını katlayanlarda fazlacaydı. Ama konuşmayı dinleyen kalabalıklar, sonunda Shup'un gözükmesi ve ardından Slim'in konuşmalarını dinlemeleri, onun da ardından No: 7'nin, "Ben insanım" dedikten sonra bileğini kesmesi, 5.1 robotlar için harcanan ödeneğin ve onların geleceğin insanı olması yönündeki planları görmeleriyle insanlar oldukları yerde donakaldılar. Nereye gideceklerini bilemediler, ne diyeceklerini bulamadılar, ne yapacaklarına karar veremediler. Öylece yerlerinde bir put gibi dikildiler. Evlerden dışarı çıkmayan insanlar dahi dışarı adımladılar. Gecenin karanlığına aldırmadılar, gündüzün stresini umursamadılar, iş yerlerinde olmayı unuttular, Karji, Caled ve birlikler konusunda kafaları allak bullak oldu. Pinpon topu gibi bir o yana bir bu yana gitmekten yorulmuştu insanlık. Hangisi doğru, neye karar vermeli, kim kötü, neler oluyor; her şey birbirine girmişti. Ne robotları dinliyorlardı ne de askerleri; "Eğer bunlar gerçekse, binalarınızı başlarınıza yıkarız" diyorlardı. İnternet Orhun yanlılarınca ele geçirildi, mesaj silinse bile hemen yüklüyorlardı, ilk kez gerçekten korku göstermiyordu çoğunluk. Bir anda her şey tersine dönmüştü. Göstericiler bir köşede sessizce pusmuş, ellerindeki pankartları parçalamaktaydı. Açlığın, sefaletin ödülü insan neslinin çoğunluğunun yok edilmesi ve seçkin azınlığın dünyasına doğru giden bir yapının, sadece denekleri olduklarını anlamıştı insanlar artık. Gücü ele geçirenlerden hesap sormak istiyorlardı ama ellerinde silah ya da robot yoktu. Ne yapacaklarını Orhun'un söylemesini bekliyorlardı. İnanç meselesi değildi, yaşam meselesiydi artık savaşılan durum. Caled, öfke krizine girmişti. Odasında ne var ne yok parçalıyordu; başkanlar onun bu halinden korkup odasından kaçtılar. Haykırıyordu Caled, "Mahvolduk şimdi" diyordu. Slim'i başkanlar uzaklaştırmıştı. "Senin bir yere gittiğini söyler geçiştiririz, sen buradan uzaklaş" demişti Mithra ona. Slim de kaçarcasına birlik merkezinde, sağlık personelinin dinlenme odasına girmiş ve kapısını kilitlemişti. Caled, başkanların derhal odasına gelmesini emretti. Sekreter kadın, eli ayağına dolaşarak başkanları aradı, "Eğer hemen gelmezseniz çok kötü şeyler olacak" dedi. Başkanlar, Slim hariç odasına boyunları yere eğik şekilde girdiler. Caled, "Slim nerede?" dedi, onu arıyordu gözleri. Enki, "Başkanım, Shup'un nasıl kaçtığını araştırmak üzere gitti, gelir birazdan" dedi. "Shup, Shup, Shup; lanet olsun ona! Bizi mahvedenin bizim adamımız olacağını nereden bilebilirdik. Shup'u ellerimle öldüreceğim" diye bağırdı Caled.

Bermin, "Efendim, olaylar kontrolümüzden çıkmak üzere, derhal bir kriz masası kurup olayları kontörümüz altına almamız gerek" dedi. Caled, "Masalarınızı kafalarınıza yerleştireceğim şimdi. Bizi madara ettiler, bizi mahvettiler, hâlâ 'kriz masası' diyorsunuz" dedi. "Ama efendim" dedi Enki mahcup bir sesle, "İnsanlar gösterilere başladılar. 'Eğer gerçekse birliklerinde bulunan başkanlık saraylarını yakacağız' diye bağıranlar çoğaldı. Tutuklamalar ve göstericileri püskürtmemiz gerekiyor" dedi. Kesik kesik nefesler alıp verdi Caled. "Karji'mize gitsek ne diyeceğiz? Ona ne anlatacağız? Hem insanlar da artık, 'Karji'miz neden müdahale etmiyor?' demeye başladılar. 'İllüzyon' diyenler çoğaldı etrafta; okuyorum, takip ediyorum, sinir küpü olsam bile inceliyorum her yeri. Karji'mize ne diyeceğim ben? Ona mı gitsek, kendi planlarımızla hareket etsek bilemiyorum. Bu hacklenmeye çözüm bulamıyoruz; herif bizle dalga geçer gibi sürekli sistemleri bloke edip konuşmalarını yayınlıyor. Belgeler sunuyor ve yanına yandaş toplarken, en güvendiğimiz bilim insanlarımızı dahi alıyor. Merkezi Birlik'ten dışarı kimse çıkmayacak ikinci bir emrime kadar" diye gürledi Caled. "Herkesi robotlar sorguya çekecek, enerji tarama makinelerine girecek buradakiler ve kötü enerjili, zararsız enerjili olarak çıkanları hemen infaz edeceksiniz. Sistemlerimizin mühendislerini hücre hapsine göndereceksiniz. Ceza başladı, ödül çok verdik herkese. Planımız olduğu gibi devam edecek, Diyar'ı kuşatıp hepsini yok edeceğiz, şimdilik montaj sözlerini yayın etrafa."

"Ama efendim insanlar bunu artık kabul etmez" dedi Minthra.

"İnsanlar biz ne dersek onu kabul edecekler."

"Ama ya isyan büyürse, başkanım."

"O zaman isyanı bastırırsınız. Şimdi dediklerimi yapın; o Slim denilen işe yaramazı da bütün görevlerinden azat ediyorum, onu görevlerinden alıyorum. Kendi birliğine doğru yola çıksın. Bir kaçınıza görev vereceğim, geri kalanınız kendi birliklerine gitsin ve kontrolü sağlasın" dedi Caled. Sonra da masasına oturup bilgisayar ekranına dokundu. Bu hareketi *çıkın* olarak algıladı başkanlar ve odadan koşar adım çıktılar.

İnsanlar kontrolden çıkmıştı. Dünyanın en yoksul birliği olan Apra Birliği'nde ateşler yakılıyor, yollarda bidonlar tutuşturuluyordu. Polisler gelen bir tutuklama emri olmadığı için, kendilerini korudukları güvenli bir alanda olan biteni izliyordu. Ama onların bekleyişleri de uzun sürmedi, emir geldi: "Göstericileri tutuklayın, plastik mermiler kullanın ve şok tabancalarıyla bayıltın. Göz yaşartıcı bomba bolca atın, bayıltıcı spreyleri kullanın. Medyada maymuna benzer tipler çıkmış, bu olanlar montaj, sistemlerin hacklenmesi, içeriden yardım aldıkları için, Karji'miz evrenin yaratıcısı, oda cezalandırmaya başlayacak yakında dünyasında yapılan bu hadsizlikleri" diyenler koro oluşturmuştu. Oldukça aptal ve sığ düşünenler harici, onları dinleyen ve onlara uyan pek kimse de yoktu dünyada. Her birlikte, birkaç uzman ekranlarda, "Merkezi Birlik'ten açıklama gelene kadar rehavete kapılmayın" diyordu.

"Montaj görüntülere ve satılmış insanların sözlerine aldanmayın" diye ekliyorlardı. Sirus Birliği'ne uğurlanmıştı o anlarda Slim. Caled, onu görmek dahi istemiyordu. Enki ve Mithra harici diğer başkanlarda kendi birliklerine özel uçaklarla yola çıktılar. Ras Birliği'nde hava indirme ve kara birlikleri tekrar yola çıkmak için emri bekliyordu. Emir geldi ve onlarda yola çıktılar. Helikopterler havalandı, konvoy yola çıktı. Robotlar donatıldı silahlarla, insan askerler lazer silahlarını doldurdular. Kızgınlıkları yüzlerinden okunuyordu. Dünyada tutuklamalar başladı, göstericiler dağıtılmaya başlandı. Açıklama hâlâ gelmedi Merkezi Birlik'ten. Karji ortada yoktu. Caled suskundu, Slim birliğine doğru yola çıkmıştı ve isyana girişmeye niyetli insanlar ne olursa olsun sokaklarda olmayı sürdürüyordu.

Dünyanın dört bir yanından dumanlar yükseliyor, yakılan tekerlekler ve arabalar çoğalıyordu. Plan uygulamaya geçirilmişti. Konvoy yaklaşıyordu, helikopterlerin pervaneleri hızla çevriliyordu, rüzgâr onların eşlikçisi olmuştu. İnananlar, yemekhaneden çıkmış Rabi ve Volkov'dan lazer silahların nasıl kullanılacağını öğrenmeye başlamıştı. Rabi artık korkmuyordu, son mesaj ve Shup hamlesiyle olaylar onların lehine dönmüştü sonunda. Diyar'da insanların sokağa çıkmamaları söylenmeye devam ediyordu. Gösteri yapmaya çıkan isyankârlar da mesaj ve Shup'tan sonra susmuş, evlerine gitmişti. Robotlar daha bir mutlu olmuştu, görevlerini yapmanın keyfini sürüyorlardı. Diyar'da bulunan 5.1'ler Komuta Merkezi'ne gelmiş ve yöneticilerini bekliyordu.

Mesajın yayınlanmasının ardından, sandalyede olacakları bekleyenler dünya evinde dakikalar içerisinde garip bir tebessüm ve rahatlama içerisindeydi. Edel, mesajın yayınlandığı telefonundan gösterince daha da bir keyiflendiler. Hele ki isyanların başladığı dakikalarda, ilk kez rahatlık ibaresi gösterdi Orhun. Shup, Orhun'a hayranlıkla bakıyordu. "Burada olan hiçbir şeyi anlamıyorum ama bizim dışımızdaki gerçek gücün ne olduğunu anlamaya başladım. Mesajlarının içerisinde söylediğin sözlerin, ne anlamlar içerdiğini kavramaya başladım" dedi. "Bilim insanları böyledir zaten" dedi Edel ve ekledi: "Önce görmeleri ve sonra anlamları için zamanın geçmesi gerekir, bir de tabii deney yapılmalı. Biz az önce deneyi yaptık ve sen dahil artık kimsenin kafasında soru işareti kalmadı." Orhun araya girdi: "Dünya artık güzelleşecek, keşke ayaklanma olmadan ve kimse yaralanmadan olsa bütün olanlar" dedi iç çekerek. "Keşke" diye onu onayladı Matteo. "Şimdi ne yapacağız?" diye sorduğunda Shup, "Şimdi hazırlanacağız, onlar son hamlelerini yapacak ve bütün güçleriyle saldıracaklar. Biz ne yapacağımızı az sonra anlarız" dedi ve ayağa kalktı Orhun. Onlar da kalkınca, "Siz oturun" dedi ve odaya adımlayıp kapısını kapadı içeri girer girmez. Shup meraklandı, "Yine mi mesaj gönderecek?" diye sordu. Edel, tebessüm ederek, "Hayır, ona gelen mesajı okuyacak" dedi. "Nasıl?" diye sordu Shup. "Uzun hikâye dostum, daha sonra anlatırım sana" dedi. Shup merakını gideremedi ama çaresizce sustu. Orhun, Altın Kitap'ı çıkardı, kapağa dokundu, kapak açıldı, sayfalara dokundu ve en son açılmış sayfa gelince ona dokunup, "Sevginin sahibi olan yaratıcının izni ile açılsın yeni sayfa" dedi.

Sayfa açıldı, kalem yazdı ve gitti. Orhun, gözlerini kaçırmış ve pencereden dışarı bakınmıştı yazılırken sayfa. Gözlerini sayfaya çevirdiğinde yazıyı okumaya başladı: "Haberci, birlik olmanız için atılan adımların katımda kabul görüyor. Siz yok edici değilsiniz, ceza veren değilsiniz, sevgi yolu için ölüm kusan varlıklar değilsiniz. Seni ve Altın Birlik'i iblisin soyundan ve iblisin kendisinden kurtarmanız için seçtim. Gücüm yok etmeye yeter onları ama ölümden sonrasında bilmelisin ki, onların hesabını soracağım. Bu uğurda ölenler müjdesi verilen cennetteki sonsuz yaşamın mutluluğu içerisindeler.

Sırları size ölüm sonrasındaki mahşer gününde açıklayacağım. Sizleri seviyorum, yarattıklarımı seviyorum ve kötülüğü ben yüklemedim onlara. Seçeneklerin sunulmuş olması onları kötü yapmadı, hırslarıyla ve daha fazlasını istedikleri dünya hayatında kötülerden olup ölümlü bedenlerinde kötülük yaymak için çabaladılar. Malları ve evlatları arasında bir yarışa girmesini ben öğütlemedim kimseye. Kuralları bildirdim, en önemli kuralım: 'Sevgiyle yaşayın!' O zaman ne kavga ne savaş ne de birbirinizi öldürmek olamazdı. Dinleri kullananlara azap vereceğim. Adımı kirletenlere azap vereceğim. İsyanın yolundan sapmayan, ateşten yarattıklarıma ceza vereceğim. Dünya üzerinde kurulacak düzenin son adımlarını atıyorsunuz artık. İsyankârlar ve iblis size ne zarar verebilir ne de sizi yolunuzdan alıkoyabilir. Zudan ve Hassina güzel bir cennet köşesinde mutlular, hüzünlenme onlar için.

Seçim hakkı sunduklarım kötülüğü seçiyorsa, onlar seçimlerini yapmış demektir. Onlara vereceğim azabı tadacaklardır. Şimdi yapman gereken, insanları prangalarından kurtarmak ve iblisi ve onunla olan dumanları hapsetmendir. Sana Meril yardımcı olacak. Dünyadaki zaman ve benim zamanım sizin aklınızın ötesindedir. Sizin için bir yıl, benim için bir ândır. Sabır gösteren bir yaratıcıyım ben, sevgim sonsuzdur. Ama iyiliğin hüküm sürmesi için iblisin mahşer gününe kadar hapsedilmesi gerekiyor. İblisi ve onunla olan dumanları, asana hapset ve ardından Duman Dağı'na göm Altın Birlik'le beraber asanı. Kötülüğün yolunda hizmet edenlerin merkezine git ve onları hapset. Sana Meril ve beraberindekiler yardım edecek. Tek bir dünyanın yaratıcısı değilim ben, aklınızın almayacağı dünyaları yaratanım. Sizin kontrolünüze verdim dünyayı ve insan bunun kıymetini bilmedi. Elçilerimi dinlemediler, dinleyenler de daima yanlış yollara sapanlardan oldu. Kitaplarda belirtilen sözleri küçümseyip yok ettiler. İsteseydim, o yok edenleri yok ederdim. Şimdi merkezlerine git ve iblisi hapset. Merkezlerdeki iblisin uşaklarının ellerinden al dünya düzenini.

Orhun okudu, tekrar okudu, biraz terledi; Meril'i bekledi ama o gelmedi. Kitabı kapattı. Odadan çıktı ve Merkezi Birliğe gideceğiz dedi kapıyı açar açmaz.

Kuşatma

Savaş delilerin oyuncağı, sevgi ise kalbi olanların tomurcuğudur.

Kuşatma için askerler yola çıktılar. Diyar'a kırk beş dakika içinde varmış olacaklardı. Kararlılıkları gözlerinden okunan askerlerden bir teğmen, "Bu kez ellerimizden asla kaçamazlar, nerede oldukları belli, onları boğacağız gücümüzle" diyordu. Shup, Matteo ve Edel odadan çıkar çıkmaz, "Merkezi Birlik'e gideceğiz" diyen Orhun'a ne diyeceklerini bilemediler. "Bu çılgınlık" diyebildi Shup utana sıkıla. Hemen ardından, "Çılgınlık dediğim anda etrafıma bakınca, bunun olasılıksız olmadığını da görüyorum. İçeride ne yaptınız? Düşündünüz mü? Ne oldu?" diye meraklı sorular sordu Shup. Orhun, "Sana ve bütün dünya varlıklarına kitaptan bahsedeceğim; bana verilen Altın Kitap bana söylüyor neler yapmam gerektiğini. Çılgınlık, evet, dediğin gibi çılgınlık ama topyekûn kontrolü sağlamamız ve robotları etkisiz kılmamız için tek gereken orada olmak. Bütün dünya oradan yönetiliyor. Karji denilen iblis, daima orada zihinlerini kontrol ediyor insanların. Yanındaki gölgelerse kim bilir başka ne haltlar ediyordur. Biz oraya gidip, Karji ve Caled'i alt etmedikçe ya savunmada kalacağız ya da sürekli oradan oraya kaçmak zorunda bırakılacağız. Planımızı Komuta Merkezi'ne gittiğimizde yaparız, şimdi buradan gidip insanlarımızla olmamız lazım" dedi Orhun.

Onu dinlediler, hiç uzatmadılar, lafları eğip bükmediler, onu sadece dinleyerek dünya evinden usulca çıktılar. Boraklara bindiler ve etrafta koklaşan, otlayan, koşturan ve uyuyan hayvanları arkalarında bırakarak uçtular. Hızla zamanı büküp içinden geçtiler. Komuta Merkezi'ne geldiklerinde, gösterişli bir biçimde alçalan Boraklerın onları bırakmasıyla doğruca Rabi'nin odasına çıktılar. Rabi, eğitime ara vermiş, Volkov da yanına gelmişti. İnanan erkek savaşçılar da bu moladan istifade, birbirlerine silahları nasıl tuttuklarını ve doğru mu yanlış mı diye sorular soruyordu. Rabi, dinlenmeye bile fırsat bulmadan, internette dolaşan görüntüler ve bilgiler ışığında Volkov'la ne yapabileceklerini tartışıyordu. Orhun, içeri girdiğinde, "Geliyorlar" dedi Rabi. Orhun anlamıştı. "Demek hızlandılar. Ne kadar var gelmelerine?" diye sordu. "Sanırım yirmi dakika içerisinde sınırlarımızda olacaklar" dedi Rabi. Orhun, "İnananlar ne durumda; silah tutabiliyorlar mı?" diye sordu. Volkov, "Hızlı öğreniyorlar ama bu yeterli olur mu bilmem. Şu âna kadar öğretilenler onlara yetmeyebilir ama silah doğrultup ateş edebilirler, haberci" dedi. "Hiç yoktan iyidir, Volkov" dedi Orhun. Herkes ona bakıyordu, Altın Birlik, Rabi ve Shup ona dikkat kesilmişti. "Matteo, seninle özel konuşmamız lazım" dedi Orhun. Odadakilere, "Çıkın ve birkaç dakika sonra gelin lütfen" dedi. Çıktılar. Orhun ve Matteo baş başa birkaç dakika konuştular. Matteo kapıyı açıp, az ileride ayakta dikilenlere seslendi: "Gelebilirsiniz." Orhun, "Savunma planımız açıkta olmamak olacak; onları şehrin içerisine çekmeliyiz. Esir alacağız hepsini. Siz halka sıkıca tembihte bulunun, asla dışarı çıkmasınlar" dedi. Rabi, "Anlaşılmıştır, haberci" dedi ve Volkov'a döndü. Orhun, "Sen inananlarla birlikte Komuta Merkezi'nin dışında bir bina var, oraya gizleneceksiniz, hızlıca çıkmanız lazım" dedi. "Hangi bina?" diye sordu Volkov. "Komuta Merkezi'nin hemen yanında bir depo var; orası uçakların inmesi için bir hangar olarak kullanıyor sanırım." Rabi, "Evet" dedi kekeleyerek. Orhun'un bunu nereden bildiğini düşünüyordu. "Yere alçalırken dikkatimi çekti ve buranın planlarını, masanın üstünde bulunan Komuta Merkezi'nin planına da bir göz gezdirmiştim. İçeride uçak var diye orayı bombalayamazlar. Ancak burası açık hedef olabilir. Ben, Rabi, Matteo, Zadok ve robotlar hızlıca şehir merkezine doğru gideceğiz ama binaların arasında olacağız. Böylelikle hava saldırısı yaparlarsa, Rasi de herhangi bir Karji yanlısını öldürmeyi göze alamayacakları için, havadan bomba atamazlar."

"Bu yine de riskli" dedi Rabi.

"Daha iyi bir fikrin mi var?" diye sordu Volkov.

"Kent yönetim binasına gidebiliriz; orası hem güvenli hem de orayı bombalamayı göze alamayabilirler."

Orhun bir müddet düşündükten sonra, "Bu da olabilir; senin dediğin gibi olsun" dedi. "Onları kendimize çekeceğiz ve esir alacağız; maalesef aralarında kayıplar olacak ama buna yapabileceğimiz bir şey yok. Sana akıldan akla mesaj gönderdiğim anda askerlerinle yanımıza hızla gelmelisin, Volkov" dedi. "Eğer hava saldırısı yaparlarsa şehir merkezine, bu kez onları daha büyük bir sürpriz bekliyor olacak" diye ekledi. Ona güvendiler, onun şu âna kadar söylediklerinden ötürü şüpheye düştükleri ânlar da olmuştu ama ona güvenmenin her zaman onları koruduğunu biliyorlardı. "Zudan ve Hassina keşke yaşasaydı" diye geçiriyorlardı içlerinden ama her şeyin bir sonucu vardır, onlar da sonuçlarını sonraki hayatlarında sonsuz güzellikler içerisinde yaşar bulurlar kendilerini" diye geçiriyorlardı içlerinden. Çıktılar odadan, hepsi görev yerlerine doğru koşturdu. Helikopterler Diyar hava sahasına girmek üzereydi. Yedi helikopter, keskin nişancılar eşliğinde öfke kusmaya hazırdı. Kara birlikleri de inmeye başlamıştı. Şehir kapılarını öyle kolaylıkla geçtiler ki robotlar tarafından kurulan barikat onlara sadece bir sinek vızıltısı gibi geldi. İçeriye doğru ilerlemeye başladılar. İnsanlar, ekranlarında olan biteni izlemeye geçmişti. Orhun, Matteo, Zadok, Rabi ve robotlar kent yönetim binasına girdiler. Volkov ve askerleri hangarda gizlendi, Komuta Merkezi'nde sadece birkaç robot bırakıldı. Helikopterlerin sesi duyulmaya başladı. Pervanelerinden çıkan rüzgârın sesi uğulduyordu kulaklarında. "Ta ta ta ta ta..." Ateş ediliyor gibiydi sesleri. Helikopterler inançsız avına çıkmıştı ama görünürde robotlar harici kimse yoktu. Bir bomba dahi düşmedi Komuta Merkezi'ne. Bibal ve komutasındaki askerler şehrin içerisinde adımlamaya başladılar. 5.1'leri de hangarda gizleyen Shup, bir köşede onlarla sinmiş, olacak olanların bir an önce bitip sağ çıkmalarını temenni ediyordu. Binlerce insan asker ve yüzlerce robot asker sokaklarda yürümeye başladılar. Bir robot, "Kent yönetim merkezinde olduklarını düşünüyorum" diye rapor verdi. Raporu alan teğmen, Bibal'e iletti. Bibal istikametlerini ve namlularını o yöne doğrulttu. Kent yönetim merkezine çok az kalmıştı, Diyar'ın insanları evlerinin pencerelerinden askerleri izliyordu. Acaba kendileri de ekranlarda görünür mü diye perdelerini iyice açanlar dahi vardı. Dünyada yaşayanlar nefesini tutmuş, olacak olanları izliyordu ama o sırada ekranlar karardı. Frekanslar bozuldu, ekranlardan herhangi bir görüntü iletilemez oldu. Helikopterlerin üstlerine onlarca Borak uçmaya başladı. Camlarını kırdılar, kalın zırhlarına kurşun işlemiyordu. Helikopterler birer birer düşmeye ve şehrin boşluk alanlarında patlamaya ve hiçbir insana zarar vermeden sadece içindekilerin son seslerinin duyulduğu parçalanmaya gömüldüler. Boraklar, etrafta şehrin siluetini gölgede bırakır şekilde uçuşuyorlardı. Diyar'dakiler korkmuş, sinmiş ve ekranlardan olanı biteni takip edemedikleri için, "Dışarıda neler oluyor?", "Bu gümleyen şeyler de ne?", "Bombalanıyor muyuz?" diye tedirgindiler. Ama bir yandan da insanlar dışarı çıkmak için sabırsızlanıyordu. Bibal, iletişimlerinin kesilmesini umursamadan, "'Helikopterleri kaybettik' diyenlere aldrmadan, yukarıda uçan dev kuşlara ateş edin" diye emirler yağdırarak askerleriyle şehrin yönetim binasının bulunduğu ve devasa bir parkın içinden geçmek zorunda kaldıkları alana doğru gidiyorlardı. "Ufak adımlarla dört yanı kuşatın" emrini yineliyordu sürekli Bibal. Namlular hazır, tetiklerse basılmayı bekliyordu. Bir anda, parkın içerisinde binlerce akrep belirdi. Kovuklardan, ağaçlardan ve her yerden akrepler geliyordu. Ne olduğunu anlayamadan, akrepler binlerce insan askerin üzerine ve yüzlerine hücum ettiler. Askerler sağa sola kör nişancılar gibi ateş ediyor, birbirlerini vuruyor, akreplerin sokuşlarıyla bayılıyordu. Bibal, "Bu tuzak, bu lanet olasıca akrepler de ne, ne oluyor?" derken Robotlara bakıyordu. Robotların yanmasıyla kavrulan akrepler, mutlu mutlu işlerini yapıyordu. İnsan askerler ya birbirini öldürüyor ya da sokulup yere yığılıyordu. Bibal, her yere ateş ediyor, ona yönelen onlarca akrebi yakmaya, yok etmeye çalışıyordu.

Ama onun da yapabileceği bir şey yoktu. Akreplerin lideri, Bibal'i gözüne kestirdiğinde, Bibal'in yapacak hiçbir şeyi kalmadı. Ona onlarca akrep saldırdı, her yerini soktular, onunla İmani ve yaltakçısı olan yanındaki askerler de aynı akıbeti paylaştılar. Matteo, "Habercimiz, hepsi indirildi" dediğinde, Orhun ayağa kalktı, Volkov'a akıldan akla "Hemen gelin" dedi. Volkov, kamyonlara atlayan acemi askerleriyle yola koyuldu. Canlı yayın yapılmasını sağlayan araçtaki kamera çalıştırıldı ve dünyanın beklemediği görüntü sunuldu. Orhun gözüktü ekranda: "Sizin hiçbir gücünüz yok karşımızda; vazgeçin artık bundan. Kan dökülmeden barışı sağlayıp Karji'den kurtulalım ve birbirimizle sevgi içinde, eşit şekilde yaşayalım." İnsanlar donakaldılar, Caled korktu, ilk kez böylesine büyük bir korku duydu. Söylenecek kelime kalmamıştı dağarcığında, cümleler bulunamıyordu, kaybolmuştu zihninin derinliklerinde. İnsanlar ise sokaklara çıkıp çıkmamak konusunda tereddüt ediyordu. Bir kısmı öne atılıp çıkmaya başladı çok geçmeden. Etraftaki kavrulmuş robotların yanık kokuları, insan askerlerin yerde ölü gibi yatmaları Volkov'u gelir gelmez şaşırtmıştı. "Bunun yine bir elektrik dalgasıyla olup olmadığını düşünüyordu ki, Matteo'ya sarılan Orhun'u gördü. Yerde kavrulmuş, öldürülmüş binlerce akrebi gördüğünde yutkundu. "Bu da nedir böyle?" diye sordu Edel'e. Edel, "Matteo dostlarını yardıma çağırdı, yukarıda ve aşağıda bize dostları yardım ettiler" dedi. Volkov ve inananlar Orhun'a büyülenmiş gibi bakıyorlardı tekrar. Shup ise küçük dilini arıyordu, onu yutup şaşkınlığına son vermek istiyordu. "Başardık mı, onları yendik mi?" diyordu homurdanır bir sesle. Rabi, "Başardık dostum, onları yendik, evet yendik" dedi. Edel, "Hepsi öldü mü?" diye sordu. Matteo, "Maalesef dostum, zehirli iğneleri vardı dostlarımızın, onlar olmasaydı biz ölmüş olurduk sanırım" dedi gözleri yere devrilmiş, bir hüzün bulutu sarmıştı sanki o anlarda Matteo'yu. Orhun daha bir hüzünlüydü. "Bu askerler keşke isyan etselerdi, doğruluğun ve gerçekliğin sorgulamasına girişselerdi, emir kulları olmadıklarını gösterselerdi. Ama uyardık dimi dostlarım; herkesi uyardık değil mi dostlarım" derken gözlerinden yaşlar geliyordu. Edel, onun elini tuttu, "Habercimiz, yapacak bir şeyimiz yoktu; kendimizi savunduk. Bize saldırıp duruyorlar. Biz kime saldırdık? Biz sadece sistemi ve iblisi yok etmek istedik. Onlar bizi yok etmek istediler, yaratıcımız buna razı olamazdı. Zaman sanki her yerde aynıymış gibi davranıyoruz ama dediğiniz gibi, size denilen gibi, bize bir yıl yaratıcıya bir an demektir. Sanıyorum artık daha bir güç göndermezler, defalardır rezil oluyorlar ve artık şu andan sonra askerler de Karji'yi sorgulamaya ve onun aslında güçsüz bir varlık olduğunu anlamaya başlamıştır. Üzülmeyin lütfen" dedi. Orhun, biraz kendine gelir gibi oldu. "Onları kamyonlara yükleyip gömün lütfen" dedi. İnanan acemi askerler nefretle ve tiksintiyle baktıkları ölülere asla dokunmak istemiyordu ama Orhun'dan gelen bu isteği asla geri çeviremeyeceklerini de biliyorlardı. Aceleyle kamyonlara yüklemeye başladılar ölüleri. "Robotlar iyice sönünce onları da çöplere atarız" dedi Rabi. Orhun'a bakıyordu bunu dediğinde, Orhun onu onayladı. "Bombalanan bir yer oldu mu?" diye sordu ardından. "Hayır; aslında Komuta Merkezi'nde alçak uçuş dahi yaptılar ama olmadı. Daha sonra bir sürü gümbürtü koptu ve dışarı çıktım o sırada ben, habercimiz. Borakları görünce, onların helikopterleri aşağı indirdiklerini görünce öyle bir hisle kaplandım ki tarifini şu an dahi bulamıyorum."

"Onlar bizim sadık dostlarımız" diye söze karıştı Matteo. Gurur doluydu, gençliğin enerjisiyle kibre kapılır gibi olmaktan imtina ediyordu ama yine de kendisinin ilk kez böylesine bir görevde başarılı olmasından ötürü de kendisiyle gurur duyuyordu.

İnsanlar, sokaklara birer birer çıkmaya başladılar Diyar'da. Kent yönetim binasının önünde duranlara hayranlıkla bakanlar da vardı, şaşkınlıkla bakan da. Orhun ve beraberindekiler oldukları yerde duruyordu. Rabi, askerlerine tetikte olmalarını söyledi. Volkov, inananlara yükleme işine ara vermelerini bağırdı. Herkes eller tetikte beklerken kalabalıklaşan insanlardan en öndeki bir kadın bağırdı: "Kurtulduk mu artık bu sahtekârlardan ve bizi köleleştiren yaratıklardan kurtulduk mu?" diye gürledi. Orhun öne atıldı, onu durduracak oldu Rabi, onu da Edel tuttu, *karışma* der bir edayla omzuna dokundu ve geri çekildi Rabi. Orhun, kalabalığa doğru adımlıyordu yalnız başına. "Artık köle değilsiniz; hepiniz eşitsiniz. Az kaldı, bütün dünya kölelikten kurtulacak. Bir adam sıçradı öne doğru,

"Tekrar gelirlerse ben de savaşmak istiyorum" diye haykırdı. Kadınlar, gençler, yaşlılar ve adamlar haykırdı hep bir ağızdan: "Ben de savaşırım, seninle savaşırım, sana inanıyorum" diye gürlüyordu Diyar sokakları.

Orhun, kollarını açtı iki yana doğru; "Artık savaş olmayacak, dünyayı zincirlerinden kurtaracağız ve herkesi özgür bırakacağız dostlarım" diye avazı çıktığı kadar bağırdı. Kalabalık onu hayranlıkla izliyordu. Tai-Shan ve Zadok yanında belirdi hemen; "Habercimiz, ne olur ne olmaz, acaba buradan uzaklaşsak mı?" dedi Zadok. Tai-Shan, kalabalıkta bir düşman göz arar gibiydi. Orhun onları dinleyerek döndü, durdu, tekrar kalabalığa döndü, "Bize yardım eder misiniz?" diye seslendi. Sonra tekrar döndü, onun için hazırlanan araca bindi; yanında Zadok, Tai-Shan, Matteo, Shup, dört tane 5.1 ve Edel vardı. Volkov ve Rabi, "Buradaki iş bitince yanınıza geliriz" dediler. Orhun ve beraberindekiler Komuta Merkezi'ne doğru yola çıktılar. Onlar şaşkınlıklarının pençesinde kıvranırken, "Beklemedikleri şeyi yapmalıyız: Oraya gitmeliyiz" dedi Orhun. "Kastettiğiniz yer Merkezi Birlik binası mı?" diye sordu Shup, ürkek bakışlarla.

"Evet, vakit kaybetmeden, yeni bir saldırı planı yapmalarına fırsat vermeden ve Karji denilen iblisin de akıllarını hükmetmesine daha fazla izin vermeden oraya gitmemiz lazım" dedi.

Karji ise odasında üzüntüden, korkudan ve şaşkınlıktan donakalmış Caled'e fısıltılar vasıtasıyla ulaştı: "Çabuk yanıma gel."

Caled irkildi. Kafasının içinde duyduğu ürkütücü sese boyun eğdi. Ayağa kalkarak, "Karji'mizin yanına gidiyorum" dedi.

Merkezi Birlik

Nefes al yaşa, nefes ver öl. İkisinin arasındaki ândaki boşluk sensin.

İnsanlar, kimilerine göre tesadüf, kimilerine göre bilim insanlarının, yaptığımız çalışmaların "Sonunda Tanrı'dan iz bulduk" laflarını kendi aralarında tartıştıkları zamanlarda. Kimseye belli etmeden hummalı bir çalışmayla geçirdikleri uzun geceler ve ayları bulan titiz çalışmaları sonucu seçilen Winston Caled, Proxima Centauri gezegenine gönderilmiş ve canlı yayınlanan görüntüler eşliğinde Karji, "Sonunda beni buldunuz" demişti. Sonra bir daha gözükmemişti. Birçok insan, Caled'in Karji'nin dünya üzerinde seçilmiş hükümdar olması fikrine sarılmıştı. Değiştirilen sınırlar, birleştirilen ülkeler, yok edilen kutsal kitaplar, uzun yıllar içinde dönüştürülen ve kurulmuş sisteme boyun eğen ama bundan da üzüntü duymayan insanlık, *döngüsellik* inanışının pençesine düşürülmüştü. İnsanların inançları tarihin her döneminde tutarsızlıklar göstermişti. Birbirinden bağımsız ilerleyen ama birbirini taklit ve takip eder olmuştu. Ama Karji, Tanrı Karji'ye inanış bütün tarihindeki inanışların ötesine geçirmişti insanlığı. Öyle ki, *döngüsellik* ölümsüzlüğün adı olmuştu. Tarihteki olaylar, sinsi bir şekilde eğilip bükülmüş ve en sonunda unutturulmuştu. Ne İbrahim'i tanıyan kalmıştı ne İsa'yı ne Muhammed'i ne de Musa'yı. Enok'un adını duyan o bir telefon markası mı bile diyebilirdi var olan dünyanın şu andaki halinde. "Merkezi Birlik" adı verilen ve Caled'in hükümranlık makamı olan devasa binalarla bezenmiş arazi, aslında kontrol edilmesi için insanlığın, bin bir türlü bilimsel yöntemlerle üretilen yiyecekler, ilaçlar ve içecekler dünyaya sunuluyordu. Diş macunu üreten firmaların hepsi, tek bir çatı altında toplatılmış, onlara verilen ve çok az kişinin bildiği formülle diş macunlarının üretilip dünya insanlarına sunulması kararı alınmıştı. O formülün içeriğinde, insan zihnini uyuşturan, bilinç dışına verilen mesajların hepsini sorgulamadan kabul ettiren ve beynin sağ lobundaki nöronları bloke eden bir içerik olduğunu pek az kişi biliyordu. Özel formülle en lezzetli hamburger denilen ve hafta sonları ücretsiz dağıtılan, kuyrukların sokakları bir baştan bir başa doldurulduğu hamburger dükkânlarındaki etlerin içerisine kaygı, stres ve üzüntü hallerinden uzaklaştırıcı yatıştırıcı maddelerin enjekte edildiğini bilen sayısı bir elin parmaklarını geçmez. Merkezi Birlik adının verildiği, bir ada kadar küçük ama kendine özgü işleyişi olan bu yerde, Caled günlerce uykusuz kalıp Karji'nin onunla temasa geçmesini beklemişti. Nihayet bir gece yarısı, bir ses işitip benimle konuşmak için bir ayna bulundur, karanlık bir oda hazırla ve mumlar yak sadece" demesiyle, Caled Merkezi Birlik'in yönetim binasında, yerin iki kat aşağısına Karji'nin ona söylediği odayı hazırlamıştı. İlk zamanlar yapılan bütün görüşmelere yalnız gidiyordu. Kademe kademe Karji'nin söylediklerini uyguluyor, Karji'yi görmek isteyenlere mabetlerin yapılıp aynalarla süslenmesini salık veriyordu. İnsanlarda devasa mabetler yapıp aynalarla donattılar, tıpkı onlara denildiği gibi. Karji, gölgelerini bu mabetlere gönderiyor ve onları insanlarla konuşturarak, insanların, "Karji'miz ancak *döngüsellik* içerisinde ona tam inanırsak bize gözükecek, bu hayatta onu hak etmek için, biz ona tam itaat halinde olmalıyız" diyen Karji rahiplerini dinliyorlardı. Göz açıp kapayıncaya kadar geçen elli yılın içerisinde, dünya hiç olmadığı kadar yoksul, kaynak dağılımında gözle görülür şekilde adaletsizlik her yerde belli olmasına rağmen kimse ses çıkaramıyordu. Merkezi Birlik'te oluşturulan ve "üstün akıllılar" denilen bilim insanlarının robotları artık güvenlikleri sağlayacak şekilde polis ve asker olarak üretmesiyle ses çıkarmaya niyetlenen kimse kendini ortaya koyamıyordu. Hele ki enerji tarama makineleri üretilip, içimizdeki kötülükleri ortadan kaldıracak bu makineler; eğer Karji'ye karşı inançsızlığın yüksek olduğunu tespit edip, makinenin içeresindeki yapay zekânın sizin inançsız olduğunu gösteren kırmızı ışıkları yanarsa, sizler inançsızsınız demektir.

Eğer zararlı damgası yerseniz, bu demektir ki siz Karji'ye inanmıyorsunuz. İşte bu makineler ve bu sözlerle insanlar sindirildi, sinmeyenler yok edildi, öldürüldü ve Ekni'ye atıldı. Dünya yedi birlik olarak bölününce, yazılı, görsel ve dijital basını kontrol etmek oldukça kolaylaştı. Birer kukla olan başkanlar birliklerin başına getirildi. Kapol sitesi kuruldu ve "Kutsal bilgi kaynağımız Karji'nin bize hediyesi" dendi. Duygu durumuna göre önerdiği şarkı listeleriyle, önce insanları şaşırttılar ama perde arkasında bütün insanların bilgilerini kolaylıkla aldılar. İlaç firmalarını kontrolleri altına aldığında Caled, gerinerek, "Şimdi gerçekten ilaç üreteceksiniz" demişti toplantı sırasında. Onun kastettiği gerçek ilaçlarsa, obezlerin ölümüne yol açan, bedensel engellileri intihara sürükleyen, şizofreni hastalarını köprüden attırıp cinayetler işleten cinsten olanlardı. "Formülleri açıklarsanız öldürülürsünüz ve *döngüsellik* içinde alt basamakta olursunuz" dendiği için, ilaç firması olan insanlar gıklarını çıkarmamıştı. "Zenginliğin keyfini çıkarıyoruz" diyorlardı teknelerinde çoğunlukla. Kimisi görece yardımlar yaptığı dernekler kuruyor, ücretsiz çocuk felci aşısı dağıtmasıyla övünüyordu ama o çocukların su ihtiyaçlarına sıra geldiğinde, "Buna biz bir şey yapamayız, Karji'den isteyin" diyorlardı yardımseverler. "Karanlık maddenin formüllünü aşama aşama bize sunacak Karji'miz" diyen Caled'e dikkat kesilmişti uzun bir müddet insanlık. Çünkü zaman yolculuğu yapıp dünyadan daha büyük gezegenlerde yaşama fırsatını sunacaktı belki de Karji ama önce ona koşulsuz inanılmasını ve tapılmasını gördükten sonra formüldeki son maddeleri de söyleyecekti. En sonunda, ışık hızı için gereken yakıt kaynağı bulunmuş olacaktı. "Dünyada şu âna kadar bulunmayışının sebebi Karji'nin evrendeki diğer dünyalarıyla ilgilenmesi" demişti Slim, basın toplantısında. Merkezi Birlik, oldukça sıkı korunan ve uçan kuşların bile denetlendiği radarlarla donatılmış bir yerdi. Merkezi Birlik yönetim binası, tam anlamıyla bir kaleydi. Kurşun geçirmez camlar, füzelere dayanıklı duvarlar, kızılötesi detektörler, yorulmak bilmeyen robotların yirmi dört saat göz kırpmadan nöbet tutmalarıyla da oraya bir saldırı yapacak olanın aklını oynatmış birisi olurdu. Caled, binayı girilmezlik abidesi kıldırmıştı. Milyarlarca insanın umurunda olmayan bu tip durumlar, sadece başkanların ve Caled'in umurundaydı. Altın madenlerinin %30'luk stoku Merkezi Birlik'e gönderiliyor ve yapılacak araştırmalar için ödenek oluşturulması sağlanıyordu. Ekonomide açık verilmesini sağlayacak bu uygulamadan ise birlikler vergileri artırarak ve işçi sınıfına oldukça düşük miktarda ödemeler yaparak kurtuluyordu.

İnsanlar dilsizleştirilmişti, insanlar susturulmuştu, insanlar uyuşturulmuştu, insanlar korkutulmuştu ve insanlar sorgulamaya kapatılmıştı. Romanlar bile artık Karji'nin hoşuna gitmesi için, sadece mutluluk içerecek türde yazılıyordu. Araştırma kitaplarıysa tarihle alakası olmayan hayali ve inandırıcılıktan uzak bilgilerle donatılıyordu. Buna itiraz eden olmadığı için, "Bu doğrudur" diyen uzmanlar dinleniyordu sonuç olarak. İşte Orhun, bu denli bir kaos barındıran dünyada, sevgiyi ve birlik olmanın yolunu sunduğunu iddia ederek ortaya çıktı.

Orhun, Merkezi Birlik yönetim binasına gidecekse, onu elinde çiçekle beklemediklerini de biliyordu Shup. Ve kendisinin de ona katılacak olmasından ötürü oldukça korkuyordu.

İnsanlık yorgundu, insanlık bunalmıştı, "Ne olacaksa olsun" demeye başlamışlardı. Yılların bunalımı, sefaleti, açlığı doğru bildikleri inançlarının rayından çıkmış bir treninin vagonlarında bulunan yalanlar olduğunu anlamaya başlıyordu insanlık artık. Merkezi Birlik'te bulunan seçilmiş yüzlerce bilim insanı umursamazdı, bilim insanları rahiplerle birlikte artık dost olmuşlardı. Onların korkuları yoktu; "Bu olaylar yatışacak ve Karji'miz bu sınavda başarılı olanlara ödül verecek" diyorlardı. "Karji, Karji, Karji"; Merkezi Birlik'te çınlayan isim buydu.

"Başkanımız bu talihsizliğin üstesinden gelecek ve bizleri ödüllendirecek yeni bombalar ve daha gelişmiş robotlar üretelim; zaman yolculuğu için daha sıkı çalışalım ve Karji'ye bağımlılığı daha da artıracak yeni ilaçlar üretelim" diyordu bilim insanları. İsyan, ayaklanma ve "Gerçekleri açıklayın" diyen insan sayısının artışından bihaber halde çalışıyordu Merkezi Birlik'teki bilim insanları.

Karji'yle görüşme odasına inmeye hazırlanan Caled korkuyor, belli etmiyor, belli etmemek için türlü öfke nöbetlerine giriyordu. "Kimseden bir söz duymak istemiyorum. Ben gelene kadar bir şey yapmayın, hareketsiz kalın gerekirse. Umut edin ki Karji'miz bize son bir fırsat verir ve onun düzenini yıkmak isteyen, yolundan sapmış kullarını yok etmemiz için bize yardımını esirgemez" diyerek pelerinini ve eldivenlerini giyindi Caled.

Orhun ise hazırlıklarında son aşamaya gelmişti.

Karji

Güç istencine gark olanlar,
kontrolden çıkmış varlıkların yok ettiği toprak yığınıdır sadece.

İnsan aradı, yüzlerce yıl aradı, binlerce yıl sordu: "Biz nereden geldik ve nereye gidiyoruz?" Bulduğunu sandığı cevaplar arasından önce taşları seçti. Onlar doğada kaybolmuyorduysa onlara tapınılması doğaldı çünkü. Ama toza karışıyordu kayalar, dalgalar vurunca dibe çöküyordu taşlar. Vazgeçti insan, "Daha büyük olmalı" dedi. Gökyüzüne baktı, yıldızlar garip gözüküyordu; onlara adaklar sundular, sayılar ve döngüler belirlediler ama gün ışıyınca kayboluyordu yıldızlar. Vazgeçtiler. Güneş daha büyük ve ihtişamlıydı; o olmasa ısınamazlardı. Soğuktu dünyanın dört bir yanı, Güneş devasaydı ve sıcacıktı; "Buna tapalım, evet evet, buna tapalım; baksana çok büyük, hem de ısı veriyor, karanlığı yarıp geçiyor." Bunları söylüyordu insanlar. Ama Güneş de daima hep Batı'dan batıyor, Doğu'dan doğuyordu ve gece çökünce dünyaya kayboluyordu. Sabrettiler, "Güneş galip gelir" dediler. Heykeller yaptılar, durmadan adaklar adadılar, ateşi icat edip, "Güneş'in oğlu" dediler. Ateşe tapındılar, etrafında şarkılar söyleyip dans ettiler. Baksana, burası çok güzel, dans edince Güneş'in oğlu yukarıya doğru çıkarıyor dumanlarını, o da buranın çok güzel olduğunu böyle söylüyor bize" diyordu insan. Uzun sürmedi, Güneş sıradanlaştı, ölüme çare sunmadı. Sonra yağmuru keşfettiler, suya odaklandılar, bulutlara tapındılar; yağmur yağmazsa ekinler olmazdı, tarım olmazdı, buğday büyümezdi, susuzluktan hemen ölürlerdi. "Asıl tapılması gereken bulutlar" dediler, kutsiyet atfettiler. Aidiyet duygularını suyun kaynağı olarak gördükleri bulutlarla bütünleştirdiler. Durmadılar; daima ekinler ve suyun arasında gidip geldiler. "Su çok güzel, renksiz, berrak, temizliyor, içiyoruz, hayvanlar besleniyor ve onları yiyoruz; su olmasa bir hiçiz; ona tapınmak en doğru olan" diyordu insan. Bir tufan koptu, suyun öfkesi dağları aştı, yeryüzünü altında bıraktı. Donakaldılar, tanrıları onları yuttu. Sağ kalanlar hemen bir başka tanrıyı aradılar. Buldular da. Tanrı değil tanrılar vardı, asıl Tanrı buralarda gözleri önünde değildi. "Bak şu ağaç kadar insan varmış, Nefiler onlar, tanrıların soyu, bu dünyanın koruyucularıymış; onlarla iyi geçinirsek bizi asıl Tanrı'ya ulaştırır. Peki nereden geldi onlar? Bilmem ama gökyüzünden geldiler sanırım" diyordu insan. Birçok yeni insan türedi, "Ben Tanrı'nın elçisiyim" diyen. Kralın soyundan olanlar bile kaçıp kendilerine bir din kurdular; adına "Hiçlik", "Boşluk", "Varlık" dediler. Onlara da inanan oldu.

Parçalanma tam da o dönemde başladı. Bir kitap; bu kutsallar kutsalıdır, bu daha da kutsaldır, bu en kutsalıdır, bu hepsinden daha kutsaldır dedikleri kitaplar ortaya koydular. Tanrılar, bir Tanrı oluyor, bir yine çoğullaşıyordu. "Tanrı nerede?" sorusu yerine, "Tanrı şu mu, bu mu?" diyordu insan. "Gözlerini kapatırsan aydınlanırsın" diyen çıkıyordu, gözler kapandığında görülen salt karanlık olmasına rağmen. "*Üçüncü göz* o zaman açılırmış, öyle deme" diyordu insan. "Kapatmak zorundayız" diye ekliyordu hemen ardından. Biri eline asa alıp denizi yarıyor ve ardından gelen düşmanı oraya, suyun yani eski Tanrı'nın kucağına sürüklüyordu. Tabletlere yazılar yazıp, "Bunlar yaşamın idealidir" diyordu insan. "Bizler üstün ırkız" diye ekliyordu yanındakiler. "İnsan öldürmeyeceksiniz" diyordu ama kendisi bir insan öldürüp kaçmak zorunda kalıyordu. Bir başkası, "Bütün egolardan arının" diyordu ama "Ben Tanrı'nın oğluyum" diye de hemen ekliyordu ardından. Ona inanmak yerine onu yok edelim diyordu çoğu.

"Ölüleri diriltti, duydun mu?"

"Sen direklere çakılmadan önce neden söylemedin bunu?"

"Korktum" diyordu insan.

Sonra onlarca ve yüzlerce hikâye yazdılar.

"Tanrı'nın oğlu ölmedi, yükseldi."

"Yok, öldü, günahlarımızı o ödedi, bizler günahkârız çünkü. O babasına kendisini sundu. Ama son anda haykırdığı kişi Nefilerden biri deniyor! Bilmiyorum, yalandır, Tanrı'yı anmış, baba demiş."

"Aba mı baba mı?" diye soruyordu insan. Karşısındaki, "Boş ver, teslim ol" diyordu. Bir başkası çıkıyordu ortaya, "Teslim olun; teslim olursanız her şey daha kolay olur" diyordu. Yeni bir kitap getiriyordu, "Tanrı'nın sözleri buradadır" diyordu. Onu da öldürmek ve yok etmek istediler. Öldükten sonra mirasını yok etmek için de ellerinden geleni yaptılar. Birbirlerine düştüler. Karısı ve en güvendiği sağ kolu savaşa girişti, teslim olmamışlardı. "Dinler uyuşturur" dedi biri. "Onun uyuşturmasıyla sizler kötü olursunuz" diyordu. "Devlete bağlanın; toplum vardır, birey yoktur" diyordu. "Bireysel olunmazsa birer robot oluruz" diyenlere aldırmıyordu. "Olsun, toplum en yüce olandır ve Tanrı yoktur; olsaydı yoksulluk olmazdı" diyordu tezin sahibi. "İnsanlar eşit olmadığı için açlık ve sefalet var" dendiğinde, "İşte ben de bundan bahsediyorum; eşit olacağız ama devlete tam itaat edeceğiz" diyordu; çünkü devlet Tanrı'ydı. "Tanrı kim? Ben düşününce, *kendim* diye bir şey buldum" diyordu aklın hizmetkârı; birçok yolu doğru söylüyordu ama karman çorman tekniklerle gittikçe anlamsızlaşan fikirler ortaya koyuyordu. Bir başkası *toplumsal sözleşme* ahdine imza atmak için kitap yazıyordu; aforoz ediliyor, sonra çocuğunu bakımevine veriyor, ardından çocuk yetiştirilmesi üzerine kitaplar yazıyordu. *Anlam* arayışında, Tanrı arayışında nerelere savruldu insanlık. Bilim hepsinin üstüne çıkmak için can atıyordu. Buldu da o canı. "Akıl Varsa Tanrı Yoktur, Tanrı Varsa Akıl Yoktur" üst başlığına alt başlıklardan milyonlarca eklendi. Zamanın tarihini yazan bile oldu, zamanın evrendeki anlamsızlığına rağmen. İyilikleri de oldu, güzellikleri de bilimin. Zamanla yolundan sapması çok da zor olmadı. Ödüller almak için Tanrı'yı yok etmeye yarayan ne varsa üretme yarışına girdiler. Atom, atom altı parçacığı, kuarklar, nötrinolar sözcükleri yeni dinin kutsal kelamı oldu. "Bunu parçalayan yanıma gelsin" diye gülerek yaklaşan bilim insanına peygamber muamelesi yapıldı. İyiydi o da, güzellikler peşindeydi ama hırslıydı; bir başkası tezini keşfetmesin ve geliştirmesin diye sevgiyi ikinci plana attı. Karısını boşadı, çocuğunu umursamadı ama keşfettiğiyle sarstı, hırsının karşılığını aldı. Ama son nefesinde, anlamsızlığı da anlamış olduğunu haykırdı. Bir başkasının, "Tarihin en karanlık çağlarında Tanrı'ya ok fırlatanlar uzaylılardı. Uzaylılar dünyanın yöneticileridir, onları bulalım, gezegenleri keşfedelim. Güneş sistemi değil önemli olan, samanyolu da nedir ki Andromeda'nın yanında" sözleri artık, "Su versene", "Ekmek arasında sucuk iyi gider" kadar doğallaştı, dünya insanının kelime dağarcığında. "Ölümü yeneceğiz", "Zaman yolculuğu yakında", "Tanrı varsa çocuklar neden ölüyor?" diyordu yeni bilime ısınan insan. Soruların cevaplanması için, suratındaki kılların uzamasıyla uzmanlık göstergesi daha yüksek olduğuna inanılan insanlara başvuruluyordu. "Üç yüz bin kez uuu, huuu, ımmm dersen aşk gelir seni bulur; bin yedi yüz elli kez aaaa, Tanrı'm, Allah'ım beni sev dersen cennete olacaksın. Günde on bin defa zenginlik kelimesini, şakaklarına ellerini koyup tekrarlarsan zengin olursun" diyordu sakallılar. Biri çıkıp, "Tanrı geri zekâlı mı ki binlerce kez tekrarlarsak o zaman anlıyor istediğimizi" diye sorduğunda, "Dinden çıkmış kafir; yakın, defedin bunu" diyordu insan. Kaçıyordu sorgulayan, "Dinsiz, imansız köpoğlu" diyorlardı sorgulayanlara. Dinsizler peydahlandı hızlıca; "Eğer dinler olmasaydı ne yapacaktınız, neye karşı gelecektiniz?" diye sorulsa, bilmiyor ama "Her şeye karşıyız. Tanrı ve dinler saçmalık. Bak buradaki ayette şunu demiş; oysaki embriyo bambaşka bir şey, o kelimenin kökü bu değil. Bunu Tanrı yazmış olsa embriyo derdi. Tanrı salak mı sanıyor bizi? Vazgeçin bu sevdadan, inanmayın bu saçmalıklara" diyenler taraftar toplamaya başladı. Yeni peygamberler onlar oldu. İzlenen, okunan ve takip edilenler oldular.

İnsan üretti hemen karşıtını. "Bu elbiseyle gömülürsen sırat köprüsünden daha rahat geçersin; ayaklarının yanmaması için de şu terlikleri giy" diyor ve ekliyordu: "Elli dolar." Taş olan Tanrı, Yahve olan Tanrı, Şiva olan Tanrı, bulut olan Tanrı, Güneş olan Tanrı, Nefil olan Tanrı, enerji olan Tanrı, gizli olan Tanrı, cezalandırıcı olan Tanrı, 99 ismi olan Tanrı, oğlu olan Tanrı, evreni tek insan için yaratan Tanrı, kara delikleri olan Tanrı... Tanrı'nın ne ismi ne de cismi üzerinde kimse mutabakat sağlayamadı. Ticarete dönüştürdüler.

"Kuran var mı?"

"Var."

"Alabilir miyim?"

"30 dolar."

"İncil var mı?"

"Var. 20 dolar."

"Tevrat peki?"

"O 50 dolar."

"Ama neden parayla satıyorsunuz? Satıcısı kim? Üreticisi Tanrı'ysa, Tanrı'ya para mı ödüyoruz?"

"Git işine, dinsiz" diyordu insan, cevaplamadan kaçıyordu etrafına doluşanlarla soruyu soranı dövüyordu.

"Varoluş asla hata yapmaz."

"Varoluş mu? O da ne ki? Tanrı mı?"

"Hayır, adı Tanrı değil. Tanrı yok. Varlık işte, varoluş."

"Ama nedir yani varoluş? Kim? Bizi yaratan o mu?"

"Yaratılma yok, kendimiz varız. Bir kez geliyoruz dünyaya, o kadar; yaşa ve geç. Sorgulama. Vardık, hep varız ama başka bir yerde yokuz. Sadece burada varız."

"Anlamadım" diyordu insan, hemen ardından anlamadığı cümleleri kuranları ilah belliyordu, kitapları havada kapışılıyordu. Birbirlerini eziyorlardı, konuşmaya geldiğinde varlıkçı. İnsan ona da doyuyordu, "Ne varsa eskilerde var; gel bak, şu kutsal metinleri ezberleyip günde şu kadar dua, şu kadar kutsal mekâna gidip üç farklı dilden ve üç farklı dinden birini seçelim de iman edelim" diyordu insan. Seçiyordu birini, kendi dilini doğru düzgün konuşamayanlar başka dillerdeki metinleri ezberliyor ama kelimelerin eş anlamları, başka anlamları ve dilin kendi içindeki köklerinden habersizce o sözleri tekrarlıyordu. Soru soranlar, diş fırçasının kıllarındaki macunun ibadeti ne derecede engellediğini dahi merak ediyordu ama Güneş sistemindeki gezegenlerin sayısını bilmiyordu. Keyifliydi hocalar, hacılar, papazlar, papalar, bilimciler, bilinmezciler, varlıkçılar... "Oh be, Tanrı fikri olmasaydı biz ne yapardık" diye geriniyorlardı evlerinde, kumandaya dokunup açıyorlardı dizilerini. "Neden yoksulluğu yok etmiyoruz?" diyene, "Sabır ve teslimiyet içinde ol; Tanrı verir" diyordu programı yapan "hoca". Ama kendisi villada otururken, bu teslimiyetin ne demek olduğunu soran olursa, "sorgulamadan teslimiyet" demeye de hazırdı. Kutsal yerler boşaldı çok geçmeden, yerine yenileri yapılsa, sistemler kurulsa dahi boşaldı. Yaşlılar, ölümden korkanlar Tanrı'ya sarıldı. Gençler, "Nasılsa gencim, yaşlananınca dedem gibi ben de inanırım" diyerek geçiştiriyor, dünyanın kısıtlanmaması gereken güzelliklerle dolu olduğunu söylüyorlardı. Yaşlılar ölüyordu, pamuk bez, tabut, yakılma her türlü yolla gömülüyor, savruluyorlardı. Devletlerin bir kısmı dini kullanıyor, bir kısmı "Dinsizlik daha iyi" diyor, adına "sosyalizm" ya da "komünizm" diyordu. Kapitalizm ise esir alıyordu. "Her şeyi elde etmek için önünde engel yok, çalış, kapital düşün" diyordu insan. Düşünüyordu... Bulduklarıyla silahlar üretiyor, "Dinden iyi ki de kurtulmuşuz; bakın başka devletlere, halkı aç ve diktatörlerle yönetiliyorlar. Bense bisikletle ve metroyla gidip geliyorum yönetim binasına" diyordu insan. Onlar umursamaz olmuştu, kiliseler kiraya çıkmıştı, camiler boşalmıştı, sinagoglara yaşlılar ve köktenciler gidiyor, umursamazları lanetliyorlardı. Gençlere, "Dünyadan zevk almayın, dünya sınav yeridir, kurallar şunlar... Bakın, 108. kısımda ne diyor Tanrı? İşte gördünüz; eğlenmek yok, evlenmek var ve teslimiyet var" diyorlardı. Tanrı kullanılıyordu, Tanrı yok ediliyordu, Tanrı öldürülüyor, sonra da diriltiliyordu. "Kurtarıcı *oğul* gelecek, sakin olun; buna inanmayanları cezalandıracak" diyordu insan. Kurtarıcı gelmeyince, ondan başka yerlere adımlıyordu insan.

"Kara delikler bulundu, demek ki binlerce evren var."

"Kara delikler nerede bulundu?"

"Bir laboratuvarda test ettiler."

"Ama nasıl olur; her şeyi, ışığı bile yutuyorsa, nasıl test edilir?" diyene, "Dindar köpek, bilimden ne anlarsın sen" diyordu insan. Konferansalar yeni ayin alanları olmuştu. Konuşulan bilim olsa bile, ucu, sonu ve başı Tanrı'yla bitiyordu. Gülüyordu insan Tanrı lafı geçince. "Bak ne dedim sana ben? Çarmıhmış, bilmem neymiş, hepsi palavra. Bak ne diyor profesör? Patlama sayesinde evren oluştu."

"Patlama öncesi ne vardı profesör?"

"Onu bilemeyiz."

"Ama..."

"Aması yok evladım; bilemeyiz. Bilim insanı bilmemekle övünür."

Sokratesçiyiz biz."

"Anlamadım!"

"Yok bir şey hocam."

"Neyse; nerede kaldık" diyordu insan ve konferans gülüşmelerle, Tanrı'ya hakaretlerle devam ediyordu.

Astrologlar türüyordu her yerde. "Bak, yıldız haritamda ne çıktı? Altı ay sonra para gelecek, bir de çok yakışıklı bir adamla tanışacakmışım, hem de doktormuş galiba" diyordu insan. Yıldızların haritasını, yıldızların içerdiği elementleri bilmeyenler çıkarıyordu. Yıldızların ne söylediğini yıldızlarla tanışmamış olan ve tam olarak nasıl oluştuğunu bilmeyenler sunuyordu. Hemen ardından evlerinde dolmalar sarılıp biralar yudumlanıyordu. "Enerji var" dediğinde insan, "Aaa bak, bu ilginçmiş, devam et. İşte bak, hepimiz bir enerjiyiz; iyi hisset ki iyi ol" diyor insan. "Ama 'kötü hissetme' dediğinde dahi kötülük gelmiş olmuyor mu?" "Olmuyor" diyordu insan... Tanrı'nın tarihini yazanlar çıkıyordu. "İşte şu tarihten başlayarak insan oluştu, Âdem geldi" diye başlıyordu; ardından da "Tanrı paganlardan beri var olan varlık düşüncesi, yaratan düşüncesi hep vardı. Bakın bu kitabımda hepsini açıkladım."

"İlginç! Alabilir miyim?"

"Tabii. 20 dolar" diyordu insan.

Dinin içinde şifreler buluyordu insan. "Matematik olmadan Tanrı anlaşılmaz, bunu da ancak uzmanlar anlayabilir" diyordu insan. Şifreler yazılıyordu. "Şu 234. sayfadaki ayetin baş harflerini dördüncü kelimenin diziliminde şuna doğru kaydırdığımızda, ortaya bakın ne çıkıyor? Güneş sistemindeki gezegenlerin sayısı. Ben demiştim zaten; bir gizem var bu kitaplarda" diyordu insan. Siyahlara, beyazlara bürünüyordu matematikçi uzmanlar, hesap makinesiyle Tanrı'nın formüllerini arıyordu: "54 ila 76 toplanınca bu kelime sayısına ulaşılıyor, evet bu metinde bu sayı var; bu sayıları yıldızların bize yakınlıklarına yoralım. Bir şey buldum!"

"Nedir?"

"Bize bakan yıldız sayısı bu kitapta yazıyor; binlerce yıl önce söylenmiş."

"Hani bilim her şeyi kendi bilirdi?"

"Ama sen de bir bilimsel metot kullanmadın mı?"

"O ayrı. Dinin yararına kullanılırsa bir şey olmaz; dinden çıkılmaz o zaman."

"Çıplaklık yüzlerce yıl yasaklandı, çıplaklık lanetlendi, kadınlar yakıldı, kadınlar ikinci sıraya alındı. Bıktı kadınlar; sonunda soyundukça soyundular. Sıradanlaştı soyunmak ama bilinçaltlarında bastırılmış ikinci sınıflık duygusu durmalarına engel oldu. Baksana onun poposu ne güzel... Şu fotoğrafı koyarsam beni de çok beğenen olur sanırım" diyordu insan.

Alkole sarılıyordu, haplara sarılıyordu, tozlara sarılıyordu insan. Unutmak istiyordu acılarını. Sonunda Tanrı'ya sarılmak istiyor ama bulamıyordu. İntiharlar artmıştı, ölümler sıradanlaşmıştı. "Ah ah, vah vah; kötü oldu, keşke öldürmeseydi kendini, iyi çocuktu" diyordu insan. Hemen ardından köfteli sandviç söylüyordu kendine. Bombalanan şehirlerin gösterileri sıkıcı geliyordu artık. "Ne yapalım canım, var ki suçları o yüzden saldırıyoruz onlara" diyordu insan. Ekranlarda kerevizin suyundan yapılma keklerin tariflerine dikkat kesiliyordu; dikkatle inceliyor, kendi kendine, "Ben bunu yaparım" diyordu. "Evlilik kutsaldır! Çocuk yapın" diyenlere isyan edenler çoğaldı. Yuva olmaktan çıkan taş yığınlarının içinde hüznünü gizliyordu insan. Yapay zekâları yüceltemeye başladılar. Onların kendilerine eş bulmasını, dişçi bulmasını dilediler ve buldu onlar da. "Yapay zekâ varsa, Tanrı yoktur. Her şeyin cevabını verdiğini iddia eden kutsal metinler yerine yapay zekâya soruyorum her şeyi…

Kafası karışıktı insanın, doğayı kutsayanlar da çokça idi, kafasını kazıtıyordu bu yüzden binlercesi. Neye inanacağını şaşırmışlar çoğalınca, binlerce yıllık metinler tekrar popülerleşiyordu.

Mikro dalga bulununca tekrar rafa kalkıyordu kitaplar. Yazarlar Tanrı'yı ya övüyor ya yeriyordu. "Çok satanlar", "Tanrı'dan şunları isteyin" diyenler ve "Tanrı yok, şunları yaparsanız zengin olursunuz" diyenlerdi. Soruyordu insan: "Zenginliğin kitabını yazanda bu kitabı yazmadan önce ne kadar para vardı.? Cevap alamıyordu insan; satın alıyordu kitapları. Kafası toz dumandı insanın. "Bu bilgi çok gizli şeyleri açığa çıkarıyor, ilaçlar şöyle içeriklerle bize sunuluyor. Bakın ben insanlığa hizmet için araştırdım" diyordu birisi. Buna karşı, "15 dolar verin, alın bu araştırmayı" diyordu. "Toplama bilgileri neden bedava sunmuyorsun?" diyen olursa, oradan uzaklaşıyordu araştırmacı. Çok bilmişler türemişti, bilgisizler aşağılanıyordu. "Bak bence şu üniversitede daha iyi hocalar var, şuna kaydolalım" diyordu insan. Kaydoluyor, ölü bilgilerle donatılıyordu. "Yenilik" diye sunulan en büyük gelişme, Tanrı'nın varlıksızlığını bulmak için kurulan yerlerin araştırmaları oluyordu. Zamanla onun da modası geçiyordu. İnsan düşünüyordu evinde: "Her şey bir sebep-sonuç ilişkisiyse ve ben insan olarak bir sonuçsam sebep ne?" Sebebi arıyor, araştırıyor, soruşturuyor, soruyor, bulamadığı her an çıldıracak gibi oluyordu insan. Sonuçlar kalabalıklaştıkça seçenekler arasında bocalıyordu. Susuyordu insan. Deniz kenarında koşuyor, bedenini eritiyordu. "Zerrelerin toplamıyız" diyordu kendi kendine. Hayvanlara sarılanlar, bitkileri kutsayanlar, taşları oyanlar çoğalmıştı. İyiydi ama bağımlılık kötüydü, bunu bilmiyordu insan. Köklerine dönmek istiyordu ama kökünün nerede olduğunu bir türlü bulamıyordu.

Doğum gününmüş bugün. "Sana hediye aldım, açsana bakalım" diyordu insan. Ama doğum günü ne demekti bilmiyordu. Ne zaman doğduğunu bulamıyordu. "Annenin karnına ilk düştüğün gün mü doğdun, annenin rahminden çıktığın gün mü doğdun, babanın spermindeyken mi doğdun?" diye soramıyordu insan. Düşünmüyordu bunları, hastanede ağladığı ilk an doğmuştu, bu yeterliydi. Varlıkçının dediği gibiydi. Kendine kızıyordu insan, "Engellemek istiyorum kötülüğü" diyordu, çok zengin olduktan sonra yardımsever oluyordu, çok zengin olana kadar kimlere acı çektirdiğini düşündüğü için, "Artık iyi olmalıyım" diyordu, zorluyordu iyi olmak için kendini. Özünde iyiliği bulamayınca, kâğıtlarla satın alacağını düşünüyordu. O an vardı ve o an önemliydi. Tanrı yardım ediyordu. "Bak kuyu açtılar bize, suyumuz temiz, hem de içiliyor" diyordu insan; kuyuyu açanların aslında, onları aç bırakanlar olduğunu unutuyordu. Öfkesini yenmek için ağaçların altında bacaklarını havaya kaldırıyor, sonra başlarını yere indiriyor, bedenlerini sağa sola salıyordu insan. Arıyordu doğallığı ama doğanın insanların katliamından ağladığını umursamıyordu. "Şuradaki ağacın orası ideal, hadi serelim havluları. Evet, şimdi iki elimizi yukarı kaldırıp başımızın üstünde birleştirelim, derin nefes alıp verelim" diyordu insan. Lider arıyordu insan, buluyordu da. "Bu benim gibi düşünüyor, kral bu olsun" diyordu. Gücü tek bir kişinin eline veriyor, "Bu Tanrı'nın seçilmiş kulu, yedi kuşaktır imparatorluk onlarda" diyor, yere eğiliyordu; yedi kuşak önce çiftçi olan büyük büyük büyük babasının temsilcisi genç erkeğin önünde. İmparatorlar haremler kuruyordu, savaşlar çıkarıyordu tebaalarını geniş tutmak ve Tanrı'ya hizmet etmek için. Kendilerini hükümran ve Tanrı'nın gölgesi ilan ettiriyorlardı.

Bıktı insan. "Seçerim ben kendi liderimi" diyordu. Seçimler yapıyordu, "En iyisi bu, buna oy vereceğim" diyordu. Birkaç yıl sonra o iyiyi ortadan kaldırmak için başkasını yüceltiyordu. Ekonomi yeni dindi. Para her şeyin üstündeydi. "Kutsal mabet yapmak istiyorsan, beton almalısın, oda parayla, kitaplar parayla, halılar parayla, arsa parayla. Tanrı'nın evi diyoruz ama para olmadan orayı bile kuramıyoruz" diye hayıflanıyordu insan. Tanrı'nın evlerine giriş parası alıyordu sonra. Parayı vermeyen giremezdi Tanrı'yla konuşmaya. Tarihi bile doğru düzgün anlayamıyordu insan. Soruyordu: Afrika'daymış ilk insan, ortak atalarımız oradaymış.

İnsan arıyordu, soruyordu, bir sürü yollardan geçiyordu. Karji, bütün bu karmaşanın ortasında, "Cevapları getirdim" diyerek gölgesi altına alıyordu insanlığı. Karji bir dumandan öteydi insan için, Tanrı'nın birçok görüntüsünden biriydi sadece. Herkes ilk kez mutabakat sağlamıştı. Döngüselliğe sarılıp, ortak bir Tanrı'ya tapınmaya başlamış ve bütün cevapları bulduğunu düşünüyordu. Mantık, akıl ve kalp birleşmişti. Dinler kaldırılmış, mabetler daha da yüceltilmişti. İlk kez bilimin ışığında Tanrı ortaya çıkmıştı. Artık tamamdı, barış sağlanmıştı. "Yoksulluk olsa bile, kötülük olsa bile bu senin sınavın; sonraki hayatında daha iyi ol, onda da başarılı olamazsan bir dahakinde olursun" düşüncesi kutsanmıştı.

Karji insanları kuşatmıştı.

Yoksa insanlar mı Karji'yi kuşatmıştı?

Orhun

Bir insan sadece bir insanı değiştirebilir: Kendisini!

Gelişimini tamamlama yolundaki ilk adımlarını atmaya başladığında, Karji'yi Tanrı olarak kabul eden insanların arasında kendisini daima huzursuz hissetmişti Orhun. Ailesini kaybettikten sonra içine kapanmış ve yeteneğini sergileyeceği tek alan olan resme daha fazla zaman ayırmaya başlamıştı. Dışarı çıkmaktan daima çekiniyordu, enerjisinin inançlı çıkmayacağını adı gibi biliyordu. Yalnızlıktan korkar olduğu gençlik dönemini de korkularının üzerine giderek, ışıkları tamamen kapatarak, evi içinde saatlerce oturup düşünerek atlatabilmişti. Arkadaş edinmede ya başarısız biriydi ya da kökte arkadaş istemiyordu. Nefret de etmiyordu insanlardan, onlara büyük sevgi de sunmuyordu. Portrelerin popüler olması ve insanın kendisini resimlerde görme arzusu yükseldikçe bir umut ışığı doğduğunu sezinlemiş ve portre yapma konusunda kendisini iyice geliştirmişti. Akrabalarının aramalarına daima "Çok yoğunum" diye cevaplar vermiş ve sonucunda akrabalarının onu aramaktan vazgeçtiği bir döneme girmişti. Orhun, bu durumdan mustarip değildi, aksine mutlu olmuştu. Dünyayı anlama yolunda birçok kaynağa başvurmuş ama anlam arayışında durgunluğa geçmişti. "Bir anlamı yok mu bütün bu olanların?" diye kendine serzenişte dahi bulunmuştu. Portelerden arta kalan zamanında, çok sevdiği doğa resimlerini tamamlıyor ve onlara çocukları gibi sevgi dolu gözlerle bakıyordu. Başarısız iki aşk denemesi ve kadınların onu anlamadığını düşündüğü kısa süreli ilişki yolculukları oldu ama "Doğruyu bulana kadar beklemeye geçiyorum" diyerek, kurtarıcısı olan resimlerinde hayalindeki kadını çizmeye çalıştı. Mecbur olmadıkça dışarı çıkmıyor, ailesinden kalan birikimin yardımıyla, portre satışı düşük olsa dahi, ayı idareli bir şekilde geçiriyordu. Harcamalarının gıda dışındaki önemli kısmını kuşlara yem atmak için aldığı buğdaylara ödediği ve aldığı kitaplar oluşturuyordu. Okumayı seviyordu, ancak okuduğu kitaplar zihninde daha büyük karmaşalara yol açıyordu. Tarihi araştırmak istiyor ama kısıtlı bilgilerle bir yere varamıyordu. Tıkanıklık hissi otuzuna bastığında zihinsel evrenini çepeçevre sarmıştı. Yalnızlığının bunalımlı ve buhranlı halini nihayet yenebilmişti. Bu galibiyetinde her gün en az doksan dakika meditasyon yapmasının faydası çoktu. Gözlerini kapatıyor, evreni, dünyayı ve insanı anlamaya çalışıyordu. Karji'ye inanma konusunda küçüklüğünden beri daima tereddüt etmişti ama kimseye de belli etmemişti; korkuyordu o da birçokları gibi. Yemek yapmakta ustalaşmış ve biraz daha birikimi olsa bir lokanta dahi açabileceğini düşünmüş ama hemen bu düşüncesinden vazgeçmişti. "Onca insanı görmeye tahammül edebilir miyim bilmiyorum" diyerek noktalamıştı lokanta açma hayalini. Dünyada olmasını istediği en önemli gelişme, açlığın ve bölünmüşlüğün sona erdirilmesiydi. Portreleri daha bir özenle çizmeye başladığı dönemdeyse, işleri açılmış, açtığı siteden ona siparişler daha da artarak gelmeye başlamıştı. Teknolojinin yiyip bitirmediği ender bir alanda olduğu için kendini şanslı sanıyordu. Matematik zekâsı, mühendis detaycılığı ve doktor olma yetisi olmadığını düşünüyordu. "İyi ki ressam olmaya karar verdim" diye geçiriyordu içinden. İşsizler ordusunu gözlemledikçe bu kararını kutsuyordu. Niteliksiz insanların çok olduğu dünyada zengin egoistlerin hizmetinde olmaktan keyif aldığı söylenemezdi. Çünkü portreleri duvarlarına asanlara sadece bencil denilebilirdi. Orhun, bu bencilliğin ona kâr sağlamasından ötürü mutlu gibiyse de içten içe insanlığın gidişatının kötü olduğunu sezinliyordu. Hayatında hiçbir canlıyı öldürmemişti; ne bir karıncaya basmış, ne bir sineği yapıştırmış, ne bir insanı ezmiş, ne de bir kuşa taş atmıştı.

Hayvanları oldum olası sevmişti. Kargalara bile sevgiyle bakıyordu. Çocukken, etrafındaki çocuklar, ayağı burkulmuş bir kargayı tedavi etmeye çalıştığında onunla oynayan çocuklar hemen annelerine koşup Orhun'dan uzak durmak istediklerini söylüyorlardı. Doğaya zarar verici her şeyden uzak tutmuştu kendini daima. Yirmili yaşlarında ağaçlarla konuşmayı kendinse görev bilmişti; her gördüğü ağaca etraftaki insanların delici bakışlarına aldırmadan, "Nasılsın arkadaşım?" diyordu. Varlığını hissettiren en önemli şey resim yapmaktı; dışarıda olduğu zamanlar işlerini hemen bitirip tuvalinin karşısına oturmak için âdeta saniyeleri sayıyordu. İçten içe, "Bir aşk yaşamanın keyfini sürmek hiç de fena olmaz; sevgiye açım" diyordu ama ürkek duruşu ve "Nasıl olacak?" sorularının onu sarıp sarmalamasıyla bu duygusunu öteliyordu. Evinde kendince egzersizler yapıyor, çarşamba günleri sabahın erken saatlerinde sahil şeridinde yürüyüş yapıyor, deniz kenarında durup martıları izliyor, suyun sonsuzluğuna hayran hayran övgüler düzüyordu. Kilosunu korumak ve hareketsiz yaşantısının bedeninde olumsuzluklar doğurmaması için, sağlıklı beslenip yağdan, undan ve şekerden kaçınmaya özen gösteriyordu. Enginarı bile sever olmuştu bu yüzden. Ailesinin fotoğraflarına dalıp gittiği zamanlarda anımsardı; annesinin yaptığı enginar yemeği geldiğinde masaya, "Ben bunu yemem" demesinden ötürü kendisine kızıyordu. Hayatının nasıl ilerleyeceği hakkında bir fikir sahibi olmamasına karşın, tedirginliği ara sıra oluyordu ama, "Sergi açarım ve ünlü bir ressam olurum; zaten ressam yok denecek kadar az. Bu alanda başarılı olurum" diye düşünüyor ve kaygılarına son veriyordu. Robotlar ve insanların uyumunda, diğerleri gibi pozitif düşüncelere sahip değildi. "Yakında bu robotlar her şeyi ele geçirecek. Nüfusu kontrollü bir şekilde azaltıyorlar, farkında değil bu insanlar" diye iç geçiriyordu bir robot gördüğünde. Karji mabetleri ve Karji'ye atfedilen heykellerin yanından geçtiğindeyse sinirlenmemek ve öfkelenmemek için kendini sıkıyor, enerjisini kontrol altında tutmak için hızlı adımlarla oradan uzaklaşıyordu. Yaz aylarında daha da kalabalık olan yazlık kentlere gitmemek konusunda aldığı kararı uyguladığından beri, tatillerden keyif aldığını fark etmişti. Herkesin dönüş zamanında o tatile çıkıyor, bir hafta içerisinde denizin, kumun ve güneşin tadını alıyor, evine tazelenme hissiyle dönüyordu. Yaz aylarında kafa dinlemek ve huzur bulmak için tatile gidiyorlar ama kilometrelerce uzayan araç trafikleri, doluluk oranı en üst limitte seyreden hotellerin keşmekeşi, plajlarda karıncalar gibi doluşan insanların kalabalığından uzak durmayı başarabiliyordu. Sergi açma hayali, doğa resimlerini tekrar popüler kılma isteği ve sanatında ilerleme arzusuyla yaşıyordu Orhun.

Her şeyin değiştiği o gün, Meril'in geldiği o günden sonra, tuvali dünya olmuştu. İnsanlığın bütünleşmesinin resmini çiziyordu Orhun.

O ana kadarki bütün yaşamını gözlerini kapatarak düşündüğü dakikaların ardından, "Hazırsanız çıkalım ve insanlığı zincirlerinden kurtaralım" dedi Orhun, ona meraklı, heyecanlı, istekli ve düşünceli gözlerle bakanlara dönerek.

Son Savaş

Adalet ve hükmetmek arasında bir tercihtir yaşam.

Orhun, Shup, Matteo, Edel ve Zadok'a, "Sizin yanımda olmanızı istiyorum" dedi. Shup, "Yalnız nasıl olacak, bunun sonu ölüm, haberci" dedi. Zadok, Edel ve Matteo öne atılmış, "Biz hazırız" demişti bile ama Shup korkusundan ne yapacağını bilemiyordu. "Aramızda Merkezi Birlik yönetim binasının yapısını bilen sensin. Korkma; biz orada ölüme gitmiyoruz; biz orada dönüşümü başlatmaya gidiyoruz. Ölüm gelir bulursa bizi, bu yolda bulsun" dedi Orhun.

Shup, "Hayır desem beni zorla mı götüreceksiniz?" diye sordu.

Orhun, "Biz zorla olacak her şeyden kurtarmak için yola çıktık insanlığı, sen gelmek istiyorsan gelirsin ve yardımın makbul olur yanımızda. Ama gelmek istemezsen, bizim yanımızda olmak istemezsen de sana kimse dokunmayacak ve gitmene izin verilecek. Burada kalmak istersen de kimse karşı çıkmayacak sana" dedi.

"Yani benim ne gibi bir yardımım dokunacak ki size?"

"Orayı ele geçirir geçirmez, oranın dilinden anlayan birinin başında olması lazım."

"Nasıl yani, Merkezi Birlik lideri ben mi olacağım?"

Edel, "Aslında habercimiz, sen oradaki robotların ve dünya üzerindeki robotların yönetilmesinden sorumlu insanların başına geçip, şu enerji tarama cihazlarını işlevsizleştirecek ve bilim insanlarının yönetiminde olacaksın" dedi.

Shup, "Şimdi anladım; sonucu benim felsefeme uygun ama öleceğiz nasıl olsa. Yalanlardan yoruldum, ölümden sonrasını düşünmekten bıktım. Öleceğiz, evet öleceğiz belki ama iyi bir amaç uğruna öleceğiz en azından. Tamam, geliyorum sizinle" dedi.

Derin bir oh çekti, hemen ardından Orhun ona doğru adımladı, birkaç metre kalınca durdu, "Shup, sen ölmeyeceksin" dedi ve sustu. Ardından, "Gitmemiz lazım" diyerek ona gülümsedi.

Volkov, "Stratejimiz ne olacak?" diye sordu.

Edel, "Aslında ben de bunu soracaktım" dedi. "Zadok, "Bir planınız var mı, haberci?" diye sordu.

Orhun, "Planımız, Boraklarla onların beklemediği şekilde tepelerine inmek. Pelerinle kendimizi gizlemek, Caled ve Karji'yi hapsetmek" dedi. Shup, "Pelerin mi? Ne pelerini?" diye meraklandı. Edel, "Görünmezlik sağlıyor" dedi. "Nasıl yani, manyetik bir alan mı oluşturuyor?" diye bilimsel bir yaklaşımla bir soru daha sordu. "Tam öyle değil ama görünmezlik sağlıyor işte."

"Şu pelerin mi?" diye Orhun'un sırtından sarkan pelerini gösterdi. Orhun, "Evet, bu pelerin, Shup. Dostlarımızdan birisi bu pelerin, o bizim sadık dostumuz. Onun yardımıyla içeri gireceğiz; ancak sonrasında pelerini çıkarmamız gerekecek" dedi.

"İçeride kaç asker var biliyor musunuz?" diye sordu Shup. Sessizleşti ortam. "Robot en az 100 tane, insan güvenlik sorumluları da bir o kadar desek... Bizim kesinlikle içeride silahsız olmamamız lazım."

"Bu kolay" dedi Rabi. "Silahlar hemen hazırlanıyor."

Shup, "Ben kullanamam sanırım onları. Ama neyse, tetiğine basarım, hedefe doğrulturum, sanırım bunu yapabilirim" diye de kendi sunduğu olumsuzluğu olumluya çevirdi ânında ve devam etti: "Havadan Boraklarla inişe geçersek bize hemen karşılık verirler. Şansımız yaver giderse kuş deyip önemsemezler ama Boraklar onlara yaklaştıkça ve görüntüleri belirginleştikçe, bunun bir küçük uçak olduğunu düşünüp hava savunması devreye girebilir."

Asasını yere vurdu Orhun, "Karşılığını alacaklar" dedi.

Edel, Shup'a yakınlaşarak, "Söylediğin her şey doğru ve aktardığın bilgiler çok önemli, sen bunları şimdilik düşünme, benim daima arkamda bulun, haberciye güven, onlarda olmayan silahlar bizde var, bizde olan silahların zerresi dahi yok oysaki onlarda" dedi.

"Nedir onlar?" diye sordu Shup. Cevabı beklemeden, "Pelerin ve lazer silahlar" dedi. O sırada Edel asayı göstermeye başladı Shup'a. Shup, düşünceli bir şekilde asaya baktı. "Off! Bana bakmayın siz; çenesi düşük, korkak bir adam oldum karşınızda. Gelmem gerekiyorsa geliyorum. Önce Caled'i bulacaksak, bence ya en üst kattaki kendi odasında olacak o alçak, ya da Karji Görüşme Odası'nda. Karji Görüşme Odası'nı duymuşunuzdur. Caled'in emirleri aldığı oda hani." Ona odayla ilgili Matteo ve Zadok'un anlamsız bakışlarını yakalayarak, odanın varlığının nedenini açıkladı Shup.

"Evet, şu hep bahsedilen lanet olası oda" dedi Edel. "Ya odasında ya da Karji'nin yanında; önce odasına bakarız. Şu görünmezlik pelerini işimize yarar ama bence havadan saldırmak yerine Merkezi Birlik'in sınırlarına yakın boş bir arazi var; oraya insek, yürüyüşle on beş dakikada varmış oluruz. Eğer dediğiniz gibi görünmezlik varsa, kapıdan kimseye belli etmeden gireriz içeri. Bu fikrin tek problemi yakınlardaki radar ve gözetleme kulelerinden görünmemiz olacak. Orada da şansımıza güveneceğiz" dedi Shup ve derin bir nefes çekti.

Matteo, "Neden yanınızda gelmem gerektiğini daha iyi anladım şimdi" dedi.

Edel, "Nedenmiş?" diye sordu. Orhun ikisini de izliyordu. "Ben onları Boraklarla şaşırtırım, gözlerini üzerime çeviririm, siz de o araziye inersiniz, benim peşime düşerler, Boraklarn yardımıyla atlatırım onları. Stratosfere çıkman gerekebilir, orada donabilirsin, nefes almakta zorlanabilirsin" dedi Shup. "Stratosfere neden çıkması lazım?" diye merakla sordu Edel. Zadok, "Stratosfer ne demek?" diye mırıldanıyordu. Matteo, "Ben de bilmiyorum dostum; dinleyelim" diyordu aynı mırıltıyla. "Uçaklar harekete geçerse kuşları takip eder ama stratosfere çıkamazlar; sen çıkabilirsen atlatabilirsin ama bu kıyafetlerle olmaz" dedi. Orhun, "Planın birçok eksiği var, ama zamanımız yok. Shup'un planını uygulayacağız. Detayları konuşmak günlerde alabilir saatler de. Bizim bir karara varmamız için her kaybedilen saniye insanların umutlarının söndüğü anların başlangıcı demektir. Matteo, sen Boraklara güven, yaratıcıya güven ve yapman gerekeni yap. Rabi, sen Abdullah ve Tai-Shan burada kalın ve her şeye hazır olun" dedikten sonra sırtında çantası, pelerini ve elinde asasıyla önlerine atıldı Orhun. "Hadi gidiyoruz" dediği anda da sorular, konuşmalar sustu ve onu izlediler. Boraklar Orhun'un çağrısıyla onları beklemeye koyulmuştu. Boraklara bindiler; "Bizimle olduğunuz için çok mutluyum dostlarım" dedi Matteo. Boraklar viyakladılar ve uçuşa geçtiler. Edel'e sıkıca tutunan Shup havalanır havalanmaz gözlerini kapadı. "İnanamıyorum; biz yine bir kuşun üzerinde uçuyoruz şu an" diye bağırıyordu. Edel gülümsüyordu. Hızla kanat çırpıyordu Boraklar, kuşların jeti olmuşlardı âdeta. Saçları dalgalanıyordu üzerindekilerin; gözlerini kapatıp aralıklarla açıyor, rüzgârın ellerini soğutmasıyla Borakların tüyleri arasına dalıyordu parmaklar. Merkezi Birlik'in sınırlarına iki saatlik uçuşun sonunda gelmek üzereydiler. Matteo'yu arkalarında bırakıp sağ koldan alçalışa geçmeye başladılar. Matteo, yanına dört tana daha Borak çağırdı; onlarla kazların yaptığı gibi bir *V* formu oluşturup, Merkezi Birlik'in yönetim binasının üzerine doğru alçalışa geçti. Orhun, Zadok, Edel ve Shup boş araziye doğru kanat çırpan Borakların üzerinde kimsenin onları görmemesi için bütün güzel dilekleri yaratıcıya sundular.

Matteo'nun Merkezi Birlik yönetim binasına doğru alçalışa geçmesiyle, alarm zili çalmaya başladı. *Saldırı altındayız* anlamına gelen bu zille, hava savunma sistemlerinin namluları Boraklara çevrildi. Çok kısa süre içerisinde hemen bütün kameralar ve robotların gözleri gökyüzüne dikildi. "Borakların araziye bırakmasıyla etrafı kolaçan eden Edel, sanırım planın ilk aşaması işe yaradı ama tahmin ettiğimizden daha fazla uçak havalanıyor. Baksanıza Matteo, umarım bundan kurtulur" dedi. Matteo'ya yardıma giden Orhun'un sözlerini dinler dinlemez onları getiren Boraklar da havalandılar. Orhun, pelerini üzerinden hemen aldı ve tepelerine bıraktı. Shup, "Ne olduğunu anlamadığı bir anda onların gözden kaybolduğunu anladı. Az önce gördüğü Orhun'un bulunduğu alana doğru adımladı. "Görünmüyor muyuz gerçekten?" dedi. "Az önce siz o pelerinin altına girdiğinizde sanki bir anda ortadan yok oldunuz; korkutucuydu bu görüntü. Adımladım, yanınıza geldim, şimdi ben de mi görünmüyorum" dedi. Edel, kafasını kaldırıp pelerine bakmasını söyledi. Pelerin şemsiye gibi olmuş ve onları kötülük yağmurundan kurtarmak için görevini yapmaya başlamıştı. Atomları parçalamaya çalışıyorduk bunları yaşamak için; şimdiyse atomlarımdan olmadan görünmüyorum, inanamıyorum. Bu formülü size kim verdi?" dedi merakla. Orhun, "Yaratıcımızın bir hikmeti" dedi gururla. Shup, "Yaratıcımız olağanüstü" diye söylendi ve sustu. Ardından, "Kapıya doğru gidersek, şimdi kafaları gökyüzünde olduğu için kolay olabilir girmek, ya da iyice güvenlikleri arttırmışlardır. O zaman araçların geçebileceği bariyerin altından geçeriz. Pelerin tepemizde değil mi?" diye sordu. Zadok, bir kahkaha atacak oldu, zor durdurdu kendini. Diğerleri de ona tebessümle bakıyordu. "Sakin ol!" diyen Orhun'u tekrarlayarak, "Evet dostum, sakin ol! Hedefimiz var bizim, unutma" dedi Edel.

Adımlamaya başladılar. Pelerin gerilmiş ve hepsini altında bırakmıştı. Adımlarının izleri dahi kalmıyordu yerde, rüzgâr esmeye başlamıştı. Matteo'ysa ona doğru açılan ateşin içerisinde yaşamak için mücadele ediyordu. İki Borak vurulmuş ve yanından uzaklaşmak zorunda kalmıştı. Orhun'un, "Biz indik ve kimse görmedi; derhal kaç" demesiyle etrafa doluşan uçaklardan kurtulmaya çalışıyordu Borakların yardımıyla. Orhun'un gönderdiği Boraklar ise çaresiz kalan Matteo'nun yardımına yetişip uçakların üzerlerine çöküp, camlarını parçalayıp yere düşmelerini sağladığında biraz nefes alır gibi oldu Matteo. "Hemen Diyar'a geri dönmek üzere, daha yukarı dostum" diyerek Borak'ın yönünü değiştirdi. Uçakların birçoğu yere düşmüş, Borakların yarısı öldürülmüştü. Ama Matteo kurtuldu. Tereddüt etti; geri dönmek ve onlara yardım etmeyi ciddi ciddi düşündü ama bunu akıldan akla ilettiğinde, "Sen görevini yaptın, geri dön ve halkımızın yanında ol" diyen Orhun'u dinlemek zorunda kaldı. Hüzünle dolu halde stratosfere oldukça yakın bir konumda ama çok kolay nefes aldığı ve hiç üşümediği bir halde yol almaya devam etti Matteo. Orhun ve yanındakiler hızlı adımlarla yaklaştıkları Merkezi Birlik'in yönetim binasının giriş kapısına vardıklarında, düşen uçaklar için yardıma giden ambulansların ve ortalığı mahşer yerine çeviren güvenlik zillerinin ortasında kalmış insan ve robotlara bakındılar bir süre. Oradan oraya koşuşturan kalabalıktan sıyrılıp, giriş kapısına büyük bir engelle karşılaşmadan ulaştılar. Shup sessizdi; çünkü Edel kapıya gelmeden önce, "Sakın konuşma, görünmez olduk, duyulmaz değiliz" demişti. Shup, buna şaşkınlıkla bakmış, sesini çıkarmamıştı. Görülen her yer robot ve koşuşturan insanlardan oluşuyordu. İlerlediler, sakin ve kısa adımlarla bir boş köşe aradılar. Buldular da.

Personelin temizlik malzemeleri odası gözüne iliştı Orhun'un, oraya adımladı. Kapısında bekleyip sessizce durdular. Onları gören ve duyan yoktu. Kapıyı tıklattı Orhun, ses gelir diye bekledi, ses yoktu, Elini uzatıp kapının kolunu çevirdi, içerisi karanlıktı, içeriye adımladı, lambayı bulur bulmaz açtı, kimse yoktu. İçeriye birkaç adım daha attı, arkasındakiler onu takip etti. Pelerini boynuna astı. Shup'un alnından terler boşalıyordu. "Biri görecek diye öyle korktum ki... Şimdi ne yapıyoruz?" diye sordu. Orhun, "Sen önde olacaksın; bizi Caled'in odasına götürmen lazım, biz seni izleyeceğiz. Caled'in odasına ulaştığımızda, sen bana dokunarak kapıyı işaret edeceksin; hemen ardından da arkama geçeceksin" dedi. "Şey... Tamam ama Caled'in odasının önü güvenlik önlemleriyle doludur şimdi. Nasıl olacak bu, aklım almıyor" dedi Shup. Orhun, "Sen benim dediğimi yap, geri kalanı sadece izle" dedi. Shup, "Tamam" dedi. Orhun pelerini tekrar çıkardı, tepelerinde şemsiye oluştu ve kapıdan çıktılar. Güvenlik alarmı yüksek seviyedeydi. Robotlar silahlarını kuşanmış vaziyette dışarıya çıkıyor, tekrar içeriye giriyor, sağa sola bakınan emirler yağdıran rütbeli insan askerlerinse bağırışları duyuluyordu. Shup, merdivenlerin olduğu kapının açık olduğunu gördü, hızla oraya doğru ilerledi, diğerleri de onu takip etmeye başladı. Merdivenlerde neyse ki kime yoktu. Dört kat yukarı çıkmak için merdivenin ilk basamağına adım attığında Shup, "Dünya garip bir gezegen" diye geçiriyordu içinden.

Dünya

Dünya, yaklaşık olarak 4,54 milyar yıl yaşında; ancak yaklaşık denmesinin sebebi, 50 milyon yıllık bir hata payı da olması şüphesinin bir türlü ortadan kalkmaması olarak açıklanıyor. Dünya nasıl ve ne zaman oluştu? Ne sebep oldu? Bu türden sorular, tarihin her döneminde insanın en çok ilgisini çeken konular ve sorular oldu. Cevapları buldu insan, ya da bulduğunu düşündü. Bilinen bilimsel bulgular şöyleydi:

* * *

"Dünya, Güneş sistemi oluşmaya başladığında bir hayli kızgın gaz kütlesi biçimindeydi. Zaman geçtikçe, ekseni çevresindeki dönüşünün etkisiyle, dıştan içe doğru soğudu. Soğuduktan sonra iç içe geçmiş farklı sıcaklıktaki katmanlar oluşmaya başladı. Günümüzde iç kısımlardaki yüksek sıcaklık hâlâ korunmaktadır. Dünya'nın oluşumundan bugüne kadar geçen zaman ve Dünya'nın yapısını jeolojik zamanlar yardımıyla belirlemeye çalıştı insanlık. O zamana adlarda verdi hemen ardından. Dünya'nın yapısı hakkında bilgi sahibi olmak isteyen jeoloji bilimi, jeolojik zamanları belirlerken, fosillerden ve tortul tabakaların özelliklerinden faydalanmaya başladı.

Jeolojik zamanlar, günümüze en yakın zaman en üstte olacak şekilde sıralanır:

- *Dördüncü Zaman*
- *Üçüncü Zaman*
- *İkinci Zaman*
- *Birinci Zaman*
- *İlkel Zaman*

Günümüzden yaklaşık 600 milyon yıl önce sona erdiği varsayılan, jeolojik zamandır. İlkel zamanın ise yaklaşık 4 milyar yıl sürdüğü tahmin ediliyor. Zamana önemli olaylar da atfetti insan. Bunları şöyle sıraladı:

- *Sularda tek hücreli canlıların ortaya çıkışı*
- *En eski kıta çekirdeklerinin oluşumu*
- *İlkel zamanı karakterize eden canlılarsa alg ve radiolaria'dır (ışınlar).*

Birinci Zaman (Paleozoik)

Günümüzden yaklaşık 225 milyon yıl önce sona erdiği varsayılan jeolojik zamandır. Birinci zamanın yaklaşık 375 milyon yıl sürdüğü tahmin edilmektedir.

- *Kaledonya ve Hersinya kıvrımlarının oluşumu*
- *Özellikle karbon devrinde kömür yataklarının oluşumu*
- *İlk kara bitkilerinin ortaya çıkışı*
- *Balığa benzer ilk organizmaların ortaya çıkışı*
- *Birinci zamanı karakterize eden canlılarsa graptolithina ve trilobit'tir (eklembacaklılar fosili).*

İkinci Zaman (Mezozoik)

Günümüzden yaklaşık 65 milyon yıl önce sona erdiği varsayılan jeolojik zamandır. İkinci zamanın yaklaşık 160 milyon yıl sürdüğü tahmin edilmektedir. İkinci zamanı karakterize eden dinozor ve ammonitler (kafadan bacaklılar) bu zamanın sonunda yok olmuşlardır.

- *Ekvatoral ve soğuk iklimlerin belirmesi*
- *Kimmeridge ve Avustrien kıvrımlarının oluşumu*
- *İkinci zamanı karakterize eden canlılarsa ammonit ve dinozordur.*

Üçüncü Zaman (Neozoik)

Günümüzden yaklaşık 2 milyon yıl önce sona erdiği varsayılan jeolojik zamandır. Üçüncü zamanın yaklaşık 63 milyon yıl sürdüğü tahmin edilmektedir.

- *Kıtaların bugünkü görünümünü kazanmaya başlaması*
- *Linyit havzalarının oluşumu*
- *Bugünkü iklim bölgelerinin ve bitki topluluklarının belirmeye başlaması*
- *Alp kıvrım sisteminin gelişmesi*
- *Nümmilitler ve memelilerin ortaya çıkışı*

Üçüncü zamanı karakterize eden canlılarsa nummilit, hipparion, elephas ve mastadondur.

Dördüncü Zaman (Kuaterner)

Günümüzden 2 milyon yıl önce başladığı ve hâlâ sürdüğü varsayılan jeolojik zamandır.

- *İklimde büyük değişikliklerin ve dört buzul döneminin (Günz, Mindel, Riss, Würm) yaşanması*
- *İnsanın ortaya çıkışı*

Dördüncü zamanı karakterize eden canlılarsa mamut ve insandır.

Dünya, Güneş sistemindeki gezegenlerden biridir. Kutuplardan basık, ekvatordansa şişkin elips şeklindedir. Güneş sistemine göre Dünya, uzaklık bakımından üçüncü gezegendir. Güneş'e uzaklığı 149.597.890 km'dir.

Güneş bir dönüşünü 365 gün 5 saat 48 dakika 46 saniye tamamlar. Dünya ise bir gününü 23 saat 56 dakika 4 saniye de tamamlamaktadır. Dünya etrafın da dönerken Güneş'e olan mesafesi artar ya da azalır. Dünya, Güneş'e en yakın noktasında 960 km hızı artmakta, Güney yarım küre de yazlar uzun ve serin geçer, kuzey yarım küre ise kışlar kısa ve daha ılık geçer. Sonsuz evrende belki de yaşamın tek olduğu gök cismidir. Dünya'nın uzaydan görünümü mavidir. Bunun sebebi atmosferde bulunan oksijenin Güneş ışınıyla çarpışmasıdır.

Dünyanın tek uydusu Ay'dır. Ay'ın çapı 12.756 km, kütlesi ise 5.97×1024'tür. Dünya atmosferinde nitrojen (%78), oksijen (%21) az miktarda argon, karbon dioksit, hidrojen, helyum, kripton, neon bulunmaktadır. Atmosfer de su miktarı %0,2-%0,4'tür. Dünya kabuğunun %46'sı oksijen, %28'i silikon, %11'i kalsiyum, potasyum, magnezyum ve %8'i alüminyumdan oluşur. Dünya'nın alanı yaklaşık 510,2 milyon km2'dir. %70,8'i su, %29,2'si kara ile kaplıdır. Dünya da Pangea denilen tek bir kıtadan oluştuğu bilinmektedir. Sürekli hareket halinde olan yer kabuğu, zamanla milyonlarca yıl sonun da birbirinden kopmuştur. Yerin içinde bulunan magmalara bağlanabilir.

Yerin iç yapısı ise sırasıyla; yer kabuğu, üst manto, alt manto, dış çekirdek ve iç çekirdekten oluşur ve yeryüzünde sırasıyla ekzosfer, termosfer, mezosfer, stratosfer, troposferden katmanlarından oluşur. Atmosfer, Dünya yaşamını sağlamak adına birçok görevi vardır.

* * *

Dünya'yı bilimsel yaklaşımla ele almaya çalışan bilimin aksine, dinlerde farklı argümanlar geliştirdiler:

* * *

"Sana Zulkarneyn'i sorarlar, 'Onu size anlatacağım' de. Doğrusu biz onu yeryüzüne yerleştirmiş ve her şeyin yolunu ona öğretmiştik. O da bir yol tuttu. Sonunda Güneş'in battığı yere ulaşınca, onu, kara balçıklı bir suda batıyor gördü. Orada bir millete rastladı. 'Zulkarneyn! Onlara azap da edebilirsin, iyi muamelede de bulunabilirsin' dedik. 'Haksızlık yapana azap edeceğiz, sonra Rabbine döndürülür, onu görülmemiş bir azaba uğratır; ama inanıp yararlı iş işleyene, mükafat olarak güzel şeyler vardır. Ona buyruğumuzdan kolay olanı söyleriz' dedi. Sonra yine bir yol tuttu. Sonunda Güneş'in doğduğu yere ulaşınca, Güneş'i, kendilerini elbise, bina gibi şeylerle örtmediğimiz bir millet üzerine doğuyor buldu.

Dağları görürsün de donmuş sanırsın; oysa onlar bulutların sürüklenmesi gibi sürüklenirler. Her şeyi sapasağlam ve yerli yerinde yapan Allah'ın sanatıdır bu. Şüphesiz O, işlediklerinizden haberdardır."

"Bundan sonra arzı yapıp düzenledi, ondan suyunu ve otlağını çıkardı."

"Allah geceyi gündüze dolar, gündüzü de geceye dolar."

"Siz ey haşri inkâr edenler: Düşünün; sizi yeniden yaratmak mı zor, yoksa gök âlemini mi?

"İşte bakın: Allah onu nasıl da sağlam bina etti! Allah onu direksiz yükseltti ve kusursuz işleyen bir sisteme bağladı. Gecesini karanlık,

gündüzünü parlak şekilde açığa çıkardı. Sonra da yeryüzünü yayıp yuvarlattı. Oradan sularını, otlaklarını çıkardı. Dağlarını oturttu."

"Başlangıçta Tanrı göğü ve yeri yarattı."

"Yer boştu, yeryüzü şekilleri yoktu; engin karanlıklarla kaplıydı. Tanrı'nın ruhu suların üzerinde dalgalanıyordu."

"Tanrı, 'Işık olsun!' diye buyurdu ve ışık oldu."

"Tanrı ışığın iyi olduğunu gördü ve onu karanlıktan ayırdı."

"Işığa 'Gündüz', karanlığa 'Gece' adını verdi. Akşam oldu, sabah oldu ve ilk gün oluştu."

"Tanrı, 'Suların ortasında bir kubbe olsun, suları birbirinden ayırsın' diye buyurdu. Ve öyle oldu. Tanrı gök kubbeyi yarattı. Kubbenin altındaki suları üstündeki sulardan ayırdı."

"Tanrı kubbeye 'Gök' adını verdi. Akşam oldu, sabah oldu ve ikinci gün oluştu."

"Tanrı, 'Göğün altındaki sular bir yere toplansın ve kuru toprak görünsün' diye buyurdu ve öyle oldu."

"Kuru alana 'Kara', toplanan sulara 'Deniz' adını verdi. Tanrı bunun iyi olduğunu gördü."

"Tanrı, 'Yeryüzü bitkiler, tohum veren otlar ve türüne göre tohumu meyvesinde bulunan meyve ağaçları üretsin' diye buyurdu ve öyle oldu.

"Yeryüzü bitkiler, türüne göre tohum veren otlar ve tohumu meyvesinde bulunan meyve ağaçları yetiştirdi. Tanrı bunun iyi olduğunu gördü."

"Akşam oldu, sabah oldu ve üçüncü gün oluştu."

"Tanrı şöyle buyurdu: 'Gök kubbede gündüzü geceden ayıracak, yeryüzünü aydınlatacak ışıklar olsun. Belirtileri, mevsimleri, günleri, yılları göstersin.' Ve öyle oldu."

"Tanrı büyüğü gündüze, küçüğü geceye egemen olacak iki büyük ışığı ve yıldızları yarattı."

"Yeryüzünü aydınlatmak, gündüze ve geceye egemen olmak, ışığı karanlıktan ayırmak için onları gök kubbeye yerleştirdi. Tanrı bunun iyi olduğunu gördü."

"Akşam oldu, sabah oldu ve dördüncü gün oluştu."

"Tanrı, 'Sular canlı yaratıklarla dolup taşsın, yeryüzünün üzerinde, gökte kuşlar uçuşsun' diye buyurdu."

"Tanrı büyük deniz canavarlarını, sularda kaynaşan bütün canlıları ve uçan varlıkları türlerine göre yarattı. Bunun iyi olduğunu gördü."

"Tanrı, 'Verimli olun, çoğalın, denizleri doldurun, yeryüzünde kuşlar çoğalsın' diyerek onları kutsadı."

"Akşam oldu, sabah oldu ve beşinci gün oluştu."

"Tanrı, 'Yeryüzü türlü türlü canlı yaratıklar, evcil ve yabanıl hayvanlar, sürüngenler türetsin' diye buyurdu. Ve öyle oldu."

"Tanrı türlü türlü yabanıl hayvan, evcil hayvan, sürüngen yarattı. Bunun iyi olduğunu gördü."

"Tanrı, 'İnsanı kendi suretimizde, kendimize benzer yaratalım' dedi. 'Denizdeki balıklara, gökteki kuşlara, evcil hayvanlara, sürüngenlere, yeryüzünün tümüne egemen olsun.'"

"Tanrı insanı kendi suretinde yarattı. Böylece insan Tanrı suretinde yaratılmış oldu. İnsanları erkek ve dişi olarak yarattı."

"Onları kutsadı ve 'Verimli olun, çoğalın' dedi. 'Yeryüzünü doldurun ve denetiminize alın; denizdeki balıklara, gökteki kuşlara, yeryüzünde yaşayan bütün canlılara egemen olun.'"

"İşte yeryüzünde tohum veren her otu ve tohumu meyvesinde bulunan her meyve ağacını size veriyorum. Bunlar size yiyecek olacak."

"'Yabanıl hayvanlara, gökteki kuşlara, sürüngenlere (soluk alıp veren bütün hayvanlara) yiyecek olarak yeşil otları veriyorum.' Ve öyle oldu."

"Tanrı yarattıklarına baktı ve her şeyin çok iyi olduğunu gördü. Akşam oldu, sabah oldu ve altıncı gün oluştu."

* * *

Dinler bilime, bilim dine savaş açtı. Dinler galip gelince bilim geri çekildi; bilim galip gelince dinler geri adım attı. Tam mutabakat sağlanamadı. İki tarafta yapılan açıklamalara boyun eğmiyordu. Dünya dönüyor, bütün bunları umursamıyor gibi yapıyordu ama karbon salınımındaki yükselen orana öfke kusuyordu. Depremler veriyordu, seller, fırtınalar ve iklimlerde düzensizlikler gösteriyordu. Dünya'ya tapanda çok oldu, ondan nefret edende. İntihar edenler dünyanın onlara iyi davranmadığından yakındı. Zengin olanlar dünyanın onların etrafında döndüğünü düşündü. Boşlukları dinler ve bilim doldurmaya çalıştı. İnsanı bloke etmek için türlü araştırmalar, iyi kötü demeden zihinlere yerleştirildi. Toplumun çoğunluğunun anlamakta zorlandığı terimler, kelimeler ve ifadelerle konuşan hocalar ve uzmanlar türedi. Dünya dönüyordu, kirlilikleri görmezden geliyor, yağmurlar yağdırıyordu. Temizliyor ve tekrar kirletiyordu insan. Ürettikçe iştahı artıyor, dünyanın sunduğu nimetleri sonuna kadar kullanmak istiyor ve sürekli üretim halinde nefes alıyordu. Birçok sistemlerin gelişmesini izliyordu dünya kendi içerisinde. Düzen kurma meraklılarının dünyanın sırrını buldum, en iyi yönetim şekli dünyanın bu diyenleri dinliyordu. Sosyalizm, komünizm, kapitalizm gibi akımların, dünya hayatında yaşamak için en doğru akımlar olduğunu düşünüyordu dünyanın sakinleri. Dünyaya soran yoktu, çünkü nasıl bir yönetim olması gerektiğini insandan daha iyi bilemezdi dünya. Dünya da insandan önce ne vardıysa vardı, onun pek bir önemi yoktu. Doğa bilimciler evrim en mantıklı seçenektir diyordu, dünya susuyordu. Derhal dinler bırakılıyordu, evrim savunuluyordu. Kapitalizm çığır açınca komünizm lanetleniyordu, komünizm yol gösterince kapitalizmden tiksiniliyordu. İştahı artmıştı düşünürlerin, dünyayı fikirleriyle bombalamaya devam ediyordu. Dünyanın oluşumuyla ilgili teoriler havada uçuşuyordu. Bulutları vasıtasıyla gözlüyordu dünya olanı biteni. Romanlar yazılıyordu, dünya başkalaşım yeridir diyorlardı. Dünya hayatı ıstıraptır diyen şarkılar yankılanıyordu. Tiyatrolarda kan ve gözyaşı sunuluyordu, dünya acı çekme yeridir diyorlardı. Dünya kızıyordu, fırtınalar kopuyordu, karlar yağıyor tsunamiler ortaya dökülüyordu. Küçük bir tufan kopuyordu, büyüğünün kanıtları henüz tam bulunamamış olmasına rağmen, büyük tufanda kopmuş olmalıydı diyordu küçüklerini görenler. Dünyayla bütünleşmek isleyenler, bir dağ kenarında gözlerini kapatıp 'um' diyordu, dünyanın anahtarını sessizlikte arıyorlardı. Dünya bir ses cümbüşüydü ve keşmekeşten dağa yerleşip kurtulabilirdiniz. Dünya, kaçış bir yol değildir diyordu. Dünyadan uzaklaşmak istiyorlardı ve dışından ne varsa onu aramaya koyuluyordu dünya sakinleri. Dünya sessizleşiyordu. Dünya'yı yaratan gücün ne olduğunu araştırıyorlardı, kimisi buldum diyor, kimisi kendi kendine vardı diyordu. Dünya iç çekiyordu. Dünya en büyük gizemlerden biriydi, bu kütle, bu yuvarlak, bu maviliklerle dolu şey nereden geldi, neden geldi ve neden biz bunun içindeyiz diyorlardı. Dünya hayatı bir eğlenceydi, ya da aldatıcı bir illüzyondu. Kesin hüküm verilemiyordu, dünya hayatı derken ne kastediliyordu kimse tam olarak bilmiyordu. Çalışıyordu içindekiler, çalışamayanlar ağlıyordu.

Hayvanları ve bitkileri bize sunmuş, onları kesip yememiz lazım, üretimi iki katına çıkarıp antibiyotiklerle tavukların üretimini fazlalaştırmamız lazım diyordu insan. Dünya üretimden şikâyetçiydi, zaten vardı ve yeterliydi ama dinlenmediğini sezinliyordu. Sesini duyurmak için gökyüzü mavi çizgilerle ışıldıyordu. Korkuyordu bu ışıldamanın sesiyle insan. Birkaç dakika sonra tekrar üretime devam ediyordu. Dünya bir gizemler bütününün en önemli parçası mıydı? Araştırmaktan yorulmuyordu insan, ölenin yerine yenisi gelip, tezleri ilerletmeye devam ediyordu. Duruyordu insan, dünyayı anlayacağım ve yapısını çözeceğim, ödülleri de ben toplayacağım diyordu. Dünyanın içindekiler nefretle dolduğunda, bin bir zahmetle oluşmuş, dağları, kayaları, ağaçları, kuşları, karıncaları, kurbağaları, ovaları, nehirleri ve tarihi binaları birer birer yok edici bombalar atıyordu, dört bir yanına dünyanın. Öfke kusanlar dünyayı parça parça yok ediyor, delilik sınırını aşıp rahatladıktan sonra, biz ne yaptık diyor, yerlerine yenisini yapmak için barış sözcüğünü sloganlaştırıyorlardı. Delilik tekrar nüksettiğinde, bombaların en gösterişlileri savaş meydanlarına çıkıyor dünyayı ağlatmaya başlıyordu.

"Dünyayı değiştireceğim" kelamı her insanın ortak hayaliydi. "Dünyayı güzelleştireceğim" kelamı pek dikkate alınmıyordu. "Bu buluş dünyanın geleceğidir" deniliyordu. "Şu buluş dünyanın kendisidir, benim buluşum dünyanın kaderidir" diyordu dünya sakinleri. Dünya düşünüyordu, güneş açıyordu, ışıklarını yansıtıyordu içine doğru. "Sen dünyasın" diyordu bir uzman, öteki "Dünya senin içinde" diyordu. Bir başkası, "Dünya sensiz bir hiç", bir diğeri "Dünyada sen olmadan güzellik olmazdı" diyordu. Dünya umursamıyor, yıldızları konuk alıyordu içine. Hayvanlar kesilip biçiliyor, bitkiler sulanıyor koparılıyor, taşlar oyuluyor, denizler dolduruluyor, suların yönü değiştiriliyor ve egzozlar dumanlarını yayıyordu. Dünya hor kullanılan bir makineydi ve yenisi sunulurdu nasıl olsa. "Ben yapacağımı yapayım, benden sonrakiler düzeltir" deniliyordu. İnsan, kendi yaşamı boyunca dünyanın güzelleşmesi için elindeki fırsatları görmezden gelenlerin çokluğuna ayak uyduruyordu. Dünyanın güzelleşmesini isteyen küçük azınlıklar tutuklanıyordu. Dünya dönüş hızından taviz vermiyordu. Bir umut taşıyordu dönüşün bir anlamı vardı. O anlam bütünlük olmalıydı, o anlam iyilik olmalıydı, o anlam eşit yaşam koşulları olmalıydı, o anlam birliktelik olmalıydı, o anlam sevgi olmalıydı, o anlam aç gözlü olmamaktı, o anlam öldürmemekti, o anlam egoist olmamaktı, o anlam tembellik olmamalıydı, o anlam yalnızlık olmamalıydı, o anlam bağnazlık olmamalıydı, o anlam insanı ilahlaştırmamalıydı, o anlam savaş olmamalıydı, o anlam küçük çocukların nefes alması olmalıydı, o anlam barınacak yerlerin herkese sunulması olmalıydı, o anlam banka olmamalıydı, o anlam sınırlar olmamalıydı, o anlam şiddet olmamalıydı. Dünyanın tedavi edici özelliğini unutan sakinleri, dünyayı bir antidepresan olarak görüp, uyuşmak için elinden geleni ardına koymuyordu. Bitkileri, uyuşturan maddelerle karıştırıp, beynini bloke ediyordu. "Bunu da dünya sunmuş" diyordu. Dünya sağaltmaktan vazgeçmiyordu yine de. Bir bahar havası bekliyordu minör azınlıklar.

Gelmekteydi beklenen...

Prangalar Biçare

Zaman bir ândır ve o ânın içerisindedir Dünya.

Merdivenlerden oldukça sessiz adımlarla ilerliyor ve basamakları dikkatlice aşıyorlardı. Shup, Dünya'nın garip bir gezegen oluşu hakkında kafasında beliren düşünceyi susturmuş, sadece yaşadıkları ânı ve ölmemeyi düşünmeye koyulmuştu. Orhun, sakindi, Zadok tetikteydi, Edel kulaklarını kabartmış dışarıdan gelen sesleri dinlemeye çalışıyordu. Shup, "Ağır ve ürkek adımlarla birinci katı geçtik" dedi. "Neyse ki birileri yok etrafta, bizi duymadılar" dedi Edel. Shup, 'Özür dilerim ama çok gerginim, size belirtmek istedim sadece nerede olduğumuzu" dedi. Orhun ikisini de susturarak, "İlerleyelim" dedi. Yönetim binasında alarm zilleri susturulmuş ve kızgın bir koşuşturma başlamıştı. Her kata robotlar konuşlanmış, bilim insanlarıysa güvenli bir odaya toplanmıştı. Üçüncü kata geldiklerinde Shup, birkaç saniye durdu, nefesini kontrol etti, atan kalbini sakinleştirmeye çalıştı. Onu sessizce izleyenlere bir süre daha aldırmadı, sonra tekrar merdivenlerden çıkmaya başladı. Dördüncü kata geldiklerinde sesler iyiden iyiye azalmıştı. Beşinci kata güç bela vardıklarında, Shup, "Biraz dinlensek fena olmaz" dedi. Diğerleri de biraz soluklanmak için kapalı kapının hemen ardında nefeslerinin hızını azaltmaya başladılar. Kalp atışları normale döndüğünde, Orhun, pelerini boynuna astı, "Şimdi hepiniz arkamda durun ve silahlarınızı tetikte tutun; bize ateş açarlarsa sadece karşılık verin ama buna gerek kalmaması için bir sürprizim olacak onlara. Siz sadece arkamda durun" dedi. Shup'a dönerek, "Caled'in kapısı hangi yönde?" diye sordu. Shup, "Sağ kolda kalıyor, on belki bir on beş metre kadar sonra Caled'in odasını görebiliriz. Kapısının önümde cam bir bölme var, orada asistanı oluyor, onu aşarsak içerideki kapı Caled'in odasına açılan kapı" dedi. Orhun, "Şimdi ben kapıyı açıyorum ve siz olabildiğince sakin kalıyorsunuz" diye uyarıda bulundu tekrar ve kapının kolunu çevirdi. Kapıyı eliyle biraz ittirerek, bir insanın geçebileceği bir aralık açtı. Sağ ayağıyla bir adım attı, sonra sol ayağını ileriye doğru sürdü ve kapıdan çıktı, bir adım daha ileriye attı, hemen arkasına diğerleri adımladı. Etrafta elleri tetikte insan ve robot askerler donakalmış şekilde onlara bakıyorlardı. Sayıları çok fazlaydı. Herkes eller tetikte karşılarındaki bu beş kişiye bakıyordu. Derken bir robotun sesi duyuldu: "Buradalar, hainler buradalar." İnsan askerler gözlerini açıp kapattılar, gördükleri manzaraya inanamıyorlardı. Robot bir kez daha tekrarladı: Hainler burada, buradalar" diye haykırdı. Askerlerden biri, "Ellerinizi kaldırın ve yere yatın" diye bağırdı, Tetikler hazırdı, Zadok ve Edel hazırdı, Shup hazırdı. "Ya yatmazsak" diye bağırdı Orhun. "Ya dediklerinizi yapmazsak?" diye tekrar bağırdı. "O zaman sizi vururuz adi herif" diye gürledi asker. Robotlar birkaç adım atarak onlara doğru dikkatli bir şekilde yaklaşmaya başladılar. "Ben size silahlarınızı bırakın ve size sunulan fırsatı değerlendirin dersem ne dersiniz? Kimsenin ölmesine ve tutuklanmasına gerek kalmaz" diye bağırdı dört bir yana bakarak, Orhun. "Sen bizle dalga mı geçiyorsun? Elinizdeki üç silahla bizleri alt mı edeceksiniz? Hem buraya nasıl girdiniz siz?" diye bağırdı asker, sersemliği geçmişti ve merak içerisinde kalmıştı. "Biz barışı getirdik; sizi son kez uyarıyorum; silahlarınızı atın yere" diye bir kez daha bağırdı, Orhun. Tam o anda, asker, "Anlaşıldı, sizler ölmek istiyorsunuz; biz de seve seve sizi öldürürüz o halde" dediği anda, Orhun asasını havaya kaldırdı ve zemine öylesine sert vurdu ki, etrafta ne kadar cam varsa parçalandı. İçerisi elektromanyetik bir alanla kaplandı ve etraftaki robotlar birer birer duman saçmaya başladılar. İnsan askerler titreyerek ve çarpılmış gibi kendilerinden geçerek yere yığılmaya başladılar. Her katta ne kadar eli silahlı insan, robot varsa artık yerdeydi, Enki, Minthra ve Orhun da yerdeydi. Her yer cam kırıklıklarıyla doluydu, robotların parçalanmış bedenleri yerlere saçılmıştı. İnsan askerlerin ağızlarından sarı sıvılar akıyordu. Bazılarının burunlarından kan geliyordu. Telsizler susmuş, konuşmalar bastırılmış ve kaos sona erdirilmişti. Orhun yarı baygın vaziyetteydi, Edel ve Zadok endişeden ne yapacaklarını bilemediler.

"Su, su lazım" diye bağırdı Edel. Shup olduğu yerde donakalmış, ağzına kilit vurulmuş gibi öylece olanı biteni seyrediyordu. Orhun birkaç saniye hareketsiz kaldıktan sonra, "Ben iyiyim, ben iyim; sizler nasılsınız?" diye sordu yarı açılmış gözleriyle. "Bize bir şey olmadı habercimiz; asıl siz nasılsınız? Etraf bir anda parçalara ayrıldı, böylesine bir gücü yansıttınız ve bedeniniz bir kez daha yenik düştü. Ölmenizden çok korktuk, sizi bayılmış halde görünce" dedi Zadok, üzgün gözlerle Orhun'a bakmayı sürdürerek. Shup, biraz kendine gelir gibi oldu, "O asa, o asadan bir enerji kümesi yayıldı, bir silah, garip bir silah o, ben öldük ya da tutuklandık sanırken ve korkuma yenik düşmüşken, bir anda herkes ve her şey yere serildi" dedi. "İnanılmaz bu gördüklerim" dedi. Edel, Shup'un sözlerine aldırmadan ayağa kalkmak isteyen Orhun'a, Zadok'la birlikte yardım etmekteydi. Orhun ayağa kalkınca biraz sendeledi, birkaç biçimsiz adım attı, "Şu ilerdeki mi Caled'in odası?" diye sordu. Shup kekeleyerek, "Evet, orası" diyebildi. Orhun, adımladı odaya doğru; etraftaki insan ve robotların üzerlerinden atlayarak Caled'in odasının önüne vardılar. Asistan kadın ölü gibi yerde yatıyordu. Orhun, cam bölmeden içeriye doğru ilerledi. Caled'in odasının önüne geldiğini anladığı kapı üstünde "BİRLİKLER BAŞKANI" yazısını gördüğünde, kapıyı hızlıca kolundan tutup ittirdi ve hızla içeriye girdi. İçeride hiç kimse yoktu; odanın ortasında yuvarlak bir masa etrafında sağa sola saçılmış sandalyeler vardı. Vuruşun etkisiyle yerlere saçılmış pencere camının parçaları, masa üzerindeki evrakların yere düştükten sonra üst üste dizilişleri, duvardaki televizyonun kırılmış ekranı ve birkaç tane tablonun düşmüş hali karşıladı onları. "Burada yoklar" dedi Orhun. Shup, "Sanırım ya gizlendi ya da ilk başta dediğim gibi ikinci seçenekte" dedi. "İkinci seçenek neydi?" diye sordu Zadok. Edel, Karji görüşme odası dedi ve orası zeminin iki kat altındaydı değil miydi?" Tedirginliği nüksetmiş olan Shup, "Evet" dedi. "O halde oraya gidiyoruz" dedi ve kapıdan bir hışımla çıktı. Edel, "Baksana, şu bütün robotları bloke etmek ve işlevsiz kılmak için ne yapmamız gerekiyor. Bunu sana ne zamandır soracağım ama bir türlü fırsat olmadı. Habercinin de muhakkak aklına gelmiştir: Dünyadaki robotları nasıl işlevsiz kılabiliriz?" diye sordu. "O dediğin sadece Caled'in bilgisayarından olabilir; o da şifresini göz tarayıcısına Caled'in gözlerini okutmasıyla oluyor" dedi. "Başka kimse böylesine büyük bir olay için yetki sahibi değil" diye de ekledi. Edel, Orhun'u durdurdu, "Habercimiz, bir saniye bekler misiniz?" dedi. Orhun durdu. Edel, Caled'in masasındaki diz üstü bilgisayarı aldı, bilgisayarının ekranına bakmaya korkuyordu. "Kırılmamış, çatlamamış ve bozulmamıştır umarım" diye düşündü. Gözlerini kapatarak yaklaştığı bilgisayarın ekranına baktığında, bir *oh* çekti, açılma tuşuna bastığında bilgisayara açıldı ve göz taraması istedi. Katlayarak bilgisayarı koltuğunun altına aldı Edel; "Tamamdır, şimdi gidebiliriz" dedi ve Shup'a vererek bilgisayarı, "O aşağılıktan güzellikle isteriz; eğer dediğimizi yapmazsa sonunun ne olacağını az önce gördün, Shup; ona da aynısından sunar habercimiz" diye devam etti. Orhun, Edel'in ne yapmak istediğini anlamıştı; "Bunu iyi düşündün Edel; sonrası için yapılabilecek bir şeydi ama bu alçaklar teslim olmuyor; hepsi ölmeyi daha kutsal sayıyor, robotlaşmış zihinleri âdeta. Dediklerini duydum, robotları hemen işlevsiz kılmak büyük bir fark yaratacaktır ama önce Caled'i bulmamız lazım. Daha fazla asker gelmeden bir an önce inelim" dedi ve iç sesini dinleyerek asansöre doğru yürüdü. Sadece bir asansör çalışır vaziyetteydi. Hızla asansöre girdi. Onu takip eden dostları da hemen yanında soluklandı. "Eksi 2" yazan numaraya bastı, parmak izi uyarısı yaptı asansör. "Şey, söylemeyi unuttum, yetkisiz kişiler oraya giremez, buna ben de dahil. Tekrar merdivenleri kullanmamız lazım" dedi Shup. Edel, sıkılgan bir nefes çekerek Orhun'dan gelecek tepkiyi bekledi. Orhun, parmağını dokundurdu ve gözlerini kapattı. "Kat aktive edildi" sesi duyuldu. Shup'un dili tutulur gibi oldu. Zadok ve Edel için her şey oldukça normaldi; bu, en ufak engellerden biriydi. Asansör kapısını kapattı ve içindekileri bir dakikadan az bir süre içerisinde eksi ikinci kata indirdi. Kapı açılır açılmaz, yerdeki askerler ve robotlar dikkatlerini çekti. Ateşin rengine benzer kızıllıklar duvarlarda insani figürlerle koşuşturma içerisindeydi. Shup, bu görüntülerden öylesine ürktü ki, Edel'in koluna girmek zorunda kaldı.

Orhun, duvardakilere, "Efendinize geldiniz demek; hadi bizi yok etmeyi deneyin" diye bağırdı. Ateş renginde figürler sağa sola kaçışmaya ve duvarlardan kurtulmaya çalışıyordu ama nafile bir çabaydı bu. Zadok, duvardakilerden uzak durmaya çalışıyordu; bu amaçla Orhun'a doğru iyice sokulmuştu. Shup, "Sanırım şu gördüğümüz siyah kapı sese duyarlı, yukarıda neler olduğundan pek haberi yok. Eğer asanın gücü içeriye ulaşmamışsa, orada her şeyden habersiz Karji'yle birlikte" dedi. "Bence de ulaşmamış" dedi Edel. Orhun, siyah kapıya doğru ilerledi, arkasında kalanlar da ona ayak uydurdu. Kapının önüne geldiklerinde, Orhun, kapının nasıl açılacağını düşündü birkaç saniye... Sonra asasını sıkıca tuttu, yumruğunu sıktı ve asasını kapıya doğrulttu, geriye doğru dört adım attı ve asayı kapıya tıpkı bir ok atar gibi fırlattı. Asa fırlatıldığı kapıya değdiği anda kapının çelik doğası, pamuğun inceliğine büründü; kapı büküldü ve onu tutan pervazlardan kurutulup ileriye doğru devrildi. İçerisi zifiri karanlıktı, kapının devrilmesiyle Caled'in sesi duyuldu: "Neler oluyor orada?" Caled, yerde boynunu eğmiş, aynanın önünde Karji'ye yalvarmaktaydı. Neredeyse iki saattir orada öylece duruyordu ama Karji gelmemişti. Caled, kendisine yaklaşanlara, "Sizler de kimsiniz? Bu kapıyı nasıl kırabildiniz? Siz kimsiniz?" diye tekrar bağırdı. Orhun sessizdi, arkasındaydı Edel, Zadok ve Shup. Orhun, onlara eliyle *yerinizde kalın* işareti yaptı ve ilerlemeye devam etti. Caled, daha gür bir sesle, "Siz kimsiniz?" diye bağırdı. Orhun, "Ben senin aradığın kişiyim" dedi. Orhun'un sesini duyunca ve belirginleşmeye başlayan görüntüsünü görünce, Caled dilini yutacak gibi oldu. "Sen, sen, sen... Bu nasıl olur? Sen buraya nasıl gelebilirsin buraya? Nasıl sağ gelebilirsin? Sen... Bu olamaz! Hayır, hayır, bu olamaz. Karji'm, beni sınava mı tabi tutuyorsun? Karji'm beni affet!"

Orhun, Caled'in otuz santim daha yakınına geldiğinde, aynadan duman görüntüsü görüldü ve Karji'nin, "Ben buradayım kulum" sesi duyuldu. Tam o anda karanlık atmosferi ve korkutucu sesleri bastıran beyaz bir ışık kümesi kapıdan içeriye doğru kıvrıldı. Edel, Zadok ve Shup yere çömeldiler. Shup, titriyordu korkusundan. Beyazlığın ışıltısı gözleri kör edercesine yoğundu. Karji çığlıklar atmaya başladı. Orhun gelenin kim olduğunu biliyordu. Beyaz ışık kümesi bir şekle büründü, kanatlarını kaldırdı havaya doğru, aynaya yaklaştı; "Zamanın doldu, düşmüş olan; kötülüklerin hesabını vereceksin artık" diyerek aynaya dokundu ve ayna parçalara ayrılmaya başladı. Kuşların çığlıklarına ve aslanların kükremelerine benzer bir ses duyuldu; duman her yeri sarmaya başladı. Caled, yere kapaklanmıştı. Orhun dimdik ayaktaydı. Asayı yerden alan Meril, asayı havaya kaldırdı; "Çok fazla kötülüğe yol açtın, düşmüş olan; yaratıcıya isyan etmenin ve ona karşı gelmenin cezasını çekeceksin" diyerek asayı yukarı kaldırdı ve şu sözleri söyledi: "Göklerin, yerin ve ikisi arasındaki yaratılmışların sahibi, sevginin ışığı, zamanın sahibi, evrenin ulu yaratıcısı, fırsatını kötü kullanan ateşi buna hapsetmek için senden izin istiyorum." O sırada çığlıklar kulakları sağır etmeye başladı; gri duman asaya doğru akmaya ve etrafını sarmaya başladı. "Ben yok edilmezim" diye bir ses duyuldu. Meril sendeledi ve sağ kanadı yanmaya başladı. Gölgeler etrafı sarmıştı, Orhun ne yapacağını bilmiyordu, Edel ve Zadok güç bela ayağa kalkmıştı. Caled, olanı biteni hayretler içerisinde izliyordu. Shup, kaçacak bir köşe arıyordu. "Bize iyiliği aşılayan yüce güç, bizlere kendisine hizmet etme onurunu sunmuş olan büyük kudret; biz senden başka ilah bilmeyiz, senden başka ilah yoktur, sen yaratılanların sahibisin, zaman senin nezdinde bir ândır; kötülüklerle dolu dünyada emrine boyun eğmeyip kötülüğe ve isyana sapmış bu ateşi hapsetmeme yardım et." Duman tekrarlıyordu: "Ben yok edilmezim." Gölgeler, Orhun'un dört bir yanını sarmış ve onu sıkıştırmaya, bedenini âdeta bir yılan gibi sıkmaya başlamıştı. Tam o ânda, asadan bir mavi ışık yayıldı, dumanın çığlıkları daha da yükseldi. Başka bir evreye ve boyuta geçmiş gibiydi. "Sen, düşmüş olan ateş, hapsol buraya" dedi Meril ve asayı yere vurduğunda, duman, asanın tepesinin ortadan ikiye açılmasıyla içine hapsoldu. Orhun'u sıkıştıran gölgeler, çığlıklar içerisinde asanın içerisine doğru sürüklendi. O sırada mumların ışığı da söndü. Asanın açılan tepesi kapandı ve ortada karanlığı aydınlatan bir beyaz ışık kümesi oluştu. Meril yere düştü, kanatlarının biri kırmızılaşmıştı. Orhun sendeliyordu. Caled, buzlukta dondurulmuş bir et parçası gibiydi. Meril ayağa kalktı, Orhun'u sarsarak, "Haberci, insanın zamanı sevgiyle dolacak artık" dedi. Orhun kendine geldi. Dediklerini bir kez daha tekrarladı Meril. Orhun'un yüzünde bir tebessüm belirdi. "Dünya üzerinde bulunan bütün dumanlar artık hapsedilmiş ve vesveseler son bulmuştur. Karji hesap gününe kadar sana kitabın daha önce söylediği gibi Duman Dağı'nda hapsedilecektir. Asayı, Altın Birlik ile birlikte Duman Dağı'nın tepesine göm. Altın birliğin her birisinin ellerini gömülmüş alana dokundurt ve mühürle orayı. Artık Karji ve onun isyankâr dumanları dünya üzerinde bir hakka sahip değiller; hesap gününe kadar öldürüldüler onlar. Sen artık insanların önderisin. Altın Birlik üyeleri görevlerini yapmaya başlasın. Kitabın son sayfasına dokun ve sana söylenenleri ilet insanlığa" dedi Meril. Orhun, "Sana sarılmak istiyorum fakat yapamıyorum" dedi. Meril, "Kalplerimiz sarılıyor, haberci" dedi. Orhun, derinden bir bakışla, "Haklısın dostum" dedi ve derin bir iç çekti. Kitabın dediği her şey gerçekleşti. "Çıkar çıkmaz dostlarımı da yanıma alarak mühürleyeceğim bu karanlığı" dedi. "Peki sen artık gelmeyecek misin?" diye sordu. Meril, "Biz görev verilenleriz, biz yaratıcı görev verirse yerine getirmekle yükümlü kılınmış varlıklarız. Ben senin her zaman yanındayım ama dünya insanların dünyası ve dünya sizin yönetiminizde artık. Ben gitmek zorundayım" dedikten sonra Caled'e bakarak, "Hesap vereceksin artık" dedi. Caled, dehşetle dudaklarını ısırdı ve yutkundu. Zadok, Edel ve Shup'a dönerek, "'Gördüğüme inanırım' diyenlere, burada gördüklerinizi anlatmamanız lazım. Biz kalplerin yolunu istiyoruz; yaratıcı sevginin yoludur ve siz de insansınız, robot değil. 'Neden daha önce olmadı bu olanlar?' diye sormayın. Burada geçirdiğiniz zamanı, göklerin tepesindeki zamanla bir görmeyin; son fırsatı sunan, sabrı insanınki gibi olmayan yaratıcının adaletine güvenin" dedi ve mekânı örten bir ışık kümesi oluştu. Orhun'a, "Dostum" dedi Meril ve ortadan bir anda kayboldu. Caled haykırmaya başladı: "Bu olanlar bir rüya, bir yansıma, az önce olanların gerçekleşmiş olması olanaksız, biz hata yapmayız."

Edel yanına yaklaştı ve namlunun ucunu gösterdi; "İstersen seni gerçeklikle tanıştıralım" dedi. Orhun onu durdurdu; "Buradan çıkalım; Shup sen şu bilgisayarı açıp robotları işlevsiz kıl" dedi. "Shup" diye onu sarstı Zadok; Shup hâlâ kendinde değildi. "Az önce neler oldu burada?" diyebildi sadece. Zadok bir daha sarstı onu; "Kendine gel dostum; bir an önce şu robotları işlevsiz hale getir" dedi. Shup, korku ânında elinden bırakıp duvara yasladığı bilgisayarı aldı. Orhun, "Buradan çıkalım" dedi. Zadok ve Edel Caled'in yanına gelerek ona kalkmasını söylediler. "Sizi dinlemek istemiyorum; beni öldürün" dedi Caled, yalvaran gözlerle bakarak. "Ölüm, yo yo, öyle kolay olmayacak. Öncelikle hesap vereceksin insanlığa" dedi Edel. "Hadi yürü" diye onu zorla kaldırdı Zadok, iri cüssenin yardımıyla kaldırması pek de zor olmadı. Orhun, öncülük ederek odadan çıktı. Hemen ardından Edel ve Zadok, kollarında Caled'le çıktılar. Shup, en arkada kalarak onlara eşlik etti. "Baksanıza, duvardaki gölgeler kaybolmuş" dedi Zadok. Edel, "Sanırım hepsi habercinin asasının içerisinde artık" dedi. "Sizler katilsiniz" diye bağırdı Caled. "Bütün askerleri öldürmüşünüz" diyen Caled'in sözünü, "Hepsini değil" diye düzeltti Orhun, başını sağ omzundan arkaya döndürerek. "Ne demek bu?" diye bağırdı Caled. Orhun cevap vermedi. "Ağzını bantlasak mı şunun?" dedi Zadok. "Aslında iyi fikir. Yukarı çıktığımızda bant bulursak bantlayalım" dedi Edel. Orhun, asansörde onları bekliyordu, birkaç adım sonrasında yanına vardılar. Shup en son bindi. Caled'e bakmaktan çekiniyordu. Edel, "Shup, artık okut şunun gözlerini" dedi. Caled'in boynunu düzeltip, "Yaklaştır bilgisayarın kamerasını" dedi Zadok. Caled, direnmeye çalışsa da faydasız bir eylem olarak kaldı direnişi. Shup, Caled'in suratına doğrulttu bilgisayarı, katları birer birer çıkan asansörün içerisinde. "Artık dünyanın kalan son esaretine veda etmenin zamanı geldi" dedi Shup. Caled'in gözlerini tarayan ışık, bilgisayarın açıldığını müjdeleyen mavi ekranı açtı. Asansör 5. kata varmıştı o sırada. Asansörden indiler. Etrafta birkaç asker, kendine gelir gibi nefes alıp veriyor, başlarını tutuyordu. Enki ve Mithra'yı tanıdı Shup; "Bunlar başkandı… Onlar ölmüş sanırım" dedi. Edel, "Çoğu ölmüş ama bazıları ölmemiş; bu başkancıklar ise kesinlikle ölenlerden olmuş" dedi.

Shup, şaşkınca, bilgisayardan robotların kontrollerini sağlayan sayfaya geldiğinde hepsi birden Caled'in odasına girmekteydi. Shup hemen bir sandalyeye oturdu; "Parmak izi lazım" dedi ve ekledi: "Ekrana dokunması lazım."

Caled, ayakta iki yanındaki Edel ve Zadok'tan kurtulmak için bir hamle yapacak oldu, Zadok onun boynunu kavradı, "Şimdi seni nefessiz bırakabilirim, biliyorsun alçak herif" dedi. Edel onu, "Biraz önce gerçekleşen olaylara rağmen hâlâ isyanında ısrarcı bu zavallıyı bırak artık" diyerek sakinleştirmek istedi. Zadok ellerini gevşetti, Orhun pencereden dışarı bakıyordu. Shup ayağa kalktı, Caled'in yanına geldi. Parmaklarını kavrayan Zadok, bilgisayar ekranında açılan sayfaya sağ baş parmağını dokundurdu ve sayfa bütün eylemlerin yapılması için hazır hale geldi. Shup yerine geçti, oyun alanındaki bir çocuk gibi yüzünde garip tebessüm kondurmuş, konsantrasyonun en üst noktasındaki ruh hali ve tuş sesleri eşliğinde ekrana odaklanmış gözleriyle yönergeleri izlemeye başladı. Birkaç dakikalık sessizliğin ardından, "Tamamdır; artık ne kadar robot varsa işlevsiz ve hareketsiz kaldılar; enerji tarama makineleri artık birer metal yığını oldu" dedi ve ekledi heyecanla: "Onarılması kolay olmayacak şekilde sonlandırdım güçlerini." Orhun, Caled'in ellerinin kelepçelenmiş şekilde bir odaya hapsedilmesini, Rabi'yle konuşulmasını, Abdullah'a olanın bitenin anlatılmasını ve Asya'ya onun iyi olduğunun bildirilmesini buyurdu. "Hemen" dedi Edel. Shup'a seslendi: "İşin bittiyse yerdeki robotlardan bir tane kelepçe getir" dedi. Shup koşar adım gitti ve birkaç saniye sonra geldi. "Biraz sıcak ama eli yakmıyor. İşte al kelepçeyi" dedi. Edel, Caled'in ellerini sıkıca tutan Zadok'tan aldığı yardımla Caled'in ellerini kelepçeledi. Zadok, telefonu eline aldı ve Rabi'yi aradı, olanı biteni anlattı. Rabi duydukları karşısında ne diyeceğini bilemedi. Bir anda robotlar durdu; "Bizdeki dönüştürülmüş 5.1'ler dahi durdu, işlevsiz kaldılar" dedi. Zadok, bunu nasıl yaptıklarını kısaca özetledi. Ardından Abdullah'ı istedi, Abdullah ile Edel konuştu ve Orhun'un söylediklerini aktardı. Abdullah, "Şükürler olsun! Dünya isyan halinde. Haberiniz var mı bilmiyorum ama robotların işlevsiz kalmasından birkaç saniye sonra her yerde bir hareketlilik baş gösterdi. Başkanlar ardı ardına açıklamalar yapıyor; 'Tutuklanacaksınız' diyor ama 'Enerji tarama makineleri dahi bozulmuş' diye yazılıyor dünyanın dört bir yanındaki sitelerde" dedi. "Evet öyle" dedi Edel. "Caled'in yakalandığını duyunca başkanlar kaçacak delik arayacak. Karji'nin yok edildiğini duyunca ne yapacaklarını tahmin bile edemiyorum. İnsanlığa bildirecek misiniz bunları? Yine dünya evine mi gideceksiniz?" diye sordu Abdullah. Edel de bu sorunun cevabını bilmiyordu; "Bir saniye" dedi ve pencereden dışarıyı izlemeyi sürdüren Orhun'a seslendi: "Habercimiz, insanlığa ne zaman bildireceğiz bütün bu olanları? Acaba eve mi gedeceğiz?" Orhun, "Burada şu esir yöneticinin konuştuğu bütün dünyaya yayın yapılan bir oda vardı, değil mi?" diye sordu Orhun, yüzünü onlata doğru dönerek. Shup, "Evet, basın yönetim odası ama oradan yayın yapılıp dünya üzerindeki kanallara ve sitelere bilgi veriliyor, 'Siz de canlı yayına geçin' deniyor ve herkes canlı yayına geçiyor. Bizim tarafımızda olanların sayısını bilmiyoruz, dışarıda neler oluyor bilmiyoruz" dedi. Edel araya girdi: "Kaos var dışarıda. İnsanlar, robotlar ve enerji tarama makinelerinden kurtuluşunu yeni yeni anlamaya başlamış; başkanlar tehdit ediyor insanları." Caled araya girdi: "Başarılı olamayacaksınız; Karji yok olsa bile, zihinleri yok edemeyeceksiniz." Caled'e yaklaştı Orhun, "Edel, telefonu verir misin" dedi. Telefonu aldı, ses kayıt bölümünü açtı, "Ne dedin sen?" diye sordu Caled'e. Caled hırsından köpürüyordu; "Dedim ki başarılı olamayacaksınız" dedi.

Orhun, telefonun kayıt bölümünü kapattı. Shup'tan bilgisayarı aldı, bir program açtı, az önceki sesi bilgisayara kablosuz erişim bölümünü açarak telefondan gönderdi. Ses düzenleyici programına birkaç cümle yazdı, sesi düzenledi. Caled'in bilgisayarında daima açık olan, bütün dünyadaki ilgili kişilerin ve özelikle medya ve internet sitesi sahiplerinin bulunduğu veriye ulaştı. Hepsine ses kaydını gönderdi. Birkaç dakika bekledi, hemen ardından e-postaya cevaplar yağmaya başladı. O sırada onu pür dikkat izliyordu odadakiler. Cevapların hepsi on dakika içerisinde, "Ortak yayın için hazırız. Biliyorduk bu eylemlerin sona ereceğini, biliyorduk galip geleceğimizi" diye yazan bazıları övgü dolu sözlerle donatmıştı cevaplarını. "Basın odası ne tarafta?" diye sordu Shup'a. "Bir kat aşağıda" dedi Shup. "Oraya gidiyoruz. Bunu nerede bırakalım? 'Bir yere hapsedin' demiştiniz, habercimiz" dedi Zadok.

"O da benle geliyor; yalnız ağzını bantlamanız lazım, yanımda oturacak" dedi Orhun. Caled deliye dönmüş, isteri nöbetine tutulmuş gibi haykırdı: "Bu imkânsız! Sen ne yaptığını sanıyorsun? Seni dinleyeceklerini mi sanıyorsun? İnsanları uyuşturduk, zihinleri kontrolümüzde." Orhun gülümsedi ve kapıya yöneldi. Shup öne geçti. Bant aradı odada ama bulamadı Edel. Shup'a sordu: "Bant nerede bulabiliriz? Shup, "Buluruz, o sorun değil; Caled'in sesine bir kat daha sabredeceğiz" dedi. Silahlar omza asıldı, Caled'in kolları arasına girildi ve Orhun takip edilmeye başlandı. Bir kat aşağı merdivenle indiler. Cam kırıkları, dumanı sönmeye başlayan robotların kıvılcımları, ölmüş ya da baygın halde yatan insan askerlerin ve bilim insanlarının arasından basın odasına ulaştılar. Shup, kapıyı açtıktan sonra, "Ben hemen geliyorum" diyerek uzaklaştı. Bir dakika gibi kısa bir sürede, elinde gri bir bantla geldi, "Bu iş görür" diyerek Edel'e uzattı. Caled, son bir çırpınışla, artık bitkin düşmeye yakın bedenine aldırmayarak kurtulmaya çalıştı ama Zadok onun boynuna tekrar sarıldı. Dizleri üzerine çökmesini sağladı. Edel, bandı kulaklarına kadar gelecek şekilde sertçe yapıştırdı Caled'in dudaklarına. Orhun, olanı biteni izlemek bir yana, sanki orada değil gibiydi. Edel ona seslendi: "Haberci, tamamdır; artık ses çıkaramaz bu alçak; ellerini bantladım, ayaklarını da oturtur oturmaz bantlarız, hareket dahi edemez bu aşağılık." Orhun, "Onu kameranın karşısına oturtun ve yanına bir sandalye koyun; ben birazdan geliyorum dedi. Shup'a dönerek, "Burada boş bir oda var mıdır?" diye sordu. Shup, "Her yer boş, haberci; hangisini isterseniz girebiliriz" dedi. Orhun, "Siz burada kalın o halde, ben birazdan geliyorum. Ne olur ne olmaz tedbiri elden bırakmayın" dedi. Yanlarından uzaklaştı, yirmi metre kadar ilerledi, bir kapıyı açtı, içeride küçük bir oda vardı, birçok bilgisayar yerde kırılmış ortaya saçılmıştı, üç kadın ve bir erkek baygın ya da ölü halde yerde boylu boyunca uzanmış yatmaktaydı. Onların yanından geçerek, pencereden sıçrayan camların olduğu masanın üzerine sırtındaki çantasını indirip koydu. Çantadan *Altın Kitap*'ı çıkardı. Gün kararmak üzereydi. Asasını duvara dayadı, son sayfayı açtı, derin bir nefes çekti… "Sevginin dili olan yaratıcının izni ile açılsın sonraki sayfa" dedi. Kitaptan altın ışık huzmesi yayıldı, odayı güneşin sarılığını bile gölgede bırakır bir sarılık kapladı, mekân ve zaman bir anda yok oldu ve Orhun gözlerini kapadı. Bedeni evreni bir uçtan bir uca dolaşıyor gibiydi; dünyayı yukarıdan görüyordu; yeşili, maviyi, kızılı, kahverengiyi, beyazı, dağları, denizleri, okyanusları, ovaları, nehirleri, insanları, hayvanları, bitkileri ve ağaçları gökyüzünden izliyordu. Ruhunda bir ferahlama hissetti. "Aydınlık yol" diye bir cümle duydu. Sonra beyninin içerisinde birçok söz, cümle, kelime, sayı ve sesler işitmeye ve okumaya başladı. Dönüyordu dünyanın üzerinde, iki kolları da açılmıştı, aklına kazınan sözleri gözlerinin önünde izliyordu. Bir beyazlık kapladı gördüğü her yeri ve tekrar hızlı bir biçimde dünyayı, etrafında uzanan insanları, kitabı ve masayı hissetmeye başladı. Gözlerini açtığında sayfada yazılı olanlarsa şöyleydi: "Görevini tamamladın; şimdi insanlara yolu anlat, sana anlatılanı anlat ve aklının dile getirmeni istediği sözleri kalbinde doğrularsa dile getir. Kitap artık senin yol göstericin değildir, yol gösterici aklın ve kalbindir. İnsanlığı zincirlerinden kurtardın, bir insan olarak görevini sevginin yolunda kalarak gerçekleştirdin. İnsanlık artık aydınlık bir yolculuğun içerisinde olsun; sana söylenen ve senin söylemek istediğin her şeyi anlat ve dünya birliğini kur. Kitap artık senden ayrılıyor, sevginin dili olan sevgisini esirgemez."

Cümleleri okuması bittiğinde pencereden pençeleriyle bir kurdu dahi havaya kaldıracak bir kuş girdi; âdeta Borak'ın küçülmüş hali gibiydi. Orhun kuşu görünce bir geri adım attı, kuş kitabın üzerine kondu, pençelerini kitaba geçirdi, havalandı, kanatlarını çırparak gökyüzüne pençelerinde kitapla birlikte uçtu. Orhun bir süre ona baktı, gözlerden yittikten sonra odadan çıkmak üzere kapıya yöneldi. Asasını aldı, çantasını odada bıraktı. İçinde artık bir şey yoktu çantanın.

Asayı sıkıca kavradı, "Seni Duman Dağı'na gömmeden önce insanlara birlikte olmanın yolunu anlatacağım; zehrin sonsuza kadar var olmayacak" dedi. Asaya bakarak konuşması bitince kapıdan çıktı. Onu meraklı gözlerle bekleyen Zadok ve Edel'in yanına geldi. Etrafında sanki bulutların beyazlığını andıran bir küme oluşmuş gibiydi. Ona sanki gökyüzünden indirilen bir mucize gibi bakıyordu Zadok ve Edel. "Habercimiz" diyebildi Edel sadece. Zadok ağlamaklı olmuştu, Orhun'un her yeri ışık saçıyordu. "Hazır mı her şey?" diye sormasa konuşamayacaklardı. Edel, "Hazır, Shup son ayarlamaları yapıyor; siz de hazır olduğunuzda hemen canlı yayına geçebiliriz" dedi. Orhun içeriye girdi, yerde yatan beş erkek dikkatini çekti. "Bunları kaldırmamız, ölenleri gömmemiz ve sağ kalanların iyilerini serbest bırakıp kötülerini yargılamak için hapsetmemiz lazım" dedi. Zadok, "Biz yeterli olur muyuz bilmiyorum" dedi. Shup, "Bu imkânsız" diyecek oldu. "Hayır inananları buraya çağıracağız ve yönetimi başkanların elinden alacağız az sonra; o zaman çok fazla yardımcımız olacak" dedi. Edel, "Bir nebze haklısınız fakat hâlâ sokaklar karmaşa ve bilinmezlikle kuşatılmış, gelen haberler dünyanın dört bir yanında sokakların alev aldığı, çöp tenekelerinin yakıldığı, bazı binaların ateşe verildiği, polisler ve askerlerle çatışmaya giren insanların olduğu yönünde. Bir kaos havası hâkim dünyada. 'Caled konuşacak' diye bir son dakika haberi geçince herkes biraz duruldu, merakla bekliyor sanırım herkes bu konuşmayı" dedi. Orhun, Caled'in bir kütle gibi hareketsiz kalan bedenine bakarak, "Kaos son bulacak, kötülüğün enerjisi gitti, zihinler açılmaya başlayacak birkaç saat içinde, ama önce insanlığa yolu anlatmam gerek" dedi ve Caled'in yanına oturdu. Caled'in ağzı öyle sıkı bağlıydı ki sadece gözleriyle söylemek istediğini söylemeye çalışıyor ama anlamsız sesler çıkarıyordu. Elleri ve ayakları kıpırdamaz halde bantlandığı için hareket dahi edemiyordu. "Sandalyeden düşebilir" diyerek, belinden sandalyenin arkasına da bant gerilmişti. Shup, kameranın arkasına geçti. Orhun, "Önce Caled'i göster, sonra beni" dedi. "Karede yalnızca o olsun" diye de isteğini ayrıntılı olarak belirtti. Shup, "Tamamdır" dedi. Edel, Shup'a, "Sen bunu kullanmasını biliyorsun değil mi?" diye sordu. Zadok, "Edel, sen biliyor musun, bu, dünya evindeki gibi değil?" dedi. Shup, "Birkaç konuşma yapmıştım; şu tuşa basıyorsun, bir de şu masa üzerindeki kırmızı tuşa bastık mı ortak yayına geçiliyor" dedi. Edel, "Şu kırmızı buton mu?" diye sordu. "Evet o" dedi Shup. Edel Orhun'a baktı. Orhun, "başlayabiliriz" dedi ve sesini temizledi. Kırmızı butona, Shup'un kamerayı çalıştırmasıyla aynı anda bastı Edel, hızla olanları izlemek için Shup'un ve Zadok'un yanına geldi. İkisi de silahlarını omuzlarına asmıştı. Canlı yayına geçildiği anda, Shup önce Caled'i göstermeye başladı. Yirmi saniye kadar Caled'in görüntüsü vardı yalnızca ekranda. Ekranları başındaki insanlar ağzı ve kolları bantlanmış dünyanın hükümdarını şaşkınlık, korku, endişe, mutluluk, coşku, tedirginlik ve isyanlarına son vermiş caddelerde, sokaklarda, evlerinde, işyerlerinde, tarlalarda, kafelerde, barlarda, mabetlerde, göl kenarlarında, kumsallarda, güneşin, karların ve yağmurların altında dikkatle izlemeye başladılar. Kamera açısını yavaşça çevirdiğindeyse, karşılarında gördükleri, yüzünde bir ışıltıyla onlara gülümseyerek bakan Orhun'a ağızları birer karış açık halde bakmaya başladılar. Orhun konuşmaya başladığında kimse ekrandan gözlerini bir saniye dahi ayırmak istemiyordu. Orhun konuşmasına başladı:

"Dostlarım, benim güzel kardeşlerim, arkadaşlarım, dünya üzerinde yaşamlarını sürdüren insanlık; esaretten kurtuldunuz! Karji yok edildi! O bir duman ve düşmüş bir isyankârdı, yüce yaratıcının yarattığı çeşitliliklerin içerisinde bir nüveydi sadece. O, isyanın ve kötülüğün yolunun öncüsüydü. O, yok edildi. Yüce yaratıcı onu bu dünyada yaptığı kötülüklerin kefareti olarak ortadan kaldırdı. Zaman bizim sandığımız gibi bir kavram değildir; zaman, dünyada 'uzun' diye nitelendirdiğimiz sürelerin, göklerin en üstünde bir anlamının olmadığı bir kelime yalnızca. İnsanları kastlara bölen, *döngüsellik* yalanıyla bütün yaşamın sonsuzluğunun bu dünyada olduğunu dillendiren

Karji'nin esareti altındaki yolundan sapmış insanların hükmü artık sona ermiştir.

Onlara, başkanlar denilen dört kişiye Caled gibi bir seçenek sunuyoruz; adil bir şekilde yargılanacaklarına söz veriyorum. Derhal teslim olsunlar ve adaletin kollarına bıraksınlar kendilerini. Boşa bir çabayla, bir isyanın kıvılcımını daha yakmaya çalışmasınlar. Lideriniz tıpkı robotlarınız gibi işlevini yitirmiştir. İsyanı bitirebilir artık insanlık. Yeni bir düzen kuruyoruz, sevginin aydınlık yolunu kuruyoruz artık. Robotların ve enerji tarama makinelerinin esaretinden kurtuldunuz. Dünya artık iyiliğe, eşitliğe ve insanların mutlu olduğu günlere uyanacak. Şimdi sizlere yüce yaratıcının yolunu, dünyada yaşamın değerini anlayacağınız, hayatın kurallarını ve dünya düzenini anlatacağım. Daha sonra inananların hüküm sürdüğü bir dünyada olmanın mutluluğunun tadına varmanızı isteyeceğim. Üzerinizdeki vesvese, teslimiyet, bıkkınlık, bezmiş ruh halinin sonlandığını biliyorum; bunun tek sebebi Karji denen iblisin ortadan kaldırılmasıdır. Eğer Karji gerçek bir Tanrı olsaydı ben karşınızda olamazdım, çoktan bizleri yok etmiş olurdu. Düşünüp akıl yürütün diye verilen aklınızla bakın bana. Dostlarım, güzelliğine paha biçilmez ruhların gözleri ve kulakları, beni dinleyin.

Uygarlık tarihi boyunca, insanlık bölünmüşlük ve parçalanmışlıkla birbirini yok eden barbarlar oldu. Durmak istemeden fetihler yaptı ve krallar, imparatorlar, başkanlar ve liderler üretti. Kendi içinden çıkarttığı insanların sözleriyle milyonlarca insan savaşlarda yok edildi. Savaş artık kesin bir hükümle yasaklanmıştır. İlk olarak dünya üzerinde ne kadar bomba, silah, füze ve kurşun varsa hepsi eritilecek, yok edilecektir. Üretilmeleri de artık yasaklanmıştır. Dünyada devletler, birlikler, ülkeler olarak kategorize edilen, ellerimizle çizdiğimiz sınırlar ortadan kaldırılmıştır; dileyen dilediği toprak parçasında yaşamakta özgürdür. İnsanları esir eden en önemli araç olan para ortadan kaldırılmıştır. Altın, elmas, yakut gibi özünde sadece bir taş olan maddelerin alınıp satılması, işlenmesi ve gösterişte bulunulması için kollara takılması yasaklanmıştır. Bu tip taşlar sadece bilimin hizmetinde ve insanlığın ortak yararı olacak işlerde kullanılacaktır. Sigara üreticilerinin fabrikaları kapanacaktır, insanı uyuşturan zararlı bütün maddeler yasaklanmıştır, üretilmeleri kesin bir dille artık sonlandırılacaktır. Alkol gibi işleyerek uyuşturulan maddeler sağlık hizmetlerinde kullanılacaktır, içilmesi ve ticari bir ürün olarak satılması artık yasaklanmıştır. Sigara ve alkolün etkilerinden kurtulmanız için doktorlar görevlendirilecek ve bağımlılık merkezlerinde insanı esir alan maddelerden kurtulmanın yolları öğretilecektir. Kesin bir metotla bağımlılıktan kurtulmanız için dostlarımdan biri öncü olacaktır. Eğlenmek isteyen, istediği yerde, istediği şekilde eğlenebilecektir. Kimse kimseye kıyafetleri yüzünden, cinsiyeti yüzünden ve kullandığı dil sebebiyle üstünlük kurmayacaktır. Hepimiz bir bütünün parçasıyız. Birbirimizden sadece yetenek olarak ayrıldığımız küçük farkların olduğu ama özde aynı varlıklarız. Bilim üretenlere destekler artırılarak devam edecektir. Ticarette artık takas ve ortak fayda kuralı esas alınacaktır. Dünyada yaşayan hiç kimse susuz kalmayacak ve su içmeden uyumayacaktır. Gıda ve besinler eşit şekilde sunulacak ve kimse aç bir gün dahi geçirmeyecektir. Kadınlar sizden daha düşük değildir, sizden üstünde değildir, onlar da erkekler gibi insandır ve *insan eşit olandır*! Eşit haklara sahip olacak her bir kadın ve erkek. Dünyada artık politika ve siyasetçi kalabalığı olmayacaktır.

Yeteneklerini kanıtlayanlar, halkın seçeceği kişiler, görevli oldukları alanlarda sadece bir yıl hizmet verecek ve sonrasında yerine yenisi gelecektir. Bir yılını tamamlayan kişiler bir daha seçilmeyecektir. Sizler koyun değilsiniz, yönetilmek için bir başka insana ihtiyacınız yok. Yaşamın düzeni için gereken sistemi *değişkenlik* kuralına göre biçimlendireceğiz. Yaratıcıya tapınmak, yaratıcımızı anlamak ve yaratıcıya dualar etmek için taş yapılara ihtiyacımız yok; gözlerinizi kapatın, yaratıcı orada; gözlerinizi açın, yaratıcı orada; bu ikisi dışında yaratıcıyı bulamıyorsanız, taşlar size sadece bir avuntu olacaktır. Yaratıcı, mahşer gününe kadar insanlığa verdiği son şansın sevgiyle ve bütünleşmeyle devam ettirilmesini emrediyor. Sevginizin enerjisi, yaratıcımızı mutlu eden tek yoldur. Bu yoldan sapmayın. Güç artık belli insan gruplarının elinden alınmıştır, yobazların elinden alınmıştır, şeytana hizmet edenlerin elinden alınmıştır, dini kullananların elinden alınmıştır, paraya hükmedenlerin elinden alınmıştır, uyuşturuculara hizmet edenlerin elinden alınmıştır, beyinleri yönetenlerin elinden alınmıştır. Güç kimsede değildir; güç hepimizin ulaşacağı bir ideal ve varoluş sebebi değildir. Güç bir zehirdir; daha fazlasını isteyen insanlardan kurtuldu dünya. Bilim insanlığın hizmetine girecektir; bir din yoktur ve hiçbir zaman olmayacaktır. Din içinizdedir ve o içinizdeki, size aittir, bir başkasına, 'Bu doğrudur' diye dayatamazsınız. Yaratıcı bir tanedir, yaratıcı tekdir, yolunu anlamanın yolu birbirinizi sevmenizdir, birbirinize saygı duymanız ve aşırılığa izin vermemenizdir. Ağırlığı kilolarca olan yasa kitabı artık hükümsüzdür; insanlık şu 10 maddede yasaların olduğu bir hukuka sahiptir artık:

- İnsan olarak bir başka insanı öldürmeyeceksin. Bu yasayı çiğnersen ömür boyu özgürlüğünden yoksun olacaksın. Kaza olayları dışında kalan her ölüm için öldürene bir savunma hakkı tanınmayacak. Öldürenler önce belirlenen süre zarfında psikolojik ve sosyolojik tedavi yoluyla tedavi edilecektir. Yaralayanlar, belli süreliğine sağlanan ücretsiz hizmetlerden mahrum olacak ve tedavi altına alınacaktır. Toplumumuza geri kazandırmak için suçlulara özel tedaviler uygulanacaktır.
- Takas ederek ürünleri birbirinizle paylaşacaksınız.

- Bilim insanları insanlığın iyiliğine hizmet edecektir. Bu iyiliğin temel ilkesi insan yaşamını kolaylaştırıcı gerekçeler olacaktır. Evrenin sınırlarını araştırmak isteyenlere olanaklar sunulacaktır ama eskiden olduğu gibi yaratıcının varlığını ortadan kaldırdığını düşünenlerin teorileri yok hükmünde sayılacaktır.
- Adalet, insanların ortak değeridir. Adaleti yönetecek insanlar kendilerini ispatlayana, tarafsız olduklarını ve insanlığın hizmetinde olduklarını kanıtlayana kadar yönetici vasfında olmayacaklardır.
- Hastane hizmetleri, su hizmetleri, elektrik hizmetleri, internet hizmetleri, doğalgaz gibi insanlığın ortak kullanımı için dünyanın ücretsiz sunduğu hizmetler insanlığa bir bedel istenmeden sunulacaktır.
- Dünyada bir lider olmayacaktır; dünyanın yönetilmesi için bir lidere ihtiyaç yoktur. Görevler, yetenekli olanlara bir yıl süreyle geçici olarak verilecektir. Kimse görevini kendi akrabasına ve kendi çevresine menfaat sağlayacak şekilde kötüye kullanamayacaktır.
- Vergi ortadan kaldırılmıştır. Yol ve çevreyi düzenlemek gerektiğinde herkes uzman olduğu konularda insanlığa ortak hizmette bulanacaktır.
- Okullar artık iki bölüme ayrılmıştır, üniversiteler, gençlerle birlikte, 50 yaşın üstündeki yaşlıların yaşam deneyimlerini aktaracakları ve yeni şeyler öğrenebilecekleri bir şekilde genç ve yaşlı öğretimi altında iki sisteme ayrılacaktır. İlkokul çağlarından itibaren çocuğun istemediği ve gerekli olmayan birçok alan ortadan kaldırılacaktır. Ekonomi yönetimi başta olmak üzere, insanı mekanikleştiren bölümler ortadan kaldırılmıştır. İnsanların ihtiyacı olan yetenekli olanların sayısını artırmak için, temel konularda gerçekten uzmanlar, yaşına bakılmaksızın öğretmen sıfatını taşıyacaklardır. Okullar artık ücretsiz ve bedelsizdir;

eğitim bir ayrıcalık değil, haktır! 'Özel okul' kavramı artık ortadan kaldırılmıştır. İyi ya da kötü hoca diye ayrılan öğreten kişiler, sadece insanlığın hizmetinde olan hocalar olarak varlıklarını sürdürebileceklerdir.

- Ruhunuzun huzur bulması ve yalnız kalmanız, doğanın muhteşem seslerini duymanız için ormanlık alanlar ve doğayla iç içe olan alanlardaki hoteller artık hükmünü yitirmiştir. Onlar insanların ortak kullanımında ve ücretsizdir. İnsanlar burada her yıl en az bir hafta süreyle kalacaktır. Doğanın değerini anlamanız için fidan dikmek, ağaçları korumak ve bitki örtüsüne zarar vermemek için doğaya saygı duymanız uymanız gereken en önemli kurallardandır. Hayvanların bize sunduğu besinleri için onlara şükran sunacağız, teşekkür edeceğiz ve onları üretim bandındaki makineler olarak değerlendirmeyeceğiz. Hayvan sevgisini, çocuklardan başlayarak aşılayacaksınız. Kargadan köpeğe, inekten kediye kadar her hayvan sevginizle mutlu edilmelidir. Tüketilecek hayvanlar insan bedeninin ihtiyaçlarını karşılayacak hayvanlardan seçilecektir. Arzularınız ve değişiklik duygunuz yüzünden insan bedeninin ihtiyaç duymadığı hayvanların yenilmesi yasaklanmıştır.
- Evlilik artık bir kurumun imzasıyla onaylanan bir olay olmaktan çıkarılmıştır. Birlikte yaşamak isteyen, birbirini seven insanlara saygı duyulacak ve onların evli ya da bekar olmalarıyla ilgilenilmeyecektir. Boşanmaların çok olduğu yüzlerce yılın öğrettiği bir şey vardır ki, o da insanların ruhu değişkenlik içerisindedir ve duyguları sürekli yer değiştirir. Aşkın kutsallığını, sevginin görkemini gölgeleyen ve aldatmaların çirkinliğini ortaya koyan evlilik sözleşmeleri hükümsüzdür. Dileyen dilediğiyle birlikte olabilir.

İnsanlar, dünyanın nefes alan varlıkları, aldığınız nefesin, güzelliklerin ışığında daha keyifli bir tat haline bürünmesi için bu 10 maddelik yasayı yaşamınızın ortasına koyan yaratıcıya sevgi sunun. Yaratıcı isteseydi bir robot yapmasını bilirdi hepinizi. Yaratıcı ne erkektir ne kadındır, yaratıcı ne insandır ne de bir dumandır. Yaratıcı bütün evreni, gördüklerinizi ve göremediklerinizi yaratandır. Bizden önce ölenler, Karji'ye tapınanların, mahşer gününde verecekleri hesap, zihinlerini bloke eden ilaçların tesiri hesaba katılacaktır. Masum insanların yaşama sundukları iyiliklerin ölçüsüne göre affedilme olasılıkları vardır bu sebeple. Kötülüklerinin esiri ve Karji'nin hizmetkârı olmuş olanlar ise azap ve acıdan başka bir şey karşılamayacaktır. Yaratıcımız, ona sevgimizi sunmayı ve sevgiyle yaşamamızı isteyendir. Yeni yaşamın, dünya birliğinin ve insan yaşamının yeniden yazıldığı bir gündür bugün. İnsanlık, yolculuğuna başladığı binlerce yıl öncesinden beridir istediği, arzuladığı, içten içe dualarda bulunduğu, birlik olma, bütün olma ve eşit olma durumuna artık erişmeye başlamıştır. Artık dünyaya ve yaşama müdahale edebilecek düşmüş bir iblis yoktur. Dünya yaşamı için sunulan nimetler ve dünyanın işleyişinin idaresi, insanlığa yaratıcı tarafından verilmiştir; bu yaşamın altın anahtarı bir tek insanın eline sunulmamıştır. Din adamları, papazlar, hocalar, rahipler sıfatlarını yitirmiştir. Tek din sevginin yoludur. Tek Tanrı yaratıcıdır. İnsanlar eşittir ve üstünlük kibrin oyunudur. Dünyanın nefesi olan kardeşlerim, dünya zincirlerinden kurtulmuştur. Sevgi bizimledir. İnsanlık ise aydınlık bir yoldadır artık.